ESLABONES
-LA PUERTA DE LOS NÁUFRAGOS-

JOSÉ GARCÍA ORTEGA

© Publicaciones Verba, 2016
1ª edición
ISBN: 9788460891086
Impreso en España / Printed in Spain

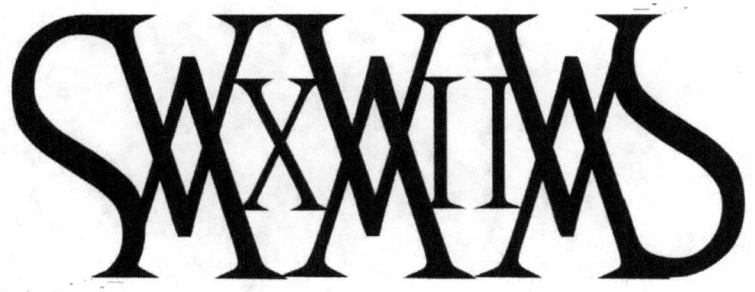

UNA LEYENDA,
SÓLO UN SUEÑO,
...SIMPLEMENTE UN RUMOR

"Y entre cada palabra y sílaba pronunciada como surco áspero al recorrer, quedarán mensajes sin descifrar que escondan mentiras aprendidas".

HdS

Por cada Eslabón de mi Cadena:
Por la Madre, por l@s Herman@s, por la Esposa.
Por los Callados pero siempre Nombrados y Presentes,
Pero, sobre todo, por, para Daniela

ÍNDICE:

Al esforçado lector, que habiendo llegado a sus manos, por error o por voluntad propia, estas pocas letras manuscritas, he de decille que todo lo aquí acontecido e novelado pudiere ser cierto de no haber sido por el desafortunado açar que todo lo mueve e desordena a su inquieto antojo.

Estimado lector, créame si dígole que todo pudiere ser verdad o mentira, mas yo, inocente que no loco, creílo a pies juntillas cuando el buen morisco Cide Hamete Benengeli contome cada línea que yo transcribo para aquél que, crédulo como yo, tenga a bien esforçar su imaginación como a mí gusta de hacer cuando no ando pensando en cosas del yantar o aún más placenteras como las del pecar.

Disculpadme por último si escondo mi verdadero nombre, mas crédulo o incrédulo, también fui sobre todas las cosas cobarde por ser todas las palabras escritas aquí que nombran en demasía a la iglesia e al Consilium, e estímome mucho más el pescueço que agarra mi toçuda cabeza que mi pobre nombre de hijodalgo escrito en un manuscrito.

Vale[1]

En Valencia, any de Nostre Senyor de Mil et DC et V,

Yusuf Ortegarçi, seudónimo

---

[1] Nota del Autor: Vale, 'adios', palabra latina de despedida

I

EL NAUFRAGIO

El mar, que no entendía de compasión por aquellos osados que se adentraban en sus infinitos límites, había convertido la débil barcaza que le retaba en frágil ataúd de desesperación.

La pequeña vela que había empujado con dificultad la embarcación por el Mare Internum hacía ya horas que descansaba, junto al mástil, en el fondo. Sin remos ni ganas de luchar contra el viejo Neptuno, aguardaban en silencio el momento en el que se hundirían y se reunirían con los amigos que ya habían perecido esa misma noche. Tenían las caras serias, los ojos puestos no se sabía bien dónde y el pensamiento muy lejos de allí. El miedo a morir y el frío, sobre todo el frío, les agarrotaba cualquier intento de aferrarse a la vida. Todos, los cinco supervivientes a esa travesía, estaban empapados hasta los huesos, y la humedad les había calado hasta hacer que les doliese incluso tiritar.

Crasso, Ligario, Livio, Satrio Volusiano y su inseparable Fortunato, junto a otros tres desgraciados cristianos más, habían escapado de Roma huyendo de la persecución del recientemente proclamado Emperador Cayo Mesio Quinto Decio Valeriano Trajano. El ilirio rebelde. Decio.

Y si bien en aquel triste momento ninguno de los supervivientes de la barcaza se atrevía a pensar en el nuevo tirano de Roma, y mucho menos a pronunciar su nombre, todos mantenían a buen recaudo en su febril imaginario las atrocidades con que les había atormentado desde el mismo día en que el maldito ilirio fue investido en el púrpura de los Emperadores.

-¿Por qué tenemos que salir huyendo de nuestra propia ciudad como si fuéramos proscritos?- le había llegado a preguntar Fortunato a Satrio Volusiano tres jornadas atrás, poco antes de embarcar rumbo a ese destino desconocido que ahora les abandonaba en medio del mar.

Satrio, el líder de aquellos náufragos sin hogar, lleno de un amargo sentimiento que era mitad vergüenza y mitad arrepentimiento, sintió un escalofrío a lo largo de su espalda al pensar en aquella punzante pregunta que le había lanzado Fortunato en la orilla del Tyrrhenum.

"¿Era posible que hubiesen dejado de ser predicadores del 'mensaje' para acabar convertidos en proscritos de Decio?", se dijo Satrio.

Recordando los sombríos acontecimientos en la playa de Ostia Antica se abrazó a sí mismo.

Empapado sobre aquella frágil tabla buscó la intimidad y el calor de sus rodillas para, inmediatamente, ponerse a llorar al traer a la memoria el semblante de su amigo mientras éste esperaba una respuesta convincente que le permitiera comprender por qué divina razón los ocho abandonaban a los suyos, a los pocos amigos que habían quedado atrás en las catacumbas de Roma, las galerías subterráneas que en los últimos días les habían servido como refugio a las persecuciones.

-Ahora no es momento de mirar atrás, Fortunato... -le había contestado Satrio Volusiano en el puerto de Ostia Antica, con toda la serenidad que la angustia del momento le permitía exhibir ante su fiel amigo-. Los que no han llegado a la orilla están sentenciados, y lo sabes.

Sin embargo aquello no pareció convencer al enorme Fortunato, que no parecía dispuesto a abandonar tan fácilmente a los que durante años les habían seguido fielmente para escucharles predicar.

-¡Nooo!-llegó a gritarle con el gesto desencajado, aferrándose con lágrimas de rabia a los huesudos hombros de Satrio para evitar que su pesado cuerpo hincase las rodillas en la fría arena de la playa.

En la playa del puerto Fortunato no quiso rendirse y, angustiado por la decisión que estaban a punto de tomar, puso entonces los ojos en lo que debía ser la lejana silueta de Roma, que quedaba a unas cuantas millas de la barcaza, buscando desesperadamente alguna sombra a la carrera que se moviese por la Vía Ostiense, algún contorno familiar que demostrase que su amigo estaba equivocado y que, a pesar de la evidencia, no todo estaba perdido.

Sin embargo, durante esos minutos de vigilia de los ocho, el silencio de la noche sólo se rompió con el oleaje del mar golpeando la vieja madera del esquife que les debía alejar de allí.

-¿Es que no recuerdas a los otros...?-lo intentó de nuevo Fortunato volviéndose hacia Satrio-, ¿ya no te acuerdas de lo que ese loco de Decio hizo con nuestros hermanos Publio y Gaio, o con el propio Marcelo? ¿Acaso has podido olvidarte tan pronto de lo que pasó con Lucrecia y con el tierno de Cornelio, cuando el pobre apenas había disfrutado de la vida unos pocos años...? ¿Tu corazón, Satrio, es tan áspero que puede pasar por alto todas esas atrocidades tan rápidamente...?

Satrio Volusiano, que no había dejado de pensar ni un segundo en todos aquellos pobres mártires de la causa, cayó entonces en hinojos junto al ciclópeo Fortunato y, derrumbado moralmente, lloró agarrado a su pecho como nunca antes lo había hecho.

-¿...cómo podría olvidar aquello?, ¿cómo puedes pensar eso de mí, buen amigo?- se lamentó Satrio entre gemidos y convulsiones, tan gravemente que parecía haber envejecido varios lustros con solo evocar la imagen de aquellos desdichados hermanos nombrados por Fortunato.

En unos pocos días de gobierno, Decio 'el ilirio' se había encargado de que la conciencia de Satrio Volusiano no descansara jamás.

Todo había empezado unas semanas antes, cuando los soldados de las legiones romanas habían colocado al frente del Imperio al mayor enemigo de aquella nueva religión llamada 'Cristianismo' que, poco a poco,

15

estaba consiguiendo doblegar la importancia y el respeto que le correspondían a las añoradas deidades romanas, devaluadas e ignoradas desde la aparición y ejecución del proclamado Mesías salvador.

Contra ese Mesías salvador, Jesús de Nazaret, Decio no podía hacer nada, pues hacía más de dos siglos que su rastro se había diluido en la arena de Jerusalén, pero el Emperador 'ilirio' estaba preocupado por la efervescencia con la que ese nuevo Dios se apoderaba de su pueblo, con presuntos mensajes divinos puestos en boca de falsos predicadores como Satrio Volusiano y su inseparable Fortunato. Y no estaba dispuesto a permitir que el pueblo le otorgase el mismo valor a las palabras dichas por el hijo de un carpintero que a las pronunciadas por el mismísimo Emperador, él.

Así pues, el nombre de Satrio Volusiano y el de sus seguidores se convirtió inmediatamente en la chispa de la ira del nuevo Emperador.

El fuego de la hoguera prendida por Decio llevaba unos días prendiendo en la ciudad de Roma, y dentro de ella habían sucumbido hombres y mujeres, dando igual si eran viejos, adultos o niños como el pobre Cornelio, castigado al interior de las llamas tan solo porque su familia había acogido a Satrio Volusiano y a Fortunato una noche en su humilde refugio de adobe.

Una noche.

Una sola noche.

Aquel había sido su único pecado frente al todopoderoso Emperador Decio.

Después llegó la sentencia en la pira, con Lucrecia y el infante dentro, prendida cuando los inocentes, para su desgracia, aún estaban vivos.

-...todavía soy capaz de escuchar sus gritos, de oler su carne quemada... -rememoró con pesar y en tono muy débil Satrio.

Pero a las puertas del Mare Tyrrhenum, con la barcaza a punto para sacarles del infierno que les había prometido Decio, Satrio trató de ahuyentar los fantasmas de su conciencia. Si bien el dolor era profundo y los gritos de los suyos tardarían años en apagarse en su interior, Satrio Volusiano pronto se dio cuenta de que el tiempo se les echaba encima y los pretorianos de Decio alcanzarían la playa de Ostia Antica antes del amanecer.

Se enjugó las lágrimas y, con más decisión que culpa, saltó al interior de la barca.

-¡Vamos Fortunato, debemos ponernos a salvo! ¡¡¡No deben ser nuestras vidas ni nuestras ganas de venganza lo más importante ahora!!! –le había dicho entonces para apremiarle.

Cuando la barcaza se completó con la pesadamente penitente figura de Fortunato y empezó a oscilar dubitativa por las frías aguas del mar, los ocho tripulantes que zarparon de Ostia Antica empezaron a ser conscientes de que no volverían a aquella urbe que, desde generaciones, tanto les había costado conquistar con su mensaje.

Roma, el centro del mundo, había sido intocable hasta la llegada de Satrio Volusiano y los suyos, que había entrado en la urbe como ya lo hiciera el nazareno en Jerusalén, provocando con su discurso constantes fracturas en los aparentemente fuertes cimientos del Imperio.

Así pues, no fueron ni los febriles combatientes germanos, ni la ordenada milicia griega, ni el estricto ejército cartaginés los que tomaron las riendas de la cabeza del mundo. Iban a ser los propios romanos, inconscientemente, los que acabarían hundiendo la poderosa nave imperial, guiados por la palabra de un general desarmado como Volusiano que obedecía órdenes de un Rey de Arena.

Mientras el vacilante e irresoluto esquife se alejaba de su último hogar para adentrarse en la oscuridad de unas aguas desconocidas, Satrio sintió por vez primera nostalgia del viejo Emperador Filipo quien, por ser de carácter débil y voluble, había permitido con su desidia la difusión entre su pueblo del mensaje de Jesús puesto en boca del propio Volusiano, sin pararse a valorar las fracturas que con ello estaba ocasionando en los pilares de su Sacro Imperio.

Roma, que celebraba con Filipo 'el Árabe' los mil años de su fundación, iba camino de precipitarse a su fin como Imperio en poco menos de un lustro sólo con el poder de la palabra de Satrio Volusiano. Pero, para desgracia de Volusiano y los suyos, el sucesor impuesto de Marco Julio Filipo no subestimó el poder de su mensaje. Y aunque a los desalentados náufragos les parecía que habían pasado años desde aquella enloquecida decisión tomada por 'el ilirio', su camino como proscritos no había hecho más que comenzar.

Ocho cristianos lograron huir esa noche desde el puerto de Ostia Antica de la furia del Emperador en Roma, pero en ese momento, pocas jornadas después de la dolorosa partida, sólo cinco de ellos esperaban en silencio a que una ola terminase de volcar sus limitadas posibilidades de salvación.

Hacía tres días que naufragaban por el Tyrrhenum o quizás habían alcanzado el Mare Ibericum, sin rumbo por determinar y sin medios para mantener alguna esperanza de sobrevivir. El viento les había empujado, sin quererlo, mar adentro e, inexpertos en asuntos de mar, no eran capaces de encontrar su norte o su sur, y su única esperanza se basaba en que un golpe de la providencia divina les empujaría hasta tierra de nuevo.

- Vamos a morir aquí, ¿no? – le preguntó sin esperanza Fortunato a Satrio, que no dejaba de tiritar y abrazarse a sí mismo, cabizbajo, temeroso y ausente, mudo y sordo al mismo tiempo, derrotado.

- ¿Vamos a morir, Satrio? – inquirió de nuevo Fortunato, insistiendo ante el silencio de su amigo.

Volusiano, con el pensamiento anclado en los acontecimientos sucedidos en el puerto de Ostia Antica, recuperó la conciencia y volvió de su triste letargo dirigiendo una firme mirada a su amigo. El pelo largo y mojado, que en su juventud había sido de color taheño, le cubría totalmente la cara, y la delgadez de sus miembros se había acusado por la falta de alimentos, pero Fortunato pudo ver la respuesta en sus lacónicos ojos, la convicción de que su final no estaba escrito aún, que ni la tormenta ni el mar podrían con ellos.

- Debemos luchar para no morir aquí, en medio de la nada, Fortunato...

Satrio Volusiano hablaba con más empeño que convencimiento, al tiempo que apretaba inconscientemente y con fuerza la bolsa de cuero que aguantaba en su mano derecha.

- ...el fin de los 'nuestros' no puede estar ni aquí ni ahora. ¡Amigos míos, no podemos rendirnos ahora...! –exclamó en voz alta para que también pudieran escucharle Crasso, Ligario y Livio, que se sacudían unos a otros el frío del amanecer en la proa de lo que quedaba de la barcaza.

Fortunato se fijó entonces en la oscura bolsa de cuero que firmemente sostenía Volusiano.

Durante muchos días, a lo largo de muchas millas caminadas, posiblemente desde que le conociera, Volusiano se había aferrado a esa bolsa de cuero marrón como si en ella estuviera su vida, como si cada vez que predicara ante las masas tomase una palabra de esa saca vieja de cuero pelado para inspirar su discurso. Y ni siquiera cuando la amistad entre ambos se afianzó en la *hermandad Satrio* le permitió husmear en su interior.

Aún así, y siendo la curiosidad mayor que su discreción, Fortunato le interrogó a menudo por su contenido, tratando quizás de comprender qué había allí dentro que le llevaba a ser tan vehemente en su fe. Para su desconsuelo, el fiel amigo siempre recibía la misma respuesta por parte de Satrio.

-No es el momento, Fortunato, pero ten paciencia. Por ser mi *elegido* te prometo que tú serás el próximo que verá lo que hay dentro de la saca...

Y Satrio cumplió su palabra.

Un día, de manera fortuita y arcana, cuando el gran Fortunato parecía haber perdido todo interés por aquella bolsa de cuero, Satrio Volusiano decidió que había llegado el momento de hacerle partícipe de su secreto y, a solas y durante horas, le había confesado una vieja historia, casi ancestral, relacionada con esa vieja bolsa de la que ni en aquellos angustiosos momentos de naufragio por el Tyrrhenum se separaba.

Tras la narración, Fortunato, con el ánimo resuelto y los ojos enrojecidos por la emoción, por fin había entendido el porqué de la fe de Volusiano, el motivo de aquel eterno peregrinaje y, sobre todo, la razón de su estrecha relación con el mensaje que su hermano en la oración predicaba.

Y ahora Fortunato, zozobrando sobre la barcaza en medio de aquel infierno de agua, comprendía que Satrio había tenido una razón importante para abandonar en Roma a la pequeña comunidad que creía ciegamente en él, si bien no estaba del todo seguro de que esa huida por mar fuera a tener el final que los cinco ansiaban.

Sería una corazonada, pero tenía la extraña sensación de que muy pronto se reuniría con la totalidad de los abandonados en la ciudad.

El pálpito hizo que Fortunato uniese sus manos en ademán de orar, gesto que sus otros cuatro compañeros de desventura acompañaron inmediatamente. En medio de aquel vacío de agua, a los cinco les pareció que tan sólo les quedaba la esperanza de rezar a la espera de recibir un golpe misericordioso de fortuna.

Sin embargo, y aunque fueron lo suficientemente devotos en su demandas al negro cielo que los cubría, el único golpe que recibieron fue en su costado de estribor, que hizo que las mudas súplicas se tornasen en un único grito de dolor, de angustia, de auxilio. El pequeño bote sin mástil fue capaz de aguantar un nuevo envite del mar, pero al segundo cedió y se quebró en dos partes, dividiendo así las opciones del grupo de mantenerse con vida.

Las enormes olas actuaron como se esperaba de ellas, con extrema rapidez y violencia, y los cinco temerosos marineros pronto desaparecieron bajo el salado manto de agua que les había roto en dos, mientras que el bloque de madera que segundos antes había hecho una barca segura se convertía en cientos de insignificantes pedazos de astillas desperdigadas sin orden ni concierto por entre el ir y venir del agitado oleaje.

Los gritos de desesperanza de Fortunato, Satrio, Ligario, Crasso y Livio se ahogaron enseguida, y el silencio del mar volvió a reinar inmediatamente en los infinitos dominios de Neptuno, recuperando su armonía lineal y pausada en el   horizonte.

Fueron largos segundos pero, de repente, y desafiando el mutismo y el equilibrio impuestos por el milenario dios del mar, se oyó inspirar con fuerza aire de vida. Fortunato, con medio cuerpo fuera del agua, recogía como podía todo el oxígeno que sus enormes pulmones pudieron aspirar, tratando de recuperar así el aliento que había creído perder instantes antes con el primer latigazo de las olas. Junto a él, semiinconsciente, y con la cabeza a flote bajo el fuerte brazo protector de Fortunato, Volusiano ya empezaba a respirar torpemente, tosiendo agua entre cada débil toma de aire.

Fortunato chapoteó a su alrededor y alcanzó como pudo el pedazo de madera más grande que encontró, dejando que Volusiano se agarrase a ella a modo de tabla de salvación, mientras él nadaba tratando de recuperar un minúsculo resto de balsa que le ayudara a soportar su pesado cuerpo sobre el inestable mar. Después trató de encontrar con la mirada a sus otros tres compañeros, pero la quietud que reinaba a su alrededor le hizo pronto comprender que los desafortunados Livio, Crasso y Ligario acababan de entrar en el Reino de los Cielos.

- ¡Fortunato, Fortunato! – escuchó gritar a pocos metros y con angustia a Satrio -. ¡Dios mío, Fortunato, ayúdame!

- ¡Estoy aquí, Satrio, justo a tu lado...!, ¡aguanta un poco,...! – chilló entrecortadamente el fornido pero exhausto Fortunato, tratando de salvar su propia vida y, al mismo tiempo, evitar que el mar les acabase de separar definitivamente.

- ¡Fortunato! – volvió a balbucear Volusiano el nombre de su amigo, a medio camino entre un desgarrado grito de dolor y un roto lamento -. ¡Fortunato, la bolsa...!, ¡Dios mío, he perdido la bolsa...!.

Fortunato volvió su enorme cuerpo hacia Volusiano y, agitando como pudo sus piernas mientras sus brazos descansaban sobre la diminuta tabla, se puso a la altura de su amigo, alargando aquél una de sus manos para que éste la recogiera.

-   ¡Fortunato!, ¡he perdido la bolsa! – le repitió desesperado cuando se puso a su lado.

Lloraba como si hubiera perdido su propia vida, y parecía que la habría entregado gustoso si se le hubiese permitido elegir.

-¡La tenía agarrada entre mis manos y la he perdido, Fortunato! –continuó sollozando Volusiano.

No quedaba en él ningún rastro de la seguridad y aplomo que le habían definido siempre.

-Deberías haberme dejado hundirme hasta el fondo, junto a la bolsa... Dios mío...No merezco estar vivo...

Fortunato, peleando por que ambos se mantuvieran a flote, y ajeno a los deseos de muerte de Volusiano, metió la mano bajo la helada agua rebuscando algo en el interior de la faja que apretaba su empapada túnica.

- ...No puedo decir que en este momento estemos mejor que antes –le interrumpió Fortunato cuando encontró en su cinto lo que andaba buscando- , pero para nuestra tranquilidad también pude salvarla a *ella*...

En ese momento dejó caer la pesada saca encima de la tabla sobre la que Volusiano se lamentaba.

Satrio, incrédulo, como si las palabras de su amigo hubieran surgido de su imaginación, comprobó que efectivamente aquella era su saca de cuero y que se encontraba a salvo. Después, y agarrándola fuertemente contra su pecho, no pudo contener un grito de alivio, de jubiloso descanso, al que añadió un intento de abrazo a Fortunato que a punto estuvo de costarles una segunda inmersión, pero que felizmente quedó en un amargo y profundo trago de salada agua de mar.

Una vez estabilizada la tabla con los dos supervivientes a flote, y con el mar de nuevo en calma y a favor, Volusiano se atrevió a comprobar que el contenido de la bolsa de cuero estaba intacto, recuperando la firmeza que parecía haberse tragado el agua junto a sus seis compañeros a medida que repasaba cada pieza del interior.

Habían zarpado de Ostia Antica ocho hermanos y, en ese triste momento, desubicados en medio de la nada, tan sólo resistían dos.

Pero, a pesar de las dolorosas pérdidas de esos seis amigos, la bolsa permanecía a flote. Y aquellos que se habían hundido, en el caso de haber conocido su contenido, habrían dado por buena esa sentencia si, después de todo, la pequeña saca de cuero y sólo uno de ellos ponía pie en tierra para volver a hacer germinar el esperanzador mensaje de su extinta comunidad, la *Ekklesía*.

- Está todo...– respiró aliviado Satrio después de revisar el interior de la pesada bolsa de piel.

Pero Fortunato no prestó atención al alivio de su maestro. Después de cumplir con creces el objetivo de sobrevivir a la emboscada de fuego de Decio *'el ilirio'* y a las embestidas del mar, propiedad de Neptuno, trataba de mirar más allá de la bolsa de Volusiano.

- ¿Dónde iremos ahora, Satrio...? – le preguntó desazonado a su amigo mientras trataba de orientarse entre las estrellas, sin límite de tierra al que aferrarse con la vista.

La larga noche del castigo del dios romano del mar empezaba a llegar a su fin y el alba anunciaba ya con ocupar su sitio de un momento a otro en el cielo, pero para Volusiano y Fortunato todo era oscuro horizonte de agua. Iba a llegar el cuarto día desde que escaparan del Emperador Decio y, alguna vez, días atrás, habían divisado muy a lo lejos tierra. Sin embargo el fuerte oleaje les había impedido manejar a su antojo la dirección de la barcaza. Y ahora no tenían ni siquiera eso.

- Tengo entendido que el Sol sale por el Este – pensó en voz alta Volusiano – y, como ves, está saliendo delante de nosotros. Eso quiere decir que, si queremos llegar a las tierras del norte de este mar, tendremos que ir hacia allá.

Volusiano señaló a la izquierda de su posición.

- ¿Y qué encontraremos en el norte?

- No lo sé Fortunato,... Tal vez Genua. Quizás la Galia. Y desde allí podemos llegar hasta Hispania. Intentar volver a Roma sería caer en manos de los pretorianos...

- Galia o Hispania... –dudó el coloso, mientras apartaba su fina melena de la cara y trataba de secarse los ojos con los puños empapados-. Aún así, los galos y los hispanos también tendrán tropas del Emperador Decio.

- Sí –le aceptó Satrio-, tienes razón, pero galos e hispanos han sido romanizados en las costumbres y latinizados en la lengua a la fuerza, y he oído de ellos que son rudos e independientes, tercos y, a menudo, desoyen la palabra de Roma...

- ¿Y qué podremos hacer allí, maestro? ¿Seremos bien recibidos...?

- Por haber permanecido tan lejos de la cabeza del Imperio y del resto de pueblos civilizados, desconocen la nueva verdad del Mesías, y estoy convencido de que nosotros hemos sido los elegidos por Él para llevarles su mensaje...

Volusiano y Fortunato, a pesar de lo trágico de su situación, dejaron volar su imaginación por un instante y se vieron caminando por los verdes prados de la Galia o por las cálidas llanuras de Hispania predicando nuevamente la palabra de Jesús y haciendo llegar su verdad donde nadie lo había intentado antes.

Pero a pesar de ese reconfortante sueño de esperanza que duró muy poco, la sensación de soledad y de miedo a morir volvió a cubrir sus húmedos rostros y entumecidos músculos cuando se vieron en medio de aquel prado azul, en el centro de ese frío llano de agua salada.

Tenían hambre, tenían sed, tenían frío y, sobre todo, habían llegado a tener miedo.

Y la esperanza de los dos predicadores poco a poco fue adormeciéndose sobre sus pequeñas tablas de salvación.

Como las piernas.

Como los ojos.

Como las pocas fuerzas que estaban a punto de agotar...

II

GENUS. ORIGEN

La chica, que conocía a la perfección aquel viejo estudio de los años setenta, se movió con presteza por la habitación mientras acababa de organizar con meticuloso orden la maleta que, de nuevo, debía acompañarle en pocas horas a España. Iniciaba así una travesía al país vecino en busca de respuestas a preguntas que le habían asaltado desde que podía recordar, interrogantes que, curiosamente, se habían originado entre esas mismas cuatro paredes.

Ella se llamaba Hélène. Y, como primer y único apellido, según ordenaba la tradición en Francia, lucía orgullosa el de su padre: Chevalier. Hélène Chevalier, hija del profesor Ferdinand Chevalier, celebradísimo arqueólogo local.

Al otro lado de la truncada ecuación familiar, el que hacía referencia a la madre, Hélène tenía pocos recuerdos de los que enorgullecerse, ni siquiera el fugaz rastro de una infancia afectuosa junto a sus dos progenitores, tan parecidos pero, al mismo tiempo, tan opuestos. Y aquello le entristecía sobremanera.

Dominique a secas. Así recordaba Hélène a su madre. Aquél era el poso que le quedaba de ella, una mujer profundamente devota, consumida por unas creencias religiosas que, por desgracia, habían acabado con su matrimonio con el profesor Ferdinand Chevalier y, de paso, con la estabilidad emocional de la pequeña Hélène que en el triste momento de la separación apenas tendría cinco años.

Hélène pensaba pocas veces en aquellos días, pero esa mañana los recuerdos familiares se habían precipitado en peligrosa avalancha sobre su memoria. Se recogió entonces la abundante melena pelirroja en una coleta y, mirando descuidadamente la maleta que estaba a punto de cerrar, se puso a hacer cálculos mentales: ya habían pasado veintiséis años desde la separación de sus progenitores, catorce desde la muerte de su queridísimo padre y once de la de Dominique...

De repente, sin proponérselo, una lágrima rebelde cayó por la temblorosa mejilla de Hélène, sabor salado resbalando sobre sus carnosos labios que le hizo cerciorarse de que, a pesar del tiempo pasado, aún no había aprendido a digerir la pérdida de la una ni, sobre todo, del otro. Y estar allí, en la casa de su padre, en el desordenado y caótico despacho del profesor, en el lugar en donde tantas veces había acompañado al curioso Ferdinand, le había asestado un fino y pequeño golpe de amargo sentimentalismo que llevaba tiempo sin percibir en el fondo de su estómago.

Fue entonces cuando sus enrojecidos ojos se pusieron sobre las dos únicas fotos que, hasta el último de sus días, su padre había decidido mantener sobre la mesa del escritorio del despacho.

La primera era de ella misma en brazos del profesor, meses antes de que Dominique les abandonase definitivamente por lo que Ferdinand siempre calificó como *"irrefrenable elección religiosa"*, una decisión que Hélène no se había atrevido nunca a juzgar ante su padre ni él tampoco había tenido el valor de argumentar ante la chiquilla pelirroja. Dominique les había dejado y padre e hija dependerían a partir de aquel momento el uno de la otra y la otra del uno.

Hélène tomó el marco entre sus manos y limpió con sus finos dedos el cristal lleno de polvo. Podía recordar el día y el momento exacto en que Dominique sacó esa maravillosa instantánea y, aunque levemente, todavía era capaz percibir el calor de la mirada de su padre reflejada en aquella fotografía de 1987 sacada en el balcón de esa misma casa, rodeados los dos, padre e hija, de la luz del sol y de su cuidadísimo plantel de macetas llenas de flores olorosas de colores infinitos, y en donde tristemente se perdía, al fondo, un tiesto donde, por mucho que lo intentaran el profesor y la niña, no brotaba la flor de la semilla enterrada.

-..."*la planta del dinero que no hay que regar*"- rememoró Hélène con algo de humor al repetir en voz alta las palabras del profesor Chevalier.

Besó entonces el reflejo de su padre en el sucio cristal e introdujo suavemente la instantánea en uno de los bolsillos de la maleta. No quería perder el recuerdo de la sonrisa del profesor.

La segunda fotografía, igual de polvorienta que la primera, era mucho más antigua, pero tampoco tuvo ninguna dificultad en reconocer a los componentes de la misma ni el lugar en donde estaba hecha.

-Papá, Jean-Paul, Basile y Dominique en el Martyrium de la cripta de la Abadía de Saint-Victor -susurró-. La cripta...

En la parte superior, a mano, y en desgastada tinta azul, el profesor había garabateado la fecha.

-Tres de octubre de mil novecientos sesenta y cuatro –leyó Hélène.

La chica sintió una nueva punzada en el estómago, como si al poner la vista sobre aquella reproducción supiera que estaba siendo testigo de una parte importante de su propia vida.

Y, en realidad, así era. Su padre y Dominique se habían conocido semanas antes de aquella instantánea en la excavación de la abadía marsellesa de Saint-Victor y, después de un largo noviazgo de siete años, finalmente se casaron en 1971, siendo Ferdinand Chevalier un distinguido profesor de universidad metido casi en los cuarenta y Dominique una preciosa e inteligente mujer de apenas veinticinco años.

Mucho después, en 1982, y cuando ya nadie la esperaba, llegó ella para entrometerse en sus apacibles vidas académicas. Nació la hermosa, la curiosa niña de pelo rojizo que, con el paso del tiempo, había acabado convertida en la sombra intelectual de su padre y, al mismo tiempo, en la más pesada carga de Dominique.

Hélène volvió a poner la vista en la fotografía del Martyrium, sobre la cara sonriente de su padre y, durante un breve segundo, se arrepintió de haber nacido. Cabía la posibilidad, pensó lacónicamente, de que sus padres hubieran seguido juntos de no haber sido por ella...

Sin embargo, pronto desechó aquel oscuro pensamiento que la martirizaba. Según palabras que su padre no se había cansado de repetirle hasta casi hastiarla, Dominique tenía encomendada para sí misma otra tarea mucho más 'profunda' que la de la maternidad. Pero Hélène, que jamás había sabido interpretar la 'profundidad' del hecho de que Dominique les abandonase por su fe, siempre pensó que el profesor trataba de justificar esa irrazonable decisión en un último intento por mantener viva la llama de su ausencia, dejando entrever en ocasiones que incluso había hecho lo correcto dejándoles.

Y, a pesar de todo, de las alegrías paternas y las decepciones maternas, aquella mañana de primavera provenzal sería el momento en el que todo se retomaría. Partía en pocas horas desde Marsella hacia Valencia para continuar con algo que su padre había iniciado acompañado de Dominique precisamente en los días en que se realizara la foto que todavía sostenía sobre sus temblorosas manos.

La acompañarían una maleta llena de ilusiones y una bolsa de mano con un libro desgastado que acababa de sacar de uno de los cajones del viejo escritorio del profesor Chevalier.

Sobre la cubierta, y escrito a mano con los finos e inconfundibles caracteres del profesor, un par de líneas que dejaba a las claras lo que podría leerse en su interior:

"Diario Personal - Abadía de Saint-Victor"

Hélène, hija de Ferdinand Chevalier y de Dominique, se preparó entonces para partir.

En aquel instante no importaba su nombre, ni su apellido, ni su origen. Tampoco que hubiese nacido en la Francia del Sur, en Provenza, ni que pareciese demasiado joven para andar sola por un país extranjero o para ser la encargada jefe en las futuras obras de restauración del Aula Capitular de la Catedral de Valencia. Nada de eso importaba, porque sólo eran datos de una ficha técnica.

Lo más importante en ese momento en que estaba a punto de partir era su presencia y, cuando se la veía, todo parecía absurdo ante la sonrisa que volvía a lucir. Y ahora, mientras cerraba la última cremallera, resplandecía en su cara como ningún ser humano habría sido capaz de hacerlo, como únicamente sería posible en la cara de un ángel que sólo algún iluminado del renacimiento habría sido capaz de imaginar.

Mientras tanto, al otro lado de la calle, un utilitario blanco ocupado por dos grandes sombras aguardaba pacientemente a que la chica saliera.

El vehículo llevaba un par de horas oculto bajo la sombra de un muro contiguo al edificio, al acecho de que la chica pelirroja saliera. Según las instrucciones que habían recibido los dos pasajeros, sería sólo entonces cuando uno de ellos subiría hasta el piso del profesor Chevalier mientras el otro volaría a Valencia, a distancia, discretamente, y procurando evitar que ella detectara su presencia.

El más alto se revolvió en el asiento del conductor, incómodo con aquella misión, como si las órdenes dadas por su superior no fueran con él.

-Por mucho que lo mande 'V', si yo subo a un avión y estoy cerca de esa pelirroja, será difícil que ella no se fije en mí – se vanaglorió de sí mismo, al tiempo que se acariciaba el pectoral y apretaba los puños para endurecer los bíceps en primitivo gesto de superioridad.

El otro, que no veía el momento de bajar del vehículo para separar su camino del fanfarrón que le acompañaba, no pudo reprimir una amenaza que salió desde lo más profundo de su estómago.

-Tú, durante el vuelo, simplemente procura guardar a buen recaudo ese maldito ego que algún día te perderá y evita dejarnos al descubierto o tendrás que vértelas con 'V'. O, peor aún, conmigo...- advirtió con total naturalidad Atlas a su compañero, chasqueando sonoramente los nudillos y sin perder de vista el portal del que, de un momento a otro, debía salir Hélène.

En ese preciso instante, un taxi aparcó junto al utilitario e hizo sonar dos veces el claxon.

- Éste debe de ser el de la chica –le indicó Atlas a su acompañante-. Recuerda, fanfarrón: procura ser discreto y, cuando llegues a Valencia, no olvides saludar de mi parte al jefe.

El grueso vigía bajó entonces del utilitario blanco, justo en el preciso instante en que Hélène salía del portal de la casa de su padre, ajena a los cuatro ojos que, como carroñeros, ya se habían posado sobre ella.

-Al BNP Paribas del Vieux-Port, por favor.

-Como mande, señorita –le dijo el taxista sin mirarla, más pendiente del programa de radio que retransmitía un partido del Olimpique que de su nueva pasajera.

-Cuando lleguemos, no se marche. Necesitaré que después me acerque hasta el aeropuerto...

III

MASSILIA, 252 d.C.

Massilia[2], al sur de la Galia, era una pequeña villa con pasado reciente griego que, convertida en próspero puerto del Mare Ibericum, llevaba tres siglos de pacífica convivencia con Roma, la última gran civilización que, con el uso de la fuerza, se había asentado en aquella tierra generosa y armónica de extensos prados con cientos de tonos en verde y calmosas aguas de mar azul cristalino.

Desde aquel forzoso y doloroso recibimiento de Julio César, trescientos años atrás, en las entrañas de la villa, desde que las legiones romanas se apropiaran de su extraordinario puerto, en el día a día de la villa de Massilia habían acontecido pocos cambios trascendentes para sus plácidos habitantes que, a pesar de la sosegada bondad de su carácter, y desde la ventaja que les daba la distancia, parecían dispuestos a mantener a toda costa cierta autonomía respecto a la capital del Imperio, como lo demostraba el hecho de que ni le rendían cuentas en forma de impuestos ni aportaban reclutas para sus ejércitos.

Caecilio, uno de los hombres más respetados de la villa por ser el segundo en importancia del *Consejo de los Cien Ancianos*, paseó la mirada con aprecio por los puestos que los tenderos de a diario habían instalado ya en el concurrido mercado de Massilia, justo al lado del gran rompeolas que evitaba que el Mare Ibericum la absorbiese.

Las verduras frescas, pescados en salazón, ánforas de vinos de toda la Galia, aceites de oliva o dulces de membrillo poblaban las mesas rica y cuidadosamente expuestas, mientras los jabalíes vivos gruñían con escándalo en uno de los rincones más sucios del

---

2 'Massilia' hace referencia a la ciudad francesa de Marsella

mercado, aguardando con resignación a que los taberneros y los ciudadanos massilitas les escogieran como una de las piezas de los manjares que servirían en sus mesas.

-Salve, Caecilio –le saludó a lo lejos uno de los tenderos, blandiendo en la mano una gran pieza de pescado ahumado.

El viejo Caecilio, que inmediatamente reconoció bajo el sombrajo del puesto a Lucio, el hijo de Sila, sonrió al chico desde la distancia y le dirigió ceremoniosamente un enérgico movimiento con la cabeza a modo de divertida reverencia, gesto que el tendero, feo y rocoso como su padre, jaleó con una estrepitosa risotada que dejó a las claras la irregular ristra de perlas negras en forma de dentadura que guardaba tras la boca.

-¡Padre le espera en la colina del cementerio! –le gritó Lucio sin importarle lo más mínimo si los asuntos a tratar con Sila eran en aquella ocasión de dominio público o privado.

Caecilio se puso serio y tenso.

Era habitual ver a Sila subido sobre su pequeña barca de pesca o compartiendo conversación como miembro en alguno de los Consejos de los Cien Ancianos, pero se salía fuera de toda norma encontrarlo en aquel emplazamiento por el que muchos massilitas se negaban a transitar, quizás por ser el mismo en donde se había llevado a cabo uno de los episodios más oscuros de la villa.

Caecilio sintió una punzada en la cabeza, como si recordar aquel episodio acaecido tres años atrás con el mismísimo Emperador Decio estuviera a punto de hacerle flaquear la cordura.

-Gratitud y augurios, hermano Lucio–le dijo el sabio massilita cuando se recompuso y se decidió a girar sobre sus talones, dispuesto a tomar la senda empedrada que debía sacarle del bullicioso mercado de Massalia para llevarle hasta el camino de ascenso al cementerio cristiano de la villa.

En cuanto el frágil Caecilio superó la insalubre cerca en donde los jabalíes salvajes gruñían y hacían sus necesidades para cruzar el arco de piedra de la Puerta del Muro Oeste de la villa, una ola de silencio se sumió sobre la pequeña *Plaza de los Dioses* que, en forma de punta de lanza, acaba en la diminuta senda que ascendía hasta el cementerio. Iban a ser dos millas de subida que aprovecharía para pensar en un asunto al que llevaba tiempo dándole vueltas, pero que no acababa de concretar: el nombre de su 'candidato'.

Sin embargo, las risas de un grupo de niños que corrían por detrás de él le distrajeron de su importante propósito. Los críos, que habían visto salir por la Puerta Oeste al lento Caecilio, se habían reagrupado en el mercado para abalanzarse en manada sobre el anciano para darle finalmente caza en la *Plaza de los Dioses*, cercándole y dando vueltas a su alrededor sin permitirle avanzar más en su camino, con la misma estrategia que hicieran el primer día y otros tantos después, la misma con la que siempre habían logrado satisfactoriamente su objetivo.

El sexagenario anciano, siempre tierno y afable con los niños, soltó una pequeña carcajada al verse, de nuevo, envuelto en esa inocente y pueril emboscada, y casi agradeció verles por allí, junto a él, para así no tener que obligarse a tomar una decisión para la que no estaba preparado. Los chiquillos, por su parte, al escuchar la derrotada risa del viejo, se animaron mucho más y empezaron a estirar de la toga de Caecilio, que por poco no se quedó ridículamente en cueros ante la insistencia de los tirones.

Uno de los niños, Dionisio, el más alegre y atrevido de todos, le cogió como de costumbre de las manos para arrastrarle hasta una centenaria columna de piedra del camino, acción que secundaron el resto de sus compañeros empujando por las nalgas al que se suponía que era ya su vencido orador.

Todos en ese punto del camino estaban ansiosos, preparados y expectantes por que el maestro empezase a narrar alguna de sus fabulosas historias.

- Está bien, está bien niños, calmaos, allá voy... – les dijo resignado Caecilio, sin perder en la cara la vieja sonrisa con la que toda Massilia le reconocía.

Obligaron entonces a sentarse al anciano en el centro de la plaza mientras los críos gritaban y reían al mismo tiempo, organizándose a su manera para formar un pequeño semicírculo frente a su presa. Caecilio, que para su desgracia no había tenido la misericordia divina de regocijarse con su propia descendencia, disfrutaba viéndoles sentarse en la vía de piedra, pidiéndose silencio entre ellos y con la ilusión reflejada en el brillo de sus ojos, ansiosos por escuchar algún lejano poema homérico o, en su defecto, algunas de aquellas crueles batallas de guerra de la cercana Germania.

- ¡Cuéntanos la historia de Volusiano y Fortunato! – pidió sin pensárselo dos veces Dionisio, mientras sus jóvenes amigos confirmaban con largos síes su petición.

Caecilio torció el gesto levemente. Aquel no era el mejor día para hacerle rememorar el naufragio de sus dos hermanos llegados por azar de Roma.

- ¿Otra vez? –intentó reconducirles el viejo orador massilita-. Estoy convencido que esa la conocéis de memoria. ¿Estáis seguros de que no queréis que os relate el paso del Rubicón por el Gran Julio César, y que utilizó para hacerse con las riendas del Imperio...?

Aunque trató de ser convincente, los niños de Massilia ya no querían escuchar aquel tipo de relatos épicos que grandes cronistas como Apiano, Suetonio o Plutarco habían tejido por los siglos con sus doctas palabras. El gran César de Roma, si bien trascendental para la comunidad, quedaba lejos del recuerdo de los infantes, justo trescientos años atrás. Mientras tanto, no era raro ver cómo los niños formaban pequeños corros alrededor de algún anciano del *Consejo de los Cien* para que les relatase, una y otra vez, casi sin descanso, la prodigiosa historia de los dos náufragos que Sila, uno de los pescadores de la villa, había recogido milagrosamente del mar.

Y, esa mañana, no sin pesar, Caecilio había vuelto a ser la presa más apetecible de aquella caterva de impúberes curiosos.

- Noooooooooo – gritó al unísono el grupo de niños con alboroto mientras movían los pequeños dedos de sus manos para confirmar con gestos lo que vociferaban.

- ...cuéntanos ésa de los náufragos, maestro Caecilio – volvió a pedirle Dionisio -. Es la que más nos gusta...

"Alea Iacta Est. La Suerte está echada...", debió de pensar el orador acordándose de las palabras de Julio César cuando trató de cruzar el Rubicón, acorralado el anciano por la inocente mirada del niño con los bucles de color oro.

El viejo Caecilio, que veía en Dionisio el ímpetu que ya empezaba a faltarle a él, acarició con ternura paternal las ondas del cabello rubio del niño. Si hubiese tenido un hijo, pensó con nostalgia, no tenía ninguna duda de que le habría gustado que se pareciera al pequeño Dionisio.

- Está bien, embaucadores, vosotros ganáis esta vez... Pero no os la contaré aquí en medio. Necesito caminar – y se levantó pesadamente para apoyarse en Dionisio-. Vayamos paseando y os la contaré subiendo hasta la colina del cementerio.

El griterío del grupo, como en la primera emboscada de la mañana, volvió a hacerse ensordecedor, extasiados todos por oír de nuevo aquella fábula donde tenían cabida toda suerte de elementos misteriosos, héroes mundanos y por supuesto villanos ruines y poderosos. Y al acabar, como siempre, los chicos, como si no supieran cual era fin de la historia, acababan volviendo a la realidad de su bendita infancia embobados y boquiabiertos buscando sin descanso por los alrededores de la villa algún resto, alguna prueba de la veracidad del paso de los dos náufragos por Massilia.

Los niños se arremolinaron a su alrededor, peleando por coger las arrugadas manos de Caecilio, mientras los menos espabilados veían cómo tenían que conformarse con corretear incansablemente a su lado, esperando a que iniciase el relato.

Mientras salían en grupo de la Plaza de los Dioses a partir de la cual nacía el sendero de tierra del cementerio, resultaba curioso ver cómo la villa había adaptado en aquel emplazamiento medio abandonado, y a su propio modo, las diferentes tradiciones que había ido recibiendo tras cada una de las dolorosas conquistas del pasado. Hasta ese mismo caluroso día del año 252 d.C., ahora bajo el mandato del Emperador Cayo Vibio Treboniano Galo, celtas, ligures, griegos, romanos e incluso egipcios habían sido capaces de asentarse con éxito en esa misma tierra, exportando -junto con sus tropas- a sus propios dioses, y dejando que todos convivieran en caótico orden.

En el pasado, en cada residencia de Massilia, por pequeña que fuera, podía encontrarse un dios para todo con mil formas y nombres diferentes. Para el amor les había valido la Afrodita romana, la Venus griega, Isis la egipcia, Démeter e incluso Eros. Serapis, venerado por los marineros del puerto de la villa, sentado y con el modio sobre la cabeza, había sido alabado tanto por griegos como por egipcios, pero nadie podía decir con certeza si provenía de aquí o de allá. ¿Cómo llamarles a algunos? ¿Zeus o Júpiter? ¿Hera o Juno? ¿Isis o Démeter? ¿Osiris o Serapis? ¿Atenea o Minerva? ¿Ares o Marte? ¿Dios griego o romano?...

Afortunadamente para Caecilio y el *Consejo de los Cien*, desde hacía tres años los símbolos y las efigies se habían trasladado para quedar plantadas y olvidadas en aquella misma *Plaza de los Dioses*, todos alineados con confusos nombres que nadie acertaba ya a dar porque nadie estaba interesado en recordarlos. Para los massilitas esas figuras ahora no eran más que pura superstición, quedándose únicamente en mero recordatorio de su pasado politeísta.

Caecilio las miró una a una y sin nostalgia al pasar, mientras los críos se subían a los pedestales de esos viejos mitos que sus ancestros habían venerado devotamente y que, con seguridad, en algún momento concreto, incluso habrían sido el origen o la excusa de alguna refriega local. Sin embargo, ahora esos falsos mitos se habían convertido en un dulce entretenimiento para niños, que se lanzaban desde las alturas hasta las espaldas de sus compañeros desprevenidos, para acabar riendo por lo divertido de su acción e incitando al resto a imitarles.

El anciano decidió salir de la Plaza y ponerse en camino cuanto antes. No sabía cuánto tiempo le esperaría Sila en el cementerio, y sentía verdadera curiosidad por conocer el motivo que había llevado al rocoso marino a citarle en *aquel lugar*. Los chiquillos, mientras tanto, continuaban jugando sin descanso por la estrecha senda, yendo y viniendo tantas veces hasta la posición del anciano que éste pronto sintió que le faltaba el aliento.

- ¿Cuándo empezarás la historia? – le preguntó de nuevo el travieso Dionisio, sudando la impoluta toga y jadeando de cansancio por el incesante trote y los saltos.

El cementerio aún quedaba lejos de la plaza de la villa y esos pocos cientos de pasos caminados a aquel ritmo empezaron a hacerle mella, por lo que decidió hacer una parada para tomar aire, momento que los incansables chicos aprovecharon para volver a cercar a Caecilio.

- Dejadme recuperar el aliento y empezaré – exclamó Caecilio ante los impacientes empujones de los niños.

El viejo maestro se sentó entonces sobre una roca pulida del camino y, acomodado sobre su dura poltrona de piedra, les señaló algo a lo lejos.

- Mirad hacia allá, al final del sendero – les dijo apuntando a la parte más alta de la colina, en la explanada sobre la que se extendía el cementerio de la villa -. ¿Sois capaces ya de distinguir a aquellos encapuchados que rodean esa lápida?

Los críos asintieron al unísono, con la vista mucho más afilada que la del viejo Caecilio y callados como nunca lo habían estado porque sus mayores les habían enseñado que en aquel lugar sagrado los muertos necesitaban del silencio para encontrar el camino que les llevaría a su nueva vida.

En ese momento, y aunque Caecilio no los podía distinguir con la nitidez de antaño, señalaba con su convulso índice derecho a un grupo de cuatro hombres, vestidos todos ellos del mismo modo con largas túnicas de oscuro y borroso tono hechas con mala tela de arpillera y cubriendo sus rostros con una enorme capucha cuyo aspecto asustó a todos los niños.

Cada uno de los encapuchados se había situado a una parte de la tumba y de la lápida que la identificaba, pero sólo uno de ellos estaba postrado de rodillas, justo frente a la losa de mármol inscrito, con las manos unidas a modo de oración. Los otros tres, de pie y con la cabeza respetuosamente inclinada hacia el suelo, parecían acompañar en su meditación a su cuarto compañero. Sin embargo, no sólo la posición, de pie o arrodillada, evidenciaba diferencias entre los cuatro. Mientras que el que hincaba los hinojos en tierra, a pesar de la anchura de la túnica, evidenciaba por debajo una complexión delgada y pequeña más propia de una mujer, los otros tres encapuchados parecían gigantes venidos de las frías tierras del norte, tan grandes y corpulentos que sus prendas constreñían sus músculos hasta quedárseles ceñidas a su pétrea figura.

Con certeza, pensó Caecilio con cierto orgullo tribal, aquellos tres Guardianes podrían rivalizar en fuerza y vigor con los pretorianos mejor preparados del Emperador.

Luego intentó definir el contorno del que rezaba con devota pasión sobre la tumba custodiada por los tres gladiadores. Se trataba del hombre más respetado de la villa de Massalia, la voz con más autoridad en el *Consejo de los Cien Ancianos* o, como empezaba a ser conocida, la *Ekklesia,* y el único que podía desautorizar las decisiones del propio Caecilio.

- Ya debéis de saber que esos cuatro penitentes de allá arriba son Volusianos – les dijo en voz muy baja el viejo Caecilio.

- Allí fueron sepultados Volusiano y su amigo Fortunato, ¿verdad, maestro? – interrumpió una vez más el impetuoso Dionisio, mientras sus compañeros abrían los ojos como platos al notar que entraban en los detalles comprometidos, los más sabrosos de la fábula.

La historia de Volusiano y Fortunato, por más que fuera reconocida por todos los niños, siempre les causaba el mismo pavor cuando Caecilio tocaba ese punto, justo cuando les dirigía la frase más conmovedora de la aventura de Volusiano y Fortunato en Massilia.

- Eso es correcto Dionisio, pero en esa tumba sólo descansan los pocos restos de huesos que algunos recuperamos de entre las cenizas...

- ¿Por qué los quemaron vivos?-insistió Dionisio.

Caecilio volvió a torcer el gesto, tal y como hiciera al empezar el camino de ascenso, mientras algunos niños se revolvían inquietos en sus asientos de tierra y otros aprovechaban para abrazarse entre ellos y, de ese modo, poder calmar el desconsuelo que las palabras del anciano y la pregunta de Dionisio les había dejado en sus tiernos corazones.

Otros, como el curioso chico de los rizos de color oro, se mostraron mucho menos cautelosos que sus compañeros de camino y, con aquella tierna mirada de apremio, le indicaba al viejo Caecilio que todos estaban ansiosos porque les diese la mayor cantidad de detalles sombríos, pormenores tales como aquel de la dura tortura en la hoguera, ya fueran verídicos o no, pero que hacían que sus narraciones fuesen mucho más perturbadoras y conmovedoras para sus pueriles corazones que las relatadas por el resto de oradores del *Consejo de los Cien*.

- No hará muchos años – continuó el anciano para no perder el hilo de su crónica-, cuando aún gateabais por el patio de vuestras domus, había un Emperador en Roma muy diferente al de ahora. Su nombre era Cayo Mesio Quinto Decio Valeriano Trajano...

Caecilio tragó saliva al pronunciar el nombre del gobernador romano que tanto dolor había provocado entre los massilitas.

- ¡Decio *'el ilirio'*! – exclamaron al unísono la mayoría de los chicos, que tenían bien presente en su imaginario la figura del anterior Emperador.

- Eso es, Decio *'el ilirio'*...

El viejo Caecilio les aplaudió. Empezaba a pensar que la historia de Volusiano y Fortunato ya había calado en las frescas mentes de esos críos.

- ...Pues bien – intentó proseguir el anciano-, este Decio ordenó apresar y ejecutar en la hoguera a todos los cristianos de Roma el mismo día que fue proclamado Emperador. ¡Roma ardió ese mismo día! –gritó teatralmente.

Algunos echaron hacia atrás las cabezas, como si con aquel grito Caecilio las estuviera empujando directamente contra el fuego abrasador de Decio.

- ¿Qué son los cristianos? – preguntó al fondo del grupo una niña pequeña que, siendo la primera vez que escuchaba la historia, fruncía el ceño a medio camino entre la confusión y el sobrecogimiento.

Caecilio, encantado de tener a una nueva concurrente, se levantó entonces y le tomó la mano. Ya estaba preparado para retomar el ascenso.

- Los cristianos son esos que hablan bajito delante de esas cruces – contestó resabiadamente Dionisio, al tiempo que señalaba algunas de las que sobresalían por el horizonte del cementerio.

Caecilio sonrió ante la ingenuidad de Dionisio y también le tomó de la mano, gesto que los dos niños elegidos tomaron como la mejor de las fortunas que la Providencia podía entregarles.

- …Los cristianos son personas como aquellos cuatro de allí – le rectificó Caecilio, señalando a los cuatro encapuchados -, personas como tú y como yo que creen en la palabra de Cristo. De ahí su nombre: cristianos.

- Pero Caecilio, ¿no habías dicho que ellos eran Volosianos? – interrumpió sin pensárselo dos veces Dionisio mientras le dirigía una mirada confusa que el resto de los niños compartió. Le había cogido el gusto a participar cada vez más de la narración.

- Volusianos – le corrigió el anciano con su impertérrita sonrisa en los labios-, Volusianos. Son cristianos porque creen en la palabra de Cristo, pero también son Volusianos porque guardan el secreto de Volusiano.

- ¡Ohhhhhhhhhhhh! – exclamaron todos los niños al unísono, más pendientes de aquellos arcanos pormenores que no de los religiosos.

- ¿Qué secreto guardan, maestro Caecilio? – preguntó entonces uno de ellos, copiando la actitud impaciente del pequeño Dionisio, que ya parecía haberse erigido en el líder de la manada.

Caecilio calló premeditadamente unos segundos y sólo con la mirada puesta alrededor del grupo buscó aumentar la cándida impaciencia de los niños.

Diana, por ser la más pequeña de todas y la que aún desconocía el final del relato, aparentaba ser la más asombrada de todos, agarrando con fuerza la palma del viejo maestro por miedo a perderse cualquier detalle, por insignificante que fuera.

- Un secreto que el propio Volusiano escondía en una bolsa cuando escapó de las garras de Decio...

Caecilio extrajo entonces de debajo de su toga una pequeña bolsa que, simuló, podría ser la de su historia, y con la que se ganó nuevas exclamaciones de los niños.

- ...una bolsa que casi pierde en el mar, mientras huía del Emperador sólo por ser cristiano...

El viejo maestro se detuvo, buscando en los ojos de los niños el reflejo de la intriga en la que les empezaba a sumir, mientras la pequeña Diana hacía el primer amago de ponerse a llorar. La fábula del anciano, debía estar pensando, no parecía tan divertida como el resto de los niños le habían asegurado.

- Aún así, su amigo Fortunato la recuperó – continuó -, ¡¡¡al mismo tiempo que libraba a Volusiano, con su brazo de fuerza descomunal, de ser tragado por las garras del mismísimo Hades griego...!!!

Caecilio ejecutó el mismo gesto que Fortunato podría haber realizado bajo el agua del mar y, al alzar la mano en señal de victoria, elevó su tono dramáticamente, agriando toda su endeble complexión y voz para impresionar mucho más a su ingenuo público.

- ¡Qué valiente! , ¡¡¡Fortunato el Valiente!!!– se oyó exclamar a alguno, mientras los demás abrían al máximo sus ojos, conteniendo la respiración como si hubieran estado todo el tiempo al lado de los dos náufragos de Roma.

Quedaban aún unos cuantos pasos hasta llegar a la última curva y Caecilio, caminando lentamente para acabar en la cima de la colina la historia, les instó a continuar el ascenso.

- Sin embargo –continuó-, ni Fortunato ni Volusiano estuvieron a salvo del todo hasta que, unos pocos días después, fueron encontrados por nuestro querido Sila. Y habéis de saber, niños, que estaban medio muertos, hambrientos y sedientos, con mucho frío, y sobrevivían flotando en el agua agarrados sobre unas diminutas tablas que, con probabilidad, antes habían sido su barca...

- ¡¿La barca la había partido Hades?! –intervino de nuevo la ingenua niña pequeña.

- Seguramente, Diana – le respondió comprensivo Caecilio a la niña, que empezaba a interpretar la historia de Volusiano y Fortunato a su manera.

El anciano le besó entonces en la frente. Seguía agradeciendo a Dios que el mundo continuara poblado de la inocencia de niñas como Diana o el propio Dionisio.

- Bien, dejadme seguir –quiso continuar el anciano, mientras ascendía pesadamente el último tramo de la escarpada pendiente del cementerio de Massilia-. Volusiano y Fortunato estuvieron muchas jornadas después descansando de su duro viaje y, cuando recuperaron las fuerzas, se ofrecieron a trabajar para pagar los amables cuidados que habían recibido de nuestra gente. Como ninguno de los dos era hombre de mar ni de campo pero aseguraron que sabían trabajar el hierro, se ofrecieron a ayudar a Flavio, el herrero.

- ¡Pero Caecilio, esa parte es aburrida!¡¡¡Cuéntanos más cosas de la bolsa de Volusiano!!! – vociferó valientemente un nuevo niño, que empezaba a contrariarse con el modo en que el anciano alargaba la historia.

- ¡Síííííí! Queremos que nos hables de la bolsa de Volusiano! – corearon a la vez el resto de sus amigos.

Caecilio, al que no le hacía ninguna gracia amputar elementos de la historia por petición de la grada, y menos cuando eran infantes, no claudicó y se resistió a las protestas de los críos.

- ¡Pero si, niños, todo tiene que ver con esa bolsa! – manifestó el viejo, tratando de convencerles -. Escuchad atentos y en silencio y enseguida me daréis la razón...

Los niños volvieron a cercar la enclenque figura del viejo, cada vez más débil y fatigado.

- ...Como os decía, Volusiano y Fortunato trabajaban con Flavio el herrero por el día, pero por las noches, se reunían en la *Plaza de los Dioses* para contar la historia de Jesucristo...

- ¡Los cristianos! – exclamó orgullosa la pequeña Diana, recordando la palabra que el anciano les había revelado.

- Exactamente, eran cristianos, y contaban las hazañas de Jesús, su vida, su sufrimiento, y nos enseñaron que esas figuras que habéis visto en la Plaza no eran más que un engaño. Nunca habían existido esos dioses, ni tenían esos poderes que los hombres nos habíamos creído. Sólo había un Dios, y mandó a su hijo, Jesús, para que lo supiésemos todos nosotros – marcando en el aire una pequeña circunferencia -. Le gustaba ayudar a los que sufrían, curaba a los enfermos, jugaba con los niños y hablaba con los más mayores sobre su padre.

A pesar de que los niños no entendían la mayor parte de lo que Caecilio les contaba en ese momento, permanecieron inmóviles junto a él, esperando con expectación el momento en el que la historia volviese a traerles detalles del objeto de su interés, la bolsa de Volusiano.

- Contaban que uno de sus seguidores, un amigo de Jesús llamado Judas –continuó narrando Caecilio -, le traicionó por unas pocas monedas, e hizo que le apresaran y le matasen clavado y asaeteado en una cruz...

Los niños se pusieron entonces serios, sin entender del todo el sentido de todo aquel sufrimiento que Caecilio les exponía.

- No os aflijáis – les quiso tranquilizar el anciano -. Sus otros amigos siguieron hablando y recordando a ese Dios y a Jesús. Y la historia la continuaron los amigos de sus amigos, y los amigos de los amigos de sus amigos...

Los niños volvieron a reír ante el trabalenguas que les estaba planteando el viejo.

- A algunos, a los que tenía más cerca, el Prefecto de la provincia de Judea, Poncio Pilatos, ordenó matarles como a Jesús, pero aún así muchos lograron salvarse...

- ¿Volusiano y Fortunato eran amigos de Jesús? – le preguntó seriamente Dionisio.

- Según pudieron contarme ellos, eran amigos de los amigos de sus amigos.

Y los niños volvieron a reír.

- Volusiano y Fortunato también hablaron de Jesús, antes que aquí, en Roma, pero el Emperador que había entonces, Decio, que no soportaba a los cristianos, ordenó que los matasen a todos.

- ¡Eso ya lo has contado! – interrumpió, entre las risas de sus amigos, uno de los de los chicos.

- Tienes razón, Servio. Pero, ¿a que aún no os he contado que Decio mandó tropas hasta aquí mismo, hasta Massilia, para acabar con Volusiano y Fortunato?

- ¡Noooooooo! – exclamaron los niños, al tiempo que se volvían a arremolinar contra la blanca toga de Caecilio.

- ¡Eso me había parecido a mí! ¡De acuerdo, entonces, si me dejáis, continuaré... Bien, hasta Decio llegó pronto la noticia de que aquí, en nuestra villa, habían llegado unos náufragos que, habiendo escapado de Roma, estaban extendiendo el recuerdo de Jesús por la Galia. Y el Emperador Decio, que inmediatamente supo quiénes podían ser, mandó a algunos pretorianos para que los capturasen y los quemasen vivos, tal y como ya había hecho con otros tantos en Roma...

Los niños volvieron a agitarse incómodos.

- Volusiano y Fortunato habían hecho muchos amigos en Massilia que creían todo lo que les contaban sobre Jesús y, escogiendo a unos pocos de esos amigos suyos, les contó el secreto de la bolsa que habían traído desde Roma, pero que venía desde mucho más lejos, porque a Volusiano se la había entregado su padre, un griego llamado Eutyches. Y antes que Eutyches la custodiaron su padre y el padre de su padre...

Los críos rieron ante el nuevo juego de palabras de Caecilio que, aunque no entendieron del todo, les hizo comprender que esa bolsa que con tanto celo guardaba en el cinto Volusiano era demasiado vieja, más que el viejísimo Caecilio.

- Cuando los pretorianos llegaron a Massilia, nos obligaron a entregar a Volusiano y a Fortunato a cambio de dejarnos en paz al resto.

El tono de Caecilio sonó más grave en ese punto, y un silencio respetuoso sobrevoló el grupo, al mismo tiempo que al anciano le caía una salada lágrima que costosamente surcó todas las arrugas de su cara.

- La guardia del Emperador, los pretorianos, los encontró escondidos en la herrería, donde durante la mañana habían estado trabajando, como de costumbre y, después de traerlos arrastrando hasta esta colina, entre sus gritos y nuestro cobarde silencio, los amarraron a un palo y los quemaron vivos, sin compasión, mientras los dos pobres chillaban por ese inhumano tormento.

Algunos de los pequeños que nunca habían escuchado esa parte de la leyenda rompieron a llorar, situación que aprovechó el resto para acompañarles. Caecilio, que se había dejado llevar por los sentimientos y había olvidado que se debía a un público infantil, buscó la manera de hacer apagar esas comprensibles lágrimas de desazón que también empezaban a cubrir su frágil corazón.

- ¿Queréis saber qué pasó al final con la saca de cuero de Volusiano?

Los niños se recompusieron levemente con ese aviso y, mientras los más mayores ya esperaban con ansiedad el final de la historia con nuevas sonrisas, los más pequeños como Diana o Servio apretaban sus diminutos puños contra los enrojecidos ojos, tratando de secar la tristeza de ese nuevo episodio.

- Los pretorianos quemaron, en la misma hoguera de Volusiano y Fortunato, todas sus pertenencias... pero nadie en la villa fue capaz de encontrar esa saca de cuero...

- ¿Y dónde puede estar la bolsa? – preguntó Diana-. ¡¡¡Yo quiero saber qué había dentro!!!

- Tendréis que buscarla – dijo con risa burlona, jugando con su frágil vulnerabilidad -, pero estoy seguro de que aquellos de allí – señalando a los cuatro encapuchados -, sus amigos, además de rezar por Volusiano y por Fortunato, tienen que saber dónde la escondieron.

- ¿Y no podemos acercarnos a preguntarles dónde está? – dijo con arrojo Servio, tratando de acortar en lo posible el desenlace del relato.

- ¡No Servio, no!, si no, no será divertido para vosotros. Venga, idos a la villa y buscad la bolsa, pero ya sabéis, sin preguntarle a *ellos*.

Los niños miraron a los cuatro penitentes y tomaron la decisión de bajar a la carrera hasta la Plaza de los Dioses en busca de su propio tesoro, mientras Caecilio acababa de ascender los pocos metros de la pendiente de la colina que había de llevarle hasta la figura de Sila, con Dionisio aún cogido de su mano. El niño sabía que ni en la Plaza ni en la villa encontraría respuestas, pues muchas veces había hecho el camino de vuelta, como ahora hacían sus amigos más jóvenes, para revolotear entre las pertenencias de sus padres y, al final de la jornada, salir con las manos vacías. Caecilio tenía la respuesta y no tenía intención de despegarse de su mano hasta obtenerla.

- Caecilio, ¿tú eras amigo de Volusiano y de Fortunato? – le preguntó directamente el niño cuando se quedaron a solas.

El anciano no necesitó pensárselo.

- Sí – contestó con breve sinceridad el viejo. Dionisio ya era lo suficientemente maduro para empezar a atar cabos.

- ¿Y es por eso que tú te pones a veces un hábito con capucha como la de esos hombres? Yo te he visto... ¿Tú eres Volosiano?

- Volusiano, se dice Volusiano. Y sí, Dionisio, yo también lo soy...

- Y...-el chico titubeó. No parecía atreverse a realizar la pregunta- ¿...tú sabes dónde está la bolsa?

- Sí, al menos una parte sí –contestó el viejo, mirándole directamente a sus intrigados ojos -. Pero no te lo diré todo hasta que seas un poco más mayor, cuando esté seguro de que sabes guardar un secreto importante. Entonces, querido Dionisio, tú serás mi *candidato*.

IV

MELODÍA DE ALBARICOQUE

Sentada en el balcón de su piso de alquiler, mientras la brisa de la noche valenciana arremolinaba su rojo cabello contra las páginas que, sin descanso, revisaba, Hélène cerró los ojos para dejar que su fantasía bailase al son del triste y grave timbre del duduk persa que su reproductor de cedes emitía sin pausa desde hacía más de tres horas. Aún no sabía cómo ni porqué, pero el sonido de aquel instrumento hecho de ramas de albaricoque la envolvía de un modo místico que siempre refrescaba su imaginación y le permitía superar con ánimos renovados cada obstáculo que se le presentaba.

Por desgracia, esa noche el duduk no era capaz de ayudarle en aquella prueba de la que, casi furtivamente, el profesor Chevalier le había hecho partícipe.

Sobre la blanca mesa de resina reposaba el viejo y manoseado diario de su padre, el que tenía todas las anotaciones del yacimiento de Saint-Victor. Junto a él, otros cientos de notas con la ilegible letra de la curiosa Hélène, líneas de pensamientos inconexos acumulados a lo largo de los años que siempre giraban en torno a la última voluntad del profesor Chevalier. También, junto a esos garabatos inconexos, había un pequeño papel con trazos de escritura perfecta y limpia, pulcra y ligeramente ornamentada en todas las consonantes altas, pero clara y nítida en su lectura. La nota de un amanuense versado como lo era el profesor Chevalier.

Hélène se giró sobre sí misma y, sin pararse a pensar en la hora, volvió a darle al play para imbuirse, una vez más, de la aresonidad de la melodía del duduk que, como un milagro, la hacía descender con su padre hasta el propio Martyrium de la abadía de Saint-Victor y, de paso, hasta los propios cimientos de esa historia.

"No sólo heredarás mi apellido o compartirás mi amor por la Historia, mi dulce Hélène... Sé curiosa como yo lo he sido, y lleva contigo siempre esta palabra: 'Synélefsi', pues aún te

quedan grandes gestas que descubrir por ti misma, del mismo
modo que yo hiciera en las criptas de Saint-Victor.

La Hydra de la Synélefsi renacerá"

La pequeña nota manuscrita en pluma de tinta azul estaba arrugada y deteriorada desde el primer día, como si, en cuanto la terminara de redactar, el viejo y perfeccionista Ferdinand Chevalier se hubiera arrepentido de haberlo hecho.

Sin embargo, allí estaba el papel, rendido entre las páginas de su diario de la abadía marsellesa, aguardando pacientemente a que un día indeterminado Hélène sintiera curiosidad por la historia de Saint-Victor.

La nota arcana llevaba años formando parte del ideario de la inquieta chica pelirroja, y cada una de las palabras allí escritas retumbaban a menudo en su interior en busca del sentido que el profesor Chevalier había querido imprimirle a la misma pero, una y otra vez, toda probabilidad de avance se detenía cuando empezaba a hurgar en la misma palabra.

-'*Synélefsi*'...-se repitió en voz alta, esperando que, al exteriorizarla, acabara encontrándole sentido.

No fue así.

Se levantó de la silla con el cuello cargado y tenso y, después de recoger con delicadeza cada una de las páginas manuscritas y recopiladas durante años, decidió que, para evitar caer rendida de sueño, le iría bien prepararse un café cargado.

Cuando llegó a la cocina, una tenue luz azulada parpadeaba rítmicamente en su móvil y, sin siquiera saber si el mensaje que había recibido sería de él, pronto se puso a fantasear con la tierna y tímida mirada del chico que había conocido hacía escasamente unas semanas, muy poco después de haber vuelto de Marsella para iniciar su proyecto de restauración del Aula Capitular de la catedral de Valencia. Fue justo allí, en aquella primera Sala catedralicia, donde coincidieron la primera vez.

Diego Moliner, Deco, era un joven y atractivo marchante de arte, y aquella primera vez él levantó la mirada de su bloc de dibujo para dejar de prestar atención al retablo que trataba de copiar. Puso todos sus sentidos sobre la chica que miraba atentamente la misma pintura, la inconclusa 'Adoración de los Reyes Magos', sobre la hermosa chica pelirroja que, desde debajo mismo del retablo, parecía buscar restos de detalles imperceptibles para el ojo no entrenado.

Al volverse, sus miradas se encontraron brevemente por unas milésimas de segundo y, en ese limitado cruce de miradas, Deco sólo fue capaz de sonreírle torpemente. Hélène, por su parte, se limitó a saludarle educadamente mientras, desde aquella distancia, escudriñaba fugazmente la reproducción que el "chico de los ojos bonitos" había realizado en su bloc de la 'Adoración'. *Su 'Adoración'...*

Fue sin embargo en la segunda ocasión cuando ella, inconscientemente, y para equilibrar la imaginaria balanza de encuentros casuales, acudió al lugar de trabajo de Deco. En su casillero, igual que en el del resto de sus compañeros del proyecto, alguien había dejado una invitación para una exposición que se realizaba en el Instituto Valenciano de Arte Moderno, el I.V.A.M. y, si bien casi se deshace de la misma, afortunadamente para ellos se decidió por lo contrario.

-Hola... Además del clásico, ¿también te interesan las nuevas tendencias en arte?

La grave voz que sonó por detrás de ella en aquella apartada sala del Museo la sacó rápidamente de su abstracción. "El chico de los ojos bonitos y melodía de albaricoque en la voz", Deco, le ofrecía con una bonita sonrisa una copa de cava y una pregunta que Hélène no supo en principio responder.

Después de aquel primer bloqueo verbal todo fue mucho más sencillo para ambos. Allí hablaron durante horas hasta que la exposición se vació por completo. Charlaron y discutieron amigablemente de arte, de sus viejos y nuevos proyectos en aquel complejo mundo y, sobre todo, conversaron con pasión de la catedral. En concreto, del Aula Capitular.

Hélène pareció liberarse aquella noche, junto a aquel desconocido, poniendo sus palabras en oídos de Deco.

Después de aquello vinieron otros muchos encuentros, acompañados todos de buena conversación con copa de vino en mano que siempre acababa en interminables y académicas descripciones de Hélène sobre el Aula Capitular de la catedral, retratos de la Sala que, ya fuera por curiosidad real o por deseos interesados, Deco nunca se cansó de escuchar con profunda atención.

Y en una de aquellas maravillosas noches de conversación liberadora al aire libre, sentados frente al envolvente sonido del mediterráneo valenciano, y después de que Deco se hubiera quedado por unos segundos en silencio mirándola con admiración, llegó el primero.

El primero de miles de besos.

Y la intermitente luz azulada de su móvil parecía venir a susurrarle que, detrás de aquel destello, estaba Deco. Deseaba que fuese él y, al desplegar el menú del teléfono, se confirmaron sus anhelos.

El duduk de albaricoque no le hacía progresar con la nota, y el café, que no tardaría en empezar a brotar tímidamente de la cafetera, se tomaba mejor en compañía, por lo que decidió responder al whattsapp de Deco con una pícara invitación a su casa.

"Yo pongo el café para no dormir esta noche"

Los emoticonos al final del texto, guiñándole el ojo y lanzándole incontables y carnosos besos, no dejaban lugar a las dudas.

En pocos minutos el sonido del timbre del telefonillo le corroboró que el chico estaba igual de impaciente que ella por dar ese nuevo paso y, sin haber llegado a mediar palabra ni haber llegado a sorber una sola gota de café, ambos estaban apasionada y desnudamente bailando horizontalmente al compás del duduk sobre el ruidoso colchón de la habitación de Hélène.

Julio Delicado no se despertó del todo bien aquella mañana en su lujoso apartamento del centro de Valencia, muy cerca de las principales arterias circulatorias de la ciudad pero, sobre todo, a muy pocas manzanas de su lugar de trabajo. Su *nuevo* lugar de trabajo desde hacía unos pocos meses.

La catedral de Valencia estaba a escasamente a setecientos metros en línea recta, salvando sobre el mapa de la ciudad todo edificio o muro que se le cruzase. De cualquier modo, Julio Delicado había de cruzar por algún que otro callejón inhóspito y de dudosa reputación para llegar hasta el templo cubriendo esa mínima distancia sobre plano, y el fuerte olor a orín de una de aquellas sucias esquinas le había hecho casi vomitar los excesos de la pasada noche en compañía de... No, por mucho que lo hubiera intentado, no era capaz de recordar el nombre del chico que, como un Adonis de los que había admirado cientos de veces en los mármoles que restauraba, le había seducido de aquel modo. Aún en ese instante, con la resaca todavía golpeándole inmisericorde en las sienes, no era capaz de saber cómo le había convencido para primero llevarle hasta unos malolientes retretes del bar en el que le había conocido y, sin proponérselo, hacerle experimentar su primera vez con un hombre, con este de rodillas contra su sexo. Aquella escultura tan humana de aspecto griego.

Griego...

Asustado se palpó entonces las nalgas y no sintió ningún dolor extremo. Respiró aliviado. O no había pasado nada por *allí* o el chico había sido cuidadoso. También quedaba la posibilidad de haber sido él el donante...Prefirió entonces convencerse con la primera posibilidad pero aún no tenía el convencimiento, por lo que intentó hacer memoria para despejar cualquier duda.

Una nueva arcada le subió hasta la punta de la boca, el punto de inicio de todos los males que recordaba de esa pesadilla, y lanzó lo poco que había cenado y lo mucho que había bebido hasta llegar a aquella degradante imagen que, esa sí, le martirizaba una y otra vez desde que amaneciera.

Aquella tibia sensación en el estómago, el agrio sabor en la lengua no era el mejor modo de empezar un nuevo día, justo el de la reunión con el arzobispo pero, aunque lo deseaba con todas sus fuerzas, su viejo cuerpo no podía dar marcha atrás a los acontecimientos de la noche ni a los efectos secundarios de los excesos que, por edad y reputación social, no podía permitirse.

En pocos minutos, y a pesar del malestar general, estaba plantado y descompuesto frente a la puerta de uno de los despachos privados del palacio arzobispal, en la antesala de uno de los hombres más respetados de la ciudad de Valencia, aunque sólo fuera por el puesto que ostentaba.

-Excelencia...-le saludo sumiso ya desde la entrada.

Julio Delicado, con sobreactuada humillación cristiana, se acercó hasta el arzobispo, marcando a cada paso, y como un lastre, la cojera de una pierna enferma que arrastraba teatralmente.

El prelado de Valencia no esperó siquiera a que el doctor estuviese cerca de él para empezar el interrogatorio al que tenía previsto someterle.

-¿Cómo van los preparativos en la Sala Capitular, doctor Delicado?

El arzobispo le hizo entonces un gesto a su secretario y éste le acercó solícito una silla y un plato rebosante de pastas de indudable elaboración monacal que Julio, a punto del vómito, rechazó de inmediato.

-Excelencia, todo está listo para empezar en el Aula Capitular. No tenga ninguna duda, después de que nuestro equipo lo restaure, el retablo de la "Adoración" quedará como nuevo. Estará en las mejores manos.

El prelado asintió casi sin escucharle. Su pensamiento, preocupado, estaba en ese momento en el muro opuesto al de la "*Adoración de los Reyes Magos*", la inacabada y maltrecha obra que uno de los grupos del doctor Julio Delicado iba a tratar de recuperar de su decrépito estado. Su imaginario inquieto vagaba, por el contrario, sobre el muro principal de la Sala Capitular en donde, desde décadas, reposaba la gran pieza de la catedral, el Sagrado Cáliz.

"El Sagrado Cáliz". Y la boca, el pensamiento se le llenó de orgullo al nombrar, al imaginar la Copa santificada durante la Última Cena.

El arzobispo se consideraba el custodio depositario de aquel regalo para la cristiandad, y la piel se le erizaba cada vez que contemplaba la posibilidad de que aquella valiosísima pieza hecha de ágata, oro y piedras preciosas sufriera algún desalmado ataque. Y, con su arrepentido consentimiento, todo estaba a punto para que un grupo de desconocidos operarios se preparase para vagar libremente por el Aula Capitular, rondando día tras día alrededor de su bien custodiado.

Julio Delicado detectó enseguida el mohín de rechazo en la cara del arzobispo y, como otras tantas veces antes, se apresuró a despejar cualquier duda que impidiese que su equipo comenzase la tercera fase del proyecto, después de haberse iniciado ya la de la bóveda de la Capilla Mayor y la del Refectorio.

-Quédese tranquilo, Excelencia. La doctora Chevalier, nuestra jefa de equipo en el Aula Capitular, es una profesional que tiene mi total confianza.

-¡Ah, la doctora Chevalier…! –una sonrisa maliciosa hizo entonces aparición en la comisura de los labios del sacerdote-. Admito que siento curiosidad por conocer el motivo de que ella haya acabado en mi catedral.

Un segundo de pausa bastó para que el prelado fuera directo al grano.

-Tengo entendido, doctor Delicado, que usted conocía bien a su padre…

Julio Delicado asintió incómodo desde su provisional silla de piel y espuma.

-...Querido doctor –continuó-, no debería sorprenderse de que le haga estas observaciones. Mi deber es estar al tanto de todos los pequeños detalles que orbitan alrededor de *mi* Sagrado Cáliz...

El arzobispo se persignó entonces, como si hablar de aquel objeto le evocara sensaciones divinas.

-...Y la chica francesa –continuó-, esta mademoiselle Chevalier de pechos turgentes y pecaminosos, parece fuera de lugar en mi catedral, entiéndame doctor Delicado. Así que cuéntemelo todo si no quiere que dé por finalizada ahora mismo esta conversación y, por consiguiente, que retire mi aprobación para que su equipo acceda libremente al Aula Capitular y, de paso, a cualquier espacio catedralicio.

Julio Delicado se agarró la rodilla izquierda, la insensible, y la apretó en busca de alguna fracción de dolor que, sabía, no llegaría a alterar su sistema nervioso.

"¡No!, aquello no podía estar pasando", pensó con horror Julio Delicado. Cerró entonces los ojos pensando que aquella escena también formaría parte de la pesadilla que vivía desde que despertara. Pero, al volver a abrirlos, el arzobispo continuaba allí, delante suyo, sonriendo maliciosamente.

No, no era un mal sueño del que poder despertar.

Inmediatamente después, cuando recobró el control mental de la situación, el doctor se detuvo en la amenaza que acababa de lanzarle el prelado y se dijo que no podía permitir que la historia de Ferdinand Chevalier en la abadía de Saint-Victor y su hija Hélène paralizasen aquel gran proyecto en la catedral de Valencia.

Respiró profundamente dándose unos segundos de tregua para pensar y, a su pesar, decidió seguirle el juego del arzobispo hasta donde pudiera, pero sin dejar espacio a su mecenas para las dudas.

-Como siempre, Excelencia, tiene usted razón –comenzó diciéndole lisonjeramente, pero sin intención de darle más información de la estrictamente necesaria-. En Francia colaboré, ya hace muchos años, con el tristemente desaparecido profesor Ferdinand Chevalier. Fueron mis primeros años en la profesión, duros de aprendizaje pero, por desgracia, con resultados pobres en pruebas arqueológicas...

-Aún así, confírmeme doctor: fue el padre de la chica, el profesor Chevalier, el que descubrió los cuerpos de dos mártires en una abadía del sur del país, ¿no es cierto?

Al doctor Delicado comenzaron a sudarle de repente las palmas de las manos.

"¡Dios mío! ¿Cómo este hombre puede estar tan cerca de la verdad?, ¿cómo puede haber llegado siquiera a relacionarlo todo tan rápidamente con Saint-Victor?", se asustó.

"Lo siguiente", maldijo, "será que deduzca que Hélène podría suponer un peligro para su Sagrado Cáliz, y aquello sí sería definitivo".

Trató de recomponerse por segunda vez. Quizás, se dijo, todas esas dudas del arzobispo eran una carambola y el prelado sólo sentía curiosidad profana por la historia de dos viejos esqueletos recuperados del fondo de una cripta sagrada.

"Curiosidad a lo Indiana Jones", pensó para tranquilizarse.

-La cripta de la abadía de Saint-Victor, en Marsella –le puntualizó entonces Delicado-. Desgraciadamente para mí y mi expediente académico, yo no participé de aquella extraordinaria expedición junto al profesor Chevalier...

El arzobispo se parapetó tras sus beatíficos anillos y, después de frotarse los nudillos en inquisitiva señal, le apremió para que no dejase aquella historia a medias.

-Reláteme, pues, todo lo que le contara el profesor Chevalier de la cripta de Saint-Victor...

El doctor Delicado volvió a removerse en el cómodo sillón de piel y, en ese momento sí, empezó a sentir cierta molestia en sus viejas posaderas.

Cuarenta minutos después, tras una larga entrevista con el prelado, Julio Delicado abandonó el despacho arzobispal. Habían sido muchos minutos de extenso resumen de los hechos acaecidos en Marsella, seguidos todos con intensa atención por parte del arzobispo y pesarosa narración.

Cuarenta minutos después el doctor se secó el sudor de las manos.

Y aún así, a pesar de la perspicacia del sacerdote, de la intensidad de su mirada tras cada frase recordada, había conseguido omitir la información que a él mismo le interesaba. Había apagado la posibilidad de que el arzobispo siguiera indagando sobre Hélène y, sobre todo, el motivo que podría haberle llevado hasta la catedral de Valencia, hasta el Aula Capitular del Sagrado Cáliz.

Y aunque todavía era una suposición, esa información, se dijo, se la guardaba para él mismo.

A él, como al arzobispo, también le había rechinado en su conciencia que la hija del profesor Chevalier le pidiera liderar aquel proyecto. La única explicación la encontró, como podría haber hecho el arzobispo si hubiera mantenido su interrogatorio, en el Sagrado Cáliz, la pieza de mayor valor simbólico del Aula Capitular, de toda la catedral.

Coincidir con Ferdinand Chevalier y con Dominique, su becaria en Saint-Victor y luego su esposa, y saber que a ambos les unía un profundo respeto religioso, cada uno a su manera... Esa parte se la había omitido intencionadamente al arzobispo.

Hélène, con aquella petición de trabajo en la catedral de Valencia, quería estar cerca del Sagrado Cáliz. Al menos eso era lo que había podido deducir el maltrecho doctor Delicado.

Ya vería cómo sacar provecho de ello.

V

LA VISITA

Con la llegada del buen tiempo a aquella extraordinaria ciudad situada a orillas del mediterráneo, la gente aprovechaba la ocasión para ocupar en pacífica masa las calles, llenándolas de su propio calor y aromas, desprotegidos todos el mismo día de las pesadas prendas del invierno que, hasta ese momento, oscurecían el ánimo de los oriundos y, posiblemente, el de muchos de los que la visitaban.

A esas horas, casi rozando el mediodía, y el sol pegando con fuerza contra los viandantes de la peatonal plaza de la Virgen de Valencia, la multitud sedienta que por allí paseaba se aprovisionaba desesperada de refrescos y helados con los que poder enfrentarse al pegajoso astro que les atacaba por sorpresa. Apenas tres semanas antes, una ola de frío había cubierto a los valencianos de la más profunda melancolía, como si las bajas temperaturas hubiesen congelado su innata cordialidad y alegría y los hubiera apagado con el más oscuro de los mantos. Pero el clima había vuelto a ser benévolo con Valencia y, entrando en su mes grande, marzo, el sol había renacido y hacía acto de presencia con todo su esplendor.

En aquel momento, Diego Moliner, Deco, era uno más de los afortunados que, en mangas de camisa, podía disfrutar de ese soleado día mientras paladeaba una fresca cerveza de abadía, apoyado en la barra exterior de una de las concurridas terrazas de la plaza, observando y absorbiendo el reflejo de cada una de las iluminadas caras con las que se cruzaba su curiosa mirada. Venía de una reunión totalmente satisfactoria, y en ese momento no le apetecía subirse a ningún autobús para acabar agobiándose con los apretujones, los acelerones y las bruscas paradas o con el interminable murmullo indiscreto de los pasajeros menos moderados... Deco había planeado que, aunque fuera a solas, ese día comería por allí cerca, relajada y plácidamente en alguna de las mesas que ya empezaban a montarse en la calle Caballeros, muy cerca del lugar en donde ahora se refrescaba. Sin embargo, y aunque empezaba a tener hambre, todavía era pronto para pensar en la comida, y decidió que aún le quedaba tiempo para hacer una visita importante.

La Catedral estaba ahí, frente a él y, aunque curiosamente en los últimos días la había visitado más a menudo, no se cansaba por ello de hacerlo de nuevo esa mañana. Tenía motivos más que sobrados para interesarse por el contenido de ese espectacular edificio de culto.

La *Puerta de los Apóstoles*, en la misma plaza de la Virgen y, por tanto, conectada directamente con el propio centro histórico de Valencia, estaba en ese momento cerrada al público, así que apuró su helada cerveza de abadía y se encaminó hacia el acceso principal, la *Puerta de los Hierros*, al lado del *Miguelete*, doscientos metros más abajo de por donde ahora se disponía a marchar.

La barroca entrada de los *Hierros*, situada en la base de la cruz que formaba la planta de la catedral, y a la que se podía llegar desde las calles de San Vicente y la Paz, tenía un aspecto mucho más sofisticado y recargado que la románica *Puerta del Palau* o la de los *Apóstoles*, de estilo claramente gótico, lo que daba evidente muestra de los cinco siglos que se habían alargado las obras de construcción de la catedral valenciana. La primera piedra se había colocado en el año 1262, y su fin se determinaba en algún momento poco concreto de finales del siglo XVIII. Y, precisamente, se ponía fin a la obra con la barroca *Puerta de los Hierros*, remate del trabajo y principio de la visita, haciendo bueno aquello de *"illi extremi primi erunt"*.

Los últimos serán los primeros...

Así pues, aquel brillante siglo XVIII y esa misma ornamentada puerta barroca habían marcado el final del proyecto impulsado por el gran conquistador Jaime I... O, al menos, su fin constructivo, puesto que los trabajos en el interior de la catedral seguían hasta esa misma soleada mañana de marzo con el proceso de recuperación de las zonas más dañadas por el tiempo y por el inconsciente uso, durante cinco largos siglos, de materiales de baja calidad, poco apropiados para una estructura que pretendía mantenerse hermosamente erguida para la eternidad.

La Generalitat Valenciana, junto con el Ministerio de Cultura del gobierno central, había previsto en el 2001 hacer una fuerte inversión en la remodelación y mantenimiento de determinadas salas de la añeja Catedral, pero hacía tiempo que ya había caído la primera década del s. XXI y aún no se habían cumplido ninguno de los buenos propósitos planteados, si bien era cierto que, a ojos de los visitantes, el continuo trajín de entrada y salida de trabajadores le daba a los primeros la sensación de todo lo contrario. Sin embargo, y como solía pasar siempre con todo aquello relacionado con la política, nada era transparente y todo era apariencia para, en su debido momento, conseguir arrancar algún voto indeciso.

Deco, que había accedido en ese momento al interior de la nave principal de la catedral por la hoja derecha de la entrada de *los Hierros*, se cruzó bajo la *Arcada Nova* con uno de los operarios que examinaba atentamente un portafolio con fotos y que, al reconocerle, le saludó con cierta indiferencia.

- ¡Ah!, eres tú, Diego – le dijo con desgana Rafael-. ¿Otra vez por aquí...?

La pregunta, indiscreta, y lanzada a conciencia para molestar al joven, la hizo casi sin levantar la vista de la carpeta.

Rafael Garrido era uno de los subalternos del doctor Julio Delicado, el director y responsable de la obra de restauración catedralicia, y la animadversión del joven operario hacia Diego venía de hacía poco, posiblemente porque sentía que Diego Moliner revoloteaba demasiado cerca de Hélène, su último e imaginario capricho sentimental, por lo que no se molestaba en disimular y exteriorizar su inquina cada vez que podía.

63

-    Necesito hablar con Hélène – le dijo Diego, ligeramente sonrojado ante la ruda forma de atacarle-. ¿La has visto por aquí?

Rafael se encogió de hombros con cierta indolencia, disfrutando de la tensión que, sabía, provocaba cada gesto y palabras suyas en el ánimo del chico. Mientras Diego era de aspecto aparentemente frágil y quebradizo, Rafael era grande, rudo y robusto, ventaja física que aprovechaba para ofender a todo el que podía sin plantearse el malestar que su actitud chulesca ocasionaba. Aún así, y a pesar de la desventaja física, Diego no se lo quiso tener en cuenta. Rafael sólo podía vanagloriarse de su imponente aspecto, el cual acabaría apagándose, como sus modales, con el paso del tiempo, justo cuando la Catedral se hiciera sólo un poco más vieja.

-    Me pareció verla hace un momento en alguna de aquellas capillas laterales – le contestó apático, señalando con su enorme y moreno brazo derecho la zona oeste de la nave central -. Pero ahora no la puedes molestar. Tenía una reunión con el señor arzobispo.

El contenido de la frase, convertida casi en amenaza, parecía construida y dirigida única y exclusivamente a él, como si el resto del mundo sí que tuviera autorización para llegar hasta la capilla en donde estaba Hélène y él, por expreso deseo de Rafael Garrido, no.

-    Entiendo… – asintió un poco disgustado Diego.

Tenía claro que, para el rudo operario, nunca sería bienvenido mientras continuase preguntando por la chica.

-…De todos modos, esperaré a que acabe su reunión. *Si no te importa*, me quedaré por aquí a dibujar un rato.

Diego ironizó discretamente en la cara de Rafael, harto de sus malos modos y su evidente amargura. Rafael Garrido, sin embargo, no se dio por aludido y, sin siquiera despedirse, giró sobre sus propios talones para encaminarse precisamente hacia las capillas laterales del ala oeste. Diego se imaginó entonces que, con cualquier pretexto, Garrido entretendría a Hélène sin decirle que había entrado a visitarla y con seguridad, esa mañana ya no llegaría a verla. Tendría que esperar hasta la noche, se resignó.

Aún así, y sin perder la esperanza de distinguir levemente, aunque fuera desde la distancia, la pelirroja melena de Hélène, sacó un pequeño bloc desgastado de dentro de la mochila que le cruzaba el pecho y, como otras tantas veces, se dirigió a la nave de la derecha, hacia la *Antigua Sala Capitular*.

A pesar de que las calles del centro de Valencia estaban a rebosar de gente, los pasillos de la catedral permanecían desnudos de visitantes, lo que generaba en el recinto una atmósfera de serenidad imposible de encontrar a esas horas en otro lugar. El aire olía allí de manera especial, como si alguien hubiese sido capaz de crear la esencia de la eternidad y la hubiese esparcido por cada rincón del sagrado templo, haciendo que, a cada bocanada de aire, los visitantes que a diario pasaban por allí pudieran sentirse transportados a otra época para imaginar con los ojos abiertos quién habría pisado en otros siglos ese mismo suelo sobre el que caminaban y qué infinidad de historias, trágicas y cómicas, serían capaces de contar todas esas paredes adornadas de vidas santas. Era sólo la cera que ardía en cada una de las velas encendidas de las naves laterales, pero eso le bastaba a Diego para sentirse transportado a otra época, a otro instante que envidiaba mucho más que el actual.

De manera casi autómata, y con la vista puesta en la parte opuesta del templo, Diego había cruzado por el este la *Arcada Nova* y el *tramo de los pies*, como se conocía familiarmente al pasillo que unía la catedral con la *Sala Capitular*. Casualmente, en ese momento era ese tramo el más concurrido de toda la catedral pues en el pasillo, como uno más de sus innumerables 'tesoros' históricos, se encontraba la tienda de recuerdos, habitualmente a rebosar de rosados ingleses en pantalón corto y sandalias de playa con calcetines oscuros calados hasta la rodilla.

Por el contrario, la *Sala Capitular*, donde ya había accedido Diego, se conservaba igual de abandonada de visitantes que el resto de naves catedralicias, ahora custodiada únicamente por un sacerdote que oraba, de hinojos en el pasillo central, ante la joya del edificio valenciano, el *Santo Cáliz* de la Última Cena, la considerada por la Iglesia católica como la única y verdadera copa con la que Jesús bebió e hizo beber de su sangre hecha vino a los doce discípulos la misma noche en que fue traicionado por Judas, apresado en nombre de Caifás y, finalmente, crucificado dos días después por los romanos.

La *Sala Capitular*, rebautizada en 1916 como *Capilla del Santo Cáliz* por motivos obvios, era una nave de planta cuadrada cuyas paredes medían aproximadamente trece metros de longitud. Según le había explicado docentemente Hélène, la *Sala*, previo encargo del obispo de la ciudad, Vidal de Blanes, había sido construida entre los años 1356 y 1369 por el maestro de obras Andrés Julià, el mismo que después levantaría el popular *Miguelete*. Pero, a pesar de tratarse de un espacio que el clero tenía previsto utilizar como Aula de Teología, finalmente se determinó elevar sus gruesos muros, de casi dos inusuales metros de espesor, lejos del cuerpo principal de la nueva catedral, aislada la una de la otra de por vida de no ser por la construcción, un siglo más tarde, de la *Arcada Nova* y el *tramo de los pies*.

Sin embargo, aquellos datos que Diego tenía aún frescos en la memoria estaban así por Hélène, porque todo en la Catedral adquiría sentido por ella. Y ahora, enfrentado a solas con su bloc de dibujo, Diego Moliner no entendía, no disfrutaba del mismo modo de la capilla como lo hacía junto a la bella Hélène. Los muros, antes vestidos de mil historias por la palabra de la chica, ahora sólo se cubrían de moho, y no prestaba atención ni a los enormes cuadros ni al voluminoso órgano, al retablo del altar, a las cadenas del puerto de Marsella, al púlpito, al coro o al propio Grial cubierto por su intocable caparazón de oro. Nada o casi nada de todo aquel manantial de recuerdos le sugería ahora una historia si no eran tocados por la dulce voz de Hélène, por lo que permaneció inmóvil y pensativo al final de la nave, sentado en la larga bancada de piedra del fondo de la *Sala*, esperando a que la capilla cobrase vida.

Desde su posición en el banco volvió a la realidad y puso entonces la mirada en el objeto que tan a menudo había ido a estudiar y, aunque fue una sensación fugaz, su corazón volvió a sentirse completo.

"Es solo cuestión de tiempo...", se dijo.

Mientras tanto, en el caluroso y bullicioso exterior, a unos cientos de metros de la *Capilla del Santo Cáliz*, un grupo de lo más pintoresco se afanaba en ese mismo instante por no perder puntada en los platos que les empezaban a sacar como aperitivo.

El Moro, el Colilla y el Espinaca se conocían desde pequeños, desde que un mal año de su complicada infancia coincidieran en *'San Mateo'*, el reformatorio junto a la avenida del puerto de Valencia, hecho ahora bloque de contradictorios edificios de lujo. Después de unos *provechosos* lustros juntos en *'San Mateo'* empapándose de lo peor de cada uno, y una forzosa separación por una mera cuestión de diferencia de edad, sus encuentros, por caminos individuales o colectivos, se habían hecho de nuevo más regulares, y se reencontraban a menudo -más de lo que quisieran- en la comisaría de la Alameda, en la de Fernando el Católico o en largas estancias en el penal de Picassent.

Sin embargo, esta vez, y para su tranquilidad, la reunión del trío de maleantes de *'San Mateo'* se hacía en libertad, rodeados no de policías o guardias de seguridad, sino de heladas cañas de cerveza, de picantes tapas de bravas y crujientes porciones de morro frito. El bar, en la marginal calle de las Cocinas, comenzaba ya a llenarse de parroquianos hambrientos y sedientos a la par, y a los experimentados camareros que servían en las mesas de la terraza se les empezaba a notar cierta irritación con los clientes más impacientes y maleducados.

-   ¡Eh!, niño, ¿traes tres más de éstas, o vas a hacerme levantar...? – le gritó amenazante el *Moro* a uno de los camareros mientras le enseñaba la copa vacía.

-   ¡Ya va, ya va! – contestó el chaval de malas maneras pero en voz baja, pues sabía que no debía buscarse líos con gente como el *Moro* y sus dos amigos.

Jacinto Valverde, alias el *Moro*, era el mayor y el líder de lo que algún funcionario en el reformatorio había venido a definir como *la banda de los desafortunados*. Rondaba los cuarenta y cinco, pero su aspecto, por la mala vida que él mismo se había buscado, parecía el de un jubilado de grado 'experto'.

Además de un particular color de piel oscuro en tono aceituna que de niño le había encasillado en el sobrenombre del que ahora se pavoneaba, destacaban en su castigada cara las cicatrices de heridas mal cosidas y unas abolsadas ojeras de peligroso matiz morado, así como un profuso y denso mostacho, desarreglado, afilado como un cuchillo por los bordes y cargado de canas de principio a fin. Un bigote descuidado que en ese momento limpiaba con desgana de restos de pan y espuma de cerveza. Sus ojos, negros como su pensamiento la mayoría de los días, brillaban astutamente, con las pupilas dilatadas en extremo, posiblemente por la ingesta de cañas sin medida, pero tenía una sonrisa extraña que hacía más turbadora la ladina luz de su mirada.

-   Nano, ya nos dirás de qué te ríes tanto – le dijo el *Espinaca* al *Moro* sin pensárselo dos veces-. Las bravitas y el morro están que te cagas, pero no es pa'tanto. Qué pasa, ¿qué después de tantos años t'has follao por fin a la *Chunga*...?

El *Espinaca*, que conocía sobradamente la desafortunada vida amorosa del *Moro*, se rió inocente y escandalosamente de su comentario, escupiendo al tiempo y aleatoriamente pequeños trozos de pan mascado sobre sus compañeros de mesa. El *Colilla* le acompañó en la burla, pero discretamente. Por ser casi de la edad del *Moro* y por haberlas sufrido en sus carnes desde jovencito, *el Colilla* tenía experiencia para aburrir en cuanto a las represalias que se recibían por comentarios jocosos como el que el irresponsable del *Espinaca* acababa de hacer.

Y el correctivo, como no podía ser otra manera, tardó poco en llegar.

Milésimas de segundos después de haberle formulado la desafortunada pregunta, el inconsciente bromista ni tiempo tuvo de cubrirse, y sólo fue capaz de percibir un fino zumbido camino de su vidriosa mejilla, justo cuando le cayó el primero de los sopapos que, definitivamente, acabó por vaciar de migas de pan su desdentada boca.

Algunos de los clientes sentados mesas más allá oyeron el golpe y se giraron curiosos pero, vistas las dudosas cataduras de los tres personajes que discutían, continuaron como si aquella violenta reacción fuera de lo más habitual en las terrazas del barrio.

- ¡¡¡¡Hijos de mil putas, sabéis que la *Chunga* no deja que me arrime a ella a más de quinientos metros...!!!! Su faca da fe... – les dijo el *Moro* pegando un golpe sobre la endeble mesa de plástico, dejando claro que no les permitiría bromas de ese tipo.

En un acto reflejo al recordar la navaja de la *Chunga*, el *Moro* se pasó uno de los dedos de su mano por la cicatriz que le cruzaba la mejilla izquierda. Le había dejado una fea señal en el rostro, pero también un buen recordatorio para toda la vida.

- ...y sonrío, meaculos -continuó en el mismo tono-, porque tengo un trabajito *pa* nosotros tres que nos puede sacar de *tos* los apuros que nos están jodiendo desde 'San Mateo'...

En ese instante, el joven camarero de su mesa llegó hasta ellos y, dubitativo, les interrumpió con las tres cañas que habían pedido poco antes de la gresca, momento que aprovechó el *Moro* para calmarse y el *Espinaca* para cerciorarse de que los pocos dientes que le quedaban estaban a salvo en algún rincón perdido de su maltrecha mandíbula. El *Colilla*, por su parte, se afanaba en encender los restos de un cigarrillo que había requisado del cenicero de una mesa contigua.

Cuando el chaval se hubo alejado lo suficiente, el *Espinaca* y el *Colilla* acercaron sus cabezas hacia Jacinto, buscando aislar su conversación del resto de las mesas.

- ¡Menos mal que nos traes algo, *Moro*... ya me veía otra vez fumando los marrones de la acera... –El tono del *Colilla* era ciertamente desesperado-. *Moro*, tú me conoces y sabes que a mí me la suda ni comer... ¡pero mis cigarritos que no me los quiten!

- Por mis cigarritos maaaaato –se mofó el *Espinaca* de su compañero, que parecía haberse recuperado con guasa del soplamocos endosado.

- ¡Chitón, cojones!, que con lo que traigo entre manos tú no vas a recoger más cigarros *del* suelo en tu puta vida. Ni caliqueños... A partir de ahora, puros, de los del Castro ese de Cuba – le tranquilizó el *Moro*, abriendo por debajo de la mesa una cartera de imitación repleta de billetes de cien euros.

- ¡¡Coooooño, *Moro*!! ¡Cuántos verdes! ¡Si parece un cuartel de la guardia civil! – medio gritó el *Espinaca*, lo que le costó la segunda colleja del día.

- ¡Si quieres, coge los billetes y enséñalos por todas las mesas, hijo de la gran puta! – le reprendió Jacinto.

- ¿Cuánto hay ahí, *Moro*? – le preguntó el *Colilla*, encendiendo nervioso otro cigarro, el primero de su segundo paquete, mientras no le quitaba ojo a la cartera.

- ¡Dos mil euros, veinte de los verdes, ¡y es sólo un pequeño adelanto!

- ¿A quién hay que matar?.... – preguntó con valentía el *Espinaca*, que parecía no darse cuenta de que con su lamentable físico no estaría para amenazar a nadie -... porque por esa pasta seguro que hay que matar a alguien...

- Pero *alma de cántaro*, ¿qué nos estás contando? ¡si hasta te pones a llorar cuando las abuelas a las que intentas sisar te sacuden con el bolso!, ¿cómo vas a querer matar tú a 'naide'? – le contestó con ironía el *Colilla*, al tiempo que, con la mano abierta, le propinaba unos sonoros golpes en la nuca. *El Espinaca*, inocente como siempre, se limitó a encogerse para que la palma de la mano de su compañero no le alcanzase directamente el pescuezo, mientras se defendía alargando su lenta y agarrotada mano contra la mejilla del *Colilla*.

- ¡Estaos quietos de una puta vez, peazos de mierda! – les maldijo el *Moro*, interrumpiendo la estéril batalla de insultos y golpes que se estaban repartiendo sus socios-. ¡Esto que traigo es un robo, pero un robo 'mu' grande, así que os quiero 'centraos' en 'tó' lo que os tengo que 'dicir'!

El *Moro* se bebió de un sorbo su caña y, cuando la cerveza ya le había refrescado la garganta, intentó explicarse.

- Ahora mismo serían quinientos del ala pa cada uno de vosotros y mil pa mí, porque yo lo estoy moviendo tó. Además, si sale como he pensao, serán más verdes de los que en un principio me habían ofrecío. Por lo tanto, más pa vosotros también – les dijo Jacinto.

- ¿Quinientos euros, ahora, por nada?. ¡Cojonudo!. Hace mucho que no la meto en caliente y que no me pego una buena 'fumá' de maría – dijo el *Colilla* -. Por mí, de puta madre. Estoy contigo pa lo que haga falta y más.

El Colilla se abalanzó entonces sobre su jefe y le obsequió con un sincero abrazo, fruto del giro que ese dinero parecía iba a darle a su desesperada vida.

- También puedes contar conmigo, *Moro* – le anunció el *Espinaca,* incorporándose al espontáneo abrazo de sus compañeros.

Se secó las primeras lágrimas con las manos y trató de recomponerse.

- Anda, cuéntanos un poco de qué va el asunto. ¡Y tú, guapa – dirigiéndose alegremente a una camarera - tráete tres güiscasos con Cola, que la tropa está seca...!

- Ayer me llamó la *Chunga* – empezó a contarles el *Moro* -. El fulano que le mangonea el coño ahora le había dicho que le habían presentado a un tipo que planeaba hacer algo gordo, y que necesitaba ayuda. La *Chunga*, que sabe que necesito la pasta como agua de mayo, se lo dijo a su pavo, y esta mañana me lo han 'presentao'.

- Nano, ¿te fías de la *Chunga* después de lo vuestro? – interrumpió el *Espinaca* -. Acuérdate que te pinchó dos veces...

Hubo un segundo eterno de silencio.

El Colilla sabía qué pasaría en ese momento, y no quiso ver la que le iba a caer al *Espinaca*, cerrando los ojos al escuchar el comentario de su inconsciente compañero, que parecía no haber escarmentado aún con la somanta de hostias que le había caído cada vez que se le recordaba al *Moro* su affaire con la *Chunga*.

Rojo   de   ira,   Jacinto   estalló.

- ¡Cómo me voy a olvidar de que me pinchó, *peazo de cornudo*, si cada vez que me río me tiran las costuras de los puntos! – arremetió el *Moro* -. ¡Será 'joputa' el tío!, ¡si me acuerdo de los pinchos, dice...!.

Fue entonces, de improviso, cuando le cayó el segundo gran soplamocos al *Espinaca*, rápido y efectivo, directo a la mejilla derecha, quizás para compensarla con la anterior.

- Escuchad – les dijo en voz baja, pero en un tono demasiado brusco como para no llegar a parecer amenazante -, no me fío ni de mi padre...

- ¡Coño, como que no le conociste... por eso acabaste en el reformatorio con nosotros! – le interrumpió de nuevo el *Espinaca*. Cuando fue consciente de que se jugaba la vida, tapó su desdentada boca con las manos, tratando de demostrar que no querría haber pronunciado esa última frase.

- ¡¡Yo sí que conocí a tu madre, maricón, y no me cago en tu padre porque igual soy yo!! – le gritó el *Moro*, haciendo que, por unos segundos, las mesas colindantes guardasen un respetuoso silencio que, igual de rápido que se produjo, se fue.

- Perdona *Moro*, no quería molestarte... – reculó de palabra el *Espinaca*.

- Vamos a ver si me dejáis acabar de contarlo de una jodida vez...

Jacinto se frotó con fuerza la frente, como si le doliese la cabeza.

- ....La *Chunga* me contó lo de ese tío porque a ella le debo pasta, mucha pasta, y sabe que como no consiga buenas

74

faenas no le voy a pagar en la vida, así que más le convenía a ella que a mí que el curro fuera bueno, fíjate tú. Si me lo ha 'pasao' – continuó aceleradamente el *Moro* -, es que es bueno. Además, para evitar movidas, le he pedido el adelanto, ¡que somos gente seria, jodeeeeeer! – golpeándose al tiempo con una mano en el pecho.

- Sí señor, *Moro*, ¡con dos cojones! – le vitoreó el *Espinaca*, tratando de volver a ganarse así el respeto de su ofendido amigo.

Los whiskys llegaron en ese preciso momento de celebración, y los tres aprovecharon la ocasión para brindar por su buena suerte, olvidando las pequeñas rencillas sembradas durante el almuerzo.

- Todavía no nos has 'contao' tu plan ni lo que hay que coger... 'prestao' – dijo el *Colilla*, que hasta entonces había estado muy pensativo con su cigarro en los labios.

- Antes que nada, os aviso. Aunque os parezca difícil o 'arriesgao', confiad en mí...– dijo el *Moro*, bajando el tono y acercándose al *Colilla* y al *Espinaca* -. El golpe sería en la Catedral...

- ¡Joder, *Moro*, una iglesia! –exclamaron los dos compinches.

- ...me da mal rollo, *Moro* – expresó el *Colilla*, exteriorizando cierto miedo por el lugar del delito.

- ¡Y a mí!. La última vez que entré en una iglesia fue el día de mi comunión, ¡¡¡y me 'comí' una hostia del cura...!!! – recordó el *Espinaca*.

- Sí, es una iglesia, pero os juro por mi madre que está todo bajo control. Si no, no me metía – intentó convencerles el *Moro* -. Mirad, ese tío me ha 'asegurao' que será entrar, cogerlo y salir,..... Diez minutos de faena y un fajo de pasta para repartir. ¡Es pan 'comío'!.

- ¿Y, entonces, por qué no lo hace él? – le preguntó el *Colilla*, que encendía un nuevo cigarrillo, aunque esta vez el pulso parecía temblarle más que de   costumbre.

- ¡Joder, *Colilla*, no sabía que te diesen tanto miedo los curas! – le recriminó el *Espinaca*, que se disponía a apurar su whisky.

- Mira mierdoso, a mí no me da miedo 'ná', ni 'naide' – le contestó enfadado -,... pero una iglesia es una iglesia – le admitió medio avergonzado.

- *Colilla*, mírame – le pidió el *Moro* -. Vengo de reunirme con ese tío, y sabía de qué hablaba... Y no lo hace él porque es un cagón. Pero nosotros no, nosotros somos de la Coma, ¿verdad?

- ¡¡Verdad, somos de la Coma!! – respondió contundentemente el *Espinaca*.

- Verdad – dijo el *Colilla*, pero sin parecer nada convencido de lo que afirmaba.

- Ese cagón ya nos ha 'dao' dos mil euros, y con su plan y nuestros '*güevos*' nos vamos a hacer ricos, ¡por mi padre! – juró el *Moro* agarrándose con fuerza la entrepierna, comentario y actitud con los que a punto estuvo de saltar de nuevo el *Espinaca*.

- A ver, *Moro* – volviendo a la realidad el *Colilla* -, explícate bien, que yo me estoy haciendo ya la picha un lío. Y tú, *Espinaca*,... ¿tú te enteras de algo? – le preguntó al más joven del grupo.

- Yo no – dijo medio riéndose, ocultando con la mano una sonrisa burlona producida por aquél último comentario del *Moro*.

- Éste no es el mejor lugar para hacerlo – intentó explicarse Jacinto Valverde -, pero os lo voy a contar o reviento. Ese 'pringao' que ha 'planeao' 'tó' esto quiere que nosotros entremos en la Catedral, jugándonos el pellejo, mientras él se queda en casita, 'tumbao' y con su birrita en la mano, esperando a que nosotros le llevemos el material.

- ¡Claro que sí! – dijo el *Espinaca*, dándole instintivamente de nuevo la razón.

- ¡Cómo que claro! – le reprendió el *Moro* -. ¡Y un cojón! – pegando un fuerte golpe en la mesa al que nadie, excepto sus dos compañeros, prestó atención -. ¡El niñato ese no sabe de qué va este mundillo!. Se piensa que todos somos unos soplapollas como él... y se va a comer con nosotros lo que Clavijo, porque conforme me diga todo lo que necesito saber 'pa' llevarme el material, le robo la idea y nos repartimos entre nosotros tres las ganancias.

- ¡Puta madre, *Moro*! – exclamó otra vez el *Espinaca*, aunque más pendiente de la camarera que de la idea de su jefe.

- ¿Y qué hacemos nosotros con lo que manguemos? –le interrogó el *Colilla* -, porque robar un 'loro' y colocarlo es fácil, pero entrar en una iglesia... – volviendo a dejar al descubierto su lado más débil -. Además, ¿qué podemos llevarnos de allí, el cepillo...?

Jacinto pensó si callarse, darles más detalles o hincharlos a hostias, pero con la cartera llena de billetes y la sangre a rebosar de alcohol no le importó ser un poco imprudente.

- ¡El cepillo, *Colilla*, para los que tengan pelo, no para los calvos como tú! – se desahogó Jacinto -. No *Colilla*, no. Lo nuestro será algo gordo. Vamos a por el *'Santo Grial'* – sentenció.

- ¿El qué? – preguntó el *Espinaca*, que en su vida había oído nombrar ese objeto.

- El *'Santo Grial'*, paleto, la copa donde Jesús bebió vino en la Última Cena – le aclaró el *Moro*, que venía con la lección de la mañana bien aprendida.

- ¡¡¡La Virgen!!! – exclamó el *Espinaca* al entender su significado -, ¡¡¡la Virgen!!!

- Jesús, *Espinaca*, no la Virgen – le aclaró burlonamente el *Moro*, mientras veía en la mirada de sus socios el asombro de la magnitud de su nueva empresa -. Y hablando de la Virgen, vamos a la catedral a echarle un ojo a la copita de marras. ¡¡Niña – le gritó a la camarera que servía en la barra -, la cuenta!!

VI

MARSELLA, 838 d.C.

Eran todos de piel oscura y lenguaje extraño en la boca, tan áspero éste que parecía que a ellos mismos les doliese pronunciar cada palabra. Quizás por ese motivo hablaban poco, sólo reían, mostrando con sus inmundas carcajadas filas de dientes sucios y ennegrecidos, marfil de ébano, escasos, que ya empezaban a perder, mientras que sus ojos contenían ira y desprecio, rabia suspendida en aquellos negros ojos inyectados en sangre, que hacían que quien los mirase sintiera frío en las venas y dolor en el alma.

Los diez extranjeros que habían alcanzado los primeros puestos de sorprendidos mercaderes se cubrían con largos y pesados mantos de llamativos colores que les envolvían de los pies a la cabeza a pesar del calor infernal, y adornaban sus pies con unas extrañas sandalias de cuero acabadas en punta curva.

Pero si había algo especialmente llamativo en aquellos diez desconocidos no era el color de su piel, ni su lenguaje, ni su horrible y aterradora forma de reír. No eran sus ojos ni su vestimenta; no eran sus babuchas. Lo que les hacía ser respetados en ese momento era la sangre, roja, muy roja y seca, que les cubría a todos como una nueva camisola, manchando los ocres de sus chilabas y el negro de sus caras, impregnando de ese color encarnado todo aquello que tocaban, todo aquello que se les ocurría mirar o respirar, todo lo que pensaban. La sangre les envolvía a los diez para delatarles por lo que allí había sucedido. Pero aquello no parecía importarles.

Sus naves, a decenas, habían surcado el mar hasta ese puerto del norte del Mediterráneo para llenarse de sangre y para cubrir el mar del oscuro plasma de los infieles que se les resistieran, para robarles hasta la esperanza y dejarles vacíos de ilusiones, para invadirles, para saquearles, para que supieran que lo podrían hacer cuantas veces quisieran desde ese momento en adelante.

Los diez oscuros hombres vestidos de rojo y otros cientos que en ese mismo instante se repartían salvajemente por Marsella eran sarracenos de Al-Andalus, guerreros y saqueadores de los territorios del sur de la península ibérica que ascendían hacia el norte como un virus jugando al pillaje en Balansiya, Barcino, toda la Italia mediterránea y la Galia provenzal.

En el otro lado, acorralados por la furia incontrolable de los piratas sarracenos, estaban los marselleses, ciudadanos cristianos que se desparramaban sin aliento por el agua del mar, por la boca de entrada del puerto así como por todas las calles y rincones de la ciudad. No había lugar en Marsella en donde no hubiera un muerto o un ciudadano malherido. Blancos y amoratados se repartían sin vida por tierra y mar, con los rostros violáceos que dejaba la muerte allá por donde caminara durante esa larga mañana de asedio arábigo.

-Os lo suplico hermano. Corred a Saint-Victor y avisad para que la *Synélefsi* se ponga en guardia o será nuestro fin...

El yacente marsellés que expiraba sus últimas palabras era frey Bellmont y no pudo ver cómo el precipitado mensajero, un espigado novicio que le acompañaba esa mañana en la compra de provisiones para la abadía, era alcanzado a traición por la cimitarra de uno de los diez piratas andalusíes que ya habían tomado el control del mercado en busca de nuevas víctimas con las que saciar su ansia de destrucción.

Fue entonces cuando uno de los andalusíes se percató de la arcada de piedra que había al final del mercado, a muy pocos pasos del clérigo al que acaba de degollar con su afilada arma.

-¡...Por aquí! –les gritó a los otros nueve cuando determinó que, detrás del arco, una senda bien empedrada podría llevarles hasta el templo del que parecía haber descendido su última víctima.

-¡Allí arriba tiene que haber más perros infieles escondidos! –les espoleó entonces el más enardecido y violento de todos, mientras el resto le seguía en su enloquecida carrera hasta la pequeña abadía que había construida en lo alto de la colina, pasada una pequeña plaza llena de ídolos cubiertos de moho y que parecía medio abandonada hacía siglos.

Posiblemente se podría pensar que toda aquella devastación exhibida en la ciudad de Marsella no se habría producido veinticinco o treinta años antes. Cualquier cronista podría haber escrito que los piratas moriscos no se habrían atrevido a llegar tan lejos en vida de Carlomagno pero, desgraciadamente para los intereses de los marselleses, el gran rey franco les había abandonado a su suerte hacía veinticuatro años, cuando la muerte se había reunido con él en su palacio de Aquisgrán.

El mismo héroe galo que huyera por el desfiladero de Roncesvalles y diera lugar a la épica *"Chanson de Roland"* nada pudo hacer en aquella ocasión por el inerte frey Bellmont y por el joven novicio que se desangraba poco a poco a su lado sin entender muy bien qué había pasado. Y los siguientes en caer, si todo se desarrollaba con la misma virulencia y precisión que el resto de los ataques, serían los desarmados clérigos que los diez sarracenos se disponían a acribillar en cuanto alcanzasen la cima de la colina que llevaba a la abadía.

Mientras tanto, en otros emplazamientos de la ciudad, los marselleses que antaño se veían con las espaldas y el pecho cubierto con el nombre de Carlomagno continuaron siendo masacrados, con el centro de la ciudad, la orilla del puerto y las franjas entre uno y otro tomadas definitivamente por aquellos crueles hombres teñidos de rojo.

Corría el 838 después de Cristo y, afortunadamente para los supervivientes que quedaban en aquel margen del mediterráneo encharcado de fluidos y carne, en unas pocas horas habría acabado el festín de horror que los andalusíes llevaban tiempo preparando.

En ese momento la mayor parte de las naves sarracenas que se habían llenado con botines de oro y esclavos marselleses se alejaban ya de las costas de la antigua Galia Narbonense, habiendo dejado claro que la paz impuesta por Carlomagno en esas orillas había llegado a su fin. Una orilla de la que, poco a poco, se iban distanciando esos primeros invasores, acompañando el movimiento de sus barcos sobre el mar con el sollozo de los niños que, asustados junto a sus madres presas, lloraban desconsoladamente en la crujía.

De los críos, ninguno había llegado a conocer el valor de vivir libres, pues no habían conocido al hombre, al rey que se la había proporcionado. De este modo, no lloraban por lo que perdían, sino por lo que habían visto ese día, por lo que estaban viendo en ese momento. La destrucción, el dolor, la desolación, la angustia que esos hombres cubiertos de rojo les habían infligido no era fácil de olvidar por la inocencia de los más jóvenes, lagrimeando mientras eran llevados lejos de sus casas que ahora ardían al otro lado, en esa costa que ya se antojaba tan lejana.

Sus madres, sin embargo, lloraban al mismo tiempo porque habían perdido su libertad y la de sus hijos, pero también porque ya no conocerían tiempos mejores así como tampoco sus descendientes, aguantando con asco que alguno de esos malolientes y desdentados hijos de mala madre les metiese entre las piernas su semilla del mal, apretando los ojos para no ver cómo los niños eran testigos de su violación, rogando a su Dios cristiano que ese suplicio no durase mucho más y, en el caso de hacerlo, que sólo ellas fueran las víctimas de tan horribles atrocidades.

Las madres lloraban, en definitiva, por la pérdida de todo lo bueno conocido, por haber dejado a sus hombres en Marsella muertos o, con suerte, heridos de muerte. Sollozaban impulsivamente por dejar sus casas reducidas al escombro, porque sus cuerpos ya no les pertenecían y porque sus hijos serían por siempre esclavos.

-¡Ahora me toca a mí...! –rió uno de los piratas mientras se alzaba y sacaba su miembro erecto de debajo de los faldones.

Había esperado pacientemente a que un par de podridos compañeros rebajasen las reticencias de aquella prisionera, pero su verga estaba a punto de estallar y necesitaba clavarla en aquella rebelde hembra de cabellos rubios que no parecía querer ser domada por sus nuevos dueños.

-Perra cristiana, voy a dejarte preñada en cuanto me notes dentro de ti...

Ensartó entonces su daga de carne entre las piernas de la mujer, que lo recibió con otro intenso grito de dolor y humillación que únicamente pudo ser silenciado por el sarraceno con un duro golpe en la cara que, por su contundencia y rabia, acabó por matarla.

-...aún así, acabaré lo que he empezado...-se limitó a decir el cetrino violador al comprobar que la mujer no respiraba, mientras continuaba hincando una y otra vez el miembro contra el sexo del cadáver de su presa.

Y así, suavemente, al compás del manso oleaje, las primeras naves sarracenas capitaneadas por la "al-Mansur", "la Vencedora", huyeron de Marsella con su botín de vidas blancas y mucho oro.

Al otro lado, en el puerto y en tierra firme, los ancianos y los cobardes se afanaban apilando miles de cuerpos inertes de hombres y mujeres valientes, todos mutilados por cimitarras y puñales cortos.

Y dado que ni los unos ni los otros estaban en condiciones de rebelarse contra lo que acababa de acontecerles, sólo el fuego de las casas marsellesas exteriorizó su exasperación negándose a ser apagado, luchando contra el agua arrojada por los supervivientes y haciendo crepitar la madera y el barro como si el mismísimo infierno les estuviese enviando un mensaje. Marsella ardía y se consumía muy lentamente, mientras que en lo alto de la colina, y a modo de antorcha, la capilla y el monasterio de Saint-Victor agonizaban entre ceniza y fuego.

Únicamente diez sarracenos habían sido necesarios para arrasar con aquel edificio sagrado de piedra y, a pesar de la actitud sumisa y dócil de sus moradores, ninguno de los monjes más jóvenes había sido capaz de sobrevivir a los cortes de los alfanjes de los paganos sobre sus cuellos, cayendo por un lado sus cabezas y por otro sus tiernos troncos, desplomándose sin queja alguna sobre el duro pavimento de la capilla.

Por el contrario, los más viejos y, por ello, menos atemorizados por la llegada de la muerte, quisieron presentar batalla y se arremolinaron en torno a la parte sur de la abadía, la que llevaba al acceso al cementerio de la abadía.

-¡Alá no os recibirá hoy a vosotros en el paraíso...! –bramaron algunos a modo de arenga, al tiempo que descargaban violentamente sus armas sobre los   rancios cuerpos de los frailes.

El intento de los hermanos más mayores de parar el asalto fue breve e infructuoso, y rápidamente se reunieron con los más jóvenes de la abadía.

-¡¡¡Aquí fuera hay más!!! –avisó otro al abrir el portón que defendían los viejos frailes y descubrir unas pocas sombras estáticas más allá.

Los diez piratas andalusíes que habían empezado el saqueo por su cuenta y, en su ascenso a la colina, habían tomado la abadía de Saint-Victor, estaban agotados, pero eran conscientes de que su rencorosa ansia y sed de sangre no acabaría hasta que se toparan con el último obstáculo. Y allí fuera estaban, esperándoles penitentemente sin ser conscientes de que estaban a punto de segar sus vidas con sus alfanjes.

Confiados y enardecidos por las túnicas de los monjes salieron los diez hasta la explanada para lanzarse contra esos últimos marselleses, los que darían por finalizada su incursión y les permitiría volver a su barco con un enorme botín de infieles ajusticiados y, lo más importante, con la llave que les permitiría alcanzar directamente el ansiado paraíso prometido por Alá.

Seis religiosos, seis hombres armados esperaban frente a ellos, todos alrededor de la misma tumba, la única cercada por una enorme cadena de hierro forjado, tan vieja como los propios moradores de la sepultura que rodeaba.

Eran sólo seis frailes, un par de ellos demasiado mayores para aguantar un largo enfrentamiento cuerpo a cuerpo, pero aún así a ninguno le tembló el paso cuando alzaron las espadas, pesadas, radiantes y lúcidas por la falta de uso. Delante de ellos, cuatro robustos hermanos con la cara oculta por la capucha del hábito esperaban, no sin cierto desasosiego, el sonido de la entrada de los infieles en campo santo, con la mirada puesta en el centro del corro que disciplinadamente formaban.

Los cuatro colosos cubrían a los dos ancianos y, al mismo tiempo, una sepultura, la correspondiente a sus dos venerados mártires. Volusiano y Fortunato.

-Pater et filius, arcadios de la naturaleza y pastores del rebaño perdido, venid a mí... -rezó el más viejo mientras miraba la lápida que tantas veces había honrado.

Uno de las cuatro rocas vestidas de hábito se lanzó entonces impulsivamente contra el grupo de diez sarracenos. No respondía a ninguna orden o instrucción militar, pero los andalusíes detuvieron la carrera en cuanto se vieron atacados por el coloso que blandía sobre su cabeza la espada larga como un auténtico gladiador.

Dos de los piratas cayeron enseguida bajo su certero acero, pero el resto se recompuso y acorraló al suicida entre risas pero con algo de temor pues dos compañeros habían sucumbido inexplicablemente a su diestra espada. Los otros tres frailes, al ver al punta de lanza en apuros, acudieron inmediatamente en su ayuda, que sin embargo no resistió demasiado tiempo bajo las estrenadas y perturbadas cimitarras de los servidores de Alá.

Quedaban ocho andalusíes extasiados por la recompensa que les aguardaba más allá, en el paraíso narrado en el Corán, con todas esas vírgenes desnudas rozándoles los genitales. Ocho locos contra tres gladiadores y dos ancianos.

El combate parecía desigual.

-¡Guardianes, proteged la fosa! –gritó desde la retaguardia uno de los ancianos, mientras se parapetaba tras un arma que, parecía, nunca había blandido.

Sin embargo el aviso llegó tarde. Uno de los piratas, que desde lejos había percibido la importancia de aquella tumba, se había lanzado contra la losa que identificaba a los dos cuerpos que bajo esa tierra descansaba, al tiempo que sus bravos compañeros fustigaban con golpes de acero a los tres enormes frailes que aún se atrevían a enfrentarse a ellos.

El sarraceno, llamado Daysam ibn Xaih, el que se mostró más enloquecido de todos en medio de aquella orgía de vísceras y dolor, saltó así la barrera hecha de eslabones oxidados para acabar golpeando con ira la losa de mármol gris, no parando hasta que finalmente la vio partida por la mitad.

Entonces, cuando cumplió su objetivo, levantó orgulloso una de las partes de la lápida, la de la derecha, alzándola en señal de victoria, mientras sus compañeros de saqueo, entre golpe y golpe de acero, le vitoreaban y le reían el gesto. Y sin pensárselo demasiado, Daysam ibn Xaih, con un violento movimiento hacia el suelo, lanzó la piedra que alzaba sobre sus brazos para hacer que ésta se quebrase en mil pedazos.

Los dos viejos frailes, que vieron como los tres guardianes no podían deshacerse de sus oponentes para salvaguardar la integridad de su bien más preciado, se lanzaron al unísono contra el andalusí que, desarmado y sorprendido por la fiereza de los ancianos, no pudo más que dejar ser llevado de sus manos hasta el paraíso prometido.

En ese mismo momento cayeron dos de los hermanos de la abadía, mientras los cinco supervivientes sarracenos se reagrupaban para calibrar las fuerzas.

-¿Acabamos? –preguntó indeciso uno de los andalusíes al que parecía el jefe del grupo. Su ansia de sangre ya había sido correspondida con creces, y no parecía tener ganas de reunirse aún con sus vírgenes.

-Acabamos o morimos, por Alá... -ordenó sin tener en cuenta la voluntad silenciosa de sus hombres.

El ataque final entre las dos religiones fue tan breve como aquella respuesta, y enseguida se esparcieron sobre el cementerio cristiano de la abadía de Saint-Victor los cuerpos de cuatro fornidos frailes y diez sanguinarios piratas andalusíes, los catorce desmembrados sobre la tierra del camposanto, que apareció manchado de sangre y sembrado de trozos de carne.

Desde abajo, ajenos a aquella pequeña batalla, y con Marsella totalmente derrotada, se oyeron nuevos vítores de otro grupo de piratas sarracenos que, en vano, esperaron a que sus compañeros de la colina bajaran a celebrar su victoria final sobre una de las ciudades más valoradas del temido Carlomagno.

Arriba, frente al puerto de la ciudad y en lo más alto de la colina, el fuego de la capilla ya había se había consumido, al igual que el de la abadía.

Y a pocos metros del edificio, mientras dos extenuados y viejos frailes se alejaban de él, cientos de huesos y kilos de carne despedazada rodeaban una tumba profanada de cuya lápida únicamente se podía distinguir:

O VOLVSIANO   (...)

TYCHETIS FILIO   (...)

FORTUNATO QVI VIM   (...)

S PASSI SVNT   (...)

GIA PIENTISSIMIS P (...)

EFRIGERET NOS Q   (...)

TEST   (...)

VII

DE ÁNGELES SIN ALAS

Hermosamente envuelta esa mañana con un vestido de gasa blanca, las voluptuosas formas del cuerpo de Hélène Chevalier parecían querer escapar de los rigores de la ropa, amenazando con provocar una auténtica catástrofe entre los pocos penitentes que se postraban ante el Altar Mayor de la Catedral valenciana.

- Pater, he pecado de pensamiento – diría el arrepentido penitente después, en el confesionario.

- Yo también Hijo Mío, yo también – podría reconocer el confesor.

Afortunadamente, y antes de que los parroquianos se hubieran dado cuenta de que la tentación había entrado en el templo, el ángel pelirrojo sacó de su diminuto bolso amarillo una larga bata blanca de profesional que dejaría oculta toda la sensualidad de su figura, pero que no cubriría del todo su encanto.

Su sonrisa perenne permaneció al descubierto, haciéndose cada vez más amplia, más bella, más sobrehumana.

De las tres puertas de acceso a la catedral, la de 'los Apóstoles', la de 'el Palau' y la de 'los Hierros', a Hélène siempre le gustaba entrar por ésta última, por la barroca, la de diseño más recargado y ostentoso, aquella que le hacía llegar directamente a los pies de la cruz de la planta.

Se trataba de un 'refrito' de última hora sugerido por el arzobispo Fole de Cardona a principios del siglo XVIII, una última ocurrencia que pretendía darle magnificencia y ostentosidad al edificio, aunque ello supusiese romper con la estética general de la nave y con el sentir del esquilmado pueblo valenciano. Y quizás sólo por aquel primer motivo, por la ruptura que suponía la 'Puerta de los Hierros' con el conjunto de la magnífica catedral, los arquitectos del XVIII incrustaron en el interior, a ambos lados del pie de la cruz, ocho pequeñas capillas de decoración neoclásica que pretendían hacer que el Barroco de su actualidad y el Clasicismo de los diseños anteriores se diesen la mano sin llegar a hacerse daño.

Entrando desde la *Puerta de los Hierros*, y caminando siempre por el lado izquierdo, en la llamada Nave del Evangelio, se alineaban las capillas de San Vicente Mártir, patrón de la ciudad de Valencia, San Luís, obispo de Toulouse, San Vicente Ferrer, patrón de la Comunidad Valenciana y, por último, la más cercana al eje de la Cruz , la única que siempre mantenía la cancela abierta y permitía a los fieles entrar a adorar y tocar su imagen: la dedicada a la Inmaculada Concepción, la 'sin mancha' patrona de España.

A la derecha de la misma entrada barroca, otras cuatro efigies custodiaban el paso de los feligreses por la llamada Nave de la Epístola. Primero la del apóstol San Pedro, como si la catedral fuese el paraíso celestial y él estuviera dándonos la bienvenida en él. A pocos pasos de San Pedro, la capilla del valenciano San Francisco de Borja y, en tercer lugar la figura de San José, el padre terrenal del Hijo. Concluía el crucero de la derecha con la escultura dedicada al arzobispo de Valencia durante gran parte del siglo XVI, Santo Tomás de Villanueva.

De este modo, la iglesia finalizaba y entregaba a la ciudad de Valencia y al pueblo arruinado una obra que los feligreses volubles identificarían como propia, en donde tenían cabida todas las figuras cristianas que les podían representar tanto en el cielo como en la tierra.

Un trabajo hecho a conciencia.

Hélène cruzó la Arcada Nova con la larga prenda blanca ya debidamente abotonada, al tiempo que acomodaba sobre su sensual y voluptuoso pecho una tarjeta que la identificaba como la Coordinadora Jefe del Ala Este. Caminaba deprisa, pues se había entretenido a la hora de la comida, y buscaba por la nave lateral izquierda, la del Evangelio, al único que estaría en condiciones de pedirle explicaciones por su retraso: el Director del Proyecto.

Casi al final del pasillo por el que parecía volar Hélène, esperando junto a la tercera de las capillas neoclásicas, una figura trajeada consultaba su reloj. La silueta era pequeña y encorvada, propia de un hombre mayor, pero el hombre del traje apenas superaba los cuarenta y cinco años. Su pelo, ondulado y desordenado, estaba a medio camino del color negro que tuvo a los treinta y del blanco que, posiblemente, tendría a los cincuenta, pero su mirada era viva como la de un niño, inquieta y minuciosa, atenta siempre a los pequeños detalles.

- Buenas tardes, Hélène – le dijo con cierto retintín a la chica al llegar ésta a la altura de la imagen dieciochesca de San Vicente Ferrer-. Llegas inusualmente tarde...

- Hola, Julio – le contestó Hélène, frenando en seco su media carrera.

Al pararse junto a su jefe, el color de sus mejillas se había sonrojado ligeramente por ese desliz tan poco habitual en ella. Tan *inusual* como le había dejado bien claro Julio.

- Perdona el retraso – se disculpó en un castellano más que aceptable, aunque manteniendo un acento que la delataba -. Salí a comer tarde y se me fue la hora...

Miró entonces su reloj deportivo, queriendo darle a entender que durante la comida se había olvidado por completo de echarle más a menudo un vistazo.

"...Deco", pensó la pelirroja para, de inmediato, casi volver al rubor que le provocaba estar junto a él.

- No es habitual en ti este descuido, Hélène, y espero que no lo tomes por costumbre – le reprendió dulcemente Julio mientras, sudoroso, se aflojaba el nudo de la corbata, complemento que, era palpable, le incomodaba utilizar.

Julio Delicado era, además del director del proyecto de restauración en el que ella iba a participar, un respetado profesor de la Universidad de Bellas Artes de la misma ciudad, amén de destacado arqueólogo retirado por culpa de un par de graves lesiones óseas en la rodilla izquierda que le hacía arrastrar sus pasos en lugar de permitirle caminar con elegancia y, sobre todo, con comodidad. Ni que decir tiene que el simple gesto de arrodillarse a observar detalles a ras de suelo se convertía en una pequeña tortura para su ego profesional.

A principios de los ochenta, el todavía imberbe Julio Delicado se había unido al grupo del padre de Hélène, monsieur Ferdinand Chevalier, uno de los más prestigiosos arqueólogos de Francia, y que durante el último cuarto de siglo había focalizado todas sus investigaciones en la provincia de Narbonne, en el Mediterráneo francés.

Allí, el profesor Chevalier había hecho importantes descubrimientos para la historia del sur de Francia pero, sin duda, nada tan sugerente como el yacimiento funerario del subsuelo de la Abadía marsellesa de Saint-Victor, en 1964.

Por desgracia, para cuando Julio quiso incorporarse al grupo de monsieur Chevalier, muchos años después del gran descubrimiento de Saint-Victor, el arqueólogo francés ya había bajado su ritmo de trabajo y, lo más importante, de hallazgos, siendo estos lo suficientemente importantes como para mantener la ilusión de sus decenas de ayudantes y muchos patrocinadores, pero no tanto como para desviar la atención del caduco arqueólogo francés de las dos únicas piezas que le interesaban en la vida, sus dos grandes tesoros.

La primera y más importante de sus debilidades era la pequeña Hélène, que crecía curiosa como el propio Ferdinand, al tiempo que hermosa como su ya distante madre, Dominique, y con idéntico color de pelo, tan taheño que parecía que el sol amaneciese cada mañana en sus cabellos.

La segunda, un roído pergamino que Ferdinand había descubierto en la abadía marsellesa, oculto bajo unas losas de la cripta, y que nunca figuró en ninguno de los inventarios oficiales de hallazgos del doctor. Se suponía que nadie, excepto Ferdinand Chevalier o quizás la propia Dominique, lo había visto jamás, pero la leyenda que afirmaba la existencia de ese pergamino creció durante años, como una bola de nieve, entre el grupo de ayudantes del viejo.

A pesar de todo, y después de haberle dedicado todos sus días y todas sus noches, Hélène y el pergamino tuvieron que despedirse del ilustre arqueólogo en 1999, cuando un cáncer de pulmón invadió su interior y le robó la vida. El fiel grupo de colaboradores del viejo Chevalier se disolvió poco después y Julio, que en esa época rondaría los treintaypico, pensó que lo mejor sería volver a España y crear su propio grupo de trabajo, trayéndose de Marsella el recuerdo de su viejo amigo Ferdinand Chevalier y un sinfín de historias que el profesor le había contado, algunas difíciles de creer y, de esas, unas muchas ya olvidadas.

Otras, sin embargo, no se olvidaron, pues uno de los que creyó en la veracidad de la existencia del pergamino recuperado de Saint-Victor fue el propio doctor Delicado, que le dio vueltas a su contenido sin siquiera haberlo podido tener entre sus manos, que fantaseó con posibles mensajes arcanos por descifrar, quizás con algún tipo de mapa secreto que les llevaría hasta un nuevo emplazamiento arqueológico, tal vez con la promesa de una narración épica y extraordinaria… Pero, por mucho que lo intentó, nunca lo supo.

Fueron tantas las probabilidades que, imaginó, escondía aquel pergamino que no había podido ver, que el doctor Delicado se obsesionó con su contenido. Y, fruto de esa obsesión, nació la sospecha de que los habituales viajes del profesor Chevalier a Valencia, a la catedral, estaban directamente relacionados con aquel inalcanzable y viejo trozo de cuero tratado.

El pergamino de Saint-Victor y la catedral de Valencia. ¡El pergamino de Saint-Victor y el Aula Capitular! ¿Sería posible?

Julio Delicado no necesitó mucho más para relacionarlo todo, como casi había hecho el arzobispo con su interrogatorio días atrás y del que, por fortuna, había conseguido zafarse con éxito.

Y por fin la confirmación de sus sospechas llegó cuando ya no lo esperaba, cuando pasados muchos años no sabía cuál debía ser el siguiente paso: Hélène solicitaba un puesto en su equipo, precisamente el definido para el Aula Capitular.

No, ella no quería estar en el Refectorio ni en la atractiva Bóveda de la Capilla Mayor. No. Ella solicitaba formar parte de un grupo menor e insignificante, el del grupo de restauración del Retablo de la 'Adoración de los Reyes Magos' del Aula Capitular, justo allí, donde otras tantas veces había acudido en secreto peregrinaje su padre tras lo de Saint-Victor.

Estaba, pues, a un paso del mensaje, del plano, de la historia épica...

Marsella. Valencia.

Abadía de Saint-Victor. Catedral de Santa María.

La Cripta. El Aula Capitular.

Ahora sólo tenía que estar atento.

- Me ha dicho Rafael que esta mañana estuvo aquí el arzobispo reunido contigo ¿Puedo saber qué quería ese viejo cascarrabias? – le preguntó casi sin esperar a que Hélène recuperara la respiración, y que aún resoplaba por la carrera de cincuenta pasos que se había pegado desde la Arcada Nova -. Creía que la reunión con él era para esta tarde, y sólo yo estaba invitado...

Su tono, tranquilo, escondía sin embargo cierto recelo que la chica pelirroja no supo interpretar.

- Oui... ¡¡¡es cierto Julio...!!! – reaccionó Hélène con pesar al darse cuenta de su grave descuido, posiblemente motivado porque en ocasiones seguía viendo al doctor Delicado como un amigo de la familia y no como su superior.

El segundo desliz el mismo día. Se le había pasado por completo informar a su ahora jefe de la imprevista visita del 'capo', tal y como conocían al arzobispo casi todos los trabajadores del proyecto.

- ...vino esta mañana buscándote –le soltó, tratando de recuperar el aliento y la confianza de Delicado-. Me dijo que por la tarde no podría reunirse contigo y por ese motivo decidió adelantarse para curiosear un poco. Sólo quería saber cuándo y por dónde empezaríamos a montar los andamios del Retablo, y como no estabas por aquí, no sé porqué, acudió a mí. Por cierto, no se le veía muy contento.

- ¡Dios, qué cruz nos ha caído con ese hombre...!

Hélène se rió con espontánea naturalidad. Le hizo gracia que Julio hubiera decidido liberar su evidente antipatía por el 'capo' con aquella expresión tan pía. Al mismo tiempo, hipócrita, calculada y frívolamente, también trataba de quitarle hierro a esa falta de respeto que el doctor, indirectamente, le había recriminado.

- Con ese pater metomentodo vamos a tener más de un problema – aventuró el restaurador, quejándose de los sistemáticos interrogatorios que les infligía el arzobispo -. Dime, Hélène, ¿qué llegaste a decirle?

- Nada, sólo la verdad. Le dejé caer que nosotros, el equipo, estábamos atados de pies y manos... que la Conselleria y el Ministerio de Cultura se pasaban la pelota los unos a los otros, y que los presupuestos no se acababan de aprobar del todo, que la política tenía otras prioridades...

Su tono, sin embargo, no sonó todo lo decepcionado que sus palabras querían dejar entrever.

95

-   No importa lo que le hayas dicho. Tengo la sensación que le habrá dado igual, ¿no es así? - le preguntó sin esperar respuesta alguna por parte de Hélène, mientras se masajeaba la rodilla sana, cargada de estar tanto tiempo forzando en la misma postura -. Acabará por echarnos la culpa del retraso del inicio de la obra en el Retablo a nosotros y, de paso, con que se está alargando el final... – se quejó amargamente Julio.

-   No te preocupes, Julio. Le dejé caer que, aunque no se aprobase del todo, en este momento el presupuesto sí que alcanzaba para acabar definitivamente en el Refectorio y el Altar Mayor. Aún así, me dio la impresión de que el arzobispo estaba más preocupado por el inicio en el Aula Capitular que por el resto de la obra...

-   ¿Te preguntó exactamente por la '*Adoración de los Reyes Magos*'?

Hélène negó con la cabeza.

-No... Más bien parecía preocupado por el Sagrado Cáliz...

Julio Delicado movió negativamente la cabeza, con fuerza, como si tratara de echar atrás con su pensamiento la última observación de la chica. Conocía de antemano el motivo de las dudas del arzobispo. Por su parte, y sin que Julio llegara a percatarse de aquel insignificante gesto, Hélène levantó levemente las comisuras de sus labios, como si una sonrisa maliciosa quisiera liberarse de la presa de su boca.

El gesto, por fortuna, no llegó a rebelarse ni a revelarse.

-   Ese hombre no quiere migajas para hacerle entrar en razón – comentó preocupado el director del proyecto-. A pesar de lo que parezca, restaurar el Refectorio es la menor de sus preocupaciones... Es únicamente el colorante en el guiso; sólo sirve para darle color. En cuanto al Altar Mayor, nos hemos limitado a ocultarle la verdad a la sociedad...

Y calló con cierto sentimiento de culpabilidad.

Entiendo... –susurró casi imperceptiblemente Hélène en tono afectado para volver a recomponerse en el papel que le correspondía. Conocía de sobra la historia del Altar Mayor.

Desde que en junio de 2004 se descubrieran accidentalmente, tras la bóveda barroca de la Capilla Mayor de la catedral, unos 'angelicales' frescos renacentistas, el arzobispado valenciano había tratado de ser muy cuidadoso con todo lo concerniente a la manipulación de su extenso patrimonio y con el tratamiento informativo que se le daba al mismo. Tras el descubrimiento de los frescos se produjo en la sociedad valenciana un intenso debate sobre la conveniencia de mantener intacta la plementería de estilo barroco o, por el contrario, desmontarlo pieza a pieza para sacar a la luz los frescos renacentistas del s. XV, batalla dialéctica que, finalmente, ganaron los diez hermosos ángeles de Francesco Pagano y Paolo di San Leocadio, los artistas italianos que habrían firmado la obra original en 1474.

Después de aquella dolorosa medida, y una vez sacado a la luz el fresco renacentista, quedaba por decidir una segunda cuestión de mayor trascendencia, una que no había llegado siquiera a plantearse al público por no haberse filtrado a los medios de comunicación: qué hacer con el único paño de la bóveda renacentista que había sido cubierto por *dos veces*.

Desde la distancia, a ras de suelo, el fresco expuesto del siglo XV era, parcialmente, el original, si bien uno de los plementos mostrados como originales ocultaba la idea inicial de Pagano y de San Leocadio y que, para los pocos que lo habían podido disfrutar, dejaba ciertas dudas sobre la religiosidad del fresco pintado.

Con toda seguridad, el que entonces fuera obispo de Valencia y mecenas de la obra en cuestión, don Rodrigo de Borja -futuro papa Alejandro VI- sería el catalizador de ese sugerente tema profano, tan de su gusto, pero posiblemente su cámara de asesores lo llegara a calificar de herético para los sensibles y piadosos ojos de los fieles valencianos y, como tal, ordenasen ocultarlo bajo el angelical paño que actualmente se podía disfrutar en la catedral, y que ahora, siglos después, estaba pendiente de la decisión del 'capo'.

Paganismo o Fe.

Y el arzobispo se decantó por la Fe y, de paso, por dejar a oscuras el último paño, el que daría sentido completo a la bóveda del Altar Mayor.

Julio Delicado volvió entonces a frotarse la rodilla y, para reactivar el riego sanguíneo en esa zona, cogió dulcemente del brazo a Hélène y se puso a caminar bajo los arcos de la Nave del Evangelio, en dirección al Altar Mayor, que quedaba entre la *Puerta de los Apóstoles* y la de *la Almoina,* frente al cruceiro.

- Hablando de otra cosa, ¿sabes por dónde paran las fotos que tomaste del interior de la Sala Capitular? Las he buscado toda la mañana en los archivos y no he logrado encontrarlas...

- No, – dijo la chica, tratando de hacer memoria -, no las he visto. Quizás las tenga Rafael. Esta mañana andaba cotilleando el interior de uno de nuestros portafolios.

Recordaba Hélène que, estando reunida por la mañana con el arzobispo, había visto pasar a su operario con una carpeta de fotos.

El director del proyecto suspiró. Quizás, pensó con cierto pesar, no había sido una buena idea el meter a Rafael en aquel embolado sólo por el mero hecho de ser su sobrino.

Afortunadamente para ambos, nadie había sido capaz de atar cabos en cuanto al apellido.

Julio Delicado y Hélène Chevalier cruzaron hasta el siguiente pasillo por entre los bancos ocupados por algunos feligreses, caminando lentamente en dirección a Rafael, que medio a escondidas se esforzaba por que no se escuchara la conversación que mantenía por el móvil en la capilla dedicada a Santo Tomás de Villanueva, en la Nave de la Epístola.

Mientras tanto, casi en el lado opuesto del templo, en la entrada por la Arcada Nova, tres erráticas sombras desaparecían ya por el tramo de los pies con pasos dubitativos.

Dos de los compañeros de Rafael Garrido Delicado, operarios rasos como él, no pudieron evitar soltar una honda carcajada que se expandió como un trueno por toda la nave hasta llegar a oídos del director y su coordinadora jefe.

- ¡Llevan una 'tajá' que no se pueden mantener en pie! – magnificó uno de ellos, al tiempo que volvían a reírse sin control.

- ¡El más flaco no ha hecho una sola línea recta! – le siguió el juego el otro.

- ¡Pues sí que empiezan pronto esos tres el fin de semana!...

A pocos pasos de los dos entretenidos operarios, las tres sombras se esforzaban por mantener el equilibrio por el frío pasillo del tramo de los pies, balanceándose al son que el alcohol se agitaba por el interior de sus vasos sanguíneos.

Justo a las puertas del Aula Capitular, uno de ellos no pudo más.

-*Moro*, no me encuentro bien.....

El *Espinaca* se apretó entonces fuertemente la boca con las dos manos. En esta ocasión no se defendía pues no iba a caerle ningún soplamocos. Lo que hacía era subirle, desde la boca del estómago hasta la garganta, toda la presión acumulada durante la comida, rehogada, eso sí, con demasiados litros de alcohol.

VIII

MAGNANIMIA

La cubierta estaba empapada, quizás por el fuerte y salino oleaje, acaso porque la noche había sido fría y la escarcha alborada habíase adueñado de las desgastadas láminas de madera por las que el regio Alfonso caminaba, tan resbaladizas que apenas si podía mantener firme su majestuosa compostura. Con paso torpe, mas digno, llegose hasta el castillo de proa y, desde ese punto, trató de distinguir algún viso de luz, algún mendrugo de tierra que situárale cerca de su designio. Mas lo único que se interponía en ese instante entre el llano horizonte de agua y su impaciente mirada eran las sombras de las diecisiete galeras que acompañábanle en aquella solemne travesía de hambrienta conquista por el Mediterráneo.

Lejos de esa cruda y helada estampa quedaba ya cuando soltaron amarras por vez primera, allá por el año del señor de 1420, desde el amadísimo puerto de Valencia, todo bajo un recuerdo cálido y un mar plácido bajo sus otrora trémulos pies. Era inexperto en casi todos los asuntos de la vida, más aún en los militares pues nunca había jalonado un ejército y ni siquiera participara como soldado en enfrentamiento de sangre, y, subiendo por la pasarela de su impoluta galera, asumía por primera vez el mando de una multitud que preparábase para entrar en combate y, con certeza, morir en su nombre. También, por supuesto, en el de su añorada y bien amada patria.

Pareciéndole agora siglos, había salido con algún lustro de retraso desde que su gabinete de guerra trazara en la febril mente del regente el germen del plan a seguir, sembrando en la testa de Alfonso victorias en reinos por conquistar y nuevos placeres mundanos con los que su descarnado cuerpo gozar. Y hacíanlo sin el beneplácito de su madre, ni el de su santa esposa ni, por qué no admitirlo, el de la totalidad de la corte. Mas finalmente, Alfonso logrolo y reunió un nutrido grupo de valientes nobles, caballeros e hidalgos venidos de Venecia, Aragón, Cataluña, Mallorca y Valencia. Y, para hacer el trabajo más indecoroso, aquél con el que los de apellidos de rancio abolengo no querían mancharse, llenó su flota de lo peor que pudo encontrar en sus apestadas y lúgubres prisiones. Asesinos y ladrones, estafadores y desertores, pícaros y adúlteros llevarían en alta mar los remos que moverían sus naves, y en tierra firme las espadas que atravesarían a traición el torso del enemigo. Esperaba...

Casi tres mil hombres y niños imberbes hacinábanse el primero de aquellos lejanos días en cada rincón de la treintena de galeras y buques de transporte que salieron rumbo a Cerdeña, mas agora, en pie, oteando el horizonte desde la proa de la nave regente, sólo era capaz de contabilizar diecisiete de las treinta, y casi la mitad de su valeroso y entregado ejército había perecido en algún lugar de su amadísimo Mediterráneo en su intenso aprendizaje como jefe de las naves y de la Corona.

Recapituló un segundo. Las islas de Córcega y Cerdeña ya caían rendidas a sus pies, en tanto que Nápoles habíasele resistido... con su beneplácito.

Luego llegaba la hora de pensar en regresar.

Sus hombres, agora compañeros, estaban extenuados y manchados de por vida en delitos que ciertamente el Salvador no les perdonaría aún si viviesen en adelante cien ejemplares vidas. En la mayoría de los casos, encontrábanse heridos de muerte o malheridos y tan solo buscaban palabras acogedoras con los que volver a encontrar la misma paz con la que zarparan, mientras que los barcos, de famélicos, amenazaban con romperse a cada golpe de mansa ola. Mas, antes de volver, restábale a Alfonso una última partida, quedábale por intentar tomar un último enclave. Deseaba un recibimiento victorioso, glorioso, y, de regreso a Valencia desde Nápoles, había planeado atacar Génova, al Norte de la península Itálica.

De esa idea inicial, pensaba dolido, hacía ya quince días, estando a cinco de noviembre del año de 1423.

Toda su fuerza naval estábase apostada aquel día de principios de noviembre en el Golfo de Gaeta, en Sant'Erasmo, y allí habían urdido un plan de ataque contra Génova que sería respaldado desde tierra con la infantería de la servil y bella ciudad de Florencia. Tratábase de una acción envolvente, acaparando las galeras la inocente atención de los genoveses hacia el mar mientras, por el flanco este y, desde tierra, los valientes infantes florentinos les encerraban y masacraban por la espalda.

De madrugada, los soldados de ambos flancos ya estaban preparados para embestir con virulencia la norteña ciudad itálica, pero justo cuando las naves reales partían desde Gaeta, el destino aguardoles con un escollo en mitad del Mediterráneo en forma de temporal de aire y lluvia que hizo zozobrar de un único más certero golpe a una de las galeras, la mal llamada 'Salvación', hasta el fondo del mar, y a punto estuvo de hundir al resto de la armada junto a ésta cuando, tratando de recomponer su eje, viró contra natura y lanzó su quilla herida contra la galera más cercana que le acompañaba, la más dura, brava y aguerrida de todas la de su flota, la favorita del rey Alfonso, la 'Santa Ana'.

El vendaval, convertido así en insólito e inesperado enemigo del ejército hispánico, obligó entonces a las sufridas naves del rey Magnánimo a tomar una nueva ruta de refugio, lanzándose precipitadamente desde la vía original de Sant'Erasmo hasta el de la Isla de Ponza, a la espera de que el tiempo mejorase y las condiciones para el ataque de Génova fueran las más óptimas para su propósito de conquista. Alfonso bien sabía que las galeras podrían haber llegado a la ciudad genovesa a golpe de latigazo del cómitre, pero las naves de refuerzo necesitaban desplegar sus velas y, en esas condiciones, el viento habría acabado por hundirlas. Y enfrentarse a los genoveses con la mitad de su ejército era entregar más de media batalla, riesgo que ni quería ni podía asumir.

Esperarían pues en Ponza y, con el viento a favor, atacarían todos al unísono.

Mas pasaron las inevitables jornadas de espera y la calma en el Mediterráneo no parecía llegarles nunca, y a medida que pasaban los días más segura era para la agotada tropa la partida a casa sin haber siquiera rozado la deseada Génova, lo que tornose en un nuevo cambio de estrategia que, en definitiva, éralo llanamente de objetivo.

Alfonso el Magnánimo y sus galeras dirigiríanse rumbo a Pisa, casi a medio camino entre Gaeta y Génova, mientras que las doce naves veleras que acompañábanles, mucho más lentas, y bajo el gobierno del buen almirante Cardona, viajarían en dirección a las Iles des Hyères desde la Isla de Ponza, atravesando el canal existente entre Córcega y Cerdeña, sus recién estrenadas pertenencias.

Eso había sido 8 días antes, el doce de noviembre. Mas amanecía el vigésimo día de ese mes y Alfonso V, rey de la inmortal Corona de Aragón, apoyado sobre ambas manos en la baranda de la rembada, aún no era capaz de distinguir las figuras de los navíos que, con seguridad, hacía tiempo que le esperaban en Hyères.

-¡Majestad! – gritó precipitadamente alguien a sus espaldas -, ¡Majestad!.

Hacia él corría, atravesando con destreza la crujía, un chico aparentemente joven, de apenas una quincena de años con aspecto de no haber pegado ojo en toda la noche. Llevaba un sucio blusón, manchado de sangre y sudor no se sabía si de uno o dos meses atrás, con una melena descuidada y mal anudada con una cinta de color negra, y unos pantalones que, nuevos, si es que algún día lo fueron, habríanle cubierto por debajo de las rodillas, pero que ahora estaba tan roído que no podría asegurarse si vestían o desvestían. Era Marco de Luna, un pequeño pirata siciliano que se había ganado el aprecio del Magnánimo.

-¡Majestad!, – repitió por tercera vez, con el resuello perdido por la carrera - ¡mire! – dijo señalándole al horizonte.

Marco le entregó entonces al soberano un catalejo dorado que tenía a su lado, pieza que el monarca había heredado pocos años antes de su difunto padre Fernando.

-¡Por allí! – le insistió el grumete siciliano, manteniendo firme su dedo índice en el horizonte -. ¡El vigía dice que las tres islas están a poco más de medio día de aquí!

Alfonso sonrió por vez primero en muchos días.

-¡Ahora las veo, al fin, gracias Dios Mío! – confirmó extasiado Alfonso, que cada vez veía más cerca el momento de entrar en combate y, por descontado, de volver al abrazo de su querida Aragón -. ¡Les Porqueroles, Port-Cros y Levant!. ¡Ya estamos ahí, muchacho!. Despierta al capitán y dale un mensaje, que acuda presto a la carroza de popa. ¡Vamos, corre chico!.

El tiempo había pasado muy despacio desde que salieran de Sant'Erasmo, en el Golfo de Gaeta, y durante esos ocho días de travesía no había hecho más que fantasear con la posibilidad de entrar en ese nuevo enclave del Mediterráneo. Había planificado con el capitán de su galera real, y a la vez su mano derecha, Joan de Corbera, cómo atacarían, pues ya sabían de antemano cómo se defenderían aquellos.

Mientras caminaba por la crujía central, camino de encontrarse con Corbera en la carroza de popa, entretúvose observando a sus remeros. De pie, colocados en grupos de cinco por remo, se retorcían de dolor a cada golpe de látigo que el duro cómitre lanzaba contra sus llagadas espaldas. Ellos representaban el movimiento de su nave, pero no le importaba verles sufrir, sangrando o gritando de angustia, llorando e incluso riendo de puro agotamiento, derrotados no por ejércitos encontrados, sino por los de su misma sangre de Aragón. Algunos desesperados habíanse lanzado al agua creyendo encontrar su propia salvación y descanso en el fondo del mar. Otros más cobardes suplicaban volver a sus apestadas celdas. Los más pávidos rezaban por las noches, cuando los chasquidos del látigo eran menos constantes, por que ése fuese su último día de vida, unas pocas horas más de angustia y, a continuación, el descanso que habríanse ganado para siempre junto al Salvador. Otros, los luchadores, pedíanle al cielo un poco de aire que hiciese que las velas fueran desplegadas para así descansar y, de ese modo, poder llegar con fuerzas a la siguiente jornada.

Mas Alfonso nunca les oía, o quizás es que no le importara escuchar sus angustiados gritos. Sea como fuere, el Magnánimo pensó, al cruzarse con ellos, que esa escoria remaba demasiado lentamente, e instó a su fustigador a que hiciérales sentir más dolor.

- ¡Cómitre, más rápido o no nos acercaremos nunca a Hyères!

- ¡Sí, majestad! – le contestó sumiso, al tiempo que lanzaba dos sucesiones de rápidos movimientos de muñeca que alcanzaron a parte de los remeros de la última fila de babor.

El silencio del mar se rompió con el crujido del choque de la piel del látigo del cómitre contra los escasos jirones de piel de los esclavos fustigados, y unos cuantos de aquellos desafortunados se pusieron repentinamente a llorar.

- Buenos días, capitán – saludó con intensidad el monarca al ver que su capitán había sido más rápido que él-. Allí tenemos a nuestras naves, a menos cinco horas de aquí, esperándonos y con ganas de llegar a tierra.

Joan de Corbera extendió su catalejo de plata sin mediar palabra ni saludo cortés con su señor, oteando el horizonte allá por donde señalaba su rey. Corroboró entonces, con un laxo golpe de cabeza, las palabras dichas por éste. Era el capitán de la galera real un hombre desgastado por los viajes, de mirada cansada, aspecto vulgar y parca palabra, pero tan buen marinero como afamado estratega.

- Veo que están todas, repartidas ya por las tres islas. Espero que piquen el anzuelo y, como planeamos, nos envíen un *comité de bienvenida* hasta la orilla.

El capitán Corbera sabía lo que se decía. Desde su partida y división en Sant'Erasmo, cualquier ejército desde Niza a Montpellier sabría que la flota de Alfonso V estaba dispuesta a atacar algún punto del norte del Mediterráneo, lo que supondría que toda esa zona estaría plagada de soldados y defensas navales. Y si los lugareños habían avistado un número importante de barcos atracados en las Iles des Hyères, lo más probable sería que todo el destacamento militar se hubiese replegado desde hacía días y estuviesen esperando a los aragoneses en el macizo de Maures, frente a las islas, en previsión de un posible ataque de las naves veleras de Alfonso V.

-Capitán, ahora que estamos lo suficientemente cerca de nuestras naves –ordenó Alfonso -, hágales a las naves la señal convenida y ponga rumbo a Marsella.

Joan de Corbera se acercó entonces al muchacho que le había despertado, Marco de Luna, y que había permanecido junto al monarca y al capitán durante su conversación. El joven, que ya intuía lo que tenía que hacer antes de que se lo comunicase el capitán del barco, cogió un fanal de los que había en cubierta y lo encendió. Volvió a recorrer en carrera los casi cien pies que la galera real tenía de eslora y, en el castillo de proa, con el farol ondeando por encima de su cabeza, lanzó una serie de destellos que apagó y encendió repetidas veces, a modo de mensaje cifrado para el resto de galeras que les acompañaban en su itinerario y para las naves que les esperaban en Hyères.

Y, como si el azar también hubiese entendido el significado de aquel mensaje cifrado, fue acabar de enviar su señal Marco y levantarse una suave brisa que hizo que los remeros gritasen, pero esta vez de alegría. Ese viento suponía que los remos podrían descansar durante un breve espacio de tiempo en la bancada, y que sus doloridos brazos y espaldas no recibirían la ira del cómitre.

- Buena señal –dijo el monarca al notar el suave golpear del viento sobre su rostro -.

El capitán miró al cielo y asintió.

- Por Dios que sí que lo es. Ahora podremos desplegar todas las velas y llegar todos los barcos a un mismo tiempo. Y así, los hombres podrán descansar antes de entrar en batalla.

- Hágalo entonces –le ordenó el Magnánimo.

Los hombres, tanto los doloridos como los repuestos, acogieron esa orden como una bendición y, mientras unos corrían hacia proa para desplegar la vela de la entena de trinquete, otros hacían lo mismo desde popa con la entena de mayor, dejando al descubierto, y en pocos minutos, dos grandes velas que, ondeando a favor del viento, hicieron que la galera se desplazase a mayor velocidad que con los remeros. El resto de las embarcaciones habían actuado del mismo modo que la real, y la estampa que se podía avistar era tan bella como sobrecogedora, galopando por entre las olas y dejando ya a la vista el pabellón de combate, señal de que esas naves llevaban intenciones hostiles y preludio de un enfrentamiento.

Ya era lunes, veinte de noviembre, y el sol no tardaría en llegar a lo más alto.

Los menos afortunados comerían en cubierta, sentados sobre los bancos de los remos, y tratando de digerir un poco de bizcocho de trigo rancio y algo de vino cristiano que no les permitiría siquiera llegar a mojar los resecos labios, y mucho menos soñar con coger una buena cogorza y abstraerse de su patética situación.

Otros, los bien nacidos, un grupo mucho más reducido, se sentaría sobre sillas de nogal y terciopelo rojo, con manteles de finas telas tejidas en las Indias y bordados de oro, cubiertos de plata con el sello real y vajilla de porcelana traída de Asia, faisanes y pollos recogidos en Pisa y vino corso, cálido y oscuro. A la sombra de la carroza real, en popa, Alfonso V y unos pocos afortunados, nobles y algunos importantes cargos de la galera, engullirían sin miramientos sus manjares, con la tranquilidad que da el saber que esa misma noche las espadas volverían a chocar y la sangre volvería a correr en tierra, pero esos elegidos quedarían lejos de todo peligro, a resguardo del mar, observando cómo los suyos, los que ahora comían bizcocho y vino aguado, peleaban en su nombre y por su gloria futura.

Un poco más abajo, a resguardo, y menos castigados por la dureza del trabajo en cubierta, los caballeros e hidalgos esperaban en silencio los restos del festín de sus superiores. Tenían un buen nombre, algunos incluso un título, aunque no procedía de su sangre pura, sino de los florines que habían podido invertir en él. Esa noche desembarcarían por detrás de los remeros y piratas que viajaban en la expedición, rematando a los que dejaban moribundos y robando las pocas pertenencias de valor que aún les quedasen.

Unas sombras en la escalera que daba acceso a la silenciosa cámara en la que fantaseaban caballeros e hidalgos les dio a entender que arriba ya habían terminado, y que ahora era su turno. Marco de Luna y dos jóvenes de su misma edad y apariencia desaliñada bajaron con bandejas llenas de carne ya mordisqueada y hecha tiras, si bien lo más abundante en esas colmadas fuentes de restos eran los huesos ya chupados por los señores y a los que se les había extraído ya todo su jugo. Los chicos dejaron las bandejas y algunos cuencos de barro con vino mezclado con agua sobre las mesas, al tiempo que los famélicos soñadores se lanzaban hambrientos contra las viandas y jarras de restos.

- Esta noche desembarcaremos – advirtió Marco al silencioso y demacrado grupo de caballeros -. Con un poco de suerte, esta noche todos cenaremos lo que nos apetezca.

Aquellos, que ya engullían con ansia la escasa carne y el vino aguado no quisieron valorar las palabras del muchacho. A algunos, ni siquiera les preocupaba lo que fuera a suceder esa misma noche, pues, en ese momento, de lo que se trataba era de coger con rapidez las piezas de las bandejas antes de que otro hiciéralo por él. Sólo uno interrumpió brevemente su digestión.

- ¿Dónde estamos ahora, Marco? – preguntó con la boca llena de pollo a medio masticar.

- Arribamos a Pomègues, frente a Marsella...

Toda la flota aragonesa habíase dispersado a lo largo de la isla de Pomègues, formando un bloque de navíos que con seguridad veríase desde la costa marsellesa. En total, Alfonso V había previsto que se desplazasen hasta allí las dieciocho galeras que le quedaban, además de cinco de las naves veleras que tenía distribuidas en Hyères. El resto, permanecería allí, de señuelo para retener a las tropas sureñas hasta que Marsella hubiese sido tomada por completo.

Poco a poco, los caiques de todas las naves fueron arriados al agua, y en cada uno de ellos viajarían los señores más importantes de cada galera y nave velera. Uno a uno, escalonadamente, fueron llegando todos hasta la nave real, en donde les aguardaba impaciente Alfonso, deseoso de dar instrucciones y entrar en combate.

En el castillo de popa coincidieron el marqués de Oristano, Ramón de Maurella, Josep de Blanes, Bernat Muntaner o el Maestre de Montesa, todos ellos reconocidos por su aportación económica a la Corona de Aragón en esa larga empresa por el Mediterráneo. Y tampoco faltaron algunos que habían puesto el coraje que los primeros no tenían: el grueso Ramón Guillem de Montcada, gobernador de Valencia, Joan de Corbera y el almirante Cardona, los estrategas, Vidal Centelles, sobrino del virrey aragonés, o Vicens Metge, maestro armero.

Todos ellos y unos cuantos elegidos más se colocaron alrededor de la mesa sobre la que, poco antes, habían estado comiendo nobles y monarca. Permanecían de pie, como si temieran que, al sentarse, el tiempo pasara más despacio. Todos estaban tan impacientes como Alfonso, y no querían perder un solo detalle de las explicaciones de Joan de Corbera sobre el ataque. Éste se acercó hasta el gran plano que Marco le había extendido sobre la tabla, mientras rebuscaba algo en el interior de la saca de cuero que llevaba colgada del cinto.

Joan era un caballero del mar, de carácter agrio y fuerte, pero agotado por los viajes, por las batallas, por las continuas idas y venidas sin tener un puerto estable en el que asentar su envejecido espíritu de marinero. Durante esos tres años de expedición, y ante la ineptitud inicial de Alfonso en temas de guerra, Joan de Corbera había dirigido todos los movimientos de las tropas aragonesas, asumiendo el mando de la estrategia aún teniendo en su misma mesa al propio Magnánimo.

- Majestad, Señores...– dijo dirigiéndose solemnemente a los presentes –. Hemos llegado por fin al final de nuestro viaje. Hoy venceremos y con seguridad volveremos junto a los nuestros como héroes. Pues ya se lo aseguro, caballeros, hoy no tenemos que preocuparnos de nada. Será, según lo previsto, sencillo y rápido...

Paró un segundo para tomar resuello. Sería la última vez que dirigiera un ataque y a un grupo tan distinguido de caballeros, y se sentía como un general romano arengando a su selecta tropa de legionarios.

- ...Todos saben que Marsella – señalándola en el plano – está bajo el mecenazgo de Louis III de Anjou, conde de Provenza. Y también sabrán que tiene intereses en Nápoles, como nuestro rey.

Joan esperó a que Alfonso, al sentirse aludido, tomase la palabra, pero éste declinó la oferta, permitiendo que el mallorquín continuase son su exposición.

- Bien – quiso rematar con brío el capitán Corbera -. Estuvimos en Nápoles y comprobamos que Louis mantiene allí la mayor parte de un gran ejército, un aguerrido grupo que ha podido reunir de todo su condado. Ese Anjou precipitose y llevose a toda su tropa hasta Nápoles para evitar que nosotros entrásemos en la ciudad. Mas, con esa arriesgada decisión, ha debilitado el resto de su patrimonio... entre ellos, una de las joyas de Provenza, la que tenemos justo ahí enfrente... Señores, con el permiso y segura bendición que nos otorgará nuestro buen Dios, esta noche Marsella pertenecerá al grande Alfonso quinto, rey, y a la Corona que ampárale.

Joan Corbera abandonó en ese momento el centro del grupo, que seguía haciendo una tensa piña alrededor de la enorme mesa de roble. Dirigiose hasta el costado de babor, muy cerca de ellos, desde una posición en la que podríanle ver y escuchar.

- La ciudad está hoy a nuestro alcance – y marcó con su índice el viejo puerto de la villa angevina -. Apenas si tiene flota amarrada y, por falta de previsión del de Anjou, los pocos hombres que podrían impedirnos entrar hánselos llevado al sur de la bota.

- Háblenos entonces de cómo lo haremos –sugirió el monarca, que se había recostado cómodamente sobre su poltrona real, mientras sonreía maliciosamente ante la posibilidad de conquistar aquel maravilloso enclave mediterráneo.

Corbera asintióle obediente.

- ...La entrada al puerto de Marsella está flanqueada por dos torres: la norte, ésta, la de Saint Jean...

Marcó un punto concreto en el mapa que había expuesto a los señores de las galeras aragonesas.

- ... y la sur, ésta otra, la de Maubec. Son dos fortificaciones que no deben presentar mayores problemas, pues apenas defiéndenla diez soldados por torre. Cuatro galeras se apostarán cerca de Maubec, y desembarcarán allí. Otras cuatro harán lo mismo desde Saint Jean, pero esperarán a que desde el sur hayan asegurado su zona para llegar hasta tierra.

Joan colocaba sobre el mapa unas pequeñas piezas de madera en forma de barco, talladas a mano, que había sacado de la saca de cuero con la que ya había jugueteado antes, y las movía a su antojo, dejándolas situadas dentro del plano en la posición que su exposición marcaba.

- Deben saber que entre las dos torres de Sant-Jean y Maubec hay colocada una gruesa cadena que cruza la boca del estuario y, detrás de ella, en el canal central, dejan atravesada una nao. Una vez hayamos tomado la torre sur, deberá dejarse inactiva la norte y entonces trozar la cadena de hierro. Sólo entonces, y con vía libre, la 'Sant Jordi' entrará en primer lugar y reventará en mil pedazos la nao atravesada.

Vicens Metge, maestro armero de la 'Sant Jordi', aprobó con un gesto orgulloso las indicaciones dadas por Corbera. No tenía ninguna duda de que su nave estaba lo suficientemente armada como para hacer añicos cualquier obstáculo que propusiérase.

- ...Con el paso libre hasta el interior del viejo puerto - continuó el capitán Corbera-, todas las naves desembarcarán libremente en él. El resto, la ofensiva en el interior de la ciudad, quedará en manos de nuestras tropas de a pie.

- ¿Y no será peligroso luchar contra los marselleses en la oscuridad de la noche?

El que interrumpía al capitán de la galera real no era otro sino el almirante Cardona, uno de los pocos representantes de las naves veleras que no había permanecido en Hyères.

- ...Dentro de poco empezará a anochecer y, aunque nos asegure que son pocos, con seguridad conocen mejor que nosotros el interior de su ciudad y podrían conducirnos hasta una emboscada por entre sus estrechas y desconocidas calles.

Un leve murmullo se extendió por el resto de capitanes y almirantes secundando la pesimista hipótesis de Cardona. Los ataques planeados sobre un plano rara vez desarrollábanse como planteaba el tapete de piel y, por desgracia, Corbera y el Magnánimo tendían en demasía a dejarlo todo en manos del azar divino sin haberse llegado a suscitar y responder todas las preguntas que su noble cargo y la empresa en la que embarcábanse requería.

- Si entramos en el puerto y no acabáramos con los de a pie, de nada habría servido el movimiento de Hyères. Se replegarán y, mañana por la mañana estarán mejor preparados para defenderse. Debemos aprovechar la ventaja que nos otorga atacarles por sorpresa

– contestó taxativamente Corbera. Parecía conocer los riesgos que asumía, y quiso encontrar en su argumentario más proses que contras.

- El capitán tiene razón – intercedió el monarca -. Cuanto más tiempo pase, más trabas nos pondrán esos marselleses.

El monarca se levantó en aquel momento de su silla real y, encaminándose hacia sus aposentos, sentenció:

-        Caballeros, la suerte de estos angevinos ya ha sido dictado en esta mesa. Prepárense para atacar esta noche. Con la ayuda divina, hoy será el primer día de nuestra vuelta a casa.

Cuando el Magnánimo desapareció tras la sombra de dos de sus hombres de confianza, el capitán Corbera seleccionó las naves que deberían atacar cada una de las torres, Maubec y Saint-Jean, y tras esto, poco a poco, después de brindar por una victoria segura, los presentes fueron dispersándose hasta sus caiques para, de vuelta a sus barcos, prepararse para ejecutar las órdenes dadas, en cierta manera, por su rey.

Empezaba a anochecer cuando, finalmente, el mar quedó totalmente en silencio, si bien la oscuridad no llegaba a cerrar por completo el cielo de Marsella. Desde allí, en medio del vaivén del mar, sin nada que entorpeciera la mirada hacia el infinito, veíanse pocas estrellas, y todos en las naves, por poco que conocieran las señales del firmamento, sabían que era señal de lluvia. Las galeras habíanse balanceado ligeramente, con sigilo, como si no quisieran ensuciar el sonido de la noche.

Las galeras mallorquinas 'Xacoba', 'Troia' y 'Fenicia', junto a la nao del almirante Cardona, la 'Arcángel', habíanse ya apostado frente a la torre sur, Maubec, mientras que las galeras valencianas 'Joan Baptista', 'Desamparados', 'Sant Miquel' y 'Victoria' hacían lo propio en Saint-Jean, en la parte norte del puerto. Entre estas ocho naves aguardaba, un poco más retrasada, la 'Sant Jordi', con el cañón de crujía cargado y listo para ser prendido. Y un poco más atrás, el resto, un total de catorce barcos desplegados en vertical, de norte a sur, obstruyendo cualquier intento de fuga del puerto marsellés.

El rey Alfonso, acompañado por Joan de Corbera, sonreía desde su privilegiada posición. Repentinamente, la oscuridad había caído por completo, como si una mano hubiérase tomado la molestia de apartar las estrellas y la luna, y ni siquiera en el interior de la ciudad podíase vislumbrar un número importante de centelleantes antorchas que alumbrara el perfil de sus negras calles. Las casas, que a esas horas deberían estar bulliciosas y llenas de gente alrededor de una hoguera y una olla de sopa caliente, permanecían ahora a oscuras, como si hubieran previsto que cerrando los ojos o apagando las luces fuera a desvanecerse todo el peligro que acechábales más allá de sus dos torres vigía.

A lo lejos, un rayo iluminó por completo la estampa del puerto y, cuando volvió a hacerse la noche, otro reflejo cayó en la zona sur para alumbrarla por completo. Era Marco de Luna, a la orden del monarca, que hacíales la señal a los capitanes de la 'Xacoba', la 'Troia', la 'Fenicia' y la 'Arcángel' para que diese comienzo el primer acto.

Cuatro enormes caiques se deslizaron inmediatamente, y a toda prisa, por las calmas aguas del puerto, albergando en su interior casi a una cincuentena de soldados, la mayor parte remeros a los que en esa ocasión habíaseles despojado de sus pesados grilletes, hombres con pocas posibilidades de sobrevivir en el caso de que los marselleses ofreciesen resistencia y, por el pesado sonido que podíase escuchar en lo alto de la torre sur, parecía que la guardia marsellesa de Maubec ya se preparaba para el inminente asalto de los aragoneses. Para dirigir la operación en aquel primer golpe a las torres vigía habíase ofrecido voluntario el almirante Cardona, que prefería encontrarse cara a cara con el enemigo que no tener que esperar noticias de lo que ocurría sentado plácidamente en la 'Arcángel'.

Llevaban pocas armas encima. Los mejores luchadores, los menos, traían espadas; otros, los más osados o, por qué no decirlo, los más desafortunados, portaban únicamente pequeños cuchillos de punta roma o machetes con restos de sangre coagulada en su filo. Mas, en principio, de nada servirían si no lograban vérselas frente a frente con los que custodiaban Maubec, y los marselleses de la torre sur parecían estar cómodos en la altura de la atalaya esperando los movimientos de los asaltantes. Corbera ya había previsto ese contratiempo y para ello, para hacerles salir de la enorme ratonera en la que estaban a salvo de sus cuchillos, unos pocos hombres descargaron de los botes, a toda velocidad, fardos de leña que apilaron en la puerta de la torre, mientras desde arriba caían sobre ellos los primeros cientos de agudas flechas que se clavaron en algunos como si fuesen de mantequilla.

Cardona había llegado ya al montón de leña apilada en el umbral, rodeado de los cadáveres de sus soldados rasos y empapado en su espesa sangre, y que yacían alrededor de la pira aún sin prender. El almirante hízose acompañar entonces de un par de hombres, y entre los tres, cubrieron sus cabezas, convertidas en enormes dianas, con planchas de madera a modo de escudo que impidieron que las saetas siquiera les rozasen. Con pericia fueron capaces, en segundos, de sacar de la nada las primeras chispas a la pira y, mientras dejaban que el fuego comenzase a arder, notaron cómo la plancha volvía a ser golpeada, una vez tras otra, con las puntas de los dardos que los esforzados marselleses disparaban. A éstos de la torre Maubec ya no les preocupaban los indefensos hombres que, desde abajo, gritaban moribundos y mostraban sus cuchillos, sino aquellos tres que, bien cubiertos, disponíanse a hacerles salir de su resguardado cubículo por la fuerza del fuego y el humo.

La llama se cogió rápidamente a la leña seca y cuando, entre vítores orgullosos, los tres ejecutores volvían a posiciones más seguras, ocurrió lo que no esperaban que sucediera.

La providencia alióse con Marsella y, en un segundo, dejó caer una fuerte tromba de agua sobre el viejo puerto angevino. La lluvia lo empapó todo, apagando en un instante lo que tantas muertes aragonesas habíales costado prender, mientras los marselleses de la parte de arriba de la torre gritaban de gozo y felicitábanse por ese instante de fortuna que habíales salvado de la quema, creyendo que ya no habría motivo para la preocupación. Habían rezado y Dios había acudido en su ayuda.

Mas, tal y como acabó de apagarse la llama, acabose la lluvia.

- Almirante, la lluvia ha sido una señal – advirtió uno de los escuderos de Cardona, más atemorizado por ese fugaz aviso del cielo que por las flechas que habíanle llovido desde Maubec -. Sería mejor que lo dejásemos, ahora que aún no hémosle cabreado demasiado...

El escudero levantó un dedo hacia el cielo, buscando de algún modo encontrar la cara de su Dios.

- No creo que nuestro rey piense lo mismo – se mofó el almirante, que no estaba dispuesto a aguantar la ira del rey Alfonso por motivos de superstición de la tropa -. Además, ya ha dejado de llover. Tomadlo, pues, como un aviso de buen augurio para nosotros. ¡Traed una antorcha y volvamos a quemar la torre!.

Alguien que no fue ninguno de los dos atormentados escuderos acercoles una nueva llama y, como ya hicieran una vez, cubrieronse las cabezas para disponerse a entrar en el campo de tiro de la torre y de este modo volver a prender las haces de leña que habían sobrevivido al primer intento.

En esa ocasión sólo participaron de la incursión los dos escogidos por Cardona y él mismo. El resto, que ya había visto anteriormente cómo sus intentos por escalar los muros de la torre no obtenían ningún provecho, prefirieron mantenerse al margen del nuevo ataque, y asistían como meros espectadores al asalto de sus tres valientes compañeros contra la fortaleza de los atónitos soldados de Maubec.

Los marselleses, espoleados por la señal recibida del cielo, y convencidos de que la fortuna no iba a fallarles en esa batalla, arrojaron con más virulencia sus flechas cuando los tres llegaron a sus pies, así como montones de piedras que, esta vez sí, consiguieron doblegar a los esforzados aragoneses. El fuego, si bien era constante por arder con el aceite de la antorcha, tardaba demasiado en cogerse a la húmeda leña, y eso hizo que los defensores de la torre tuvieran más tiempo para cebarse con sus tres presas de abajo, dejando malherido a uno de los soldados de Cardona, el escudero que había optado por callar mientras su otro compañero se lamentaba por el mal agüero del ataque.

Por fin para los intereses aragoneses, la llama volvió a aparecer, esta vez más tenuemente que en la primera ocasión, y Cardona, habiendo cumplido por segunda vez con su objetivo, llevose a los suyos hasta un rincón seguro del puerto, aguantando la lluvia de proyectiles que seguían cayéndoles del cielo para, ya a cubierto, esperar a que el fuego de la pira se hiciese más fuerte.

Mas la suerte parecía no querer aliarse con los aragoneses, y un nuevo aguacero inundó el puerto de Marsella, salvaguardando, otra vez, los intereses de los sorprendidos soldados provenzales que no podían creerse que aquello pudiese volver a suceder una vez más.

Con esa nueva señal, Cardona empezó así a cuestionarse la conveniencia de salir corriendo de aquel sitio que parecía estar demasiado protegido por el cielo.

Lo había intentado por dos veces, y por dos veces había conseguido encender los fardos. No era una misión difícil. Pero también por dos veces 'alguien' lo había apagado, y contra ese 'alguien' no había quién luchara. Sin embargo, era demasiado orgulloso y, además, temía mucho más las represalias que pudiera tomar Alfonso, lo que llevole a pensar en intentarlo por tercera y, sin duda, última vez.

- Chico, iremos tú y yo otra vez...– señalole el almirante al soldado que, atónito ante lo que estaba viendo y, consciente de lo que habíale pasado a su compañero, mostrábase reacio a participar en esa tercera y casi temeraria tentativa -. ¡Prepara más antorchas y acabemos cuanto antes con esta locura! – ordenole Cardona.

El espectáculo que en ese momento podía atisbarse desde las naves de Alfonso era dantesco para como era de glorioso el espíritu de los aragoneses, con cuerpos yacientes en tierra a los pies de la torre sur, ensartados en flechas cuando no cubiertos de piedras. Cerca de ellos, unos pocos, tratando de mantenerse lejos del fuego enemigo y ocultos por la oscuridad -y por un muro de bloques- guarecíanse de los proyectiles mientras gritaban de dolor y preguntábanse a qué esperaban sus barcos para regresar a por ellos.

Mientras, en Maubec, en lo alto de la torre, un grupo de quince soldados mofábase descaradamente de los alfonsinos, sin dejar de abrazarse y saltar de alegría por toda su buena suerte.

El agua, tal y como había caído en tromba, ahora había vuelto a dejar de caer, mas estaban seguros de que los soldados aragoneses ya no volverían a intentarlo, convencidos de que, en esta ocasión, serían más sensatos y saldrían prontamente de su puerto, lo que daríales a los angevinos unas horas de ventaja y tregua para esperar a que llegasen refuerzos desde las comarcas vecinas.

Sabiéndose, pues, vencedores en esa ocasión, y vigilando de cerca a los atemorizados soldados aragoneses, descuidaron el flanco de Cardona pues no lo creían tan loco como para aventurarse en la misma empresa por tercera vez, pero éste ya corría raudo junto a otro de los suyos camino del montón de leña que también parecía burlarse de ellos.

Sin tiempo para pensar en lo que hacían, lanzaron contra la pira las cuatro antorchas, una por cada mano aragonesa y, tal y como habían llegado, sin golpe de piedra o herida de flecha, volvieronse hasta su rincón, rezando para que, en esta ocasión, la suerte estuviese de su lado.

...Y a fe que en esa última ocasión lo estuvo...

La oscuridad que habíales cubierto los instantes previos al ataque volviose luz cuando el fuego empezó a coger fuerza y comenzó a arrasar todo lo que cruzábase en su camino. Las llamas fueron ascendiendo en intensidad y altura, y de las troneras más altas empezaron a salir el negro humo que acompañaba al fuego en su ascensión. A la sazón, las risas de antes convirtieronse en lastimeros gritos de dolor y piedad, mas oyéronse por poco tiempo. Acorralados y asfixiados por la tóxica emanación, pronto la agonía de los marselleses de Maubec transformose en silencio, al tiempo que el fuego acababa de convertir en quebradiza piedra la torre de defensa sur.

Mientras tanto, y sin esperar otra señal que no fuera el iracundo fuego de Maubec, la fracción de la torre norte había desembarcado en las proximidades de Saint Jean, capitaneados por el bravo Ramón Guillem de Montcada. Mas, al contrario de lo que sucediera en el primer enclave, los marselleses que defendíanla, más niños que soldados, no esperaron a morir abrasados como sus paisanos de fuerte Maubec, y fueron saliendo de uno en uno sin intención de plantarles cara, rindiendo su torre y sus vidas a los aragoneses. Sin embargo, los galeotes de Alfonso, reconvertidos en vengativos soldados que habían visto cómo sus compañeros eran masacrados y humillados sin piedad en Maubec, acuchillaron sin ninguna compasión a los guardianes de Saint Jean, desarmados ya y sin la posibilidad de ofrecerles resistencia alguna.

Los hombres del sur, que veíanse a salvo con la toma de la segunda torre, no vieron ningún motivo para ocultarse y se esforzaron en arrancar de su guía la cadena que cruzaba de parte a parte el puerto, al tiempo que hacían una señal a Saint Jean para que, desde su limpio emplazamiento, recogieranla y permitieran su entrada a la bien armada 'Sant Jordi'. Ramón Guillem de Montcada, gobernador de Valencia, y algunos de los suyos tiraron con fuerza de la pesada cadena mientras, cerca de ellos, la galera de Vicens Metge penetraba cautelosamente por entre la ardiente Maubec y la rendida Saint Jean y acribillaba a cañonazos la nave marsellesa cruzada al final del pasillo que abría el puerto.

Curiosamente, el nombre de aquella humeante masa de escombros y astillas flotando sobre el Mediterráneo era 'Draco'. Dragón...

El rey, antes decepcionado por las señales divinas, ahora sonreía con frialdad y malicia desde su posición salvaguardada de todo peligro, a lo lejos, consciente de que su ejército tardaría poco en arrasar Marsella. Con las dos torres tomadas y el 'Dragón' hundido, las órdenes a sus hombres iban a ser muy claras a partir de ese momento.

- Capitán, no quiero que dejen nada en pie en toda la ciudad. Quémenlo todo, las pertenencias de esta gente, sus casas, sus animales, sus iglesias, ¡todo!. Y hágale saber a la tropa que podrá coger lo que quiera que sea capaz de guardar en su camastro... Y, por último, que maten a todos, ¡sin excepción!, a todos los hombres, mayores o niños, ¡que no quede ninguno!. Con sus mujeres hagan lo que les plazca... Quiero que ese mal nacido de Anjou y sus descendientes hagan memoria deste día y deste rey por el resto de sus vidas...

- De acuerdo, majestad – le contestó el capitán Corbera, horrorizado por las crueles intenciones de su rey ante un pueblo que, antes de entrar ellos, ya agonizaba.

Alfonso se sirvió una copa más de vino, ajeno por completo al horror que sus últimas órdenes habían provocado en el duro capitán de su galera real.

- Una última cosa, capitán....Cuando todo haya acabado, quiero que haga una cosa más por mí – añadió Alfonso -. Que sus hombres busquen el convento de 'los Hermanos Menores', si es que después de la noche ha quedado en pie, y encuentren la tumba de un hombre, la de Saint-Louis d'Anjou. Deseo que traigan sus huesos. Que el nuevo conde de Provenza sepa que puedo manejar a mi antojo el futuro de su descuidado pueblo y llevarme su pasado cuando viniérame en gana.

- ...Pero señor...-intentó interrumpir sin éxito Corbera.

- ...Quiero que cada vez que oiga mi nombre, ¡'Alfonso V de Aragón'!, señor y rey del imperio más grande y poderoso de la tierra, ese conde Louis póngase a temblar y deje de entrometerse en mi regio camino...

Habíase dirigido al capitán Corbera como si estuviera ante las Cortes de Aragón, solemne y pleno de fuerza.

- ...Nápoles ya sería mía de no ser por ese bastardo de Anjou...

IX

EN UNA SEMANA

Alguien podría pensar que se habían conocido por casualidad.

Y, a pesar de ser aún unos desconocidos, Hélène y Deco habían empezado a forjar una relación que, para ambos, estaba yendo mucho más allá de la amistad inicial que en aquel frío recinto del Aula Capitular primero, y después en el I.V.A.M., les impulsó a darse conversación mutua sobre el significado del nuevo arte y el clásico.

Alguien podría imaginar que después de aquella casual primera conversación, Diego se habría armado de valor para visitar espontáneamente a Hélène a su lugar de trabajo en la catedral. Y aquello se haría habitual.

Sí. Alguien podría creer en las casualidades...

Incluso a Hélène le costó y se mantuvo distante con él al principio. Ella estaba extrañamente cómoda junto a Deco, y se sentía plenamente identificada con aquel chico de hermosos ojos que parecía comprender a la perfección cada palabra, cada ancestral sentimiento referido a aquella fría estancia llamada Aula Capitular. Diego, por su parte, parecía no necesitar que ella le contase partes de su historia personal, de su padre, para entender qué hacía allí, en Valencia, en lugar de disfrutar del confort que su apellido le otorgaría en muchos centros académicos de Marsella.

Extrañamente, era como si él ya lo supiera, lo que era imposible, ya que ni siquiera ella misma era consciente del motivo que la había impulsado a decidirse a plantarle cara a ese reto, a esa prueba lanzada tiempo atrás por Ferdinand Chevalier.

La idea de remover el pasado, de atar cabos tan lejos de casa, no había sido fruto de un día, pero sí de una persona.

O, mejor dicho, de dos.

Hélène había decidido dar el salto final, pero el profesor Chevalier había sido el que la había abocado hasta el precipicio del Aula Capitular, indirectamente, del mismo modo en que le había llevado a tomar casi todas sus decisiones importantes. Indirectamente, sí, aquél era el concepto. Velada, disimulada, indirectamente. Ferdinand no le aconsejaba, no, aquello habría sido obligarla a tomar un camino no elegido por ella. Entonces, cuando llegaba el momento de enseñar la lección -fuera la que fuese-, en el cruce de caminos o en la duda, el profesor se separaba de ella un par de metros y, desde esa distancia hipotética -espacial, temporal o mental-, la llamaba para que ella, la pequeña Hélène, la bienamada hija, recorriese el camino por sí misma, sin ayuda, pero bajo tutela.

Dio todos los pasos sola, pero siempre acompañada a distancia, como si su educación se hubiera trazado sobre una línea discontinua de la que, por azar o por convicción, nunca cayó.

Y la última lección velada del profesor Chevalier había sido la que le había llevado a embarcarse a en aquel proyecto del doctor Julio Delicado, después de muchos años de buscarle sentido a cada señal dejada como rastro. Y uno de los puntos de la línea discontinua de la lección que la llevaba hasta el Aula Capitular había sido trazado con el pergamino secreto de Saint-Victor.

El primero de todos los puntos indicados, de todas las pistas dejadas por Ferdinand, había sido el diario de la cripta redactado por su padre. Después vendría la nota del profesor encontrada entre las páginas de 1964 con aquella extraña palabra que permanentemente le rodaba por la cabeza. "*Synélefsi*"...

Dominique, por supuesto, también había sido un eslabón de aquel camino difuso, en el puzzle del Aula Capitular.

Eslabones.

Y finalmente estaban *los seis* de la maleta de cuero. Seis eslabones de una cadena que le podrían haber llevado hasta cualquier lugar, quizás hasta un precipicio sin respuestas. Pero Hélène estaba segura de que únicamente podían apuntar a Valencia. E indiscutiblemente, ahora sí estaba segura, después de muchas pesquisas, todas las marcas, todas las señales, todos los eslabones señalaban hacia el Aula Capitular.

Sin embargo, y aunque sólo ella había sido partícipe de aquel camino irregular y discontinuo, de aquel discurrir de migas de pan dejadas por Ferdinand Chevalier, Hélène desconfiaba de todo el mundo, hasta de él, del chico de ojos bonitos que por casualidad se había plantado frente a ella por dos veces y por dos veces la había arrastrado hasta su vida. Y ella, queriendo o no, hasta la suya.

Y aún así, a pesar de la desconfianza, de su habitual independencia para hacer senda de las migajas desperdigadas, las cosas habían cambiado. En ese momento necesitaba a Deco, quería confiar en él, depositar cada señal dejada por el profesor Chevalier y, de ese modo, confirmar que aquel viaje desde Marsella a Valencia, desde las profundidades de Saint-Victor hasta la incógnita Aula Capitular, no había sido fruto de la fantasía.

Necesitaba su aprobación. Sí, era aquello, su aprobación. La figura paterna se había desvanecido casi completamente y Deco se le había hecho imprescindible con su saber escuchar, con su aparente interés por cada historia relatada de su niñez. Deco se había hecho indispensable por callar y sonreír cuando hablaba de Dominique y Ferdinand, por cada día querer saber más de aquella curiosa historia de amor y separación entre el reputado arqueólogo y una brillante estudiante que, tras quedar embarazada, acaba dejándolo todo por los hábitos.

Y, finalmente, Deco se hizo necesario por empujarla a continuar, aún sin conocer todos los detalles.

Mientras su relación se asentaba en carne y palabras, entre casualidades y oportunidades, el día a día en la catedral discurría sin apenas novedades pues los andamios seguían sin levantarse y sólo permanecía allí el personal imprescindible para que el arzobispado comprobase que el proyecto no se había descuidado en ningún momento. El otro coordinador jefe -el doctor Carlos Rojo-, Rafael y un operario de relleno eran los únicos integrantes del equipo de Julio Delicado asignados para completar los trabajos en la bóveda del Altar Mayor, al tiempo que la parte dedicada a la rehabilitación de la Sala Capitular había sido bloqueada, para escarnio del arzobispo y del director del proyecto, por la Conselleria y por el Ministerio, lo que dejaba a Hélène con muchas horas en blanco para planificar los siguientes pasos de la última lección de Ferdinand Chevalier.

Y lo siguiente había sido volver a Marsella para recoger algo que, por precaución, había preferido depositar en una caja de seguridad del Vieux-Port. Un viaje relámpago de apenas veinticuatro horas para dejarse llevar por su instinto y dejar que el chico de los ojos bonitos participase de una porción de la información.

Por su parte, Diego continuaba cumpliendo con su cotidianeidad como marchante en una de las agencias de arte más importante a nivel nacional, por lo que su ritmo de trabajo era en los últimos días mucho más frenético que el de la chica francesa, si bien había decidido empezar a disminuir, por ella, sus salidas de trabajo fuera de la provincia.

Curiosamente, en esa ocasión no era él el que había tenido que desplazarse fuera de la ciudad, lejos del país.

Prestó atención a la actualización del panel de información y, como si tuviera un resorte en las rodillas, saltó del banco en el que esperaba y corrió en cuanto indicaron el número de vía.

Deco, que esa tarde se encontraba en la estación del Norte, se encaminó entonces hacia el andén número 2 procedente de Marsella con escala en Barcelona, esperando con impaciencia a que el tren de Hélène se detuviera de una vez. Ella, igual de ansiosa que él, no tardó en aparecer y se lanzó en su busca con su rojiza cabellera flotando por entre el resto de pasajeros. Como único equipaje, Hélène tan sólo portaba una pequeña y antigua bolsa de diseño italiano, pero la abrazaba intensamente, como si en su interior estuviera depositada parte de su vida. Enseguida los abrazos sólo fueron para Deco.

Subieron en un suspiro al utilitario de Diego y, por el camino, casi sin necesidad de hablar, no dejaron de acariciarse con ternura las manos, recordando y recuperando las pocas horas que habían permanecido separadas, lanzándose besos apasionados y llenos de sensualidad entre cada pausa obligada en los semáforos en rojo. Y al llegar, casi sin rozar el asfalto, volvieron a abrazarse para no volver a separarse físicamente, e incluso el sencillo acto de subir en el ascensor para llegar al piso de la chica se convirtió en eterno, farragoso, por el frenesí que ambos desprendían en cada uno de sus gestos y movimientos convulsos y ardientes.

Al llegar a la puerta de su casa y pasar a duras penas la llave, Hélène se detuvo para observar con detenimiento cada detalle de la entrada.

Todo parecía en orden, pero había algo, una foto fuera de sitio por milímetros, apenas perceptiblemente, pero lo suficiente como para que la chica llegase rápidamente a la conclusión de que alguien la había movido sin haber llegado a darse cuenta de su movimiento. Alguien, por tanto, había pasado por allí sin permiso pues nadie más que ella, ni siquiera Diego, tenía las llaves.

-Deco, para. Han entrado en mi casa...

El chico, en aquel momento absorto en el cuello de la chica, la miró sorprendido por su comentario pero, al observar con detenimiento la cara de terror de Hélène, se puso entonces alerta. Dejó de abrazarla desde la espalda y quiso ver lo que ella había visto, con la piel erizada por la posibilidad de que ese *alguien* aún estuviera allí dentro.

Sólo se le ocurrió una cosa. Cogió una pesada figura de una de las baldas de la entrada y gritó por el pasillo con furia, con amenazas que no sabía de dónde salían ni si podría cumplir en el caso de enfrentarse a un delincuente peligroso, pero continuó gritando y amenazando hasta, pasados pocos minutos, haber revisado las pocas habitaciones del piso de Hélène. Y sólo tras confirmar que únicamente estaban ellos dos allí fue cuando se permitió el lujo de resoplar con alivio y destensar sus blandos músculos.

La abrazó en la entrada, donde ella seguía esperándole, y le dio un beso casto en la frente, como lo habría hecho un padre.

-¿Guardas algo de valor? –le preguntó mucho más relajado Diego tras asegurarse de que estaban solos-. Quiero decir algo de valor aparte de... eso –y bajó la vista para señalar con la mirada la bolsa que aplastaba contra su voluptuoso pecho-. Deberías revisarlo todo por si hay que ir a la policía y poner alguna denuncia...

Ella negó inmediatamente con la cabeza.

-Apuesto a que no se han llevado ni la televisión ni el portátil. No me faltará nada importante porque, si han entrado a robar y se han molestado en no dejar apenas rastro de su paso es porque iban buscando *esto*...

Ella estrujó un poco más el bolso de diseño que traía desde Marsella, una bolsa que hacía unas semanas había depositado en una de las cajas de seguridad del BNP Paribas de Marsella y cuyo contenido sentía la necesidad de compartir con Deco.

-...*Esto* es muy importante para mí...

Diego, que imaginaba el contenido de esa bolsa antigua, no quiso quitarle la razón y, aunque insistió en que debía denunciar el presunto allanamiento, finalmente declinó ahondar en el tema y se limitó a tranquilizarla cogiéndola cariñosamente por una mano.

-Aún así, aquí no estás segura, ni tampoco *la bolsa* –señalando con la cabeza el contenido que enérgicamente abrazaba Hélène-. Si han sido capaces de entrar una vez, lo pueden intentar cada vez que se les antoje...Venga, coge lo que necesites y vámonos a mi casa. Tienes mucho que decirme, y yo también tengo algunas novedades que contarte...

Ella le dio un beso profundo. Se sabía a salvo entre los labios de Deco, el único que habría querido para acompañarla en ese extraño viaje que estaba preparando y que a punto estaba de comenzar.

-Lo tengo casi todo preparado para la semana que viene –le dijo el chico-, pero antes necesito que hagas una cosa por mí... Necesito que me consigas la mochila de Rafael.

Ella, a pesar de la confusión que sentía en aquella situación, asintió sin ponerle ninguna objeción. Conocía la animadversión de

128

Deco hacia aquel operario y, por descontado, era consciente de las posibles implicaciones derivadas. Señalar a Rafael era apuntar a Julio.

"Muy inteligente", pensó Hélène.

-La conseguiré en unos días...

En otra parte oscura de la misma ciudad, ajeno al reencuentro entre los dos amantes, Julio Delicado seguía dándole vueltas a los siguientes movimientos que deberían producirse en breve.

Todo se llevaría a cabo en pocos días, quizás en una semana, aunque era obvio que él desconocía la fecha exacta, si bien tenía muy claro que algo estaba a punto de suceder en la catedral.

Hélène, tal y como le había informado Rafael, había vuelto a Marsella. "La oportunidad perfecta para curiosear entre las cosas de la hija del viejo profesor", debió de pensar.

Y aunque allí, después de hurgar pulcramente en su piso, no había nada por lo que preocuparse, Julio sintió la punzada que le avisaba de que algo iba a pasar con seguridad en la catedral, en la Sala Capitular.

"Tal vez sucederá en un mes, en quince días, posiblemente en una semana. ¡Incluso podría estar sucediendo en este mismo momento...!", se dijo desconfiado pero, también, relajado.

Aún así, tras la punzada de aviso, no quiso alarmarse pues sintió que aquel no era el momento ni el lugar para hacerlo.

Tímidamente y con cierto pudor buscó desde la barra la mirada del adonis griego en que no había dejado de pensar.

Iba sobrio. En esa ocasión, se reprochó en vano, para cruzar el Rubicón por segunda vez quería recordarlo todo.

Y no muy lejos del confuso doctor Delicado, a unas cuantas manzanas del corazón de Valencia, tres borrachos se empecinaban en sacar de su casillas al camarero de uno de sus selectos bares.

-...esto era whisky de garrafón, y por eso no me sale de los cojones pagarte...

El *Moro* tiró con desprecio el plato con la cuenta que le había traído el engominado chico que les había servido.

-señor, puedo asegurarle que era un whisky de la mejor calidad, un Talisker de 18 años...

-¡pero si a ese *Talquister* no lo conoce ni su puta madre...!. Ale, ¿ves niñato como era garrafón?-le recriminó pastosamente el *Espinaca*, que ya había ingerido más de un tubo de ese mismo y *desconocido* brebaje escocés.

-Niño, tráenos ahora alguno de los buenos de verdá...porque seguro que tienes Dyc, ¿a que sí?

El camarero se echó las manos a la cara. No estaba acostumbrado a ese tipo de clientes en su local y, arrepentido, aún no se podía explicar por qué les había servido la primera copa de Talisker. Tal vez, recapacitó, fuera la tentación del billete de quinientos euros que el mayor le restregó por la cara y que, después de comprobar si era de curso legal, le abrió las puertas a ese trío de indeseables que ahora, dos horas después, se hacían los remolones en pagar la cuenta. Del billetes de quinientos, por supuesto, no había vuelto a saber en esas dos horas de angustia.

El escandaloso sonido de un viejo teléfono móvil de primera generación en la silenciosa sala del bar hizo que los tres maleantes callasen al unísono.

El *Moro* cogió sin prisa el teléfono, ajeno a la algarabía que su antediluviano aparato estaba protagonizando en el pequeño bar, pero fue mucho más rápido al descolgar cuando se dio cuenta que, quien le reclamaba al otro lado, era la persona a la que más respetaba en el mundo.

-Hola *Chunga*...

Su voz bajó varios tonos para dirigirse a la causante de casi todas sus cicatrices internas y externas. Pero parecía que ella no estaba para monsergas ni para una conversación mínimamente decente.

-... ¿la semana que viene? ¡Cojonudo! Empezábamos a pensar que se había *rajao*...! *Chunga*... -el *Moro* dudó entonces si continuar, pero el whisky de calidad permitió que su ánimo se arriesgara- ¿me paso por tu casa mañana, hablamos y...eso...?

Lo que se pudo escuchar al otro lado del teléfono lo sobreentendieron a la perfección el *Colilla* y el *Espinaca*, que ya se echaba las manos a la boca para evitar soltar ningún chascarrillo al respecto. Borracho como estaba, su lengua tenía cierta tendencia a soltarse y a decir cosas que su poco raciocinio le quería impedir.

-...'japuta'... -alcanzó a decir desesperado el *Moro* cuando colgó, mirando la pequeña pantalla del móvil como si ésta fuera capaz de trasladarle el mensaje a la *Chunga*.

Se hizo un incómodo silencio entre los tres, y el *Espinaca*, que quería evitar que la fiesta que llevaban encima acabara de esa precipitada manera, sólo supo decir:

-¿Nos vamos de putas, *Moro*?

Su descorazonado jefe no le miró, pero el soplamocos con que le atizó con la mano abierta fue rápido, seco y duro como un rayo, estruendoso como un trueno, directo a la parte donde en cualquier persona se juntaba el cuello con la mejilla y que, en el caso del *Espinaca*, parecía nacer un callo en forma de diana.

-...el *Espinaca se lo iba buscando...* –tranquilizó el Colilla al Moro mientras, por otro lado, trataba de consolar al escuálido malhechor agraviado que, escondida la cabeza bajo el sobaco de su compañero, en esta ocasión parecía divertido en lugar de dolido.

Diego y Hélène habían bajado pronto del piso de la chica, si bien ésta iba, en aquella ocasión, más cargada que un par de horas antes, con una pesada maleta de cuero y el mismo bolso de diseño italiano.

El hombre al otro lado de la calle anotó en un bloc la hora de la salida de la pareja y se preparó para arrancar el coche, un viejo pero discreto Seat Ibiza que, con seguridad, le permitiría pasar desapercibido en ese sencillo servicio. Pero a pesar de haber puesto los medios para pasar inadvertido, tuvo la certeza de que algo había fallado. Diego, antes de entrar en su vehículo, se giró receloso para echar un vistazo a todos los coches aparcados en la calle, como si intuyera que alguien le vigilaba de cerca.

En aquel momento, un whattsapp iluminó la pantalla de la Blackberry del trajeado vigía.

"Todo preparado para dentro de unos días. Ya te diré la fecha cuando la sepa".

El avatar de su remitente era simplemente una letra uve y sonrió ante la oportunidad de entrar en acción. Todas las dudas de segundos antes se disiparon en ese momento con ese mensaje.

Arrancó el suave motor de su Ibiza y discretamente salió tras la pareja, que se había puesto camino en dirección al sur de la ciudad.

Si, como temía, su destino era el piso del chico, lo tendría difícil para hacer nada más. Sabía dónde vivía el chico y aquella urbanización de lujo, con sus cámaras, sus vigilantes de seguridad, perros rastreadores y alarmas de todo tipo harían de su servicio un mero trámite testimonial. Su cliente, que le pagaba muy bien y a tiempo, tendría que conformarse con la información que pudiera ofrecerle desde un puesto provisional a pie de calle.

Al menos esa noche, no tendría posibilidad alguna de curiosear en las pertenencias de Hélène, sobre todo en aquel extraño bolso de diseño italiano del que no se despegaba la francesa desde que bajara del tren.

Ahí estaba el trofeo por el que tan bien le estaban pagando.

X

LA CRIPTA DE SAINT-VICTOR:

1964

Los trabajos de restauración de las criptas y de la iglesia superior de la abadía de Saint-Victor habían empezado a dar sus frutos. Encargados por el ayuntamiento de la ville de Marseille y el Ministère des Affaires Culturelles a mediados de los años 30, las obras se retrasaron –e incluso peligraron- debido al estallido de la II Guerra Mundial. Las bombas del ejército alemán que cayeron sobre Marsella no fueron ni más severas ni más clementes que en el resto de las ciudades europeas atacadas. Marsella fue una más en el camino del führer, pero Saint-Victor se mantuvo firme, fiel reflejo de todos aquellos ciudadanos de Provenza que se oponían a la invasión germana. Ni en aquel 'ahora' nazi, ni en el nuevo 'ahora' aliado, la metralla de las bombas de uno y otro hicieron que la dura Abadía flaquease.

Pero había algo innegable con el paso de los años: si en los años 30 ya era necesario un lavado de cara para Saint-Victor, en aquel momento, cuando los '50 estaban por agonizar, le urgía entrar en 'chapa y pintura'.

Guy Deferre, presidente de la Commission Municipale, monsieur Cristofol, el primer alcalde electo tras la liberación de Marsella, y M. Carlini, también monsieur y alcalde, como el anterior, aunque éste fuera sustituto de aquél, habían retomado un proyecto de reforma de quince o veinte años atrás. El viejo doctor Emmanuel Cormier, con toda probabilidad también 'monsieur', había sido el primer elegido por el cabildo municipal para encargarse de realizar el inicial lavado de cara de la abadía.

El proyecto de monsieur Cormier fue, desde el principio, el favorito en la lista de la Commission precedente al inicio de la Segunda Gran Guerra. Y también lo habría sido para la Commission municipale posterior, encabezada por monsieur Deferre, si un rápido y certero ataque al corazón no hubiese terminado con la vida del profesor Cormier dos años después de haberse aprobado su proyecto.

Así que, recuperada la normalidad en la ciudad años después, con el polvo de las bombas mundiales barrido de las calles y el escombro amontonándose a las afueras de Marsella, pero con la abadía con más agujeros que unas medias de rejilla, los nuevos inquilinos del consistorio marsellés pensaron que ya era hora de encontrar al sustituto del querido doctor Cormier.

Y esa persona fue el desconocido Ferdinand Chevalier, un joven pero ambicioso arqueólogo local que, cuando fue presentado a la Commission, allá por el año 1957, apenas contaría con veintipocos años, pero también con el beneplácito de la comunidad histórica y artística de Provenza, lo que era un importante espaldarazo a su pretensión de hacerse con el fascinante proyecto de la cripta de Saint-Victor.

¡Y vaya si lo consiguió!

No necesitó más que una reunión con aquel grupo de estirados burgueses de despacho para llevárselos hasta donde Ferdinand quiso. Unas pocas horas con ellos, y salió con la adjudicación apalabrada y el acuerdo sellado a los pocos días. El joven arqueólogo marsellés sólo tuvo que esperar a tener firmados los permisos de obra para empezar a llevar a su gente a tapar los agujeros de la vieja abadía que daba la bienvenida al Mediterráneo, no fuera que le ocurriese como a aquél que le precedió, y le estallase una guerra entre la firma del acuerdo y el inicio del proyecto...

En fin, lo dicho: los trabajos de restauración de las criptas y de la iglesia superior de la abadía de Saint-Victor habían empezado a dar sus frutos.

Corría ya el año 1964. El joven y ambicioso Ferdinand Chevalier dejaba paso ahora al también insaciable profesor Chevalier. Había encallecido a la sombra de Saint-Victor, y el brillo de sus ojos parecía oscurecido por el polvo de la cripta.

Empezó en el '57 un trabajo que le había llenado las veinticuatro horas del día, un proyecto que le había dado y quitado mucho. Por ejemplo, un matrimonio inexperto en pasión que comenzó a andar durante los primeros días de los descubrimientos del Martyrium y que años después también se llevaría por delante, como ahora veía que acababa la empresa por la que había sido contratado por la Commission. Su relación con Dominique representaba lo mejor de ese último lustro en la cripta pero, con las últimas luces de la obra -nunca mejor dicho, ya que empezaban a desconectarse los focos que les habían iluminado durante años- podía decirse que se llevaba bajo el brazo algo que, egoístamente, superaba con creces todas las dichas y también todas las desventuras que Saint-Victor le pudiera ocasionar. En el presente y en el futuro.

La Commission había demostrado durante cinco años que no estaba preparada más que para actuar como secundarios en el proyecto Chevalier. El desarrollo de la ciudad, elegida capital mediterránea del turismo, la construcción del 'Hôpital Nord' y, sobre todo, las nuevas adjudicaciones en torno al túnel que pasaría cerca de allí, por el Vieux Port, hicieron que Guy Deferre, que ya no ejercía como presidente de la Commissión Municipale sino como nuevo alcalde marsellés, calificase la tarea desempeñada por Ferdinand Chevalier como 'prescindible'.

El proyecto no se había completado. La premisa inicial de 'plancha y pintura' se había quedado en el lavado de cara original de monsieur Cormier, además del cambio de aceite y filtros...

El cabildo de Marsella había quedado suficientemente satisfecho con los resultados ofrecidos hasta el momento: Saint-Victor resplandecía con el sol y la brisa mediterránea, y la ciudad volvía a tener un emblema listo para ser mostrado a los nuevos turistas.

A la administración le preocupaba, sin embargo, que el descubrimiento de dos tumbas, con sus respectivos cadáveres, bajo el subsuelo de la abadía retrasase los nuevos proyectos urbanísticos. Ya se sabe que donde hay un muerto hay una historia, y si esa historia paraliza permisos de excavación de, por ejemplo, un nuevo túnel de comunicación sólo por el hecho de estar al lado de Saint-Victor, entonces no merecía la pena darle más bombo al asunto. Y eso mismo debió de pensar el alcalde Guy Deferre. Asunto zanjado.

Las dos tumbas, por muy valiosas que fueran –Ferdinand Chevalier se había puesto enseguida manos a la obra, y un conocido suyo las situaba en el siglo III o IV a.C.- no detendrían al nuevo túnel. Y así se lo hizo saber al profesor Chevalier. El proyecto se había acabado. Los dos cadáveres fueron exhumados secretamente y llevados, por orden del profesor, a la unidad forense de la Universidad de Medicina y, un par de días después, cuando ya sólo trabajaba allí el cabreadísimo Ferdinand Chevalier, los dos agujeros fueron nuevamente cubiertos de tierra, y la historia de esos dos hombres dejó de existir para los marselleses.

Nadie preguntó al profesor Chevalier qué hizo en la cripta durante esos dos días de soledad, pero si alguien se hubiera molestado en esperarle al finalizar la segunda jornada, le habría visto salir bajo el brazo con algo con lo que no entró.

XI

PREPARATIVOS

[DÍA UNO]

Ni Deco ni Hélène tuvieron ganas de pararse a hablar la noche anterior del contenido de la bolsa de la chica ni del posible allanamiento de su piso.

Recuperaron inmediatamente los besos y las caricias perdidas durante el 'incidente del intruso' y se complacieron mutuamente para acabar exhaustos bajo la mesa del comedor de Diego, desnudos y con la grata sensación de que no les importaría que el mundo se hubiera acabado en aquel sosegado momento.

Pero la mañana se había levantado sin pedirles permiso y, si bien el parquet era lo suficientemente cómodo como para acomodar sus cuerpos por unos minutos, el pasar la noche acurrucados y abrazados en el suelo les había dejado los huesos dulcemente doloridos.

Diego se levantó a las 7 de la mañana y preparó un par de cafés junto a unas tostadas y, de vuelta, de pie junto a la aletargada francesa, con las dos tazas en la mano, se deleitó contemplando la hermosa belleza de Hélène, tumbada desnuda bajo la mesa. Los senos, voluptuosos y sensuales, se dejaban caer delicadamente sobre sus bíceps y, cuando inconscientemente bajó la vista para recorrer las curvas de su trasero, ladeó la cabeza para deleitarse con la finísima línea rojiza que el vello pintaba sobre su sexo. Y entonces decidió que el café podría esperar un poco más.

Dejó las dos tazas y, justo cuando se abalanzaba sobre la cintura de la francesa para mordisquearla, ella se despertó, con dulzura, pero igual de hambrienta que el joven Deco. Volvieron a

139

besarse y a jugar a lo mismo que la noche anterior y, cuando unos minutos después ambos cuerpos decidieron que no podían más, entonces, sólo entonces, decidieron desayunar café frío y tostadas duras. No les importó.

Se ducharon juntos y únicamente cuando se hubieron vestido pareció que sus cuerpos se despegaban el uno del otro, momento que aprovechó ella para recorrer el camino inverso de la noche e ir en busca de su bolso.

Lo abrió con cuidado y puso delicadamente el contenido, el diario de su padre durante los años de trabajo en Saint-Victor, sobre uno de los escritorios de trabajo de Deco.

-¿Has traído también lo *otro*...? –le preguntó Diego con tímida curiosidad, ya que no sabía si aún podía permitirse el hablar con tanta libertad de aquel asunto familiar. Era obvio que ella deseaba que participase de toda aquella investigación, y no cabía duda de que ya era uno más a la hora de planificar los pasos a dar, aún a pesar de conocer las pruebas tan sólo por las descripciones hechas por Hélène. Hasta ese momento.

Ella no mostró sorpresa por la justa curiosidad de Deco, y se limitó a negar con la cabeza.

-No. Es una pieza demasiado frágil para ir moviéndola de aquí para allá. Estará mejor en Marsella, a buen recaudo....De todas maneras, en su diario está transcrito el contenido completo del pergamino.

Él se acercó para echar un primer vistazo a aquel diario del que tanto había oído hablar y sobre el que, intuía, muchos querían poner la mano encima.

Hélène le agarró entonces suavemente del antebrazo para pararle durante un segundo eterno. No había arrepentimiento ni duda en aquel gesto, pero si Deco llegaba a abrirlo, a leerlo por completo, no habría vuelta atrás. Confiaba ciegamente en él, en su honestidad, en su criterio, en su amor por ella. Y, casual o no, valoraba que no la juzgara, que no la tildase de 'loca' por trazar un plan tan excéntrico que no sabía bien dónde la llevaría pero del que él también había dejado muestras de querer formar parte. Antes de aquello, de darle todas las pruebas, Deco habría sido considerado simplemente su colaborador. Después de permitirle acceder a todas las evidencias, sería su cómplice.

Amor y Confianza.

Aquellas fueron las claves: Amor y Confianza...

Levantó pues la mano para, enamorada y confiada, dejar que Deco, con lento movimiento felino, acabase de tomar entre sus dedos el preciado diario del profesor. No habría vuelta atrás.

El diario era una corrompida libreta moleskine de mediano tamaño, con tapa dura y negra, goma en uno de sus lados y con las esquinas seriamente dañadas por las condiciones de trabajo en las que el profesor Chevalier la utilizó. Por lo demás, parecía que el aspecto duro de su cubierta y el grosor de sus hojas le habían permitido aguantar el paso del tiempo con cierta dignidad.

Hélène, que había abierto el diario miles de veces desde que lo descubriera, entendió la curiosidad de Deco cuando quiso pasar la goma y leer el contenido de la primera página, la dedicatoria del mismo a su hija.

'*J'espère que ma petite Hélène compléter savoir la façon dont je l'ai tournée en partie. Je suis convaincu qu'elle sera Sage*'.

-"*Espero que mi pequeña Hélène sepa completar el camino que yo he recorrido parcialmente. Estoy convencido de que será Sabia*" –tradujo el chico en voz alta, perfectamente familiarizado con la lengua nativa de Hélène-. Vaya, parecía confiar ya en tu buen criterio...

-Más bien diría que se trata un encargo desde la distancia – comentó lacónicamente la francesa al recordar a su padre fallecido.

Deco se dispuso a iniciar en ese momento la lectura, pero esperó una segunda aprobación con la mirada, consciente de las dudas que todavía veía reflejadas   en sus ojos.

Ella le dio su completa autorización con un gesto de la cabeza, y Deco empezó a leer aleatoriamente por una de las páginas marcadas por Hélène.

(Notas del profesor Ferdinand Chevalier referidas a las sepulturas de   Saint-Victor).

21 de septiembre, 1964

El hallazgo de las dos tumbas de Saint-Victor nos ha dejado desconcertados. El grupo, muy desanimado después de la negativa de la Commisssion a prorrogar nuestro contrato, se ha entusiasmado con la aparición de los huesos de esos dos cuerpos, con la esperanza de estar a las puertas de un descubrimiento importante.

Aunque no hemos profundizado en lo garbillado hasta ahora, y a falta de un análisis forense completo, todos estamos convencidos de que esos dos cuerpos de la cripta no fueron enterrados ahí abajo de manera casual. Aún es pronto, pero ninguno de nosotros cree que estos restos sean de dos personajes anónimos de la ciudad. Es improbable que dos desconocidos fueran elegidos para descansar en la cripta de Saint-Victor, en el corazón mismo de la abadía.

22 de septiembre, 1964

Hoy han quedado completamente al descubierto los restos hallados en la cripta. Desde primera hora de la mañana (estoy seguro de que los cuatro hemos pasado la noche en vela), Jean-Paul, Dominique, Basile y yo hemos trabajado con una intensidad que hacía tiempo que no veía en el grupo, pero lo que la tierra ha dejado al descubierto ha frenado nuestra euforia de la mañana. Bajo el manto de tierra que cubría los dos cuerpos tan sólo había huesos. Ni adornos, ni inscripciones, ni joyas. Nada. Nada que indicase que esos dos cadáveres tuvieran algo que ver con la vieja abadía.

No sé qué esperábamos encontrar después del garbillado, pero la desnudez de las dos tumbas ha hecho que nos replanteemos la tesis de haber encontrado los cuerpos de dos personas relevantes.

25 de septiembre, 1964

La Commission Municipale y monsieur Deferre han sido debidamente informados esta tarde de los nuevos descubrimientos de la cripta y, aunque no entusiasmados, han aceptado que los dos cuerpos sean trasladados a la unidad forense de la Facultad de Medicina para ser analizados por el insigne doctor Eric Dupond.

Mañana el doctor nos visitará a la cripta y hará los preparativos para que los dos cuerpos sean trasladados sin contratiempos hasta su unidad. Con los resultados de los análisis (calculo que en quince días Enric los tendrá listos), Mr. Deferre me ha prometido que nos dirá si los plazos de los trabajos en la cripta se ampliarán o no, aunque todos nos tememos que, vista la frialdad con la que nos han recibido, la cripta sea cerrada y el contrato sea finiquitado.

Después de leer esas tres primeras páginas, y tras reflexionar sobre su contenido unos segundos, Deco sólo pudo dejar escapar una exclamación.

-Esta Dominique no sería por casualidad tu madre, ¿verdad?

Hélène asintió. Le sorprendió que Deco se hubiera percatado de aquel ínfimo detalle narrativo.

-¡¡¡Ufffff!!! , pero esto es realmente emocionante, ¡tu padre encontró junto a tu madre los dos cuerpos en la cripta...!

-Eso parece, aunque entonces ni siquiera eran pareja

-Pero...

-¡...pero nada!

Bruscamente, la chica pareció querer pasar página de ese dato si importancia para ella.

- Sí –continuó en tono subido-, se conocieron allí, en Saint-Victor, al poco de comenzar las obras en la cripta, pero Dominique no fue más que una ayudante más de mi padre en el descubrimiento de los dos cuerpos, nada más que eso, una ayudante que luego se aprovechó de él para luego dejarnos tirados...

Deco entendió que, a pesar de su plena curiosidad, aquel no era el camino que debía tomar si pretendía hacer que Hélène se sintiera cómoda hurgando en su pasado y en el contenido del diario.

-Deberías sentirte orgullosa de ellos –insistió-. Te dejaron un regalo por el que muchos darían la vida...

Ella, que no entendió del todo el sentido de aquella extraña sentencia, se encerró en el pesimismo que la atormentaba desde antes de conocerle.

-Aún así, creo que mi padre fue demasiado egoísta al dedicarme el diario con esas palabras. Me puso al frente de una quimera, su quimera...

-¡Confiaba en ti y en tu criterio! Puso ante tus ojos lo más valioso de su trabajo para que tú le dieses forma...

-¿Hablas del diario y la dedicatoria?

-¡...Y también del pergamino!!! ¿No te das cuenta de que también encontró un pergamino que conecta directamente con esos dos cuerpos? Y gracias a esas dos pruebas, estás en este punto, aquí, en Valencia, elucubrando un plan que sólo alguien con un firme propósito puede llegar a imaginar.

-Contigo a mi lado... –casi le suplicó entonces, al darse cuenta de que estaba empujando al chico a hacer algo que, con seguridad, otro le habría negado por irracional.

-Conmigo a tu lado, mi amor –corroboró-. Y te recuerdo que no podemos dejar pasar la oportunidad de intentarlo. Es lo que tu padre habría querido...

-Lo sé, Deco, no hace falta que me lo recuerdes... Pero, ¿sabes?, me da miedo no ser capaz de descubrir nada. Me da pánico que el trabajo, las expectativas de mi padre no hayan servido para nada...

Hélène a punto estuvo de flaquear por el peso que el doctor Chevalier inconscientemente parecía haberle puesto sobre sus jóvenes hombros, pero las cariñosas manos de Diego sobre esos mismos hombros hicieron que la chica disipase todas sus dudas y recompusiese inmediatamente su habitual estado de ánimo.

-¡Está bien!, tenemos trabajo que hacer –cambió de tercio cariñosamente la chica, estampándole un beso de agradecimiento en la mejilla a Deco.

El chico volvió a coger el diario y se recostó sobre el sofá de dos plazas de su despacho.

-Déjame un rato para que eche una ojeada a las notas de tu padre y al texto del pergamino y así me ponga al día. Luego te doy mi opinión...

La chica asintió, al tiempo que cogía su móvil.

-De acuerdo, te dejo. Yo mientras he de hacer unas llamadas...

Hélène se alejó de Deco con un gran sentimiento de culpa. Habían hablado del diario, del pergamino y, en breve, leería la nota con la palabra que la atormentaba. "Synélefsi".

Sin embargo, no se había atrevido a lanzarse del todo para hablarle del resto de pruebas ocultas por el profesor Chevalier en la maleta de cuero de Marsella.

"Quizás aún es demasiado pronto", se auto-convenció para evitar caer en el remordimiento. Pero, tarde o temprano, de un modo u otro, esas seis piezas debían salir a la luz.

[DÍA DOS]

En Nazaret, uno de los barrios marginales de la ciudad pegado al mar, el *Espinaca* no dejaba de tiritar y estornudar, posiblemente fruto de una neumonía mal cogida esa misma madrugada a las puertas de la Catedral.

Eran las 9 pasadas de la mañana y los tres pillos ya se recogían en casa del *Moro* después de una extraña noche ideada por el jefe de la banda. Sin embargo, el experimento del *Moro* había salido mal para la lánguida salud del tirillas del grupo.

Poner al *Espinaca* a vigilar a todo Cristo en la puerta barroca de la Catedral, sin ton ni son, al ralentí de la madrugada de Valencia, que es mucho ralentí, y justo en dos duras noches de lluvia, sin siquiera un céntimo en los bolsillos para tomar un mal café o un chato de vino en caso de emergencia, le había ocasionado los primeros pitidos de pecho, esos que cuando los oyes, lo primero que piensas es *"la cosa está jodida"*. Pues ni eso... Al *Espinaca* no le dio tiempo ni de pensarlo. Volver al cuchitril donde ahora el *Moro* le había confinado, empezar a estornudar y oír esos pitidos salidos de su pecho fue sólo cuestión de minutos, sin apenas tiempo de desvestirse y quitarse los harapos que el jefe le había obligado a ponerse como tapadera para no llamar la atención de la policía.

De vuelta los tres a casa del *Moro*, el *Espinaca* cayó rendido como un Ecce Homo en el tullido, que no mullido, colchón que esa mañana volvería a servirle de cama, sin querer pararse a pensar que lo que le pasaba no era precisamente bueno.

-Está jodido, ¿eh, *Moro*?-certificó el *Colilla*, escuchando la orquesta de pitidos que el *Espinaca* sacaba entre ronquido y estornudo-. Total, pa'ná...

149

El *Colilla* había hecho así un breve balance de los dos días de plantón del *Espinaca, de noche,* a las puertas de la Catedral, obligado bajo la lluvia y, por qué no decirlo, las hostias del *Moro,* que sacaba a pasear su mano más a menudo de lo que les gustaría a los dos maleantes. En ese momento, viendo agonizar a su compañero, el *Colilla* recordaba cuando, pasadas la diez de la noche del día anterior había tenido que arrancar al *Espinaca* del sucio lecho, con las legañas aún apresadas en los ojos, gimoteando como un niño que no quiere ir a su segundo día de colegio, en este caso a la catedral, lo que había vuelto a provocar la natural ira del *Moro* y el consiguiente reparto de leches.

"Total, *pa'ná...*"

Bueno, no. *Pa'ná* no. Le constaba que el *Espinaca* se había sacado un buen sobresueldo con su actuación, un fajo de euros a costa de su patético aspecto y lo que éste había llegado a inspirar en los pocos viandantes nocturnos que se habían acercado hasta él. Rebuscó entre los bolsillos del decrépito tres cuartos de su compinche y pudo notar que su presentimiento no iba mal tirado. El tilín del choque de muchas monedas verificó lo que imaginaba, y no dudó en tomar prestado una buena cantidad de las ganancias del moribundo. Tantas que el fuerte tilín del principio se quedó en un pírrico tililín. "*Pa'tabaco*". El *Colilla* inspiró el último resquicio del Ducados que llevaba en la boca y salió, dejando el filtro mal chafado sobre un cenicero de color aluminio que tenía todas las pintas de haber sido sustraído de algún local de comida rápida.

-Está jodido –repitió el *Colilla* en voz baja, esta vez para sí, no se sabe si lamentando la suerte de su compañero o agradeciendo que no le hubiese tocado a él hacer de falso mendigo en la Catedral y acabar sufriendo esas convulsiones que estaban llevando a su delirante compañero al borde del éxtasis final.

El *Moro* había salido antes de la habitación del enfermo y ahora estaba sentado en una maltrecha silla de lo que él llamaba eufemísticamente 'el salón', una estancia contigua al dormitorio sin otra decoración que un escritorio reconvertido en mesa de centro, cuatro sillas, cada una de una madre diferente, y un rudimentario pedestal sobre el que descansaba un televisor, que nadie sabía si era en color o en blanco y negro pues nunca nadie lo había visto encendido.

A la hacienda del *Moro*, que era como la ponderaba sin ningún tipo de tapujo, le quedaba una cocina sucia y pequeña además de un patio trasero que, de no ser por lo enormes contenedores apilados, descargados directamente del puerto, habría tenido una magnífica vista del mediterráneo portuario, llena de grúas y tuberías de desechos fecales. En ese momento, el patio, que en su rincón más oscuro y maloliente también escondía una pila y un retrete, le servía como establo para criar un par de gallinas ponedoras, un conejo y el animal que descaradamente se colaba en ese preciso momento en 'el salón'.

-Coño *Moro*, menudo 'guarro' estás criando en el patio... ¿De dónde lo has 'sacao'?

-Ná, es un regalo de unos compadres ucranianos que conocí en la trena hace ya un tiempo.

-Y, ¿para cuándo la matanza? Éste ya está de buen año, el peazo verraco...

-Ni lo pienses, *Colilla*. Y, pa que lo sepas, deberías andarte con mucho *ojo*... Que el bicho tiene cierto gusto por la sodomía...

El *Colilla* apartó asqueado la mano del lomo del animal que, como entendiendo las palabras de su dueño, ya empezaba a olerle sus partes íntimas.

El *Moro*, que sonreía por primera vez en un par de días, había llenado un par de sucios vasos con vino barato, y le daba vueltas a uno de ellos, posiblemente en el mismo sentido que lo hacían sus pensamientos, desordenada y confusamente.

-¿Qué pasa, Moro? —le preguntó el Colilla, ya sentado a su lado, con el culo a cubierto y sorbiendo el primer trago de vino de caja.

-Ná, no pasa ná Colilla, sólo estoy preocupao po'l Espinaca. Parece qu'está chungo.

-Han sío muchas horas de plantón empapao a la fresca, Moro, y el Espinaca es un mierdecilla que no'stá acostumbrao a pegar un puto palo al agua. Eso sí, ahora mismo el pobre se nos ha quedao hecho un Cristo...

El Moro no hizo ningún comentario esforzado sobre el patético estado en el que el Espinaca se encontraba tirado en la habitación de al lado. Se hallaba sumido aún en unos pensamientos que le costaba exteriorizar, y se limitó a levantarse a poner un viejo casette del que empezó a sonar un triste y sentido Fado, 'Loucura', que malamente tarareó con cierto tono melancólico para después arrimar el sucio vaso de vino hasta sus resecos labios. De un trago sorbió el rojizo contenido y a continuación se secó con los puños de la manga de la camisa alguna gota que se había perdido por el mostacho.

-El trabajo lo tenemos que hacer ya mismo, en tres noches...

El Colilla le miró desconcertado. La noticia, que de ninguna manera podía ser mala, no la esperaba tan de sopetón, esperanzado con la posibilidad de tener algún día más de margen. Habían pasado toda la noche y parte de la mañana juntos y, sin embargo, el Moro no había hecho ningún comentario, hasta entonces, de llevar a cabo el golpe. Pensó que todo era demasiado precipitado.

-¿Tres días?, ¿ya? –preguntó con ansiedad el *Colilla*, apurando como su jefe, el vaso de tinto barato.

-Ya, *Colilla*, ya. Hay que hacerlo ya mismo. ¿Pasa algo?, ¿tiés algo que hacer esta semana aparte de beberte mi vino y lloriquear por el *Espinaca*...?

Al *Moro* se le notaba en el dejo de su voz que tampoco lo veía claro, pero parecía evidente que no podía echarse atrás.

-Sabemos lo que tenemos que sisar y gracias al *Espinaca* ya hemos comprobao cuándo hacen las rondas la policía y el movimiento que hay en la calle...

-Ya, pero, ¿cómo lo haremos, *Moro*? Llevarse eso no es moco de pavo...

-Esta noche he quedao pa' que me den material –apuntó pícaramente el *Moro* juntando el pulgar y el índice, haciendo como que acariciaba un billete imaginario-. Me darán instrucciones y herramientas *pa'* poder hacer el trabajo.

-¿Esta noche has quedao? –repitió el *Colilla*, como si con esa repetición el mensaje se hiciese más llevadero-. ¿Y el *Espinaca*?. ¿Qué hacemos con él?. ¿Qué hacemos con el *Espinaca*? – interrogó impaciente-. Éste no se recupera pa'l trabajo en tres días...

-En cuantico sepa algo te lo digo, ¿vale? Y tranquilo, ¡¡¡Jesús bendito!!!, ¡¡que acojonándote no se te van a pasar los nervios!!. ¡¡Parece que éste sea tu primer golpe...!!

El *Moro* se había levantado, como su tono, y ahora caminaba hacia la habitación donde sobrevivía el *Espinaca*.

-Éste -señalando con el mentón al que yacía en la cama- tendrá que ponerse 'güeno' en ná si quiere cobrar.

-Está *mu' chungo, Moro, mu' chungo*. No sé yo si *pa'l* golpe estará...

-¡¡Pues si *no'stá*, a más tocamos, cojones, *Colilla*!!. ¡¡¡Me *cago'n* la puta d'oros!!!. Ahora tú te quedas aquí con él, que yo tengo cosas que hacer. Le haces un caldillo o lo que cojones te apetezca, pero al *Espinaca* me lo resucitas o pierde su parte. ¿Está claro, *Colilla*?.

-Claro, *Moro*. Yo me quedo aquí y lo resucito, tú no te preocupes por *ná*.

-*Po's* eso, *hottia*. Cuando termine me paso por aquí y hablamos –dijo el *Moro* mirando su rancio reloj-. Ya sabes...

-Sí, *Moro*, sí, ya le resucito...

-Y da de comer a mi gorrinillo, que si no se pone tonto y le da por oler ojetes...

El *Moro* salió de su curiosa hacienda riendo a carcajada limpia, mientras el *Colilla* se esforzaba por determinar qué sería peor, que el Espinaca no acabase de resucitar, que el golpe saliera mal, o que el verraco tomase represalias con su trasero por haberle hecho pasar hambre.

La anchoa y el queso curado en aceite. Esa era la combinación perfecta a la hora de hacer una tapa de bar.

Seguramente eso era lo que pensaba el señor Idel mientras rechupeteaba sus aceitosos dedos, buscando recuperar el sabor de esa mezcla perfecta. La anchoa y el queso habían bailado de un carrillo a otro antes de tragarlos y, con los dedos fuera de la boca, bebió un largo sorbo de cerveza nacional.

Resulta curioso la forma en que algunos padres escogen el nombre para sus hijos. Unas veces se agarran al nombre de uno de los padres, de algún abuelo, de un familiar que ha faltado, de un personaje de televisión, pero el nombre cae con el primer berrido y el niño ni pincha ni corta. De cualquier manera, el caso del señor Idel no era extremo, pero sí que dejaba al descubierto que un nombre se medita antes del nacimiento, y no suele haber vuelta atrás. El señor Idel, el de las anchoas con queso curado y aceite en las manos, era un hombre de edad incierta, de esos a los que cuando te preguntan que adivines la edad que tiene le echas unas veces de más, otras veces de menos, de gran envergadura y de facciones clásicas, elegante en la mayoría de las ocasiones, si bien poco refinado en sus maneras. Pero lo más curioso, lo más llamativo es que era blanco como la leche, casi con piel de nieve, con cejas y pelo rubio, casi invisibles al reposar sobre la clara piel.

Y papá y mamá Idel habían decidido llamarle Bruno, "*moreno, oscuro*". Sin duda, todo un acierto.

Bruno se había desprendido del traje de Armani con el que había empezado a trabajar dos noches atrás y en ese momento iba ataviado deportivamente con unos vaqueros desgastados, zapatillas y una camiseta blanca que enseguida dejaba a la vista unos brazos musculados y totalmente tatuados con extraños símbolos, letras e ideogramas de, posiblemente, todas las culturas conocidas por el hombre.

-¿Y por qué crees tú que ella tiene algo?- le preguntó Bruno a su acompañante, después de meterse un nuevo y aceitoso bocado entre los dientes-. Registré su piso a fondo y no encontré nada. Tampoco en Marsella.

-¿Y el del chico? ¿Lo has podido inspeccionar?-le insistió su interlocutor mientras observaba con asco cómo Bruno Idel masticaba, sin modales, el pincho con la boca totalmente abierta.

Bruno negó escurridizo con la cabeza.

-Les he esperado durante dos días y no han salido de la casa en esas cuarenta y ocho horas. Aún así, aunque lo hubieran hecho, la urbanización parece un búnker y ya te dije que será difícil colarme y echar un vistazo dentro...

Estaban en el interior de una taberna, a refugio del calor de la calle y con el aire acondicionado a pleno rendimiento, pero Bruno Idel sudaba como lo haría un cerdo en día de matanza. Aún así, esa ruda apariencia sudorosa le bastaba para que las dos camareras no le hubieran quitado el ojo desde que entrara, atraídas sin duda por la imponente figura nórdica de ese hermoso cliente con ligero acento extranjero. La Roca.

-¿Por qué estás tan seguro de que la chica tiene algo?-le insistió Bruno sin dejar por ello de engullir una rebanada de pan tras otra.

-Porque conocí muy bien a su padre y siempre supe que no me lo había contado todo, toda la verdad sobre aquella excavación...

-No sé de qué cojones de excavación me hablas, pero todo me parece estupendo si tú estás convencido de ello. Para eso eres el que pagas...

Julio Delicado gesticuló lacónicamente. Los trabajos de Ferdinand Chevalier en Saint-Victor pertenecían a otra época, a muchas décadas antes de su incorporación al grupo del profesor marsellés, pero las historias que el viejo contaba sobre las oportunidades perdidas en la abadía hicieron que, aunque lo había intentado, Julio nunca se olvidara de ella. La curiosidad había sido más fuerte que la razón.

-Lo que aún no me ha quedado claro es lo que tengo buscar cuando llegue a entrar en casa del chico. Si no he entendido mal, es marchante de arte, y su casa puede estar llena de cosas interesantes para otro, pero no ser lo que ú andas buscando.

-La verdad es que aún no sé qué se pueden traer entre manos, ni siquiera si el chico anda metido en todo este asunto de Saint-Victor, así que no puedo ayudarte. En ese sentido, tendrás que improvisar.

-Sigo sin entenderlo...-admitió la roca mientras no perdía de vista a las dos chicas que se divertían a su costa tras la barra.

-¡¡¡Es que tú no tienes que entender nada!!! –se enervó el viejo doctor Delicado-. ¡Te pago para que busques y me consigas algo que creo que oculta la chica, y punto! Y si te he contado parte de esta historia es para que te puedas situar y no me traigas lo primero que encuentres en su casa. No necesito que me des conversación...

Julio se estrujó, estresado, la sien. Empezaba a arrepentirse de haberse metido en aquel sucio embrollo que olía, a la legua, a mala película del hampa, con personajes estereotipados y sobreactuados, empezando por un bravucón de medio pelo que jugaba a sentirse como el matón arrogante a sueldo de un viejo capo con recursos. Y, de esa sencilla analogía, se llegaba hasta él, el que debía de ser jefe de la banda. Sin embargo, él, Julio Delicado, era otro desubicado de la historia. Ni matones a sueldo ni capos de la mafia... Todo el elenco de actores acaba reduciéndose a un musculitos con buena presencia y un viejo cerebrito con cojera. Mala combinación de personajes.

Su pensamiento retrocedió a pocos días antes, cuando aún parecía controlar la situación, cuando aún no había cruzado el punto de no retorno, su particular Rubicón.

El irritado doctor Delicado aún no sabía cómo había acabado accediendo a aquella turbia relación de trabajo con Bruno Idel pero, a pesar de ser reciente, casi inédita, estaba deseando con todas sus fuerzas que finalizase.

Podría jurar por lo más sagrado que sus contactos con toda actividad delictiva o ilegal eran limitados, por no decir nulos y, por ello, para llevar a cabo ciertos trabajos para los que no estaba cualificado, se había visto obligado a acudir a un nuevo recurso, a confiar para aquel nuevo servicio en la palabra de un nuevo conocido, la del adonis que siempre encontraba al final de la misma barra del bar y con el que había empezado a obsesionarse. El adonis escultural que le había hecho descubrir su homosexualidad o, como mínimo, su bisexualidad. El adonis... Su perdición.

Y el frenesí, la celeridad de la pasión redescubierta en un cuerpo del mismo sexo parecía haberle cegado. Después, turbado de lujuria, y con los sentimientos demasiado a flor de piel, su vieja boca le había confesado inconscientemente al joven la necesidad de encontrar a alguien preparado para delinquir en su nombre. Pocas horas después, el adonis, que resultó llamarse llanamente Paco, le había presentado a Bruno, un descarriado compañero del gimnasio que, mientras se pavoneaba de sus músculos y virilidad con las pesas en alto, también fanfarroneaba de sus oscuras cualidades como perdonavidas.

Y desde la ignorancia que da el final de la barra de un bar, Paco vio en Bruno Idel al hombre que Julio Delicado necesitaba.

Una mala elección de la que no podía deshacerse ya, se dijo lastimosamente el doctor. No al menos hasta dar con lo que Hélène y su chico tramaban que, con seguridad, era algo.

Él, al contrario que Paco, sí que tenía olfato para calar a las personas.

La ruda voz de Bruno Idel le sacó de su abstracción.

-Está claro... quieres que busque algo que ni siquiera tú sabes lo que es, y todo sin hacer preguntas...

-Eso es, yo tampoco lo sé, y ahí está la gracia de tu trabajo. Si no, no te necesitaría, ¿estamos?

Julio Delicado trató de comportarse como lo que no era, como el capo. El sudor frío y el temblor en las manos delataron, sin embargo, su verdadero papel de bufón.

-Estamos, viejete –le respondió despectivamente Bruno para, inmediatamente después, beberse de un trago la media jarra de cerveza que se había empezado a   calentar entre sus manos.

Estaba deseando acabar con ese servicio para dejarle claras un par de cosas a ese viejo malhablado que se permitía el lujo de insultarle de ese modo.

-Y hablando de pagar...

Bruno Idel le agarró entonces fuertemente del brazo y le obligó a quedarse quieto mientras colocaba su sudorosa frente muy cerca de la suya.

-...creo que me debes un nuevo adelanto. No trabajo gratis para tipejos cobardes como tú.

La amenaza no tardó en surtir el efecto buscado, e inmediatamente Julio Delicado rebuscó acongojado entre los bolsillos de su vieja americana un sobre con algunos cientos de euros.

Julio se lo tiró a la cara temerariamente y, tras liberarse de la presión que Bruno ejercía sobre su brazo, se levantó de la mesa para huir de su lado más rápido de lo que su fuerte cojera podía soportar, mientras su cabeza seguía dándole vueltas a ese turbio asunto en el que se estaba metiendo.

"¿Por qué narices Hélène le había pedido trabajo en la catedral de Valencia?".

Hélène tenía otros proyectos más importantes que, Julio sabía, había rechazado. Podría trabajar para otros directores que le darían más relevancia que él, el anquilosado Julio Delicado... No, no tenía ninguna duda. Hélène había solicitado participar en su proyecto para estar en la Sala Capitular, y en aquella nave de la catedral sólo podía querer encontrar una cosa: *el Santo Cáliz*. Aquel era, sin duda, el eslabón que unía todo el trabajo de Ferdinand Chevalier en Saint-Victor con todas las historias no reveladas por el propio profesor, y él no estaba dispuesto a dejar pasar esa oportunidad de curiosear.

¿Sería aquel cáliz depositado en Valencia *el verdadero*?

Mientras se acercaba hasta la barra para pedir la cuenta, se giró para comprobar que Bruno aún no se había movido de la mesa de la taberna. En ese preciso instante una de las camareras le sacó de su nuevo ensimismamiento al ver cómo se dirigía hacia la roca y le escurría una nota con dos números de teléfono cerca de la mano derecha mientras ésta le guiñaba pícaramente un ojo buscando con descaro su complicidad.

El rubio no se lo pensó y se levantó despreocupadamente de la mesa para dirigirse a la barra del bar, junto a Julio, que pasó a ser invisible para él.

-Hola chicas, ¿estáis libres esta noche las dos? Se me ocurren unas cuantas cosas que, si estáis dispuestas y no os da vergüenza, podíamos hacer juntos los tres en la habitación de mi hotel...

[DÍA TRES]

Deco llevaba dos días sin despegar la vista del diario del profesor Chevalier y, cuanto más lo hojeaba y ojeaba, más convencido estaba de que Hélène no andaba desencaminada en la interpretación de las palabras de su padre.

También había llegado a una segunda conclusión, que éste no había errado en la elección de aquella como la persona que mejor podría desentrañar sus más recónditos pensamientos.

Sí. Definitivamente, Hélène había sido una buena elección.

Instintivamente, al pensar en aquel sustantivo, 'elección', volvió a detener la vista en el pequeño trozo de papel que Hélène había dejado entre las hojas del diario. Leída repetidas veces después, había en esa escasa nota una línea, una exigua frase que había removido todas sus entrañas.

"La Hydra de la Synélefsi renacerá"

-La Hydra de la Synélefsi renacerá... -entonó casi en un susurro, como si temiese que esa frase desapareciese de la nota si la repetía demasiadas veces o demasiado en alto.

Aún no había hablado con ella, con Hélène, de sus sensaciones, de todo lo que las palabras del profesor Chevalier habían evocado en su imaginario. Y, a pesar de que durante aquellas cuarenta y ocho horas, la chica se había mantenido ajena a las deducciones, a las dudas, a la sorpresa de Deco, tras largos minutos observando cómo el chico manoseaba el trozo de papel garabateado por su padre, se decidió a dar el primer paso.

-Tú también has reparado en ese viejo trozo de papel... Le he dado mil vueltas, pero no le he encontrado ningún sentido.

Él asintió de modo casi autómata. Sentía que ambos iban al mismo paso, al mismo ritmo por el   mismo camino.

161

- Puede referirse a la Hydra de Lerna –dijo, esperando abrir así una puerta a un razonamiento con cierta lógica-. La Hydra de Lerna era un animal mitológico, una bestia de varias cabezas surgida del agua que era capaz de regenerar dos testas por cada una que se le amputaba.

Ella, familiarizada como él con la mitología griega, se encogió de hombros sin aún querer aceptar o rechazar la teoría de Deco.

No. No era la Hydra salida del agua el motivo de su pesar, e inmediatamente lo dejó claro.

-¡Pero sigo sin encontrarle sentido al mensaje de mi padre...! Y otra cosa, ¿qué narices es la Synélefsi? No hay nada, no he encontrado nada de esa maldita Synélefsi.

Hélène, por primera vez en mucho tiempo, parecía furiosa con el profesor Chevalier y con aquella estúpida tarea que le había encomendado.

-¡¡¡¿Por qué tuvo que ser tan críptico?!!! –siguió quejándose amargamente mientras frotaba sus ojos llorosos con fruición.

Deco, sensible a las dudas de la chica pelirroja, sólo pudo dejar a un lado, sobre el sofá, el diario de Ferdinand Chevalier para acudir tiernamente a su lado. Ni las dos cabezas de la Hydra ni la Synélefsi parecían cobrar valor cuando Hélène arrancaba a llorar, a dudar de su destino.

Y él, juiciosamente, prefirió entregarle en un fuerte y largo abrazo el calor que esa noche ambos necesitaban.

Y aunque su cuerpo la abrazó con pasión, su cerebro siguió repitiendo la misma frase con la que había empezado a obsesionarse.

- La Hydra de la Synélefsi renacerá...

26 de septiembre, 1964

No dejo de darle vueltas a la cabeza a las palabras del doctor Dupond. Y, cuanto más lo pienso, más creo que esos dos cuerpos debieron de ser enterrados en la cripta de Saint-Victor con algún propósito.

El viejo Dupond ha sido muy claro en sus conclusiones. No tuvieron una muerte plácida. Según él, la mueca de las calaveras, con la boca totalmente abierta, casi rota la mandíbula, indicaba que esos dos cuerpos –con certeza dos hombres- habían muerto probablemente con un grito de dolor en sus bocas y ambos cadáveres lo habían hecho del mismo modo.

Dominique, Jean-Paul y Basile han vuelto a cribar la tierra que sacamos de las tumbas, pero todo indica que el resultado será idéntico al obtenido el pasado día 22: nada. Aún así, y sabiendo que poco nos queda por hacer allí abajo, los cuatro hemos seguido trabajando como si fuera nuestro primer día, a la espera de los resultados definitivos del doctor Dupond.

28 de septiembre, 1964

Acabada la criba sin resultados positivos, hemos decidido pedir permiso a la Commission para levantar las losas que aún permanecen ancladas a la tierra de la cripta de la abadía. Son cuatro metros cuadrados de cripta enlosada, concretamente la que da a los pies de las tumbas, además de las piezas que han resistido el paso de la escalera, lo que supondría levantar unas cincuenta losas de piedra maciza tallada y pulida.

Es harto improbable que bajo esos cuatro metros cuadrados de piso hubiese enterrado otro cuerpo aparte de los dos ya encontrados, pero no ocultamos que cabe la posibilidad de que esos pocos metros de losa sin levantar guarden, bajo su peso, restos que podrían ser importantes pruebas arqueológicas de la vida en Saint-Victor.

En caso de que la Commission denegase esta nueva ampliación, que es lo más probable, entonces será el momento de desmontar los andamios, apagar las luces y dar por cerrado la singladura por la hermosa Abadía de Saint-Victor...

Al amanecer, cuando la noche poco a poco empezaba a cambiar de aspecto y de nombre para comenzar a ser reconocida como *día*, Deco seguía agarrado al diario, rumiando, entre largos bostezos y pesadas legañas, frases ininteligibles.

Una de aquellas frases resistió la quietud del piso de Deco para resonar en el silencio de la noche, en el despertar del alba, como un ronquido sin sentido que escondía la cadencia de palabras leídas poco antes.

-Cuatro metros cuadrados de losa maciza...-masculló Deco ronco, con la voz aún sucia por el desuso.

Hélène, a su lado, cómodamente acurrucada en el amplio sofá del salón, empezó a salir en ese momento de un profundo y placentero sueño que había iniciado muy pocas horas antes. Fue el suyo un dulce despertar que avanzó con un generoso desperezar en donde sus pechos se abrieron para abrazar la vista del chico.

-¿Has dicho algo, mi amor? -intentó decirle ella, con los ojos semicerrados y la boca llena de sueño.

Deco, agradablemente sobresaltado por la voz y el hermoso despertar de Hélène, se ruborizó puerilmente. No acababa de acostumbrarse a notar la presencia de otra persona en su apartamento, y en ocasiones hablaba en voz alta creyendo que seguía solo.

-¿Has podido descubrir algo nuevo en el diario?- le insistió la chica con curiosidad, cuando por fin todo su ser parecía empezar a recuperar la estabilidad del recién estrenado día.

Él pareció dudar en responderle, pero Hélène no tenía intención de desistir, ni siquiera con los sentidos bajo mínimos.

-No es nada... Simplemente me preguntaba cuántas de esas cincuenta losas de la cripta pudo levantar tu padre durante esos dos días antes de que le obligasen a abandonarla para siempre...

Ella se encogió de hombros, con un gesto a medio camino entre la resignación y el desconocimiento.

De momento le bastaba con saber que, bajo una de ellas, se había hallado escondido el pergamino que no se había atrevido a llevar a Valencia y que lo había prendido todo, incluidos los viajes a ciegas de su padre y de ella misma a orillas del Turia.

-¿Cuándo crees que podremos empezar a ponernos manos a la obra? Confieso que estoy impaciente...

Hélène intentó reponerse así al sueño, a los recuerdos, al miedo al fracaso, a las dudas.

Deco la oyó de lejos, poniendo en alerta sólo uno de sus sentidos. La miró con detenimiento y se deleitó con las bruscas curvas del cuerpo de su amada, que le devolvió una sonrisa pícara al notar como el chico de los ojos bonitos, su chico, la estudiaba con la misma lujuria con que ella le abrasaba.

-Calculo que en tres días tendremos vía libre. Pero ya no dependerá de nosotros.

Él se levantó entonces del sofá en el que había estado releyendo el diario y fue en busca de Hélène.

-¿Qué te parece si después de nuestras reuniones nos vamos a comer y desconectamos un poco? El olor de mi casa se me empieza a pegar en la piel.

-Tu casa huele muy bien, tan bien como tú...

Hélène le pasó entonces la mano bajo la camiseta, rozándole taimadamente el pecho con las uñas.

Él ronroneó con la caricia, pero la apartó delicadamente para evitar acabar como tantas otras veces durante esos dos días de enclaustramiento.

-Ummmh, reservemos nuestras fuerzas para después, Hélène... Tenemos cosas que hacer...

La chica lo apretó contra ella y, mordisqueándole la oreja le susurró:

-Como quieras. Me voy a la catedral y recogeré el spray. Si llegas a tiempo de tu reunión quizás aún me encuentres dispuesta...

Y dándole un sonoro y lascivo beso en la mejilla se rió con estrépito para salir corriendo de puntillas hacia la habitación, quitándose muy despacio la poca ropa que cubría su fina piel.

Deco no tuvo que pensárselo demasiado.

Dejó descuidadamente el diario sobre el escritorio y se fue en busca de Hélène, que ya le esperaba desnudamente tumbada sobre la cama desecha.

-Sabía que no me fallarías...

Bruno Idel había descansado bien en compañía de las dos ardientes camareras que, sin ningún género de dudas, no se habían arrugado ante las exigencias de su amante extranjero.

Por fortuna para el encargo de Idel, se había desembarazado de esa viciosa dupla a la hora del desayuno y había llegado a tiempo para ver cómo Hélène y Diego salían del piso del chico.

Parecían eufóricos, como el propio Idel, pero pronto tuvo que ponerse en marcha y decidir a cuál de los dos le interesaba seguir, puesto que en la entrada sur de la ciudad, en la avenida Ausias March, los dos chicos se separaron. Diego continuó hacia el bulevar en su coche y Hélène tomó un autobús en una parada cercana, cada uno moviéndose en direcciones opuestas.

Optó entonces por seguir las indicaciones de Julio Delicado, que lo había contratado, entre otras cosas, para conocer todos los movimientos de la pelirroja en esos días.

Tenía, además de esa, un par de poderosas razones por las que decantarse por ir detrás de la chica.

La primera se alejaba en coche, en sentido contrario, por la avenida que quedaba a su espalda. Deco, pensó, ya estaba suficientemente controlado.

El segundo argumento era más bien físico: Hélène desprendía sobre él demasiada tensión sexual. Y, en momentos de toma de decisiones, su entrepierna solía participar y sumar votos para su causa.

Bruno Idel aspiró profundamente la corriente de aire que la chica francesa acababa de dejar para subir al autobús como huella indeleble en forma de perfume, asemejándose con ese primitivo comportamiento a un animal que buscara detectar y dar caza a su presa por su liviano rastro oloroso. La vio sentarse, absorta en sus propios pensamientos, en uno de los últimos asientos y, cuando el pesado vehículo comenzó a rodar, Bruno Idel giró su utilitario para ponerse en marcha, muy cerca de ella, como la bestia que era, tratando de no perder el rastro de su hermoso botín.

No le fue complicado mantener el ritmo cansino del autobús, que dejó en quince minutos a la chica cerca de la plaza de toros, frente a la estación del norte. La catedral no estaba lejos, pero Hélène podría haber aguantado un par de paradas más, por lo que Bruno decidió meter su Ibiza en un aparcamiento público y seguirla a pie a cierta distancia.

Sin embargo, sus planes pronto se torcieron pues enseguida la perdió de vista en la bocana del metro. Como si intuyera que la seguían, Hélène quebró su movimiento y se dirigió hacia la abarrotada entrada de la parada de la calle Xàtiva para, en un segundo, perderse entre la multitud de turistas que salían en busca del sol de la ciudad.

Desconocía cuál sería el siguiente paso de la chica, por lo que decidió atajar.

Sacó su teléfono móvil y marcó el número identificado con el avatar en 'uve'. Después de unos pocos pitidos, alguien al otro lado le descolgó. Y no parecía estar de muy buen humor.

-Creí haberte dicho que no debías llamarme. Se te dieron órdenes bastante claras –le reprendió en francés occitano la joven pero autoritaria voz al otro lado del auricular.

-Lo siento, sé que no debía, pero la he perdido en el metro...-le contestó Bruno en la misma lengua.

El hombre al otro lado no pareció preocuparse por aquél contratiempo.

-En una hora tendrá que volver a la catedral a una reunión importante. Espérala allí.

Entonces, sin esperar respuesta o confirmación de que Bruno hubiera entendido el contenido de su mensaje, le colgó.

Bruno Idel se encogió de hombros pasivamente y se encaminó hasta la catedral a la espera de que los acontecimientos se precipitaran del modo en que 'Uve' había predicho.

Y, como si 'Uve' hubiera leído en alguna parte el guión de lo que habría de pasar, en menos de una hora se confirmó la predicción de su interlocutor, cuando Hélène apareció caminando a toda prisa por la bulliciosamente peatonal plaza de la Reina para intentar acceder a la catedral de Valencia a través de la Puerta de los Hierros. Y todas las precauciones que la chica pareció haber tomado en la entrada del metro se disiparon en esa larga caminata hasta su destino, moviéndose veloz pero despreocupada y, extrañamente, sonriente. Había dejado a un lado su elegante bolso de diseño italiano para sustituirlo por una enorme bolsa naranja de plástico de una importante tienda deportiva, una voluminosa valija que en su interior dejaba bien a la vista una mochila de marca   en tono oscuro.

Por prudencia profesional Bruno Idel no llegó a entrar en la catedral tras Hélène, pero sí pudo ver salir a la chica, dos horas después, con la misma bolsa de plástico, si bien el grandullón occitano ya no fue capaz de apreciar si dentro de la bolsa naranja llevaba la misma mochila.

No sabía muy bien cuál podía ser el motivo, pero lo que había dentro aparentaba ser menos voluminoso que lo que llevaba al entrar.

La noche, que volvía a ser lluviosa, había caído rápidamente sobre Valencia, llenándola de una capa fría de humedad que empezaba a calarse hasta lo más profundo de los huesos. El agua hizo que no se viera ni un alma por las inquietas calles del popular Barrio del Carmen, lo que hacía que cualquier leve chasquido resonase en los adoquines como un pesado ejército de elefantes.

En la popular plaza de los mercedarios, al oeste del barrio, una pequeña tasca acababa de encender unos pocos faroles que daban a su interior una pobre iluminación, tan apagada que costaba grandes esfuerzos distinguir los rasgos de los pocos que allí dentro chateaban, entendiendo por 'chatear' al noble vicio de hacerse chatos de vino barato.

Un viejo y descuidado cartel, de esos que publicitan a una conocida marca de cerveza, dejaba entrever, entre sus kilos de roña, el nombre que daba la bienvenida al local. 'Ca'Lola'. Dentro, el panorama no se presentaba mucho mejor. Los farolillos que Lola 'la Chunga' -la dueña del negocio y tabernera del susodicho- había encendido hacía pocos minutos le daban un aspecto más bien sobrecogedor. Las mesas y sillas, escasas, mal distribuidas y frágiles por la acción de la carcoma, eran los únicos objetos que reflectaban su sombra contra el terrazo claro. Tras la barra, que se mantenía con dignidad, estaba *la Chunga*, una voluptuosa mujer que hacía tiempo que abandonó los cincuenta pero que, voluntaria o involuntariamente, se había aferrado a ellos para no volver a dejar pasar el tiempo. Reía a solas entre trago y trago de brandy, de manera estridente, como si el aspecto desolador de su taberna fuera motivo de chiste, y sin importarle lo que pudieran pensar los únicos clientes que se habían acercado esa lluviosa noche.

Sin ninguna duda, ni por fuera, ni por dentro, aquel no era el mejor lugar de la ciudad al que acudir a refrescarse.

Ahora, junto al eco de la estridente risa de Lola, únicamente una sombra permanecía medianamente sobria al fondo del local, pensativo, mientras la otra que le había acompañado abría con celeridad la grasienta puerta de la taberna, evitando mirar a los ojos de la ebria Lola, que le despedía con un *"Adióh, bombón"*, un nuevo sorbo de brandy y otra fuerte carcajada.

Los pasos en el exterior de la tasca sonaron fuertes y rápidos durante unos segundos, si bien al cabo de unos cuantos metros y otras tantas esquinas, éstos se apagaron, devolviendo a la plaza la serenidad que esa noche le pertenecía.

-Ponme otro, *Chunga* –exigió el *Moro* desde su rincón de sombra, levantándole el vaso vacío.

La reunión había sido tan breve como lo sería un sorbo de vino en la garganta. Y, del mismo modo que éste, le había dejado al *Moro* el estómago hirviendo, desconcertado y descolocado ante tanta reserva y misterio. Cinco minutos, el tiempo justo para darle las instrucciones básicas, el horario, una vieja bolsa de deporte con un par de objetos y, por supuesto, un sobre con un buen fajo de billetes. Más de los que habría podido gastar esa noche.

El *Moro* se arrimó a los labios el cálido vaso de vino y, como no estaba para brindar a solas, le hizo un guiño a modo de invitación a una de las putas que tenía Lola a su cargo. La mellada no se hizo de rogar y se sentó junto al Moro, arrimándole más de la cuenta unos pechos que se habían descolgado décadas atrás.

El líquido tinto corrió de un vaso a otro durante muchas horas y, desde ahí, de una garganta a otra, hasta que los primeros chatos trajeron nuevas botellas, y al Moro ya no le importó que a Manuela –ése resultó ser el nombre de guerra de la mellada- no fuera más que un trozo de carne decrépita con más enfermedades que un hospital. A esas alturas, ninguno de los dos recordaba qué les había llevado hasta esa situación; ni siquiera si esa misma noche alguien había entrado en la taberna antes o después del Moro. En ese punto, Manuela tan sólo era capaz de sostener el tembloroso vaso entre sus carnosos labios mientras el Moro se limitaba a balbucear frases carentes de sentido acerca de un robo en una iglesia. Pero Manuela no le prestaba atención. Se reía con él y, de vez en cuando, le tocaba la entrepierna para ver si reaccionaba, si bien pensó que aquello parecía que nunca se iba a poner en pie.

-¿Quieres que te la chupe? Por diez euros te dejo como nuevo...

-Coño, deja ya de sobarme, Manuela, que tengo que irme –farfulló el Moro la última vez que notó la zarpa de su acompañante en la entrepierna, mientras se echaba mano al sobre con el dinero que, con previsión y acierto, había puesto a buen recaudo, lejos de sus hábiles dedos.

Sacó un billete de veinte euros y lo metió descuidadamente entre los sudorosos pechos de la puta, al modo de una extraña bailarina de streaptease, lo que la entretuvo el tiempo suficiente para que el Moro pudiese librarse de las garras de Manuela la mellada. El Moro, casi a la carrera, pero con la torpeza que le otorgaban la gran ingesta de chatos de vino, se plantó en la puerta de la taberna. Dejó otro billete sobre la barra y aprovechó para mirar de reojo a la Chunga, que parecía no querer prestarle atención.

Aún no había abierto la puerta cuando escuchó desde el fondo:

-¡Moro de la morería, que 'te se' olvida esto! –agitando en alto la bolsa deportiva y que la mellada ya parecía haber abierto.

172

El *Moro* se giró precipitadamente. Sus ganas de largarse le habían jugado una mala pasada.

-¿Qué es esto? – le preguntó Manuela rebuscando en el interior de la bolsa y enseñándole un objeto que la mellada no supo identificar.

-Trae *pa'cá* eso, jodía -arrebatándole la bolsa de las manos-. *Qu'es* un aparato *mu'caro*...

El *Moro* metió atropelladamente la herramienta en la bolsa, mientras se repetía que había sido mala idea pedir esa noche la compañía de Manuela la mellada. Pero eso, por desgracia, ya no tenía solución. Ahora debía reunirse con sus dos socios en la hacienda para preparar a conciencia el golpe que, ya sabía, deberían llevar a cabo en poco más de cuarenta y ocho horas. Las instrucciones habían sido claras, pero también extrañas y confusas.

-Moro –le gritó Manuela cuando Jacinto salía huyendo por segunda vez de la sórdida tasca de *la Chunga*-. ¿Seguro que no quieres que te la chupe? ¡¡¡Mira que dicen que es mu güeno pa' la memoria...!!!

Las estridentes risas de la tabernera y la puta mellada apagaron la gravedad del insulto que *el Moro* acabó por lanzar al interior del podrido local.

[DÍA CUATRO]

-Nano, la tienes loquita...

Rafael sonrió con cierto grado de satisfacción y también un punto de vanidad ante el comentario lanzado por su compañero. Y tal vez, pensaba, tenía razón. No todos los días tu jefa te hacía un regalo por tu cumpleaños, sobre todo del modo en que lo había hecho ella, a escondidas y buscando el momento de quedarse completamente a solas con él.

-Qué guapa está la mochila, nano...-continuó halagándole el ego su compañero-. Y eso que tu cumpleaños fue hace dos semanas... ¡Tú te follas a la pelirroja cuando quieras, cabronazo!

Los dos volvieron a reír ante las buenas perspectivas que se le presentaban a la jactanciosa entrepierna de Rafael con respecto a Hélène, ajenos desde el interior de la catedral a todo el movimiento que se sucedía en otras naves y, también, en la calle.

Diego, que había pasado discretamente cerca de los dos chicos sin querer llamar su atención, había decidido refugiarse bajo la bóveda de ocho puntas de la Sala Capitular para sentarse a esperar a Hélène en el mismo banco de piedra en el que tantas veces se había puesto a dibujar.

Habitualmente se colocaba en uno de los laterales de la Sala, entre el enorme órgano de madera y el coro, en el primer tramo, justo bajo la 'Adoración de los Pastores' y mirando de frente el retablo por el que, sabía, habían contratado a Hélène.

Se trataba de la maltrecha 'Adoración de los Reyes Magos' y, ahora, tristemente, ya sabía que no acabaría restaurándola.

Había pasado tantas horas allí en esa fría estancia, meditando, que sólo haciendo una sencilla batida visual habría sido capaz de repetir cada detalle, memorizado inconscientemente sólo por reiteración.

'REX IUDEORUM GAUDE QUOD OBLACIO REGUM ET DEVOCIO EXHIBETUR FILIO VIDIMUS STELLAM EIUS IN ORIENTE'

Era la parte legible del texto latino que rodeaba el retablo de esa última *'Adoración'*, copiado del Comunio de los Reyes Magos, ornamentado en clásico estilo gótico y manuscrito en vistoso pan de oro bajo fondo azulado.

Las había leído decenas de veces frente a su banco y, a pesar de la dificultad que entrañaba leer cada palabra, podía decirse que ya pertenecían a sus recuerdos.

'REY DE LOS JUDÍOS, COMPLÁCETE DE LA OFRENDA Y DE LA DEVOCIÓN DE LOS REYES (MAGOS) QUE SE LE MUESTRA AL HIJO. VIMOS SU ESTRELLA EN ORIENTE'

Sí, pensó Diego, pudieron tener razón cuando los tres predicaron seguir esa luz estelar. Él también había seguido a su estrella hasta allí, hasta aquella Sala milenaria por la que aún tenían que pasar demasiados acontecimientos inciertos y, aún así, todo empezaba a cobrar un sentido.

Admiró desde su nueva posición, desde la maciza bancada central, el precioso retablo de piedra que cubría todo el muro principal, un frontispicio adornado con filigranas talladas con maestría y excelente pulso. La hornacina del altar, en el centro, estaba compuesta por tres arcos concéntricos acabados en forma de punta de flecha y se sostenían por tres delicadas columnas realzadas con el mismo preciosista detalle que el frontispicio, y en las cuales podían apreciarse nítidamente las figuras de algunos santos y profetas cubiertos por doseletes. Finalmente, en el hueco de la hornacina, y cubierta por un grueso cristal hecho a prueba de balas, descansaba la pieza más codiciada de toda la catedral y, sin embargo, la más cercana a las manos de los devotos. También, por desgracia, concluyó, a la de los paganos.

Diego se levanto y caminó lentamente entre las dos filas de bancos de madera. No había nadie más que él en la Sala Capitular y decidió rodear el altar, pasando junto al púlpito de oración, para acercar su aliento hasta la vitrina que custodiaba el Sagrado Cáliz donde, según la tradición, Jesús, el hijo por el que los Reyes siguieron la estrella, bebió en la última cena de la traición.

A pesar de todo su rico ornamento, Diego conocía la historia y sabía que, de esos diecisiete centímetros de Cáliz expuestos, lo único relevante eran los nueve dedicados al cuenco de ágata de oscuro color rojo. Del mismo tono que el vino, como la sangre.

El chico no miró ni el oro de la armadura, ni las esmeraldas, ni los rubíes. Tampoco se interesó por las veintiséis perlas que le quedaban en la base. Tan sólo se paró a admirar la concha de ágata por la que habrían pasado los labios del Mesías y sus doce, incluido el traidor. Y, como un acto reflejo al pensar en el delator de Jesús, pasó su mano por el hombro izquierdo, quizás recordando que éste pudo sentarse al lado siniestro de Jesús y, desde allí, venderle con un beso a los miembros del Sanedrín.

Desde la cristalera donde se defendía el Cáliz pudo leer una pequeña inscripción dejada caer premeditadamente junto a la vasija de oro y piedras preciosas. Una placa dorada que venía a agradecer los méritos de aquél que había decidido entregarla para siempre a la catedral de los valencianos.

"EN AGRADECIMIENTO A ALFONSO V 'EL MAGNÁNIMO' POR LA REAL OFRENDA HECHA A LOS VALENCIANOS EN 1424"

-...Alfonso *'el Magnánimo'*...

Diego sonrió con ironía.

-...si tú supieras....

Pocos metros más allá, separados por un muro de piedra de casi dos metros de grosor y por más de doscientos pasos de distancia, estaban reunidos Julio Delicado y el Secretario del arzobispo de Valencia, conversando agitadamente sobre temas que nada tenían que ver con los puntos a restaurar del edificio catedralicio.

-No estoy seguro, doctor, de que a su Excelencia le guste su *propuesta*. Se me antoja, cuanto menos, arriesgada, máxime teniendo en cuenta el objeto del que se trata...

El Secretario, un religioso descarnado de penetrante mirada rapaz, hizo especial hincapié en aquella última frase, dejándole claro a Julio Delicado que su intermediación con el prelado en aquel asunto parecía abocada al fracaso desde el inicio.

Por su parte, el doctor, de pura impotencia, apretó los puños y tensó el único músculo sano de su maltrecha pierna.

-Entiendo perfectamente las posibles reticencias de su Excelencia al escuchar mi propuesta pero usted, como su mano derecha, habría de hacerle entender que, precisamente por su valor histórico, sobre todo trato de velar por la seguridad del Sagrado Cáliz...

Después de aquella rotunda afirmación hubo un segundo de respiro entre las dos partes, un breve intervalo, mínimo pero eterno. Un momento ínfimo en el que el doctor Julio Delicado no quiso ceder a las presiones del siniestro mensajero del arzobispo.

Un instante insignificante hasta que el Secretario del prelado se decidió a responder en nombre de su superior.

-Sigue sin darme argumentos para obligarme a intervenir, querido doctor. Si cree que la vasija de Nuestro Señor corre peligro en su actual ubicación, debería darme toda la información de la que dispone para que, de este modo, su Excelencia le deje sacarla de su urna para permitirle estudiarla, aunque sólo fuera por unos pocos minutos. Aún así, doctor Delicado, no debería temer por ella. Créame, ¡no encontrará en la catedral, incluso en toda la ciudad, un lugar más seguro para el Sagrado Cáliz que en el Aula Capitular!

Julio Delicado trató de quejarse, pero acababa de entender que, sin rastro de piedad o entendimiento en boca del Secretario, aquella puerta, la del arzobispado, se le acababa de cerrar.

De poco valdría suplicarle al Secretario del arzobispo que necesitaba adelantarse a los movimientos de Hélène y que, sólo teniendo entre sus manos el Sagrado Cáliz antes que ella, podría obtener alguna ventaja en esa carrera iniciada por Ferdinand Chevalier en 1964.

Tendría que aguardar, pues, a ver cómo Hélène desarrollaba su plan, y todo desde los puestos de atrás de la línea de salida.

Caía ya la tarde y en la plaza de la Virgen, cerca de la gótica Puerta de los Apóstoles, Bruno Idel engullía impaciente un helado, sin miramientos, como si sus reflejos cerebrales no fueran capaces de sufrir en los nervios de los dientes el efecto del hielo, cálido y eléctrico, como una tormenta en el paladar.

En la otra parte del edificio, ante la Puerta de la Almoina, tres individuos caminaban inquietos de arriba abajo por la amplia plaza del mismo nombre.

Uno de ellos, el *Moro*, no paraba de mirar con cierta ansiedad su viejo reloj de pulsera, mientras los otros dos, el *Colilla* y el aún convaleciente *Espinaca*, fumaban y charlaban en voz alta, con poca discreción para las infames intenciones que llevaban.

Hélène, por su parte, recogía distraídamente unas cuñas de madera del pequeño almacén habilitado en una de las habitaciones del ala este, un pequeño espacio de apenas dos metros cuadrados que olía a pintura y masilla de resina.

Y como si el azar estuviera de parte de alguno, afortunadamente no se cruzaron en ningún momento entre ellos.

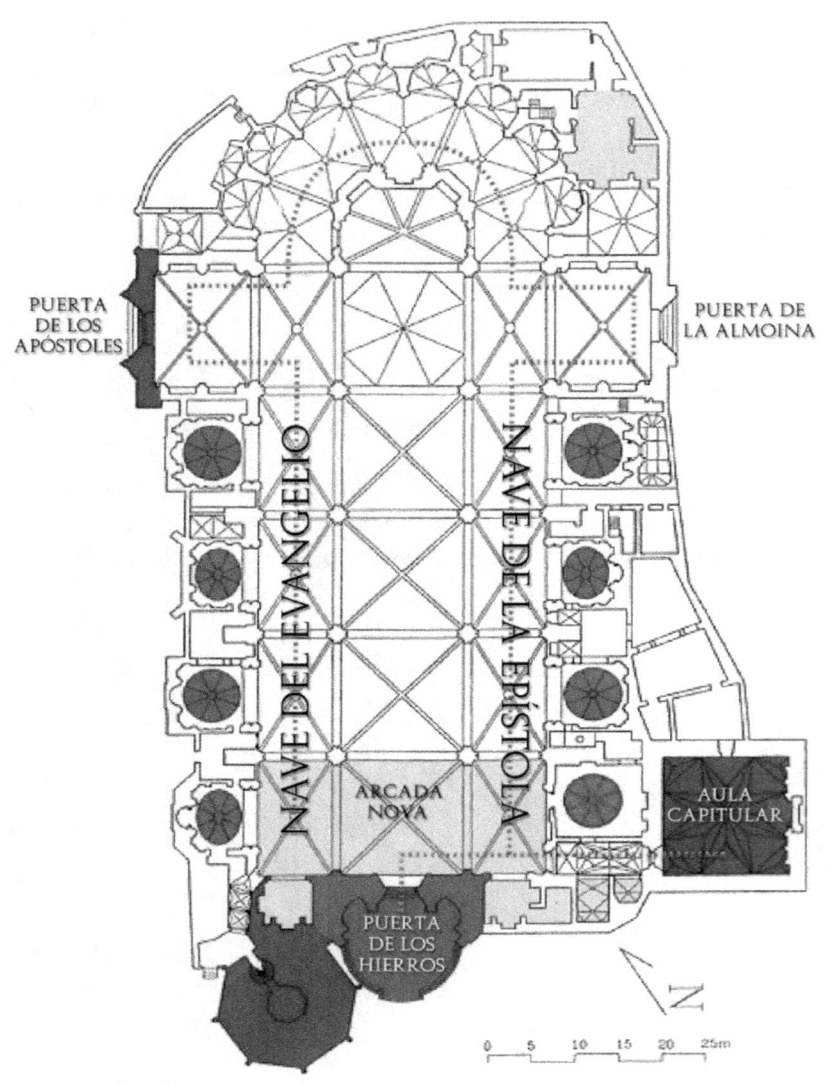

PUERTA
DE LOS
APÓSTOLES

PUERTA DE
LA ALMOINA

NAVE DEL EVANGELIO

NAVE DE LA EPÍSTOLA

ARCADA
NOVA

AULA
CAPITULAR

PUERTA
DE LOS
HIERROS

N

0   5   10   15   20   25m

XII

EXECUTIO LABORIS

[MADRUGADA DEL QUINTO DÍA]

-Hace frío, *Moro* – susurró el *Espinaca* desde detrás de su escondite, encogido como un ovillo y tiritando escandalosamente a voz en alto.

-¡¡¡Chssssssssssst!!! ¡Calla, desgraciao, que nos van a oír! –le recriminó el cabecilla, rojo de exasperación.

-¡*Moro*!, ¡*Moro*! –llamó entonces el *Colilla*. Como el *Espinaca*, no se molestó en ocultar la voz en palabras susurradas.

-¡¡¡¡Me cago en mi puta vida...!!!!-medio blasfemó el *Moro*, ahogando el grito que deseaba dejar salir en la bilis que sus dos socios le provocaban cada vez que abrían la boca-. ¡Maldita la hora en la que pensé en vosotros dos...!

El silencio impuesto por el jefe cuajó durante unos breves segundos pero, ahogada la blasfemia y su sentido, los dos maleantes volvieron imprudentemente a las andadas.

-¡Es que hace frío, *Moro*! – repitió acobardado el *Espinaca* que aún temblaba, culpa de la neumonía de la que aún no se había recuperado.

El Espinaca se libró de la somanta de collejas por la distancia que había en ese momento entre él y su jefe. El Colilla se rio por lo bajo, y le dijo a su amigo, que   tenía junto a él.

181

-Te has librao de la *'formación en abanico'*...

La 'formación en abanico' venía a ser la mano del *Moro* abierta de par en par, moviéndose aleatoriamente de arriba abajo y de derecha a izquierda, como si estuviera dándole aire a la cara del susodicho desgraciado. La particularidad de esa formación, además de ser que casi siempre la recibía el mismo, venía dada por el grosor de los dedos del *Moro*, que el *Espinaca*, delicado receptor de las hirientes bandadas de aire, definía con congoja como un doloroso *'catálogo de pollas'*. Diez pollas en las manos agitadas a diestro y siniestro cerca de su cara...

Mientras tanto, y fuera de sus casillas, el *Moro* se preguntaba qué demonios hacía allí, acurrucado en el interior de la Catedral acompañado por los dos ineptos que parecían burlarse de la situación unos metros más allá de su posición.

-¡En cuanto pueda levantarme de aquí, *Espinaca*, lo primero que voy a hacer, y con mucho gusto, es soltarte dos hostias, a ver si entonces sigues teniendo frío, hijo de mil putas sifilíticas!, ¿me entiendes así, o prefieres callarte de una putísima vez? ¡Me cago en mi negra vida! Porque necesito la pasta, que si no...

Ni el amenazado ni el provocador osaron contestar, aunque sólo fuera por no ver su figura levantándose y correr pesadamente hacia ellos. La calma se volvió a imponer entonces en la Catedral, sólo rota por la respiración entrecortada del *Espinaca*, los ahogados temblores del *Colilla* y los resoplidos sordos, breves y resignados del *Moro*.

O tal vez no fuera ni frío, ni cansancio, ni resignación lo que ese pequeño grupo de intrusos sentía.

El miedo se podía oler, y ellos tres desprendían ese aroma sin notar cómo se extendía por toda la Nave de la Epístola, dejando un rastro más nítido que cualquier grito de los que se hubieran lanzado durante las horas de espera en cuclillas.

El viejo reloj del *Moro* marcaba en ese momento las 2 horas y veintiún minutos de la madrugada. Pero para Jacinto, el *Colilla* y el *Espinaca* perfectamente podrían ser las 8 ó las 9 de la mañana, tal era el grado de agotamiento físico y psíquico –porque el alma también trabaja- que arrastraban.

Lejos parecía quedarles a los tres el día en el que el *Moro* llegó con la cartera repleta de deslumbrantes billetes de quinientos euros, repartidos a diestro y siniestro entre sus socios con la vaga idea de entrar a robar en la Catedral. Lejos quedaban los litros de alcohol y los kilos de tabaco –el *Colilla* ahora se conformaba con morderse, casi arrancarse las uñas a falta de un cigarro con que matar la tensión- comprados con ese dinero.

El *Espinaca* rezaba lo que sabía, y no era un mal lugar para intentarlo. Pedía volver en el tiempo dos días atrás para escapar de ese suplicio en que se había convertido estar acurrucado en aquél pequeño hueco, tembloroso y tenso, sin poder toser ni hablar, con la angustia aprisionando sus pobres -por inexistentes- músculos.

Dar marcha atrás dos días.

Era un cobarde, lo sabía, y prefería rogar por poder echar atrás dos días a verse allí, acojonado en la silenciosa catedral, porque sabía que ese robo les superaba a los tres. De repente, al recordar cómo estaba cuarenta y ocho horas atrás, le subió un tosido hasta la punta de su boca. Un tosido, y luego otro, y otro, y otros más fuertes que sólo pudo ahogar el *Colilla* poniendo la palma de su mano en la desdentada boca del *Espinaca*.

Unos ruidosos pasos y unos gritos retumbaron entonces en el exterior, convertidos en escandalosa banda sonora de la noche debido al eco de los adoquines y el silencio que reinaba en los alrededores.

Los tres, muertos de miedo por lo inesperado de aquel alboroto, se acurrucaron lo que pudieron en sus rincones creyendo que el sonido venía del interior de la catedral y, cuando detectaron que el origen de aquel escándalo estaría en la chiquillería que se recogía a casa después de una larga noche de fiesta, pudieron pararse a pensar que sus corazones se habían parado por unos segundos y que se hacía necesario que volviesen a bombear sangre.

Definitivamente, el plan estaba mal parido. Era precipitado, no estaban en condiciones y no eran las personas adecuadas para ejecutarlo. A esa conclusión habían llegado los tres, pero ya no había marcha atrás, ni siquiera rezando como seguía el *Espinaca*.

Desde las ocho de la tarde del día de autos, los tres incautos se encontraban en la Catedral, nerviosos como la primera vez, aunque el lugar ya les fuera familiar, tantas habían sido las ocasiones en las que el *Moro* les obligara a visitar la Catedral para estudiarla. Desde esa hora, habían merodeado por aquí y por allí, moviéndose por la plaza de la Almoina y, en el último momento, por toda la Iglesia intentando no resultar sospechosos y pasar desapercibidos, cosa harto difícil pues parecía que cada uno llevase a cuestas un cartel con el rótulo: "NO TRAMAMOS NÁ GÜENO".

Cuando los tres malhechores detectaron que el movimiento de visitantes en la Catedral disminuyó, limitados a dos guiris mal calzados y una señora mayor que rezaba, ella sí, en la *Capilla de la Inmaculada Concepción*, decidieron que aquel era el mejor momento para desaparecer. Le habían dado indicaciones al *Moro* sobre los lugares más adecuados para esconderse en la planta inferior, y eso pasaba por acceder a alguna de las capillas laterales, defendidas únicamente de las visitas externas por rejas oxidadas y cerrojos mal cuidados. El *Espinaca*, que otra cosa no sería, pero para trabajos de ganzúa era un artista, tenía ya miradas dos capillas de la Nave de la Epístola que podría forzar sin problemas y, efectivamente, llegado el momento, se deshizo de sus cierres con maestría de cerrajero. Mientras, el *Moro* y el *Colilla* cubrieron su trabajo desde la distancia, la suficiente como para salir escopetados a la calle en el caso de que los dos guardias jurados de la tarde hubieran pillado a su compañero in fraganti.

La primera que forzó fue la *Capilla de San Francisco de Borja*, junto al Aula Capitular y que, a la postre, se convertiría en el escondrijo del *Moro*. Clavija por aquí, pasador por allá, clic, clic, ¡clac! y listo. Candado mancillado. La vetusta cancela chirrió al abrirse, lo justo para que la anciana que rezaba se volviese alertada pero, afortunadamente para los tres valientes, unas enormes columnas de piedra se interponían entre ambas capillas para obstaculizar la visión desde la una a la otra.

El *Espinaca*, ojiplático, se había quedado pálido ante el sonido agudo de la verja, y tardó un poco más en reaccionar e iniciar el asalto a la *Capilla de Santo Tomás de Villanueva*, junto a la salida de la Puerta de la Almoina, mucho mayor que la de San Francisco de Borja, y en donde se podrían guarecer sin problemas tanto el *Colilla* como él mismo.

Clic. Tembleque. Clic. Tembleque. Clic. Clic. ¡Clac!. Ni un ruido esta vez. Todo muy profesional.

El *Espinaca* respiró aliviado y, tras guardar su kit de trabajo, avisó al *Moro* de que todo estaba listo. Los tres caminaron despacio hacia la Puerta de la Almoina y, desde allí, rodearon el Altar central, en busca de la Puerta de los Apóstoles. Allí podrían controlar sin ser vistos la *Capilla de la Inmaculada Concepción*, donde rezaba la anciana. Después de unos minutos en silencio que se hicieron eternos, la vieja penitente se alzó y, después de persignarse, dejó vacía la única capilla de la Catedral en la que se entonaban misas.

Con vía libre, los tres desanduvieron el camino y volvieron hasta la Nave de la Epístola, cada uno hasta la capilla que tenían asignada.

Resultó sin embargo que, horas después, lo que parecía un buen escondite se había convertido en un zulo, y era cómico observar al *Espinaca* y al *Colilla* acurrucados debajo de los faldones de la mesa-camilla que adornaba la *Capilla de Santo Tomás de Villanueva*.

No se ocultaban allí voluntariamente. Más bien, era el único rincón de la Capilla con capacidad para albergarles, puesto que ni la figura del arzobispo que allí se veneraba –pensaron que la peana sobre la que se apoyaba era hueca- ni los oscuros espacios intercolumnas –ideales para la quijotesca figura del *Espinaca*- acabaron sirviéndoles de refugio. La precipitación y la ausencia de un plan B les llevó, de ese modo, debajo de la mesa-camilla. Y, como al perro viejo todo le son pulgas, si en un principio debían abandonar su zulo a las once de la noche, ya pasaban las dos de la madrugada y allí seguían, acurrucados y a punto del desmayo.

185

Mientras, el *Moro* había sido más afortunado y se resignaba a su suerte sentado grácilmente en el viejo e inutilizado confesionario que había en la *Capilla de San Francisco de Borja*, por lo que su espera fue todo lo cómoda que podía ser un mullido banco de confesión. Esperando el momento adecuado para salir, incluso se había permitido el pequeño lujo de pegar unos tragos de su petaca para luego dejarse llevar a un relajante sueñecito reparador, sólo alterado por lo gimoteos del *Espinaca* y el *Colilla*, que se retorcían de dolor a cuatro patas bajo la mesa-camilla.

Hacía media hora que el último sacerdote había pasado por allí, posiblemente de ronda por la Catedral puesto que la vigilancia privada no cubría el turno de noche. Entonces el *Moro*, que volvía a cagarse en voz alta en los muertos de sus dos socios por su poca discreción, decidió que, si no había vuelto a salir ese sacerdote con el escándalo montado por la tos del *Espinaca*, entonces había llegado la hora de actuar.

Salió con parsimonia del cómodo confesionario, y acercó su cara hasta la verja oxidada de su capilla, suavemente, buscando algún movimiento y escuchando el latir de la Catedral.

-¡Pajaritos! – susurró -.¡Pajaritos!. ¡Venga, moveos, es la hora!

El *Moro* no esperó a que le contestaran sus compañeros para abrir la cancela, y el chirrido de las bisagras volvió a sonar, si bien esa vez no le importó demasiado. Total, pensó, discretos no habían sido hasta entonces...

-¡Pajaritos, coño! –volvió a llamarles malhumorado -. ¿Ahora que tenéis que salir os quedáis ahí?

El *Colilla* fue el primero en asomar la cabeza, como si no creyese que de verdad fuera el *Moro* dándoles vía libre. Después de la cabeza arrastró el resto del cuerpo y, caminando a gatas unos segundos, poco a poco se fue incorporando para hacer crujir las viejas y doloridas vértebras de su columna. El *Espinaca*, por el contrario, seguía gimoteando en voz baja, pero no se atrevía a salir a pesar del terrible dolor de huesos que soportaba. Además, tenía aún presente la rifa de hostias con la que el *Moro* le había amenazado, y temía que había llegado el momento del reparto de premios. Y tenía muchos números, por no decir todos. La formación en abanico...

Por suerte para él, el *Moro* ya no se acordaba de su última amenaza y sólo pensaba en salir cuanto antes de aquel aprieto en el que se habían metido, lo que le permitió al *Espinaca* unirse a sus dos socios sin que le hubieran calentado la cara.

Ahora, en mitad del pasillo de la Nave de la Epístola, el uno giraba el cuello, el otro estiraba las piernas mientras el tercero ejercitaba el índice rascándose profusamente la cabeza madurando por dónde empezar. Aquello que ahora se despertaba en la Nave de la Epístola no era un ejército, ni un batallón, ni siquiera un clan. Era un grupo, pequeño, un trío, que se asemejaba más a un circo que a una banda de ladrones, y que se había metido en un fregado del que no sabían cómo saldrían.

La parte más sencilla del plan que les habían trazado ya la habían superado.

-Mariconetas, es hora de ponerse al tajo de *verdá*. No quiero tonterías, ¿me oís? –les amenazó el Moro con el abanico extendido.

-Joer *Moro*, parece que no te fíes – medio se defendió el *Colilla*, mientras el *Espinaca* no dejaba de menear la cabeza negativamente, haciendo que la defensa de su compañero pareciese inútil.

-Vosotros me habéis entendío... Ojito, que ya nos vamos conociendo y esto es mu gordo como pa tomárselo a la ligera. Si nos trincan por esto fijo que no vemos la luz del día en nuestra puta vida...

El *Espinaca* volvió a negar con más entusiasmo, y un escalofrío le recorrió la espalda. No estaba dispuesto a volver a la cárcel ni a ser la novia de otro recluso.

-¿Tienes la ventosa? –le preguntó Jacinto al *Colilla*.

El *Colilla* asintió y se palpó torpemente los bolsillos de los pantalones del chándal, y no tardó en sacar de uno de ellos el objeto que el *Moro* le pedía, un objeto circular de plástico duro con una pequeña asa en el centro.

-Dámela –cogió el *Moro*-. Vamos a empezar ya, que tengo ganas de acabar prontito con este marrón. *Colilla*, tú te quedas aquí vigilando, y si oyes o ves algo raro, ya sabes lo que tiés que hacer.

El *Colilla* no dijo nada y obedientemente se encaminó hacia el lugar que le correspondía en esa misión, junto a la *Capilla de San Pedro*, en la entrada al *Aula Capitular*. Mientras, el *Moro* y el *Espinaca*, que no dejaba de tiritar por la neumonía y por la posibilidad de ver su culo agraviado, se adentraron en la boca del lobo, caminando indecisos por el ancho pasillo que unía la Arcada Nova de la Catedral con la Sala del Sagrado Cáliz, que les aguardaba unos metros más allá con las dos hojas cerradas.

A la derecha del pasillo, la tienda de recuerdos del templo valenciano. A la izquierda, lo que parecía una pequeña urna funeraria, diminuta, y decorada con mucho ornamento. Detrás, tras los dos furtivos intrusos, el *Colilla* no perdía detalle en tensa vigilancia.

El enorme portón de entrada al Aula Capitular estaba cerrada, pero el *Moro* no se extrañó al verla sellada a cal y canto. Ya estaba avisado. Aparentemente, las dos hojas de la gran Sala parecían un contratiempo, pero bastaría un pequeño empujón para que éstas cedieran, dejándoles vía libre hasta su objetivo. Tan sólo era eso.

Empujar, cortar, coger y salir. Pero salir cagando leches. El plan se reducía en ese punto a aquellos cuatro verbos.

El *Moro*, que caminaba por el lado izquierdo del pasillo, llegó hasta el borde y, con la confianza que da tener información de primera mano, empujó suavemente la hoja de madera que tenía frente a él.

Pero ésta ni se inmutó.

El *Espinaca*, agarrotado y poco participativo por todos sus miedos, se limitó a ver -mitad desganado, mitad complacido- cómo su jefe enrojecía de ira ante la ausencia de movimiento de la puerta de entrada.

-¡Mal empezamos!- murmuró cabreado el *Moro*, mientras se preparaba para volver a la carga-. Ayúdame *Espinaca*, esta puerta debe pesar un 'güebo' y medio...

El *Espinaca* se acercó hasta él y apoyó sus enjutas carnes sobre la hoja que trataba de mover el *Moro*. Sin embargo, ésta no cedió a la presión ni un solo milímetro, por mucho que los dos la empujasen más allá de las limitadas fuerzas que ya les quedaban. El *Moro* resoplaba furioso a cada embestida, pero la madera, obstinada como él, permaneció firme en su posición inicial, al tiempo que el *Espinaca*, de físico frágil, optaba por estudiar con curiosidad de profesional el orificio de la cerradura.

El flaco tunante hizo entonces lo mismo que con los candados de las dos capillas de la Nave de la Epístola y, sacando su kit de emergencia, trató de forzar con una ganzúa casera el pasador que aparentemente les impedía abrir el portón. Pronto su esfuerzo se vio recompensado con un leve movimiento del hierro que lo bloqueaba y, después de unos intentos fallidos, la madera crujió para, poco a poco, entreabrirse y dejarles un estrecho paso de acceso hasta la deseada Sala Capitular.

-Moro, ayúdame, que ésta ya se mueve –pidió sofocado *el Espinaca*.

Con la fuerza de empuje repartida entre ambos, la puerta capituló lo suficiente como para que los dos maleantes hubiesen podido pasar hasta el Aula Capitular sin problemas.

En esa ocasión, ni un chirrido, no como había sucedido anteriormente con la cancela de la *Capilla de San Francisco de Borja*. En ese pasillo intermedio en donde estaban el *Moro* y el *Espinaca* reinaba el más absoluto silencio, y sólo la respiración entrecortada de los dos rateros enturbiaba la pacífica atmósfera que la madrugada había dejado en la Catedral.

Después pasaron dos, quizás tres segundos. Ése fue el tiempo que el *Moro* perdió de vista al *Espinaca*.

Jacinto dejó de empujar para mirar atrás y comprobar que el *Colilla* aún se mantenía alerta haciendo la guardia unos metros más atrás y, de este modo, empezar a relajarse pensando que el plan, aunque prematuro, podría llegar a funcionar.

Dos o tres segundos. El tiempo que el *Espinaca* dedicó a seguir empujando el portón y así hacer más ancha la abertura de la entrada del Aula Capitular. Entonces, y ante la insistencia del escuálido Hércules, la resistencia de las bisagras cedió por completo, haciendo que, con la última carga del *Espinaca*, la puerta se moviese con inusitada suavidad hasta el lugar que ocupaba habitualmente, junto a una de las viejas paredes de la Sala Capitular.

Y el *Colilla*, a todo esto, le lanzaba ingenuamente al *Moro* un gesto inequívoco con el pulgar hacia arriba, en silencio, indicándole que por allí todo estaba en orden.

Pero acabados esos tres serenos segundos de reservada quietud, el *Moro* se volvió instintivamente hacia el *Espinaca*, como si se oliera algo, mientras la puerta de entrada ya daba paso completo al Aula Capitular. Al *Moro* le habría gustado, antes de ese instante, dar alguna orden más, pero no pudo más que quedarse de piedra ante lo que entonces sucedió.

Aún no sabían porqué, pero al chocar la puerta contra la imponente pared suroeste del Aula Capitular, ésta comenzó a repicar al son de lo que más bien parecían las fanfarrias de entrada al Averno. O al menos eso les pareció a los tres desgraciados que, atónitos ante el alud de finos tintineos, agudos, penetrantes y delatores, sólo fueron capaces de palidecer, como si con esa cobarde reacción fuesen a bajar el volumen de las campanas que sonaban por toda la Sala y el pasillo.

El *Moro* y el *Espinaca*, a los que el miedo había paralizado en la entrada de la Sala Capitular, se miraron horrorizados, sin saber de dónde provenía ese crepitar de campanillas que, con toda seguridad, habría despertado ya a toda la plantilla de sacerdotes que habitaba las dependencias catedralicias colindantes.

-Moro, vámonos pitando que esto pinta mu mal...

El *Colilla* no contempló siquiera la posibilidad de que el tintineo de la rueda de pequeñas campanillas no hubiese llegado a oídos de los centinelas de la catedral, pero tampoco se esperó a que el *Moro* o el *Espinaca* le contestaran. El fino eco aún no se había disipado y ya salía a toda prisa, lejos de la vista de sus dos compañeros por la Arcada Nova, en dirección a uno de los portones de salida que debía llevarle al exterior, a la Puerta de los Hierros.

Pero quizás fuera la conciencia del desdichado o tal vez que el portón de salida estuviera cerrado, pero el *Colilla* finalmente se lo pensó y deshizo el camino corrido, pálido como si acabara de darle un bajón de tensión, para entrar en la Sala Capitular con sus dos compañeros, que en ese momento iluminaban la pequeña estancia encendiendo los grandes cirios del altar.

La catedral, a pesar de todas las adversidades provocadas, de los comentarios jocosos, de las burlas, de las toses y los improperios,

191

de los portazos, de las campanillas y de las carreras ruidosas, volvía a caer enmudecida.

-Vaya, al menos ha tenío la poca vergüenza de volver...- le susurró el jefe de la banda.

El *Moro*, dolido con la asustadiza actitud de su socio, rebuscó en la vieja mochila marrón que le habían proporcionado en '*Ca'Lola*' y le lanzó con desprecio un bote al *Colilla*.

-Tú harás ahora el trabajo del *Espinaca*, y él me ayudará en tu lugar.

Ninguno pareció dispuesto a contradecir las nuevas órdenes.

Así pues, en menos tiempo del que les había costado lograr entrar en la Sala Capitular, los tres rateros ya se habían puesto manos a la obra. El *Espinaca*, con más miedo en el cuerpo que un gorrino en día de matanza, salió de puntillas hasta la entrada del pasillo para hacer de vigía de la expedición, mientras el *Moro* se dedicaba a colocar con cierta dificultad la ventosa y el cortador de vidrio, éste último también suministrado en la tasca de la *Chunga*, contra el duro cristal antibalas de la urna del Santo Cáliz. Tras él, un ligero susurro siseante y un fuerte olor a pintura le indicó que el *Colilla* había empezado a buen ritmo con su parte.

Al poco, su pusilánime compañero se colocó junto a él, con las manos manchadas de rojo.

-Ya está *Moro*. ¿Qué hago con esto...?

192

El *Colilla* le mostró el bote con el que había estado trabajando a sus espaldas.

-Guárdalo en la mochila y ayúdame con esta mierda. No sé qué cojones pasa, pero no acabo de cortar este puto cristal...

El *Moro* volvió a hacer girar sobre su propio eje el cortador pero, a pesar de marcar el cristal de la urna, éste no pareció plegarse mínimamente a las intenciones de los rateros y aguantó todos los tirones que daba el *Colilla* a la ventosa sin siquiera conseguir hacer un chasquido que delatase que iban a lograrlo.

Tampoco les dio tiempo a mucho más.

Una sombra alargada tras ellos corriendo en su dirección y un grito desesperado les dio la voz de alarma.

-¡¡¡*Moro*, *Moro*, que nos han trincao...!!! –quiso avisarles aturulladamente el *Espinaca* desde la distancia, dejándose ver de refilón en el portón de la Sala Capitular para, inmediatamente después, dar media vuelta y desaparecer como lo haría un fantasma, sobre todo por lo pálido y etéreo.

Al oír la desesperada voz de alarma, ni el jefe ni el subordinado que trabajosa e inútilmente delinquían contra la urna del Sagrado Cáliz se lo pensaron dos veces y, a cual más rápido en el ilustre oficio de la huida bajo persecución policial, picaron espuelas como alma que llevara el diablo en busca de la salida más cercana por donde escapar de aquella ratonera en la que estaban metidos.

El *Espinaca*, que había tomado una sustancial ventaja, fue el primero que frenó en seco cuando, al salir del pasillo no supo qué camino tomar. El Moro no les había dado esa información o posiblemente, es que él no había prestado la suficiente atención. Asemejándose a un pajarillo desplumado, temblaba cariacontecido en el centro de la *Arcada Nova* y a punto estuvo de mearse encima de puro nervio.

El siguiente en aparecer en la gran nave de la entrada fue el *Colilla* que, sabiendo que no había posibilidad de huida por la *Puerta de los Hierros* por haberlo intentado ya una vez, daba vueltas enajenadas sobre sí mismo esperando que su jefe, el *Moro*, llegase hasta su posición para indicarles hacia dónde dirigirse para salir de aquel monumental lío.

Y, al poco, salió el tercero en discordia, resoplando, levantando las rodillas extrañamente y sacando pecho como si estuviera entrenando para participar en alguna competición internacional de atletismo. Sudaba como nunca, y su color de cara empezaba a parecerse sospechosamente a la del *Espinaca* durante los días de convalecencia, posiblemente porque ya presentía que su enorme trasero iba a acabar, más pronto que tarde, en la peor de las celdas del penal de Picassent.

Así estaban los tres a los pies de la cruz de la planta de la catedral cuando, a sus espaldas, empezaron a aparecer por las dos puertas, la de los Apóstoles y la de la Almoina, un número desproporcionado de sacerdotes que, aunque sólo fuera por la cantidad, podría haber inmovilizado fácilmente a los tres malhechores. Aún así, los religiosos prefirieron aguantar y cerrarles el paso si intención de acercarse demasiado.

Delante de los asaltantes, en la *Puerta de los Hierros*, un alborotado sonido de llaves y de gente les hizo presagiar que lo peor aún estaba por llegar.

En cuanto paró el soniquete de las llaves y el silencio se apoderó totalmente de aquella parte de la Arcada Nova, las dos pequeñas entradas laterales se abrieron a la par y, encabezados por un hombre mayor en bata al que todos llamaron 'Excelencia', entró otra gran cantidad de personas que finalmente acabó de rodear a los tres inconscientes.

Pero a diferencia de los primeros, estos iban armados. Y tras ellos, un inconfundible color azulado de sirenas que rebotó en el interior de toda la catedral para iluminarla como una revelación.

-Esta vez la hemos jodío pero bien...-dijo el *Moro* visiblemente afectado por aquel resplandor.

-...La pasma...-pareció querer acabar el *Colilla*.

El *Espinaca* no dijo nada y, muy despacio, se limitó a arrodillarse para, inmediatamente, tumbarse boca abajo contra el frío mármol con las manos entrelazadas sobre la nuca, esperando a ser esposado.

Su condena empezaba a contar desde ese mismo momento y sólo fue capaz de ponerse a llorar al pensar en lo que acababa de perder.

La libertad.

Y por mucho tiempo.

El excelentísimo arzobispo de Valencia no esperó a ver cómo la policía tumbaba a los otros dos y se dedicaba a repartirles palos a diestro y siniestro cuando estuvieron los tres esposados.

Corrió como un poseso por el mismo pasillo por el que habían huido el *Moro*, el *Colilla* y el *Espinaca*, pero en sentido inverso y, cuando llegó a la Sala Capitular, se lanzó desesperadamente contra la urna del Sagrado Cáliz.

En primer lugar sintió un escalofrío al ver el cortador y la ventosa sobre el cristal, pero más tarde, al acercarse y detectar el vaso sagrado en su lugar correspondiente, lloró de alegría, de indignación y también de rabia al ver que aquellos tres andrajosos habían estado muy cerca de *su* Cáliz, lo suficiente como para haber mancillado con algunas ligeras marcas el grueso cristal antibalas.

Se acordó entonces de Julio Delicado y de su desmesurado interés por aquella sagrada pieza, y un nuevo escalofrío volvió a recorrerle la espina dorsal con aquella oscura revelación de su memoria.

"¿Sería posible que el director Delicado se hubiera planteado robarlo?"

Y en ese momento recordó, horrorizado, la propuesta realizada pocas horas antes por el propio doctor a través de su Secretario, lanzada en sus propias narices a modo de diabólica premonición.

Apretó la acartonada mano derecha contra la sien y, al volverse para ir a tranquilizar a los suyos, un grito de terror que salió de su boca se extendió por todas las estancias de la catedral, aullido que únicamente supo ahogar poniéndose las dos manos ante la boca, como si sólo la presión de éstas fueran capaces de hacerle callar.

-Ya lo ha visto –pensó el *Colilla*, sangrando profusamente y hecho un ovillo después de la paliza recibida gratuitamente.

Varios sacerdotes corrieron en busca del origen de aquel desgarrador alarido y, conforme fueron entrando y colocándose junto a su arzobispo para ver lo mismo que él veía, los bramidos, en lugar de aplacarse, se hicieron más intensos para acabar todos, casi al unísono, persignándose para contravenir el significado de lo que alguien había escrito en rojo en la pared que enfrentaba al Sagrado Cáliz.

"SATÁN"

Y, debajo, una cruz invertida.

XIII

PRIMERAS HORAS

-¿Inspector Fuster?

La cabeza de un policía nacional uniformado asomó por la habitación en donde el inspector y su acompañante observaban los interrogatorios y evaluaban las respuestas de los interrogados.

A ambos lados, separados cada uno en una sala de interrogatorios, podía verse a través de los espejos translúcidos a dos de los tres detenidos esa misma noche por delitos contra el patrimonio. La fiscalía, por orden expresa del arzobispado, había precipitado el inicio de las pesquisas y, si bien habían pasado muy pocas horas desde que comenzaran las detenciones, el proceso legal estaba en una fase muy avanzada.

-Pase agente –le invitó amablemente el inspector-. ¿Qué tiene para nosotros?

El inspector Fuster miró de soslayo a su acompañante en la habitación, el hombre de negro que, sin querer perder de vista a ninguno de los dos detenidos a ambos lados de los cristales, se giró también hacia el agente que acababa de entrar.

-Se confirma la versión que han dado estos dos pájaros. Las imágenes de la cámara de vídeo instalada en la Sala del Cáliz les dan la razón...

-...Sala Capitular –precisó el hombre de negro-, no Sala del Cáliz...

El agente se aclaró la garganta y, con más ganas de contestarle que de reprimirse, le acercó al inspector una carpeta gris con una serie de imágenes extraídas de la grabación visualizada. Sin embargo, y a pesar de las ganas, aguantó su instinto a sabiendas de que aquel personaje oscuro salido de la noche se había colado en la investigación como enlace directo del arzobispado y, desde aquel mismo instante, las órdenes y las correcciones pasaban a ser cosa de dos. Del inspector Fuster y del pater Espinosa, una suerte de investigador con alzacuellos sin sotana.

-Pues eso mismo, pater. Aquí tiene, inspector, las fotos de la Sala... Capitular.

-Gracias agente. Ya puede irse.

El inspector Fuster abrió la carpeta y, apoyándose contra uno de los espejos, estudió minuciosamente las imágenes. Las primeras eran del fino individuo que tenía en ese momento sentado en una de las salas, frente a él, y que no había parado de gimotear como un chiquillo durante el breve y moderado interrogatorio al que le habían sometido. Jesús Ventura Guía, alias 'el Espinaca'.

El segundo personaje de las imágenes era el que estaba a sus espaldas, más corpulento que Jesús pero igual de cobarde, y no había hecho más que pedir insistentemente un cigarro para poder calmar los nervios para ser "más cooperativo".

Más cooperativo...

Su interrogatorio no fue, sin embargo, tan moderado. Bastaron dos mandobles bien dados de Fuster para encontrar la cooperación que le había negado previamente. Y poco le había faltado también a éste para romper a llorar como el primero, pensó al repasar mentalmente la declaración del susodicho mangante, llamado Felipe Belsa Sales, alias 'el Colilla'. El inspector tuvo claro inmediatamente el motivo de aquél apodo.

Las fichas de los dos pequeños rateros descansaban sobre la mesa que compartían Fuster y Espinosa, pero quedaba pendiente el tercero de la banda, el que los otros dos habían dado a conocer como su jefe. Jacinto Valverde Heredia, alias 'el Moro'.

-Según las fotos de la grabación, parece que esto va a quedarse en un intento de robo con allanamiento.

-No se olvide inspector de la pintada... Y aunque sus leyes las cataloguen de delito menor, tenga por seguro que la iglesia no permitirá que esos tres malhechores salgan impunes por sus actos con un simple 'intento de robo'. Ha sido mucho más grave...

El inspector Fuster se compadeció por un instante de aquellos tres rateros de poca monta que, para su desgracia, había topado con el hueso más duro de roer, la iglesia.

-¿Qué sugiere entonces, pater? – le preguntó el inspector-. Ya los hemos detenido. ¿Quiere usted imponer la pena ahora?

El pater Espinosa se rió de un modo dramático, casi apocalíptico, dejando a la vista una mandíbula perfectamente cuidada.

-Es mucho más sencillo que eso, inspector. Debemos encontrar al verdadero culpable, al que ha organizado todo este circo en *mi* catedral... En cuanto lo tengamos, estos tres podrán ser juzgados por sus leyes. Pero, mientras aparece, estos pillos son míos.

El mismo agente que entregara las fotos interrumpió en ese punto la incómoda conversación.

-Señor, me indican que el detenido Jacinto Valverde Heredia ya está preparado para bajar a la sala de interrogatorios...

-Está bien agente. Saquen a estos dos desgraciados de aquí y, de momento, llévenlos a calabozos aislados. Y traigan al señor Valverde a la Sala 1...

La orden dada por Fuster se cumplió casi en el acto.

Después de vaciar las dos salas ocupadas, el Moro no tardó en aparecer tras el espejo, custodiado por dos policías nacionales que le llevaban esposado con las manos por delante. Iba cabizbajo, comprendiendo que de aquella situación no le sería fácil salir, pero también pensando en sus dos amigos. Él se consideraba un tipo duro, pero ni el *Colilla* ni el *Espinaca* soportarían volver a estar enjaulados en una celda, rodeados de rompeculos soplanucas o de matones tatuados, lo que le hizo maldecir desde lo más profundo de su ser el haber aceptado aquel maldito trabajo. Todos los billetes que le habían puesto sobre las manos no valían lo que les esperaba.

Los policías le sacaron de su arrepentida abstracción y le obligaron a sentarse sobre una silla que al *Moro* aún le pareció caliente. Y el fuerte olor a orina le hizo comprender inmediatamente que por aquella misma sala de interrogatorios ya había pasado el *Espinaca*.

Aún así, pronto dejó de pensar en él.

La puerta de la Sala 1 de la comisaría central de Valencia se abrió y dos personas de traje irrumpieron en ella.

El *Moro*, que ya había sufrido más de una vez esa parte del proceso, busco acomodar su orondo trasero a la dura silla sobre la que el *Espinaca* se había hundido para poner en práctica lo único que sabía que podría salvarle o, al menos, darle un poco más de tiempo para pensar en una solución.

-Quiero un abogado y lo quiero ya...

La decisión de las palabras del Moro así como la rapidez con las que las había lanzado no hizo que el inspector Fuster y el pater Espinosa frenasen el paso, y cada uno se colocó en una posición diferente de la habitación.

Espinosa marchó hasta un rincón, pues había entrado allí como observador. El inspector, a pesar de todas las amenazas llegadas desde el arzobispado, ya le había avisado de que en sus dependencias no le permitiría intromisiones en las diligencias policiales.

Fuster, por su parte, se colocó tras el *Moro*.

-Para que conste, mierdecilla, y antes de empezar a cagarte encima de los pantalones como lo han hecho tus socios. ¿Te llamas Jacinto Valverde Heredia?

El *Moro* calló para recapacitar sobre las palabras del inspector. Probablemente no le había engañado y sus dos socios se lo habían hecho encima pero, aún mediando amenazas, tenía claro que no debía decirles nada, tan sólo la 'frase mágica'.

-Quiero un abogado ya...-repitió en idéntico tono a la anterior ocasión.

El inspector se puso en esa ocasión a su lado y, sentado sobre la mesa, empezó a reírse desenfrenadamente, hasta el punto que se le saltaron algunas lágrimas del esfuerzo.

-Tú Jacinto has visto muchas películas de policías, ¿no? –dijo el inspector con socarronería mientras se secaba las lágrimas. No podía recordar todas las veces que un reo le había soltado la misma frasecita.

-Quiero un abogado... –quiso insistir el *Moro* ante la ausencia de respuesta de los policías.

Sin embargo, aquella tercera repetición quedó incompleta por el primer puñetazo a bocajarro que le propinó el inspector Fuster sobre el mentón. La parte final de su exigencia, el "ya" categórico, había quedado atrapado entre la sangre que le borboteaba en la boca por el mazazo recibido.

El *Moro*, que con los más débiles como el *Espinaca* y el *Colilla* no se amilanaba nunca, intentó ponerse en pie para plantarle cara al inspector y retarle, pero rápidamente entendió que se llevaría más como aquella en el caso de haberlo intentado. Prudentemente, mantuvo su trasero pegado a la silla.

Aún así, su cuerpo paró, pero su lengua no pudo reprimirse.

-¡Esto es ilegal, joputa. ¡No puedes tocarme un puto pelo!

"Otro estereotipo sacado de series B. ¡Cuánto daño les estaba haciendo a su profesión la televisión de los americanos...!", pensó el inspector.

Entonces le cayó al *Moro* la segunda puñada, más dura y seca, pero esa vez lanzada contra sus viejas costillas.

-¿No puedo? – le rebatió Fuster enfurecido ante la pueril obstinación de su detenido-. ¿Estás seguro de eso, pedazo de mierda con bigote?

El *Moro* ahogó un sordo quejido, mudo y sin respiración por unos segundos, y contrajo la parte superior de su cuerpo contra la mesa para aliviar la presión sufrida por el golpe. Escupiendo aún sangre por el primer puñetazo, quiso rectificar su actitud.

-Sí señor, soy Jacinto Valverde Heredia... -le dijo casi en un susurro ronco, con la boca apoyada contra la mesa

-Eso ya me gusta más Jacinto. Cooperación, como tus compañeros. No dirás que no te lo avisé.

Al escuchar al inspector hablar de sus compañeros y de cooperación, el *Moro* concluyó que no tenía sentido sufrir más el violento comportamiento de su interrogador. El *Colilla* y el *Espinaca* habían cantado como los mirlos, seguramente sin recibir un solo golpe, y él no estaba dispuesto a cargar con todo el muerto.

-Usted dirá... ¿Qué quiere saber, señor policía? Usted pregunte que yo lo contaré tó lo que ha pasao en la iglesia.

-De eso, Jacinto, no tienes que preocuparte. Esa parte la conocemos al dedillo.

Y le tiró la carpeta con las fotos capturadas por el vídeo durante la noche.

Al Moro se le dilataron las pupilas inconscientemente. Verse retratado con las manos en la masa fue como sentir un nuevo golpe del inspector, esta vez lanzado contra su propio orgullo, que a esas alturas era lo único que le quedaba, aunque estuviera también maltrecho.

Su dura fachada gitana se derrumbó. Sobre sus corrompidos hombros cayó todo el peso de la responsabilidad de que sus dos amigos y él mismo estuvieran presos y al antojo de los caprichosos deseos de aquellos dos policías. El plan se había ido al traste antes de empezar y, agarrándose a las pruebas que le ponían ante los ojos, era obvio que no tenía ningún sentido negar nada de lo que habían hecho en la catedral.

-¿Cuánto nos va a caer en la trena, jefe? –le preguntó dubitativo, con miedo por la respuesta que pudiera darle.

-Eso dependerá de ti, Jacinto... Dependerá de lo que nos cuentes...

-Pero señor policía- le interrumpió nerviosamente-, ¿qué más puedo decirles si ya lo saben todo? ¿Dónde tengo que firmar la confesión? Si, además, tampoco nos hemos llevao ná...

-En eso, ves, es en lo único que vamos a estar de acuerdo tú y yo. No os habéis llevado nada. Pero es que lo que habéis intentado robar esta noche ya os venía grande antes de entrar en la catedral. Os venía grande sólo con pensarlo. Así que no, no me ha sorprendido que os pillásemos in fraganti con las   manos vacías.

-Entonces, ¿qué coño quiere de mí...?

El pater Espinosa abandonó la esquina desde donde había participado como espectador y, con los ojos fuera de sus órbitas, pegó un golpe sobre la mesa, demasiado blando para superar las violentas reacciones de su compañero en el interrogatorio.

-¡Queremos que nos digas lo que tus dos socios no nos han contado porque parece ser que tú siempre se lo ocultabas, joder!

-¡A vosotros tres, pedazo de burros –continuó Fuster-, os han pagado para que robaseis el Cáliz y queremos que nos des algún nombre...!

El *Moro* se hundió en la silla. Entendió que no tenía ninguna carta con la que jugar en la partida que el inspector Fuster le acababa de ofrecer.

Y, sin cartas, jugaba a perdedor.

Volvió a revolverse incómodo sobre la silla y, limpiándose la sangre que seguía brotando de sus labios, trató de recordar todo lo que sabía de la persona que lo había metido en aquel embrollo. *La Chunga* andaba metida de por medio en todo aquel maldito asunto, pensó, pero ni su corazón ni la cicatriz en la mejilla que ahora acariciaba le dejaron intentar pronunciar su nombre, no fuera que la perdiera para siempre o, en su defecto, le diera por rajarle la otra mitad de su cara morena por chivato.

-Me contrató un tipo, un rubiales extranjero, pero le juro por mi madre que sólo lo vi una vez...

-¿Y cuándo y dónde fue eso? –le insistió el pater Espinosa, cada vez más participativo en el interrogatorio al que le habían prohibido intervenir excepto en lo   estrictamente necesario.

205

-Anteayer, jefe, fue anteayer cuando lo vi, pero del *shiringuito* de marras no m'acuerdo, ¡de verdá!... Era un garito de esos del centro y yo andaba demasiao puesto...

-Pues lo siento Jacintito, pero vas a tener que poner más de tu parte si no quieres recibir más hostias de las que ya te has llevado...

El *Moro* volvió a ponerse tenso, pero estaba decidido a no poner en peligro el ingrato nombre de la *Chunga*, por lo que rebuscó insistentemente en su podrida memoria y acabó inventándose la parte de la historia que le atañía. En cuanto al otro, en realidad poco tenía que decir acerca del grandullón con el que se había reunido en *Ca'Lola* y que le había dado las instrucciones y la vieja mochila marrón que le habían decomisado durante la huida.

Toda esa información la escupió a sus interrogadores casi sin forzarle.

Del resto del negocio, de la parte que había sido llevada a través de la *Chunga*, sólo se le ocurrió una salida creíble, y por ello dio los nombres de los ucranianos, los compañeros de trena que le habían regalado su verraco. A esas alturas, los chicos del este debían andar muy lejos del país, incluso del continente, por lo que le pareció una buena salida al problema de *la Chunga*.

-¿Mafias del este tratando de robar el Sagrado Cáliz? – preguntó el pater Espinosa en voz alta cuando se llevaron al *Moro* a su calabozo-. Dios mío, si la iglesia ortodoxa ucraniana está detrás de todo esto, el asunto es más grave de lo que podíamos imaginar.

El inspector Fuster se encogió de hombros.

Desconocía lo que los católicos ortodoxos eran capaces de hacer y en qué podían diferenciarse de la iglesia que él conocía, pero bastaba con que su detenido les hubiera delatado, aunque fuera superficialmente, para poner en marcha toda una compleja operativa nacional e internacional de búsqueda de los ucranianos para proceder a su inmediata detención.

-He de hacer una llamada urgente –quiso excusarse Espinosa para salir rápidamente de la Sala 1.

El inspector no le contestó y se limitó a decirle *"adiós"* con un leve movimiento del cuello. Por fin podía librarse, por vez primera en todas las diligencias, de la sombra del arzobispo, si bien sabía que no sería aquella la última vez que el pater y la iglesia misma se entrometerían en su investigación.

El agudo e intenso sonido de un teléfono móvil sobre la mesita rompió el cálido silencio del final de la madrugada para despertar del letargo a Hélène y a Deco. Él se revolvió desorientado de entre los brazos de la chica para buscar el origen de ese incómodo ruido que le había sacado del dulce sueño que lo había recogido junto al narcotizante favor de la preciosa pelirroja francesa.

-Es el tuyo, cariño –le susurró Deco a Hélène, que seguía arremolinada perezosamente contra su pecho.

Ella le ronroneó y, sin todavía poder abrir los ojos, alargó la mano hasta la mesilla de noche para tratar de alcanzar su teléfono. Descolgó a ciegas y a regañadientes, si bien la conversación fue breve, quizás unos segundos, los suficientes para hacer que Hélène se incorporase sobresaltada por las noticias que le transmitían al otro lado.

Colgó y se levantó con la vitalidad que le había faltado en los minutos previos, dejando al descubierto toda su hermosa desnudez contra la intrigada mirada de Deco.

Ella, aún en estado de shock, no esperó a que él le preguntara.

-Era Julio... Esta noche han entrado en la catedral para robar en la Sala Capitular...

Deco se incorporó sobre los codos y, sin dejar de mirar desde la breve distancia su propio teléfono móvil, se aclaró la voz para hacerle a Hélène una pregunta que ella interpretó inmediatamente.

-¿Y... lo han conseguido?

Sus palabras, dubitativas, caminaron entre la curiosidad y la inquietud pero, sobre todo, traslucieron poca sorpresa.

-No –le contestó ella-, pero Julio quiere que vaya ahora mismo para allá. Necesita que me reúna con él y con el arzobispo. Por lo visto, allí han pasado más cosas que no ha querido contarme por teléfono...

-¿Estás bien? –le preguntó el chico al notar que su rostro había palidecido-. Puedo prepararte un café.

-Gracias mi amor, pero me esperan. ¿Puedes acercarme hasta el centro?

Deco asintió y, sin esperar a que Hélène se echara para atrás, se vistió deprisa con unos vaqueros ajustados y un polo azul con la bandera francesa que la chica le había regalado el día anterior.

-No tienes de qué preocuparte, Hélène —quiso consolarla mientras se acicalaba-. Ahora más que nunca debes mantener la calma. Ya verás como todo está bajo control...

-Ya, pero ¿y si después de todo *allí* no hay nada...? ¿Y si resulta que mi padre estaba equivocado...?

-Bueno, al menos sabrás que lo has intentado... Ahora, mi amor, tranquilízate que debes jugar tus bazas muy bien si, a partir de ahora, quieres tener alguna oportunidad.

Ella le abrazó como si nunca antes lo hubiera hecho, mitad agradecida por aquellas extrañas palabras de consuelo, mitad aterrorizada por no saber si sería capaz de conseguirlo.

Después de semanas de planificación, ahora, justo en el momento preciso, cuando las condiciones le eran más que favorables, entonces dudaba y se planteaba si estarían haciendo lo correcto.

Deco, que la notó dubitativa, acudió inmediatamente en su rescate.

-Cuando llegues al Aula Capitular, tú sólo tienes que dejarles claro que, como Coordinadora Jefe que eres de esa parte del proyecto, es tu responsabilidad velar por el cuidado y mantenimiento de esa Sala. Nada más...

Le pasó cariñosamente la mano por el pelo.

Hélène sonrió por vez primera desde que colgara el teléfono en la cama. Esa misma conversación ya había surgido en anteriores ocasiones y, por repetición, el argumento que Deco casi le obligaba a recordar en ese instante lo había interiorizado en lo más profundo de su ser.

Sólo tenía que saber cuándo soltarlo.

-Y, por supuesto, no dejes que duden de tu compromiso con el arzobispado. Si no puedes permanecer en la Sala, nada de *esto* habrá valido la pena.

Con la lección bien aprendida y mucha tensión apoyada sobre los hombros de Hélène, los chicos bajaron hasta el portal para, después de saludar al portero de la finca, cruzar a toda prisa la zona comunitaria.

Al salir por la pesada reja que flanqueaba los cuatro edificios de la urbanización, Deco sacó las llaves de su coche y, antes de pulsar la alarma antirrobo, oteó la avenida buscando algo con mirada interesada. La madrugada se había roto completamente y el sol de la mañana valenciana le dejó curiosear sin forzar la vista.

"El Seat Ibiza no estaba...", concluyó.

Casi al mismo tiempo que los chicos salían, una reunión que les afectaba directamente estaba a punto de terminar.

En uno de los enormes despachos privados del palacio arzobispal, contiguo a la catedral de Valencia, Julio Delicado se había afanado durante minutos por que el arzobispo echara marcha atrás en su propósito pero, ya en la puerta, esperando para salir de las dependencias privadas de su Excelencia, el director sabía que ya no había vuelta atrás.

-Quisiera volver a insistirle, Excelencia, en que no creo que sea una idea acertada. Ha quedado claramente demostrado que el sistema de seguridad funciona...

-Hijo mío –le interrumpió el arzobispo-, mi decisión es firme e irrevocable. Y en el Vaticano también están de acuerdo conmigo, así que no pierda el tiempo y no se hable más... ¿Está ya aquí la chica francesa? Quisiera hablar con ella a solas...

A su lado, el Secretario del prelado negó con la cabeza, dejando escapar una leve sonrisa que pasó desapercibida a ojos de Julio. El doctor, visiblemente cabreado con sus ilustres interlocutores, y rompiendo su habitual estado de equilibrio y moderación, salió de las estancias arzobispales pegando un sonoro portazo que ambos religiosos le recriminaron duramente con la mirada.

-¿De verdad crees que el doctor Delicado ha podido tener algo que ver con lo de esta noche? –le preguntó el arzobispo cuando los religiosos se quedaron a solas-. Espinosa, como la policía, se inclinan por la teoría de la mafia ortodoxa ucraniana.

-Le aseguro, Excelencia, que ayer me suplicó tener el Sagrado Cáliz entre sus manos. Parecía necesitar comprobar algo en él.

-Y tú no le diste opción, claro...

-¡Por supuesto que no! El Sagrado Cáliz sólo lo puede disfrutar su Excelencia...

-Y ahora Roma –corrigió el arzobispo, visiblemente emocionado ante la obligación de desprenderse de aquel objeto de culto.

-Sigo sin entender- continuó el prelado- cómo Delicado ha podido organizar esta intentona de robo en tan poco tiempo. Jamás habría imaginado que el doctor pudiera tener contactos con esa chusma de rateros de tres al cuarto o con los ortodoxos ucranianos...

-Los caminos del Señor... -intentó justificar el Secretario con una de sus coletillas favoritas.

-Ya, ya, ya, los caminos del Señor, sí, eso me lo conozco, pero hay que ser un suicida para, después de que rechazáramos su petición, el doctor Delicado organizara algo tan importante en tan pocas horas. ¡Se ha tirado él mismo bajo las ruedas de los carros! – exclamó indignado ante la ineptitud del que, las pruebas le apuntaban, era el instigador de lo sucedido esa misma noche en el Aula Capitular.

-No debería preocuparse. La policía no tardará en sacarle la verdad a esos chorizos, Excelencia. Quizás entonces podamos saber si el doctor está o no involucrado en el sacrilegio que se ha cometido contra la catedral.

-Esta bien, padre, retírese. Y haga venir inmediatamente a Espinosa. Tengo que hablar urgentemente con él.

El Secretario asintió diligente y salió del despacho arzobispal todo lo rápido que sus delgadas piernas le permitieron.

Mientras tanto, Julio Delicado ya abandonaba el edificio por la calle Barchilla para dirigirse a la entrada de los Hierros, a apenas ciento cincuenta metros de su posición.

La entrada por la Puerta barroca seguía acordonada discretamente por la policía nacional, así como por la seguridad privada contratada por la curia eclesiástica, pero el movimiento en la plaza parecía haber recobrado toda su normalidad. Era evidente que el pueblo valenciano no se había apercibido de la situación acontecida durante la madrugada, y sólo los fieles que pretendieron velar por la salud del Sagrado Cáliz notaron extrañados que se les negaba el paso hasta la *Sala Capitular*.

Al intentar entrar en la catedral, Julio vio a Hélène, que salía claramente desconcertada por la actitud de las fuerzas de seguridad que encontró en el interior del templo. Y ni siquiera su tarjeta identificativa como personal autorizado por el propio arzobispado le había permitido pasar más allá de la *Arcada Nova*.

-¿Qué está pasando aquí, Julio? —le preguntó Hélène cuando por fin llegó a su lado. Parecía inquieta.

Al menos, debía aparentarlo.

-¡Esto es un auténtico desastre! —le dijo con histeria el doctor-. Esta noche han entrado en la Sala Capitular y han forzado el cristal de seguridad del Sagrado Cáliz para robarlo.

Hélène tragó saliva mientras Julio se secaba con torpeza el sudor de la frente.

-El arzobispo —continuó- ha prohibido a todo el mundo la entrada en la Sala Capitular. Y eso no es todo. ¡Además, ha anulado el contrato del proyecto...!

Julio estaba al borde del colapso. Una decisión unilateral y caprichosa del prelado había dado al traste con muchos meses de duro trabajo de todo su equipo.

-Se acabó, Hélène. Se ha suspendido cautelarmente todo el proyecto...la bóveda de la Capilla Mayor, el Refectorio y, por supuesto tu retablo de la Sala Capitular. Lo siento, de veras...

La chica pelirroja palideció y su rostro, blanquecino bajo el rojo manto de su pelo, pareció evidenciar que pronto caería en el desmayo.

-No es posible, Julio... ¿Por qué demonios se nos prohíbe, así, la entrada? Nosotros no hemos hecho nada...

El doctor se encogió de hombros.

-Eso deberás preguntárselo a él. Ha preguntado por ti con insistencia. Te espera en su despacho del palacio.

-Lo sé. Su Secretario me llamó esta mañana. Pero —insistió-, ¿el arzobispo no te ha dado ninguna explicación para justificar la clausura? O, al menos, no te dicho si podremos continuar...

Julio Delicado apretó los labios.

-No, se ha cerrado en banda. Dice que, a excepción de a los oficios, y hasta que la policía no aclare todo lo que pasó en la Sala Capitular, no tendrá acceso a la catedral más que el personal clerical. Además...

El director Delicado aguardó un segundo para darle la última novedad. Tenía la intuición de que sería la que más le afectaría a Hélène, tal y como le había pasado a él.

-...además, por precaución, ha decidido trasladar el Sagrado Cáliz a una caja de seguridad y, desde ahí, volará hasta el mismísimo

Vaticano. Lo están preparando todo para llevársela mañana mismo. Por eso no te habrán dejado pasar al interior de la catedral, ni siquiera con tu acreditación.

El rostro de Hélène seguía exangüe, pero para sorpresa de Julio no se inmutó mucho más de lo que lo hubiera hecho antes. No. No parecía importarle demasiado que se llevaran a Roma la pieza más valiosa del Aula Capitular.

"Quizás es una muy buena actriz", quiso justificar el director al ver su vaga reacción.

"O, tal vez, no había motivos para desconfiar de Hélène y todo aquel plan del robo del Sagrado Cáliz habían sido elucubraciones de un viejo obsesionado con el pasado".

No pensó, para su desgracia, en que podría caber una tercera explicación.

Los ojos de la chica, por su parte, iban inconscientemente de un lado a otro, como si su cerebro hubiese decidido desconectar de la conversación para ponerse a buscar mil respuestas a mil preguntas diferentes que azotaban su conciencia.

Sin esperar a que su jefe continuase, y sin siquiera despedirse, Hélène dio media vuelta para encaminarse hasta el palacio arzobispal.

Ahora era ella la que necesitaba hablar urgentemente con su Excelencia.

El encuentro, después de devolver la llamada al Secretario del arzobispo, no tardó en producirse.

El Secretario la hizo pasar a un despacho contiguo en cuanto la vio aparecer por la puerta. Tenía instrucciones muy precisas de su superior y el segundo invitado a la reunión ya departía con el arzobispo.

-Excelencia, la chica ya está aquí. Les espera en la habitación de al lado.

El arzobispo asintió en señal de agradecimiento y, al levantarse de su sillón, extendió una de sus cuidadas sexagenarias manos a su invitado, indicándole el camino que debían tomar.

-Usted primero, señor arzobispo... -le dijo, rechazando cortésmente el ofrecimiento.

Una puerta lateral les permitió acceder al despacho en donde Hélène esperaba de pie secándose el sudor de las manos.

En cuanto vio entrar al arzobispo, la chica francesa se acercó hasta él y le besó protocolariamente el anillo. A su acompañante, que vigilaba sus espaldas, no lo reconoció, pero su aspecto huraño y traje oscuro con alzacuellos le llegó a recordar al de un enorme cuervo revoloteando alrededor del religioso.

-Señorita Chevalier, le presento al padre Espinosa, nuestro asesor en seguridad en este grave asunto...

Ambos se saludaron fríamente. Ninguno de los dos parecía estar interesado en el otro.

-Imagino que habrá podido hablar con el doctor Delicado...- le preguntó el sexagenario religioso mientras hacía que se sentaran alrededor de una pequeña mesa circular de madera bien tratada.

Ella le dio la razón.

-Sí, precisamente acabo de encontrármelo en la entrada a la catedral.

-Entonces le habrá puesto al corriente de todo...

Hélène asintió, aún dolida con lo que ella consideraba una decisión precipitada por parte del   contratante.

-No me andaré con rodeos, querida niña – dijo el arzobispo con cierto tono paternal, demasiado para la poca o nula relación que había entre ellos-. Como parece que se quedará por un tiempo indefinido sin trabajo en la catedral, ¿qué le parecería si le hiciera una oferta?

La chica abrió los ojos. Esperaba que la reunión le llevara hasta ese camino, tal y como Deco y ella habían previsto, pero no tan rápidamente.

El padre Espinosa le acercó entonces una carpeta con unas pocas fotografías que ella repasó intentando no exteriorizar ningún tipo de sentimiento, si bien le costó.

-¿*Esto* lo han hecho esta noche? – preguntó Hélène mostrando sus dudas sobre la veracidad de las fotografías-. Tenía entendido, por Julio, que habían entrado en la Sala Capitular para robar el Sagrado Cáliz...

-Como usted bien dice, señorita Chevalier, ése era el objetivo – intervino el padre Espinosa-. Pero parece que, no contentos con eso, decidieron hacer más daño del necesario con una pintada, tal vez para despistar a la policía con el mensaje en el caso de haberse salido con la suya...

-Señorita Chevalier, según he podido averiguar, los tres detenidos parecen de todo menos satánicos, se lo aseguro –añadió Espinosa en su primera intervención en la conversación.

Su voz, potente, grave y seca, dejó inmediatamente en evidencia la fragilidad del tono del arzobispo.

-Entiendo-trató de continuar Hélène-, pero... ¿por qué me cuentan todo esto? Yo trabajo para el doctor Delicado, y ya han confirmado que nos han apartado del proyecto...

-Precisamente porque creo que puedo confiar en usted para hacer el *trabajo sucio* que se nos presenta ahora – le dijo el arzobispo.

-¿El trabajo sucio? ¿A qué se refiere?

-El doctor Delicado está, digámoslo suavemente, en cuarentena. Y yo le doy libertad, vigilada, por supuesto, para que trabaje en la Sala Capitular y repare los daños ocasionados por los tres salvajes en el muro. Usted sola, comprenderá...

Ella sonrió, veladamente satisfecha. Parecía que finalmente no tendría que usar el argumento que Deco insistentemente le había obligado a prepararse.

-Entenderá, señorita Chevalier, que he investigado su trabajo antes de llegar aquí para formar parte del equipo del doctor Delicado... Y creo que está preparada para quedarse sola y hacer desaparecer esa blasfemia que deshonra el muro de la Sala Capitular. Lamento no poder ofrecerle, de momento, continuar con el retablo de los 'Reyes Magos'...

Ella trató de reflejar con la dura expresión de su rostro que entendía su desconfianza.

-Huelga decir que nada se hará en el Aula Capitular hasta que la Sagrada Vasija esté a buen recaudo...

El arzobispo miró a Espinosa, que inmediatamente ratificó con un sutil gesto de la cabeza la orden realizada por su superior.

Hélène se acordó entonces de su padre y se entristeció al pensar en él.

Echaría de menos su presencia cuando llegara el momento de poder examinar los eslabones.

-Agradezco su confianza, Excelencia, pero ese encargo no podré hacerlo sola. Necesitaría un ayudante...

El prelado y Espinosa no parecieron sorprenderse con su petición, pero le ofrecieron unos segundos para la duda.

-Había sopesado esa posibilidad, e intuyo que le gustará tener como ayudante a alguien de su equipo habitual –le tranquilizó-. No habrá ningún problema... ¿Tiene ya a algún candidato?

Hélène no tuvo ninguna duda.

-Rafael –dijo la pelirroja con fingida sinceridad-. Había pensado en Rafael, el sobrino del doctor Delicado...

El arzobispo, que desconocía el lazo de consanguinidad entre ambos miembros del proyecto, tensó los viejos músculos de su cuello. Espinosa, a su lado, agudizó la afilada mirada de sus ojos. Por lo que sabía, la policía aún no había creído conveniente investigar los historiales de los miembros del equipo del doctor.

-Sin embargo –continuó Hélène-, he visto algo en estas fotos que me obliga a desconfiar de él.

Hélène buscó una de las instantáneas hechas en el Aula Capitular después de la detención de los tres delincuentes y, cuando la encontró, señaló un objeto en el que ellos no habían reparado.

-Esta vieja mochila deportiva marrón que hay ahí, en ese banco de la Sala Capitular, ¿pertenecía a los ladrones? –preguntó con curiosa inocencia la chica, señalando sobre la imagen la bolsa de la que hablaba.

Espinosa miró la fotografía y no dudó en darle la razón.

-Sí, parece que se la dejaron olvidada con las prisas de la huida. Ya está en comisaría.

-¿Señorita Chevalier, hay algo que no sepamos? –preguntó con inquietud el arzobispo. Su rolliza cara empezó a tomar, por momentos, el color carmesí de su fajín.

-Excelencia, puede que no esté en lo cierto, pero la mochila se parece muchísimo a una con la que, hasta hace bien poco, venía a trabajar Rafael...

Espinosa y el arzobispo se miraron alarmados ante la revelación que les estaba haciendo la chica francesa.

El prelado, con un gesto de su dedo índice, pidió a Espinosa que se inclinara para poder susurrarle algo al oído.

-que la policía se encargue de la pista de los ucranianos y tú, mientras tanto, tira del hilo del doctor y su sobrino, no vaya a ser que, definitivamente anden todos metidos   en el ajo...

Ella, que intuyó lo que el arzobispo susurraba a Espinosa, volvió a sonreír para sí, sabiendo que, con ese comentario de la mochila, acababa de fulminar de la partida a Julio Delicado y a Rafael.

El padre Espinosa, por su lado, saludó litúrgicamente a su superior y se alejó con movimientos rápidos hasta la salida principal mientras sacaba su teléfono móvil. Hélène, henchida por su hábil reacción, le escuchó preguntar a lo lejos por el inspector Fuster.

-Querida –añadió el arzobispo cuando quedaron a solas-, lo lamento por lo precipitado, pero debemos dar por terminada esta reunión. Espero que piense seriamente en mi oferta y me dé una respuesta cuanto antes. En cuanto a su ayudante, y aunque ya tendremos tiempo de discutirlo, lo dejo en sus manos.

El exhausto arzobispo se levantó de su asiento y volvió a mostrarle temblorosamente el anillo.

Hélène se incorporó para besarlo como hiciera al llegar y esperó en pie a que el anciano desapareciera por la misma puerta por la que le había visto entrar.

En cuanto ésta se hubo cerrado y se quedó a solas, sacó su teléfono y marcó un número para hacer una llamada con un mensaje que estaba deseando dar desde hacía mucho tiempo.

-Hola Deco... Sí, termino ahora... Todo bien, mejor de lo que habíamos imaginado. ¿Te apetece trabajar para mí? Necesito urgentemente un ayudante para *algo* que me han encargado limpiar en la Sala Capitular...

XIV

FERDINAND CHEVALIER: 1964-1966

(Notificación del ayuntamiento de Marseille)

5 de octubre de 1964

Estimado Monsieur Chevalier:

Lamentamos comunicarle que, después de haber recibido los resultados solicitados al doctor Dupond en relación con los cuerpos hallados en el subsuelo de la Abadía Municipal de Saint-Victor, su requerimiento de prorrogación de contrato ha sido denegado, lo que implica que, en el plazo máximo de un mes, su equipo deberá haber abandonado totalmente las instalaciones abaciales.

Esperamos que entienda que, dado el cariz herético que de los restos de esos dos hombres se infieren (siempre según las sabias deducciones del doctor Dupond), nos vemos obligados a denegar cualquier tipo de modificación en el plan inicial del proyecto, que no era otro que la restauración del exterior de la abadía y la reconstrucción de la cripta del subsuelo de la misma.

Por supuesto, y dada la relevancia de los hallazgos de la cripta de Saint-Victor, usted y su equipo serán incluidos dentro del memorandum de nombres relacionados con el descubrimiento, si bien está por decidir el momento en el que lo haremos público.

No quisiéramos dejar pasar la oportunidad de mostrar nuestra satisfacción por la labor desempeñada por usted y sus hombres en las tareas de reacondicionamiento de la abadía, y estamos convencidos de que este ayuntamiento se complacerá de volver a contar con sus servicios en el futuro en próximos proyectos de restauración.

Atentamente, Monsieur Guy Deferre, alcalde.

(Informe forense del Doctor Eric Dupond)

Apreciado Monsieur Ferdinand Chevalier:

Le adjunto a continuación los resultados finales de los cuerpos exhumados el pasado día 26 de septiembre en la cripta de la abadía de Saint-Victor, y catalogados como "Individuo Saint-Victor A (I.S.V.A.)" e "Individuo Saint-Victor B (I.S.V.B.)".

Tal y como le adelanté en su día, se trata de los restos de dos hombres adultos, de aproximadamente 35 ó 40 años, que debieron morir en la segunda mitad del siglo III d.C. (con un margen de error de 25 años, según la unidad forense arqueológica).

Puedo asegurar que ambos individuos murieron de manera violenta, probablemente quemados vivos, tal y como lo atestiguan los restos de huesos carbonizados de la parte inferior de su cuerpo. La expresión de sus calaveras, con la mandíbula desencajada, denota que gritaron hasta el último momento de su vida, lo que indica también que la causa de sus muertes no fue debida a la posible inhalación de humo, sino probablemente a un ataque al corazón motivado por la ansiedad y la presión de la situación.

Con respecto a las quemaduras, los dos cuerpos presentan idénticas señales, lo que me hace pensar que ardieron al mismo tiempo y en el mismo lugar, muriendo en cuestión de minutos

223

después de que las llamas alcanzasen las plantas de los pies. Los restos óseos de la zonas pectorales de ambos individuos también están muy dañadas por el fuego, como los brazos, aunque en menor grado que las zonas interiores de los restos, lo que podría inferirse que estuvieron espalda con espalda, y que el fuego les envolvería dejando a cubierto la parte posterior de los dos hombres.

En otro orden de cosas, destacarle que ambos cuerpos presenten los huesos de las manos rotos, casi desechos, del mismo modo que los de las rodillas y codos. La interpretación que se puede dar de esto es que los dos murieron agazapados, rodeados de fuego, y que el rigor mortis posterior obligara a los que les enterraron a tensar los restos de su figura, acabando por romper dedos, codos y rodillas. Otra posibilidad que no descarto sería que les hubiesen torturado antes del ajusticiamiento, puesto que en los pueblos romanizados se tenía por costumbre debilitar a los reos rompiéndoles algunos huesos antes de la ejecución. Una vez determinemos si las roturas fueron ante mortem o post mortem (en no más de tres o cuatro días), clarificaremos este punto.

El Individuo A (I.S.V.A) era de mayor edad que el Individuo B (I.S.V.B), quizás 4 ó 5 años más, lo que supondría que I.S.V.A rondaría los 39-40 e I.S.V.B los 35-36. Ambos eran de complexión corpulenta, si bien I.S.V.B era 10cms. más alto que su compañero (1m 70cms.). Los huesos de las piernas, a pesar de estar quebrados y quemados, son los, aparentemente, más fuertes y desarrollados de todo su cuerpo, con las plantas de los pies extremadamente anchas, lo que indica que debieron de tratarse de dos pastores o similares (¿quizás peregrinos?), con mucho desgaste y horas de camino en sus piernas.

Estas mismas hipótesis, sin profundizar debido al poco tiempo del que hemos dispuesto, ya han sido remitidas a la Commission municipale, tal y como monsieur Deferre me solicitó en su día, ya que por ley son propiedad municipal y a ellos les corresponde su conservación y tratamiento. El procedimiento de catalogación de los restos, tal y como marca la misma ley, ya se ha puesto en marcha, por lo que tanto I.S.V.A como I.S.V.B serán registrados, por orden de la Commission, con los datos técnicos que constan más abajo, y en el que usted figura como director del proyecto y responsable del hallazgo.

Conforme vayan apareciendo nuevos resultados, nos pondremos en contacto con usted para así hacérselos llegar. Mientras tanto, reciba un cordial saludo:

Mr. Eric Dupond, Doctor Jefe de la U.F.A.

(Notas del profesor Ferdinand Chevalier referidas a las sepulturas de   Saint-Victor).

28 de octubre, 1964

Las dos tumbas han sido totalmente cubiertas y las losas colocadas sobre aquellas. La cripta ofrece a estas horas un aspecto totalmente renovado, y nadie diría que este lugar hubiera sido durante años el guardamuebles de la abadía y, menos aún, el pequeño cementerio de A y B, como el doctor ha querido llamarles.

Basile, Dominique y Jean-Paul están contentos por figurar en la ficha técnica de los dos 'pastores', y por ello no se han quejado por el fin del proyecto ni han cuestionado la celeridad con la que nos obligan a acabar. Han sido tres semanas sin descanso para ellos en la cripta, pero no se sienten comprados, y eso les permite trabajar con dignidad sin hacer preguntas.

Yo, sin embargo, sigo preguntándome qué hizo que dos pastores acabaran siendo enterrados precisamente en este lugar.

3 de noviembre, 1964

Hoy hemos acabado de vaciar y limpiar la cripta. Mi equipo ya ha abandonado la ciudad, y sólo falta cerrar la verja de la escalera para dar por cancelado el proyecto. Pero me resisto a irme con la duda, una inquietud que no me deja dormir ni pensar en el futuro.

No sé de cuánto tiempo dispondré hasta que la Commission me obligue a entregar la llave de la cancela y a cerrar definitivamente el proyecto, pero todo el que pueda lo pasaré aquí abajo.

Empiezo a creer que esos dos pobres pastores inmolados guardan una importante relación con el origen de esta abadía, sobre todo porque son los únicos restos enterrados en el mismo corazón de Saint-Victor...

5 de noviembre, 1964

Bajo la escalera de acceso a la cripta, una de las losas me ha llamado la atención por llevar cincelado discretamente un extraño símbolo, imperceptible a la vista por quedar oculto tras la sombra de los peldaños y el moho que la misma acumulaba.

Su sonido hueco al golpearlo me ha llevado a tratar de levantarlo con no pocas penurias, pero la recompensa al enorme esfuerzo ha valido la pena por los objetos encontrados en ese extraño escondrijo.

El pergamino oculto bajo la losa parece bien conservado a pesar de la humedad de la piedra y el suelo salino del cercano Vieux-Port, si bien no dispongo en la cripta de los utensilios adecuados para desplegarlo e iniciar la lectura de su contenido que en estos momentos tanto me intriga.

Por el contrario, la noticia negativa es que sé que, por desgracia, mañana será mi último día aquí abajo.

Ya no habrá tiempo para más conclusiones...

(.)Detalle del símbolo cincelado:

(Transcripción del texto del pergamino hallado en la cripta de Saint-Victor realizada el 7 de noviembre de 1964 por el profesor Ferdinand Chevalier).

Padre Misericordioso, protégenos del mal a los tuyos en esta nueva travesía como ya hicieras con nuestros antecesores y como harás con nuestros descendientes, Tú, que entregaste voluntariamente a tu hijo de la mano de doce de los suyos más queridos.

Mas Señor, consuélate porque el precio pagado por esa delación se ha mantenido a salvo de manos corrompidas.

Ha llegado el día que unos pocos de los hermanos del Consilium que conocemos el secreto de los maestros abandonemos el calor de las laderas de la milenaria Massilia para emprender un camino desconocido hacia costas aragonesas pues, a modo de revelación, los grilletes que nos ataban a esta ciudad que les acogiera desde el mar se han roto temporalmente.

Dejemos atrás a una parte del Consilium y a los Afortunados Volusianos que, hasta Marsella, nos hicieron llegar Tu Palabra y el Símbolo de la Traición.

Frey Guillaume Meunier, a once días del mes de febrero de la natividad de nuestro señor Mil.CCCC.XXIV

24 de enero, 1966

....O VOLVSIANO

....TYCHETYS FILIO

....FORTVNATO QVI VIM

....S PASSI SVNT

....GIA PIENTISSIMIS P

....EFRIGERET NOS Q

....TEST ‡

[Fragmento de placa funeraria hallada en el Vieux-Port en 1837]

Dimensiones: 43,8 x 59 x 4

Letras: 4; 4; 3,5; 3; 3,8; 4 (Capital Epigráfica)

Datación: siglo III d.C.

Texto Reconstruido de la Placa Funeraria (Teoría del Profesor Jablonsky):

<...O> • VOLVSIANO

EVTYCHETIS • FILIO

<ET> FORTVNATO • QVI • VIM

<MARI>S • PASSI • SVNT

<HY>GIA • PIENTISSIMIS • P(OSVIT)

<R>EFRIGERET • NOS • Q(VI)

<PO>TEST

Transcripción realizada por el profesor Jablonsky:

(...)Volusiano, hijo de Eutyches, (y) Fortunato que la violencia del mar sufrieron. Hygia la piadosísima (ha hecho) poner (este monumento) para aliviarnos en lo que puede.

FORTUNATO – VOLUSIANO

"VOLUSIANOS"

¡¡¡No puede deberse a una casualidad!!!

Después de tantos meses infructuosos, vuelvo a toparme de bruces con ese nombre, Volusiano, el mismo que reconozco del pergamino de Saint-Victor. Y, a su lado, Fortunato. El que vine a traducir erróneamente como el Afortunado.

Ahora sé con seguridad que el texto hallado en la cripta se refería a estos dos nombres: Volusiano y Fortunato.

¿Es posible también pensar que I.S.V.A e I.S.V.B pudieran ser estos Volusiano y Fortunato?

Los restos de la lápida, según indicaciones de mi buen amigo, el profesor Roman Jablonsky, se encontraron en el Vieux-Port, cerca de la Abadía. Sin embargo, y para reforzar mi hipótesis, nadie fue capaz de encontrar cerca de la inscripción los restos humanos de esos dos infelices...

He hecho averiguaciones y el primer cementerio de Marseille se levantó en el s.I d.C. entre la Rue Sainte y la Rue de Paradis, ¡precisamente las anexas a la Abadía!... Las fosas, según la documentación revisada, se vaciaron y el cementerio desapareció cuando Jean-Cassien construyó una capilla, la sacristía y el monasterio en el año 416 d.C. ¡Y, con el tiempo, la vieja capilla de Cassien acabó convertida, después de levantarse sobre ella nuevas edificaciones, en oscura cripta abandonada!

Es decir, un camposanto de principios del primer milenio pasó a ser capilla y, de ahí a cripta de Saint-Victor... Me pregunto, sin embargo, por qué no se vaciaron también esas dos fosas, como hicieran con el resto del cementerio.

Y una duda mucho mayor me asalta. *¿Por qué levantar una capilla sobre los restos de dos pastores...?*

(Contenido del cuadro que cuelga en la llamada Aula Capitular de la Catedral de Santa María de Valencia. Reproducción literal del texto realizada por el Doctor Ferdinand Chevalier)

Valencia, 11 de diciembre de 1966

"Cadena de la sala vieja capitular de Valencia y cuerpo de San Luis obispo. El Sr. D. Alfonso V de este nombre, cognominado el Sabio y Magnánimo, vigésimo tercio rey de Aragón, volviendo de Nápoles para España con su armada, arribó á las Pomegas de Marsella, ciudad muy fuerte, defendida por la naturaleza de su sitio, y de toda estimación para el Duque de Anjous su contrario; por cuya causa trató de combatirla, y se apoderó de ella, ganando primero el puerto, y todos los navíos que estaban surtos y aprestados en él. La entrada del puerto es tan angosta, que se cierra con una cadena: acometió primero el rey con su galera de entrar en el puerto, pasando á romper la cadena Juan de Corbera, lo que consiguió, continuando las galeras adelante para echar su gente á defender el muelle y la entrada en la ciudad; siendo entrada ésta y puesta á saco, mandó el rey que se pusiesen en guarda de las mujeres que se habían recogido á los templos, señores muy principales, que no diesen lugar á que se les hiciese algún denuesto por la gente de guerra, y embiaban al Rey el oro y joyas con que se

235

habían acogido á las Iglesias por la honra que les hacía de guardar su honestidad: y el Rey mandó que se lo volviesen y pusiesen sus personas en libertad, para que se fuesen para los suyos con lo que tenían, y las pusiesen en salvo. Había mandado el Rey (en medio de la furia de llevar á saco aquella Ciudad), que se procurase de haber el Cuerpo de San Luis Obispo de Tolosa, que se reverenciaba con gran devoción por todos los de aquel Reino y fue encontrada el arca en donde estaban sus huesos con la cabeza, habiéndola descubierto dos soldados en una casa de un ciudadano, en donde estaban recogidas aquellas santas reliquias: robaron una casulla y un cáliz con que solía celebrar la Misa; y el Rey mandó poner el cuerpo del Santo con gran reverencia en su galera, como la joya más preciosa que le pudo caber de su parte del despojo de aquella ciudad, por la Santidad de aquel glorioso Santo, que era hermano de la Señora Reyna Doña Blanca, mujer del Señor Rey Don Jayme el segundo, madre del Señor Rey Don Alonso el cuarto, abuela del Señor Rey Don Pedro, y bisabuela de los Señores Reyes (y hermanos) Don Juan, Don Martín y Doña Leonor Reyna de Castilla, abuela del Rey.

Sucedió tan feliz jornada en sábado diez y nueve de Noviembre del año mil cuatrocientos veinte y tres; y en el día primero de Diciembre del mismo año llegó el Rey al Grao de esta ciudad: y habiendo aviso al Cabildo y Ciudad de su llegada y de que traía el Cuerpo de San Luis, salió con tan alegre noticia la Clerecía y Ciudad en solemne procesión hasta la puerta del mar, en donde recibió el Santo cuerpo, y con acompañamiento del mismo Rey fue conducido á esta Santa Iglesia en la que tiene su hermosa Capilla y altar de piedra jaspe, en cuyo centro se halla el arca que contiene tan preciosas Reliquias.

Las Cadenas que cerraban el puerto de Marsella las mandó el Rey acomodar entre los pilares de la Capilla mayor, juntamente con el instrumento que las rompió que es como una saeta movida de dos balas encadenadas de gran tamaño, las cuales con motivo de la renovación de esta Santa Iglesia, se quitaron del lugar citado y se colocaron en la primera pieza de la Aula Capitular antigua en 28 de Mayo de 1779, en donde permanecen".

XV

NUNTIUM

Ya estaba todo dispuesto.

Tan solo dos días después de su reunión con el arzobispo y con el intrigante padre Espinosa, Hélène ya disponía de las dos acreditaciones que le permitirían moverse con absoluta libertad por los casi 170 metros cuadrados de la ya inexpugnable Sala Capitular.

Fuera, en el pasadizo de acceso a la misma, dos robustos policías nacionales hacían guardia permanente desde la misma noche del intento de robo del Sagrado Cáliz. Y es que, a pesar de que inicialmente se había dispuesto de otro modo, la vasija de ágata rojiza seguía descansando sobre su peana de oro. Por motivos de seguridad había sido imposible hacer el traslado de la pieza a la caja de seguridad que el propio arzobispo había solicitado temporalmente a la aseguradora para, desde allí, ser enviada al sólido amparo del Vaticano.

Así pues, y debido a ese pequeño contratiempo con la seguridad de la reliquia, uno de los policías se mantenía firmemente apostado contra las hojas de la puerta de entrada, tallada en 1487 por el maestro carpintero Luis Amorós. Mientras tanto, el otro caminaba arriba y abajo desde el puesto de su compañero hasta el final del pasillo, el que llevaba a la Arcada Nova, y en donde una tercera persona, en esta ocasión un enorme sacerdote de casi 150 kilos -que se asemejaba demasiado sospechosamente por lo voluminoso a una cría de hipopótamo- se interponía como primer gran obstáculo para cualquiera que intentara acceder a la Sala agraviada por aquellos tres rateros que, para alivio del arzobispado, ya habían sido enviados al penal de Picassent.

Durante la mañana, muchos turistas intentaron en vano visitar el Sagrado Cáliz, pero tuvieron que desistir ante lo inútil de sus quejas. Algunos protestaron por la restricción al pequeño hipopótamo con cara de panquemado de Pascua, pero estaba claro que no le habían colocado en aquel punto por su sutil don de lenguas, y éste se limitaba a encogerse de hombros y a contestarles exteriorizando una contagiosa sonrisa con la que daba por zanjada cualquier intento de conversación.

Hélène, sin embargo, lo había tenido más fácil que los desalentados turistas. No había vuelto a la Sala Capitular desde el día anterior al intento de robo, y el mero hecho de haber superado el obstáculo del rollizo sacerdote ya le supo a su ego como una pequeña victoria.

Volvían a sudarle las manos a la francesa, pero Deco, que también enseñaba su identificación al sacerdote, quiso tranquilizarla pasándole cariñosamente la mano por la espalda y acariciando la zona inferior de su columna, insinuándole con el gesto algo mucho más íntimo de lo que ella estaba en condiciones de interpretar.

Diego llevaba colgada la única bolsa de plástico con la que se les había permitido acceder al recinto, todo material que Hélène había previsto necesitarían para hacer lo que el arzobispo había denominado 'trabajo sucio', y que no consistía en otra cosa que limpiar con productos químicos los bloques del muro sur que habían sido profanados por el Colilla con la palabra maldita, "SATÁN".

Indirectamente, la pintura del spray rojo también había dañado unos pocos eslabones de una de las secciones de la conocida como "cadena del puerto de Marsella" que colgaba de ese mismo muro, por lo que Hélène también había solicitado que le facilitasen un polipasto con el que poder descolgarla y, de ese modo, poder trabajar cómodamente desde el suelo.

O, al menos, esa era la excusa que le había insinuado al arzobispo.

Ante la queja generalizada del resto de visitantes, cuando el grueso y sudoroso sacerdote les abrió las puertas del pasadizo de acceso se toparon de bruces con la segunda línea de defensa que era el primero de los policías nacionales, el cual hacía su pequeña ronda con evidente monótono aburrimiento.

Éste, agradecido por tener algo con lo que poder entretenerse, les paró a la altura de la vieja capilla de San Pedro mártir, convertida en tienda de souvenirs en aras del consumismo. Después de comprobar las identificaciones, le pidió educadamente a Diego que le mostrase el contenido de la bolsa de plástico.

-¿Qué es esto? –le preguntó al chico al no ser capaz de identificar el contenido de un par de botes que había en el interior de la bolsa.

-Son disolventes químicos –le contestó ásperamente Hélène, con demasiadas ganas por pasar al otro lado del pasillo-. Carbonato de Sodio y 'Cromoglas'… Imprescindibles para poder sacar la pintura del muro.

-Entiendo… -quiso jactarse el policía sin tener ni idea de lo que la pelirroja le hablaba-. Está bien, pueden pasar.

Le hizo entonces una señal con el pulgar a su compañero para autorizar el paso hasta aquel tercer punto de seguridad.

El segundo policía, más joven que el primero, no reparó siquiera en Diego y, acercándose descaradamente a la tarjeta identificativa de Hélène, que la llevaba colgada descansando sobre uno de sus generosos pechos, les dejó pasar sin mediar más palabra que un gruñido grosero.

-…Idiota –acertó a decirle en voz baja Hélène.

Pero pronto dejó a un lado su malestar, justo cuando el portón del maestro Amorós se abrió de par en par y sonaron las mismas doce campanillas que delataran al *Espinaca* la noche de autos, que esta vez tililaban para anunciar la entrada en el Aula Capitular de los dos chicos.

La Sala, que olía maravillosamente a incienso y a cera, se había vestido con un tenue color sepia, similar al que daría una fotografía vieja, y a Hélène le dio la sensación de haber retrocedido unos cuantos siglos en el tiempo, y sólo el polipasto y una pequeña lanza de agua a presión anacronizaban con ese espiritual espacio medieval.

La francesa, una vez superadas todas las barreras, y libre para moverse por la estancia Capitular sin más ojos que los de su amado Deco, se despojó de la tensión con la que había entrado. Además, ya no aparentaba tener ninguna prisa por comenzar el trabajo encargado por el arzobispo.

En cuanto el portón se hubo cerrado y las campanillas dejaron de sonar con vibrante eco, la chica se detuvo melancólica ante el primer retablo con el que la Sala se presentaba al visitante. En el muro de la derecha, y pintado sobre éste, descansaba el fresco del maestro italiano Nicolás Florentino en el que Hélène habría tenido que demostrar toda su pericia profesional en el caso de que el proyecto no se hubiera paralizado.

La 'Adoración de los Reyes Magos', también conocida como 'Historia dels tres Reys', lucía sobre el muro con un aspecto deplorable, y ella había aspirado a dejarlo como el Florentino lo habría imaginado, rica y colorida, protegida de la humedad que se la estaba llevando por delante poco a poco.

Iba a aprovechar los bocetos y la reconstrucción previa, marcada e intuida ya sobre el propio fresco por el profesor José Aixa a principios del siglo XX, arqueólogo de las artes medievales que tanto tiempo pasara tratando de encontrarle la forma original a las imágenes que se habían diluido por el paso del tiempo y estaban siendo absorbidas por el propio muro.

Iba.

Dudaba que el proyecto volviera a relanzarse.

Deco sacó entonces de su lacónico estado a Hélène, que por un minuto parecía haberse olvidado del motivo que la había llevado a elegir precisamente aquel retablo y no otro cualquiera en cualquier otra parte del mundo.

-Creía que tu mayor obsesión era estar cerca de las cadenas de Marsella, no de ese fresco...

Ella reaccionó y se volvió hacia el chico, que en ese momento estudiaba minuciosamente el muro grafiteado por el *Colilla*.

-...No parece demasiado complicado –continuó Deco subiéndose sobre el banco de piedra que había en la parte inferior del muro, y que le permitió casi tocar los eslabones más bajos de la cadena colgada.

Se trataba de una de las dos secciones de la cadena que había cerrado el puerto de Marsella, la ciudad de Hélène, y arrancadas de allí por las tropas de Alfonso el Magnánimo en el año 1423.

Esta primera sección dañada, compuesta por cincuenta y seis eslabones, colgaba del muro sur y estaba enfrentado al frontispicio donde se custodiaba el *Sagrado Cáliz*, descansando sobre cinco grandes alcayatas de hierro oxidado que conseguían repartir equitativamente su peso por los casi trece metros de muro de piedra.

La segunda sección, que en apariencia no había sido deteriorada por los intrusos, era más larga, con setenta y seis eslabones colgados sobre otras cinco puntas de hierro de la pared contigua, y en paralelo al muro de la '*Adoración de los Reyes Magos*'.

-¿Cómo sabemos que es esta sección y no la otra? –le preguntó Deco señalando la cadena más corta, visiblemente marcada con trazos de pintura roja.

Ella sonrió y se encogió de hombros.

-Si no es ésta, tendremos que buscar el modo de descolgar la otra sin llamar la atención de los que nos observan.

Disimuladamente señaló con el índice la diminuta cámara de seguridad que había colgada sobre su cabeza, la cual parecía ofrecer una excelente imagen panorámica de la Sala Capitular y que, a la postre, había servido como prueba para inculpar al *Moro*, al *Colilla* y al *Espinaca* sin que estos hubieran tenido siquiera la oportunidad de confesar.

El chico miró la cámara de reojo y, de un salto, bajó de la bancada para ir al encuentro de Hélène.

-Empecemos entonces cuanto antes –urgió Deco a la chica frotándose las manos-. Tengo ganas de saber qué podremos encontrarnos…

-¡Y yo! Pero, antes que nada… ¿tú sabes cómo funciona esto? –repuso Hélène, señalando el polipasto que alguien de mantenimiento del arzobispado le había facilitado.

-¡Por supuesto! – señaló Deco con decisión y seguridad-. Necesitaré tu ayuda…

Se acercó hasta los labios de la chica y le lanzó un beso para espolear su indeciso ánimo.

En pocos minutos Diego ya había posicionado el aparejo junto al primer eslabón de la cadena dañada y, mientras él lo anclaba a la polea con un tirante elástico, Hélène tiraba del cabestrillo que permitía que el polipasto subiera o bajara. En unos tensos minutos de prueba quedaron suspendidos en el aire los primeros trece eslabones, los que iban de la primera alcayata a la segunda y, si bien ardían en deseos de tener toda esa sección extendida sobre el frío suelo de la Sala Capitular para por fin poder estudiarla, tuvieron que retomar la actividad muy despacio y ser muy cuidadosos con cada movimiento para evitar dañar la bancada de piedra o la propia cadena.

Finalmente, y tras una hora de arduo y meticuloso trabajo que les dejó exhaustos, la oxidada cadena descansaba por fin a sus pies, orgullosamente desplegada como lo habría estado en la bocana de entrada al Puerto de Marsella.

Eran cincuenta y cuatro pesados eslabones de treinta centímetros de largo y cuatro de grosor, más dos eslabones de enganche que doblaban las proporciones. El hierro con el que los habían fundido era sólido y poroso y, del mismo modo que el retablo de los Reyes Magos había sucumbido a la humedad del muro, los eslabones de la cadena habían oscurecido su tono hasta un particular color oxidado debido al salitre del mediterráneo marsellés.

-Descansa un poco Hélène –le sugirió el chico al ver cómo el sudor le chorreaba a la chica por la espalda, empapando el fino suéter de punto con el que había empezado a trabajar.

-No lo necesito, de verdad... Tenemos que dar con el sentido de este rompecabezas cuanto antes. Sabes que la autorización que nos dio el arzobispo expirará pasado mañana...

Al hablar de tiempo, Deco se miró inconscientemente la muñeca. El reloj marcaba las diez de la mañana.

-Esta bien, ¿qué debemos buscar entonces? –le preguntó con cierto grado de ignorancia mientras se arrodillaba y ponía la cara muy cerca de uno de los eslabones del centro.

-No lo sé, Deco...–le contestó ella con gesto compungido-. Y, por desgracia, mi padre tampoco. Tú también has leído su diario y en sus notas tan sólo hay vagas referencias. Todo era una hipótesis. *Su* hipótesis... Pero yo creo en ella y estoy convencida de que en estas cadenas ha de haber algo que está en relación con la cripta de Saint-Victor...

Aguardó un segundo para poner sus ideas en orden.

-En el pergamino de Frey Guillaume Meunier –continuó Hélène- ya se habla de *"los grilletes rotos que viajaron hasta costas aragonesas"*, y no debes olvidarte de la transcripción que hizo mi padre del cuadro que, en su día, había colgado junto a estas mismas cadenas...

Su voz empezó a temblar ante la firme posibilidad de que el trabajo de toda una vida quedara baldío, tirado en el suelo como lo estaba en ese instante la propia cadena de Marsella.

-...las cadenas del puerto de Marsella fueron arrancadas en noviembre de mil cuatrocientos veintitrés, y el pergamino es, justo de esa fecha. Mi padre vio alguna relación entre ese *Consilium* del que se habla en el pergamino de Saint-Victor y estas mismas cadenas. Deco, hemos de dar con lo que él se dejó a medias...

El chico, que sentía la misma curiosidad que ella, le dio la razón. Después de leer el diario del profesor Chevalier, él también había llegado a la misma conclusión.

-Busquemos, pues, ese *algo incógnito* oculto en las cadenas... -dijo el chico, recogiendo el testigo que le lanzaba Hélène a modo de súplica.

Deco se puso con brío en pie y caminó decididamente hasta uno de los extremos.

-Empecemos cada uno por un lado y examinemos uno a uno cada eslabón, ¿te parece?– propuso con más ilusión que esperanza-. Sólo así sabremos que no se nos escapa nada.

Hélène asintió. Le pareció la mejor opción y se dirigió hasta el extremo opuesto, el que quedaba más cerca de la puerta de entrada.

Inclinados incómodamente sobre la vieja cadena, fueron revisando uno a uno los anillos de hierro oxidado. Primero exhaustivamente, repasando cada milímetro de los eslabones como si éstos fueran a hablarles pero, conforme avanzaban, el desánimo fue haciendo mella en su arrojo, y la intensidad de los primeros metros acabó en despreocupada revisión del hierro al final del camino.

-Aquí no hay nada –concluyó descorazonado Deco cuando se encontró con Hélène en el centro, casi a la altura de los tres eslabones manchados con pintura roja.

Ella, que se había incorporado, se limitó a callar. Tenía la certeza de que su padre había dado en el clavo con cada una de sus intuiciones, y se resistía a creer que allí, casi en la línea de meta, tuviera que desandar el camino para empezar de nuevo o, lo que era peor, abandonarlo.

Caminó pausadamente a lo largo de los más de quince metros de sección y, al llegar al final, en el punto en el que comenzara Deco, en la parte oeste de la Sala, se paró para tomar el aliento que la infructuosa búsqueda le estaba arrancando del pecho. Respiró profundamente y, al levantar la vista y ponerla sobre el muro, algo llamó su atención.

Se subió de un salto sobre la bancada de piedra y casi a la altura de sus ojos pudo identificar algo que estaba finamente insinuado sobre la piedra, un símbolo grabado que le era vagamente familiar.

-Corre Deco, y dime si *esto* es lo que creo que es…

Diego le hizo caso y corrió. Cuando el chico se puso a su lado sobre la bancada y vio lo que la chica le indicaba no pudo más que exteriorizar un hondo grito de sorpresa que, por fortuna para los intereses de su empresa, no llegó a oídos de los dos policías que hacían guardia en la puerta.

-¡¡¡El símbolo es idéntico al del pergamino!!!

-¡Aquí está la prueba de que esta cadena está relacionada directamente con la cripta de Saint-Victor y con los cuerpos de Volusiano y Fortunato…! ¡Mi padre no se equivocaba! –dijo, por fin, aliviada.

A Deco se le ocurrió entonces que podría pasar como en la cripta de Saint-Victor y golpeó suavemente el bloque de piedra del muro. Sin embargo, su sonido retumbó igual de sólido que los del resto de la pared.

-¿Crees que habrá algo detrás de ese bloque, como en la losa de Saint-Victor?

-Espero que no. Sería difícil encontrar un pretexto para convencer al arzobispo de que tenemos que arrancarlo de su muro…

Los dos jóvenes rieron desenfadadamente ante la supuesta posibilidad de ponerse a picar el bloque en las narices del prelado, e imaginándose la palidez del mismo con el primer golpe de martillo.

El eco del Aula Capitular alargó brevemente en el tiempo las primeras y sinceras carcajadas del día y que, cuando se ahogaron, dieron paso a nuevas muestras de preocupación.

-Aún así, Hélène, seguimos teniendo un problema.

-Lo sé, Deco. Espero no equivocarme y que lo que estemos buscando esté, de algún modo, en la cadena y no tras el bloque...

En ese momento un sonido les hizo reprimir un nuevo arranque de risa, justo cuando se abrieron las puertas de la Sala Capitular y las doce campanillas de aviso repiquetearon agudamente por toda la estancia, expandido por el efecto de sus imponentes dieciséis metros de altura.

Como si hubiera intuido que alguien se estaba burlando de él, el arzobispo hizo acto de presencia.

Iba solo, y no quiso acercarse para que, como de costumbre, le besaran su anillo, tal vez asqueado con la posibilidad de que los sudorosos labios de los chicos pudieran estropear el brillo de su dorado sello.

En pie, y con los brazos cruzados contra sus muslos, sonrió con disgusto al ver la cadena extendida en tierra.

-¿Han decidido empezar por esto? –preguntó el prelado extrañado-. ¿No habría sido mejor quitar cuanto antes aquella mancha? -señalando el muro sur-. Cada minuto que pasa, esa palabra se seca más...

-Estábamos en ello, Excelencia –quiso tranquilizarle Hélène-. Pero debe saber que primero hay que aplicar un removedor químico y dejar que actúe. Y era peligroso ponerlo sobre la pared sin quitar primero la cadena... Lo hicimos como medida de precaución.

Deco se acercó hasta la bolsa de plástico y sacó un bote de color aluminio para mostrárselo al arzobispo.

-Está bien, muchacho, está bien, les creo. Simplemente me extrañó verles tanto tiempo ahí, agachados, revisando la cadena...

Como accionados por un acto reflejo, los chicos miraron hacia arriba, buscando la cámara de seguridad.

Acababa de quedarles claro que el arzobispo en persona no les perdería de vista.

-Únicamente comprobábamos que no había ningún otro eslabón dañado... -intentó salir del paso Deco.

-Perfecto pues. Les dejo. Pero recuerden, la prioridad, y por eso están aquí, es aquello –volviendo a señalarles la pared manchada-. Pasado mañana esto debe estar tan limpio como una patena...

Y dándoles la espalda, sin despedirse, se volvió hasta la puerta para desaparecer como un espectro.

Aunque parecían haberse cubierto bien las espaldas con sus explicaciones, los dos habían palidecido.

-¿Qué hacemos ahora, Hélène? No podemos continuar curioseando en la cadena o la cámara nos delatará...

Ella, aunque nerviosa ate la posibilidad de no encontrar ninguna señal reveladora en los eslabones, no pareció inquietarse por las prisas del arzobispo.

-No te preocupes, haremos de momento lo que él quiere. Yo me pondré con el muro y el maldito graffiti. Tú, mientras, trata de limpiar los eslabones manchados. Esta tarde veremos si es posible continuar estudiando la cadena... Ya pensaré en alguna excusa. De vez en cuando, discretamente, le echaremos otro vistazo para ver si nos hemos podido saltar algo. No se me ocurre dónde buscar, pero debemos tener claro que será una de nuestras últimas oportunidades...

Deco asintió, dándole la razón en aquella última afirmación.

El chico se puso enseguida manos a la obra. Debido a su trabajo, tenía cierta experiencia con pinturas y disolventes, por lo que no necesitó ninguna indicación de Hélène para empezar a trabajar con los tres eslabones ligeramente manchados de pintura roja, dedicando unos pocos minutos a untar las manchas rojizas con un bastoncillo de orejas humedecido en decapante industrial.

Por su parte la chica se había encaramado sobre el banco de piedra. El carbonato de sodio con el que Hélène había empezado a remover la satánica pintada comenzó a hacer efecto en el sacro ambiente en cuanto abrió la lata, con un fuerte olor avinagrado que enseguida enturbió los pulmones de los chicos y que, dada la hora, les obligó a plantearse el parar para comer algo.

-Conozco un restaurante aquí cerca que te encantará –le susurró Deco mientras la agarraba sensualmente por la cintura-. A ver si con una copa de vino de más conseguimos ver esta tarde las cosas de otra manera...

Cogidos amorosamente de la mano salieron casi a la carrera de la Sala Capitular, mitad satisfechos por el hallazgo del símbolo grabado en el muro, mitad defraudados por no haber descubierto ninguna señal de Volusiano o Fortunato entre los eslabones de la cadena marsellesa. Y con la reciente visita del arzobispo acababan de tener la sensación de que su pistola sólo disponía de una bala que disparar, y el gatillo percutiría contra ella estuviera hecho o no el trabajo que había empezado monsieur Chevalier.

Con la pausa de la comida, Deco había acertado de pleno.

Comieron, bebieron y rieron en 'la Taberna del Desdichado', una oscura bodega de la calle Caballeros cercana a la plaza de la Virgen, en una mesa fabricada con un barril de coñac y con una vela como única luminaria entre los dos. El alcohol del vino tinto despejó sus dudas y nubló parcialmente los sentidos, pero no lo suficiente para que uno de ellos se fijara en el individuo que, coqueteando con una de las clientas de la barra, no les quitaba ojo desde que entrara.

El casanova era alto tirando a enorme y tatuado en todas las partes de su cuerpo que impúdicamente mostraba. Rubio y musculado, había plantado una de sus grandes manos en el trasero de la desconocida clienta que, a juzgar por la milimétrica cadencia de sus caderas sobre su palma, no recibía con desagradado el manoseo de la bestia desconocida que la cortejaba desde atrás. La roca, por su parte, no pretendía conseguir ninguna caricia de aquel escarceo en la barra. Más bien era una manera de mantenerse entretenido mientras esperaba a ver qué hacía la pareja a la que venía siguiendo desde que salieran de la catedral.

Hélène, que no se había perdido detalle de la atrevida maniobra del esbelto chico, lo estudió con curiosa atención y besó a Deco, pero con la mirada puesta en el brazo de la roca rubia, en Bruno Idel.

Algo en aquella extremidad musculada le resultó familiar y pronto cayó en la cuenta de lo que era.

Pagaron y volvieron con la firme decisión de dar con lo que buscaban. Sin embargo, el camino de vuelta a la catedral no fue fácil para Hélène, más pendiente de lo que había descubierto en 'la Taberna del Desdichado' que del optimismo que desprendía su acompañante. El gran problema, pensó Hélène, era que lo que había reconocido en el gigante rubio no podía compartirlo con Deco.

Pronto tuvo que pensar en otra cosa. Él no debía notar nada en su forma de comportarse.

Al entrar por la Arcada Nova cruzaron sin problemas los tres puntos de seguridad dispuestos por el arzobispo y, al abrir la Sala Capitular, el olor a vinagre del carbonato de sodio parecía haberse evaporado totalmente. Del resto de la estancia catedralicia, todo parecía en las mismas condiciones que cuando lo dejaron.

La palabra "SATÁN" empezaba a desdibujarse en los bloques dañados, si bien había que poner en marcha la solución de agua y disolvente en la lanza de agua a presión para hacerla desaparecer totalmente. Pero gracias al removedor químico, estaba más cerca de acabar en el olvido que tatuado para la eternidad en el muro sur de la Sala Capitular.

Por su parte Deco, mientras Hélène seguía intentando no parecer ausente y le daba vueltas a algo que aparentemente no quería contarle, ya se había inclinado sobre la cadena y empezaba a rascar con una fina espátula de escultor la capa de pintura que el decapante había levantado sobre el hierro fundido por la acción del calor.

Todo iba según lo previsto hasta que, al remover el primero de los eslabones, descubrió algo que le llamó la atención, algo que le obligó a seguir rascando bajo el óxido hasta dejar a la vista una sombra.

La sombra de una letra.

A

-¡Hélène, acércate, deprisa! ¡Tengo algo!

Ella, aún ausente y confundida, se sobresaltó ante la intensa llamada de Deco y dejó de cargar el depósito de agua con el que se había abstraído.

-¡Mira! –le dijo orgulloso, señalando la letra que había descubierto bajo la capa de pintura.

Hélène corrió a su lado, se agachó y, cuando vio lo que el chico le indicaba, abrió los ojos como sólo lo habría hecho un niño en la mañana de Reyes.

-Dios mío... ¡Teníais razón, Hélène! Al final tu padre y tú teníais razón...

-¿Cómo lo has encontrado? -le preguntó algo nerviosa, mientras se recogía la melena en una coleta que le dejaba al descubierto la nuca. Diminutas gotas de sudor cayeron por su columna vertebral.

Ya no había ni rastro de la preocupación que la había ausentado del lado de Deco.

Se puso muy cerca del eslabón grabado y, al ver la letra bajo el óxido, pasó delicadamente uno de sus dedos sobre ella.

-No lo sé.... Simplemente estaba ahí, bajo la pintura. Sólo la limpié un poco con el decapante...

Se acordó en ese momento de los otros dos eslabones que también estaban untados con el limpiador.

-¡Pásame la espátula, rápido! —exclamó Deco. Sentía demasiada curiosidad por saber si había más eslabones marcados.

Entonces realizó la misma maniobra que con el primero y, justo en la misma posición del eslabón, empezó a vislumbrar la sombra de una segunda letra.

E

-¡Esto es extraordinario! —prorrumpió Hélène, maravillada por la aparición de esas letras bajo la capa de óxido de siglos-. ¿Qué pone en el otro?

Deco acabó de rascar y, en idéntico patrón, pero con menos esfuerzo, localizó su objetivo.

-'C'...-le dijo

-'A','E','C',.... -resumió Hélène-. ¿'AEC'?

Deco se encogió de hombros divertido.

-No sé qué narices puede significar, pero creo que deberíamos decapar todos los eslabones. ¡Busquemos el resto del mensaje!

Ella asintió. Había muchas posibilidades de que la cadena de eslabones también lo fuese de palabras.

Decidieron entonces organizarse y, del mismo modo que esa mañana, ambos se repartieron a cada lado de la cadena para untar los eslabones con decapante y esperar la reacción química para descubrir el presunto mensaje que les aguardaba debajo.

Sin embargo, y tras muchos minutos de delicado trabajo con los bastoncillos y las espátulas, el resultado fue más desconcertante que alentador.

-¿Qué diablos significa esto? –preguntó Deco cuando recopiló y leyó la totalidad de las letras grabadas en los eslabones.

-Te aseguro que yo tampoco entiendo nada... -le confesó Hélène.

Cincuenta y cuatro eslabones más dos de enganche. En estos últimos, nada, vacíos, como los seis primeros.

Y, en los cuarenta y ocho siguientes, un texto ininteligible.

BCBDACBDAAACAECCD DDCAACADEBDDCBDCA CAEDEAEAEAAEDD

-Parece como si las letras estuviesen mezcladas –reconoció Hélène cuando releyó por quinta vez las cuarenta y ocho letras halladas.

Se habían sentado en el largo banco de piedra para darle vueltas al papel en donde habían garabateado el presunto mensaje pero, por mucho que se rebanaron los sesos, no acababan de ensamblar ninguna idea razonable.

Finalmente a Deco se le ocurrió, si acaso lo tuviera, cómo podrían encontrar sentido a esas líneas cifradas.

XVI

'GLOSA':

-Sé de alguien que podría ayudarnos. Confía en mí...

"Confianza", se dijo. Irónicamente, aquel era era el término que tanto le hacía dudar: 'confianza'.

Esas habían sido las últimas palabras de Deco cuando la dejó por la tarde en la Sala Capitular prácticamente en estado de shock por todos los nuevos acontecimientos que se estaban desencadenando a su alrededor.

Primero por el mensaje sin descifrar.

También por la imagen que había podido distinguir en la taberna...

Y, con toda aquella confusión hirviéndole en la cabeza, Hélène todavía tenía tiempo para preguntarse si había hecho bien dejando ir solo a Deco hacia no sabía exactamente dónde.

La cadena de Marsella seguía tirada en el suelo, casi como había estado el ánimo de la pareja antes de localizar aquella extraña suma de vocales y consonantes sin sentido. Sin embargo, y a pesar de lo desconcertante del mensaje, todo parecía empezar a adquirir su razón de ser.

Hélène encendió la lanza de agua a presión y se limitó a esperar con todas sus fuerzas que Deco tuviera razón y hubiera alguien capaz de encontrar cierta sensatez en esas confusas cuarenta y ocho letras.

Estaban a apenas veinticinco kilómetros de la capital de la provincia, Valencia, pero a ellos les parecía que habían entrado en otro mundo, uno más profundo que el que se podía leer en el cartel de bienvenida al centro.

El *Colilla* y el *Espinaca* se habían encontrado en el patio de la cárcel de Picassent y, si bien hacía menos de una semana que se habían visto por última vez, todo parecía haber cambiado radicalmente desde aquel postrero momento, sentados frente a frente en el furgón policial.

Sólo una cosa se mantenía igual a aquel día: seguían temblando como niños.

El *Espinaca* se encontraba en aquel momento acurrucado en una de las esquinas más soleadas del patio, precisamente el lugar menos concurrido a esas horas del día por el peligro de insolación que los presos más expertos conocían. Aún así, ya sudando por todos los poros de su piel, al escuálido ratero no le importó, quizás pensando que con suerte, desde allí, aún podría acabar en la enfermería sin pinchazos de ningún tipo de por medio.

El *Colilla*, que lo había visto a lo lejos mientras hacía su ya habitual ronda con la vista puesta en el suelo buscando los restos de tabaco que los demás reclusos hubieran descartado como bueno, corrió hacia su compañero para darle un abrazo, tan intenso que cualquiera en aquel recinto de hormigón podría haber pensado que eran pareja.

-Esta vez sí que la hemos hecho buena...-sollozó el *Colilla* cuando, al separarse de su amigo, trató de secarse las lágrimas de los ojos.

El *Espinaca* se puso a jugar inocentemente con dos piedras del suelo, tratando de aislarse de las poco confortables palabras del *Colilla*, pero acabó asintiendo con cierta tristeza. Sí, no tenía dudas, su compañero tenía razón.

-La hemos *liao* parda... -continuó lamentándose hondamente el *Colilla*, llorando cada vez más intensamente, y sin importarle que los demás reclusos empezaran a señalarle desde la distancia, burlándose de su comportamiento.

Días atrás, a solas en uno de los calabozos de la comisaría central, había tenido la oportunidad de sopesar las lamentables consecuencias de sus actos en la catedral. Y, además, estaban las severas palabras de su abogado, que tampoco le auguraba nada bueno en el juicio que, con seguridad, iban a perder. Estaba avisado. El arzobispado le había informado de que no estaba dispuesto a permitir que aquel asunto quedara en una sanción mínima.

-Y tú, ¿cómo estás, *Espinaca*? Yo estoy *mu'jodío*, hecho mierda...

El *Espinaca*, sin importarle la patética estampa que veía de su amigo, a punto estuvo de contestarle que peor que nunca, peor incluso que él, pero tuvo que callar.

Uno de los mensajeros de Paquito *Arrancamuelas*, el capo del módulo 1, se acercaba a toda prisa hasta ellos con carrera errática y renqueante. Se trataba del desgarbado Manolillo *el Gallo*, y la venida del mensajero les hizo ponerse en alerta. La cresta de pelo sucio le caía a Manolillo hacia un lado de la cara y, al tratar de empezar a hablar, tartamudeó exageradamente como siempre que se trataba de dar un mensaje del *Arrancamuelas*.

El tiroteo de palabras mal enunciadas por el *Gallo* hizo que el *Colilla* y el *Espinaca* tuvieran un segundo de regocijo, lo justo para mofarse internamente de un recluso que estaba por debajo de ellos en la escala de valores del resto de los presos.

"Hay que ser mu'joputa pa tener de correveidile a un tartaja", pensó con sorna el *Colilla* para sí.

Aún así, les duró poco la alegría a los dos pillos.

-El ca...., el ca..., el cacapo os quiquiqui....ere, os quiere ver a los dossss...

El *Gallo*, no conforme con el modo en que se lo había dicho, se tomó un respiro para intentar hacerles llegar el recado con la misma intensidad con que se la había transmitido el capo *Arrancamuelas*.

-El cacacacapo quiere que vayáis esta nonono....noooche a la celda de los africanos papapapara que les hagáis compañía...

Manolillo fue entonces el que se rió estrepitosamente al ver cómo sus caras palidecían por momentos, dejando a la vista unos dientes inexistentes dentro de una boca negra y maloliente como lo serían el fondo de unas letrinas. El *Gallo* tartaja respiró reconfortado por haber llevado a cabo su misión y dio media vuelta para volver a un corrillo que había a la sombra, y en donde le esperaba el capo del módulo 1 y dos enormes reclusos negros que, por las palmadas que daban al primero en la espalda, parecían ser los africanos que esa noche iban a recibir, con los brazos y las braguetas abiertas, las lisonjas de los desafortunados *Espinaca* y *Colilla*.

-¿Qué hacemos *Espinaca*? –le preguntó acojonado su compañero una vez se borró la estúpida sonrisa que le acompañó mientras Manolillo hablaba-. ¡¡¡Esos dos negros nos van a romper el culo en dos...!!!

El *Espinaca*, que había vuelto a recuperar el color de cara, no pareció tener dudas.

-A mí eso ya no me duele... Llevan haciéndomelo desde la primera noche en que nos trajeron. No esos negros, pero sí otros igual de brutos y guarros. ¡Grandísimos hideputas! Pero tú no te preocupes *Colilla*, que sólo te dolerá al principio. Lo único malo será si también te piden que se la chupes. Eso, ves, a mí me da mucho asco hacerlo...

Al *Colilla* le subió entonces una arcada al imaginarse con la boca llena de africano pero, como no tenía en el cuerpo ni un mal caldo que regurgitar, se quedó de cuclillas, apoyado contra la pared, sacando la lengua escandalosamente para forzar el vómito y con los ojos fuera de sus órbitas.

-Peor lo va a tener el *Moro* –continuó el escuálido delincuente, ajeno a la escena de sufrimiento mental a la que se estaba enfrentando el *Colilla*-. He oído que traen pa'l trullo a un par de ucranianos que, por lo visto, se la tienen jurá por no se qué chivatazo que ha dao... ¿Tú sabes algo d'eso?

El *Colilla* negó con la cabeza, todavía ausente y blanquecino, con la mirada perdida y tiritando de miedo.

Después, al fijar la vista sobre el risueño corrillo que había más allá, lo consiguió y vomitó contra el suelo lo poco sólido que su cuerpo encontró a duras penas en lo más profundo de su estómago.

Deco había sacado su coche del aparcamiento de la plaza de la Reina y, sin pensárselo, se había lanzado a la carrera para ver si aún era posible llegar a tiempo al único lugar en toda la ciudad en donde creía que podrían ayudarle con el galimatías que Hélène y él mismo habían encontrado grabados en los eslabones de la cadena de Marsella. Se trataba de 'Glosa', una pequeña agencia de traducciones especializada en documentos antiguos de carácter críptico, justo lo que llevaba entre manos.

Curiosamente, un par de años antes la agencia había resuelto un complicado asunto que tenía que ver con unos grabados y unas gramáticas perdidas del siglo XV, lo que les había valido cierto reconocimiento internacional e, indirectamente, que Diego conociese a Beatriz Alcázar, Bea, una de las socias de la agencia, y a quien esa tarde iba a pedir que acudiera en su ayuda.

Por el camino decidió llamarla y, si bien Bea estaba recogiendo ya, no le importó quedar con él en una de las cafeterías que había cerca de la oficina, bajo el Géminis Center, en la Avenida de las Cortes Valencianas.

Enseguida se vieron el uno al otro.

Ella, que apenas llevaba unos minutos esperando en la terraza de la cafetería, se levantó al ver acercarse al chico, que parecía cambiado desde la última vez que le viera. Ahora vestía vaqueros y zapatillas, cuando antes lo hacía siempre de traje, corbata y zapatos, incluso cuando lo había encontrado más de una vez en la catedral de Valencia pintando sus bocetos. De eso, sin embargo, posiblemente hacía más de un año y la gente, pensó en descargo del chico, tendía a cambiar.

Se dieron dos sinceros besos de amistad y, acompañando la conversación de dos croissants hojaldrados y un par de cafés con leche, se pusieron al día con todos los cambios que se habían dado en sus vidas. Diego le habló de Hélène y Bea de su ex, Dani, pero pronto decidieron que había llegado el momento de pasar la página de lo personal para entrar de lleno en asuntos más profesionales.

-Tengo un trabajito, un pequeño rompecabezas entre manos con el que creo que podrías ayudarme...

Bea se rió. Conociéndole como le conocía, Diego había tardado demasiado en sacar el tema que le había llevado a llamarla con tanta urgencia.

-Se trata de esto...-le dijo él.

Diego sacó entonces un papel manuscrito que llevaba guardado en uno de sus bolsillos traseros y lo desplegó sobre la mesa.

Bea le echó un rápido vistazo sin apenas sorprenderse por los trazos escritos. Estaba acostumbrada a que le pusiesen ante las narices los más absurdos acertijos.

-Bien, empecemos, ¿qué puedes decirme de lo que hay aquí escrito?– le preguntó Bea.

El chico ladeó la cabeza dudando, meditando si debía dar ciertos detalles.

-¿Tienes alguna fecha...? O, al menos podrás decirme de dónde lo has sacado, ¿no crees...?. De momento no tengo las capacidades deductivas de Sherlock Holmes.

Diego apuró su café con leche y, a pesar de que no quería dejar al descubierto cómo habían llegado hasta las letras grabadas, como así se lo había pedido Hélène, no tuvo más remedio que claudicar en algunos detalles si realmente quería obtener respuestas.

-Sólo puedo decirte que estas letras las hemos encontrado grabadas en los eslabones de una cadena...

Bea se quedó pensando un instante mientras miraba una y otra vez el papel manuscrito.

-¿Puedes decirme al menos de qué época estamos hablando? Me ayudaría mucho el poder eliminar opciones...

-Ummmh, posiblemente del siglo III d.C. Pero es un dato que no te puedo confirmar del todo, es una suposición...

-Suficiente para empezar –le tranquilizó Bea. Se notaba que Diego no hablaba con toda la libertad que podría.

La chica abrió una de sus libretas y garabateó metódicamente en ella las mismas cuarenta y ocho letras que le había puesto delante Diego.

-Me pongo con esto en cuanto tenga un hueco y te llamo esta semana con lo que haya podido averiguar...

Diego pareció no conformarse con la respuesta que le daba Bea.

-Y, ¿no podría ser un poco antes...? Verás, necesito tener una respuesta en menos de dos días...

Bea ni se inmutó por las prisas que le metía el chico. Esa era la manera de trabajar de la mayoría de sus clientes.

-Está bien. Me pondré sin falta esta noche con esto y espero tener algo para mañana, ¿te parece lo suficientemente rápido...?

Él sonrió y, dando una sonora palmada, le contestó dándole un profundo beso en la mejilla. Si no estuviera en ese momento con Hélène, tenía la seguridad de que ellos dos habrían acabado saliendo juntos.

Ella, aturdida y halagada por lo inesperado de su reacción, aprovechó entonces para levantarse y, cogiendo su maletín, le miró con cierta melancolía.

-La merienda la pagas tú, claro. Y, por cierto, la cadena de la que hablabas y donde estaban grabadas estas letras... no estará colgada en los muros de la catedral, ¿verdad...?

Y, tal y como soltó aquella frase se giró y, con pícara sonrisa, se dispuso a cruzar la carretera para dirigirse hasta la entrada de metro que tenía al otro lado de la avenida, moviendo su larga y oscura melena posiblemente con más sensualidad de la que estaba acostumbrada a hacerlo.

Diego, viendo alejarse a Bea muy despacio, tuvo la certeza en ese mismo instante de que, si aquel intrigante encargo no lo sacaba adelante ella, nadie más podría hacerlo.

Y no pareció equivocarse en su juicio cuando, de madrugada, y ya acurrucado contra la fría espalda de Hélène, recibió un sms instándole a recoger el resultado.

"El contenido del mensaje parece poco preciso e incompleto, pero no había más en esa línea. Pásate por la mañana por la oficina y te explico"

Hélène y Deco pasaron el resto de la noche en blanco, cada uno por un motivo diferente.

A primera hora de la mañana la pareja cogió el coche para dirigirse a 'Glosa', seguidos muy de cerca por un Seat Ibiza, que prudentemente se mantuvo a una cierta distancia para evitar ser detectado, detalle que no consiguió.

Hélène había terminado fácilmente con la pintada del muro sur durante la tarde del día anterior, y los eslabones estaban listos desde el mismo momento en el que sacaron a la luz las letras grabadas, por lo que ambos pudieron permitirse el lujo de no acudir durante un par de horas a la catedral. El arzobispo, por supuesto, en ningún momento podría quejarse de haber dejado el trabajo contratado a medias.

Los chicos pararon cerca del número 39 de la Avenida de las Cortes Valencianas y, una vez superado el trámite de la acreditación en recepción, subieron a toda prisa en ascensor hasta el piso decimotercero del Edificio Géminis, la planta donde se encontraba el pequeño despacho de 'Glosa'.

A esas tempranas horas el edificio de oficinas estaba prácticamente vacío y, con la moqueta amortiguando sus impacientes pisadas, el latido del corazón de Hélène podía escucharse desde cualquier parte de la planta. Para ella era un sueño el saber que, en breve, al cruzar las puertas de 'Glosa', podría avanzar un poco más, un pequeño paso más en el sueño de su querido padre.

Bea les abrió la puerta del despacho con una gran sonrisa y, después de las presentaciones, cuando se sentaron en el sofá de la única habitación de la oficina, les sirvió unos cafés y unas pastas con las que ya les estaba esperando.

"*Es mona*", pensaron a la par ambas jóvenes al estudiarse detenidamente cara a cara, mientras Deco sorbía distraída e impacientemente su espresso.

-Imagino que no querréis perder más tiempo y que os dé ya el texto que había tras el trabalenguas... -empezó diciendo Bea al sentarse tras su mesa.

Los dos chicos asintieron con efusividad.

Abrió entonces un cajón y el contenido se lo ofreció a Deco, si bien acabó recogiéndolo de sus manos Hélène.

-...Ha sido relativamente sencillo –continuó Bea, al tiempo que observaba indiscreta las caras de los dos chicos conforme leían el contenido de la hoja que les había pasado-. Tan sólo tenia que encontrar la pauta que se había utilizado para ocultar el mensaje en el criptograma...

-¿Esto es todo? –le preguntó Hélène sin prestar atención a las últimas palabras de Bea, y señalando el papel garabateado-. Parece incompleto.

Bea asintió, dándole la razón a la chica francesa. Sin embargo, le dijo, era todo lo que se ocultaba tras el mensaje cifrado. Al menos a primera vista, y sin más datos con los que poder trabajar.

-Puede que esto os interese, tomad -continuó la investigadora-. Es el sistema que se utilizó para encriptar el texto –y les pasó otra hoja con una cuadrícula llena de letras-. ¿Conocéis el método de Polibios...?

Hélène y Deco movieron la cabeza negativamente.

-¿Cómo has dado tan pronto con él? –le preguntó Deco, que nunca dejaba de sorprenderle la capacidad de Bea por salir triunfante en todo lo que se proponía.

-Fue fácil, mirad.

Hélène y Deco se acercaron hasta la mesa de Bea para atender a su deducción.

-Como veis, la línea se compone de sólo cinco letras que se repiten una y otra vez: 'A, B, C, D' y 'E'.

Los chicos repasaron el original sacado de los eslabones y le dieron la razón.

-...Si, como dijiste, Deco, es un mensaje cifrado de aproximadamente el siglo III d.C., podía descartar los métodos criptográficos desarrollados con posterioridad a esa fecha. ¿No es así?

Los dos asintieron fascinados.

-Bien –continuó Bea-, pues el más común y contemporáneo de todos ellos era el Método de Polibios, que consistía en una cuadrícula de cinco por cinco a la que a cada letra del alfabeto se le asignaba una del eje vertical y otra del horizontal. Es decir, veinticinco combinaciones de letras con sólo cinco: A-B-C-D-E...

Bea paró un segundo y sorbió un trago de su café, que ya se había enfriado, mientras Hélène y Deco abrían los ojos sin poder dar crédito al razonamiento de la chica.

-Así que vuestro texto debería interpretarse así...

Con un bolígrafo punteó en la hoja que le llevara el día anterior Deco.

BC.BD.AC.BD.AA.AC.AE.CC.DD.
DC.AA.CA.DE.BD.DC.BD.CA.CA.
ED.EA.EA.EA.AE.DD.

-Después de eso, sólo había que darle un valor a cada una de las veinticinco casillas para conocer el sentido del mensaje. Et voilà!!!

Dio entonces un par de suaves golpes sobre el segundo folio que había sacado, el de la cuadrícula manuscrita.

	A	B	C	D	E
A	A	B	C	D	E
B	F	G	H	I	K
C	L	M	N	O	P

D	Q	R	S	T	V
E	X	Y	Z	AE	OE

-Son las veinte letras del alfabeto de Cumas más las tres letras Claudias y las dos contracciones vocálicas. Veinticinco, clavadas. Y el orden que he propuesto le da sentido a vuestro texto. Comprobadlo...

"H.I.C.I.A.C.E.N.T.S.A.L.V.I.S.I.L.L.AE.T.R.I.G.I.N. T.A.E.T"

-"HIC IACENT SALVIS ILLAE TRIGINTA ET" -corroboró Hélène con asombro al repasar el criptograma con la cuadrícula hecha por Bea-. *"Aquí yacen a salvo las treinta y..."*

-Se nota que el mensaje está incompleto en esa numeración final –admitió Bea al notar el desconcierto en la chica francesa-. *"Treinta y"* significa que quedan pendientes más letras por añadir al criptograma de Polibios...

Deco se giró bruscamente y, mirando firmemente en silencio a Hélène, le dijo con la mirada que no podían perder un segundo. Debían aprovechar la oportunidad que seguían teniendo para continuar revisando la cadena de Marsella.

Hélène, acordándose de algo, se levantó entonces de un respingo y, casi sin prestar atención a lo que le quería decir Deco con la mirada, le alargó la mano a Bea para despedirse de ella sin siquiera levantar la vista o llegar a dirigirle la palabra para darle las gracias.

"Es mona, pero maleducada", concluyó Bea cuando los dos salieron de su despacho.

XVII

HUELE EL MIEDO

-¿Cómo que te vas a Marsella...? ¿Acaso te has vuelto loca? En la catedral aún quedan cosas por hacer con la cadena...

Ofuscado por las palabras que le había lanzado la chica puso ante ella la línea que Bea había conseguido descifrar con la tabla de Polibios.

-"*Aquí yacen a salvo las treinta y...*". ¡"*Aquí*", Hélène, "*Aquí*"!, ¡¡¡sin duda se está refiriendo a la cadena!!!

-¡Olvídate de la cadena de una maldita vez, Deco! –le interrumpió ásperamente y en voz alta al llegar a la recepción del Edificio Géminis, antes de lanzar a la recepcionista las acreditaciones que les habían permitido subir hasta '*Glosa*'.

El chico, que por lo general era moderado en todos sus gestos, calló en seco y frunció el ceño como lo haría un niño al que los mayores le acaban de regañar. Le pareció que todo se estaba torciendo.

-¿Qué diablos te está pasando, Hélène...?. ¿Y yo?, ¿me quedo entonces aquí, esperándote de brazos cruzados...?

Las preguntas iban lanzadas con demasiada carga de ironía como para que Hélène no detectase todo el dolor que escondían las palabras de Deco, que inexplicable y repentinamente se veía desplazado de su lado.

Ella no iba a decirle todo lo que pensaba, pero trató de hacer que le doliese lo menos posible.

-Esta parte he de hacerla yo sola, lo siento mucho Deco...

La frase le sonó a ruptura, pero intuyó que tenía que intentarlo una vez más, quizás la última.

-¿Es que acaso he hecho o dicho algo? -le preguntó con la voz estremecida e intentando reconducir su opinión. Los labios le temblaban porque sabía, por su fría mirada, lo que iría a contestarle en el caso de que la chica hubiera abierto la boca-. Creía que éramos un equipo...

Pero Hélène no dijo nada.

Ella prefirió callar. Subió al coche, a su lado y, sin decirle una sola palabra más durante el trayecto hacia la catedral, se aisló de su presencia conectándose desde el móvil a la página web de Air France.

Desde allí, reservó el billete para un vuelo directo que saldría esa misma tarde.

El camino se hizo en fúnebre silencio y, cuando Deco detuvo su coche en la parada de taxis de la plaza de la Reina, a escasos ciento cincuenta metros de la Puerta de los Hierros, ni uno ni otro tuvieron la más mínima duda de lo que estaba a punto de pasar.

Hélène se bajó a toda prisa, como si ya no le reconociese y, muda como lo había estado por el camino, bordeó el vehículo para colocarse al lado de la ventanilla de Deco.

-Pasaré más tarde por tu casa para recoger mis cosas...

Él, si bien tenía muchas preguntas sin responder, tan sólo pudo asentir mientras ella se preparaba para alejarse pasándole la mano por el hombro izquierdo y apretándolo con fuerza.

Y, si bien Deco aún no lo sabía, con ese sencillo gesto Hélène trataba de decirle algo que no se atrevía a exteriorizar, pero al que le había estado dando vueltas durante la noche anterior.

Diego la vio alejarse cabizbaja camino a la catedral mientras él volvía a pasarse la mano por el mismo hombro que ella acababa de tocar. Posiblemente, pensó, la última caricia que ella le dedicaría jamás, mientras una lágrima de pena, de rabia o de impotencia se asomaba por sus oscuros ojos, una muestra de debilidad que no quiso que fuese a más.

Inmediatamente, y tratando de recomponer su maltrecho estado de ánimo mientras la veía desaparecer tras la reja barroca, sacó su teléfono y marcó un número grabado de la agenda con un nombre en clave, *Escorpio*.

El tono sonó escasamente unos segundos.

-Te estoy viendo –le contestó en occitano una voz seca al otro lado de la línea-. ¿Qué pasa que no vas con la Chevalier a la catedral...?

Deco levantó instintivamente la vista hasta el retrovisor y entonces le divisó.

Aparcado a muy poca distancia, tras él, reconoció el Seat Ibiza y a Bruno Idel, *Escorpio*, que le saludaba tras el cristal sin demasiados alardes con la enorme mano abierta.

-Hélène se va hoy mismo a Marsella y no quiere que la acompañe, así que tendrás que ser tú quien viaje hasta allí para mantenerme al corriente. Llamaré también a Atlas para que te cubra y te ponga al día de lo que ha estado haciendo por allí...

Bruno empezó a reírse desenfrenada y ruidosamente, como si lo que acababa de escuchar de boca de la voz al otro lado del teléfono formara parte de una broma graciosa que, a juzgar por el silencio que guardó Diego, no se tomó del mismo modo.

Idel se enjugó las lágrimas de los ojos, notando que el humor de su guía no se encontraba a su misma altura, y carraspeó la garganta para disimular y recomponer la seriedad que se le presuponía a todos los miembros de la Organización.

-Así que me haces volver a los orígenes en Provenza, con mi querido 'amigo' Atlas y con la chica. Me gusta el plan que me has buscado, creo que al final vamos a divertirnos...–apuntilló con sorna el gigante rubio.

-¡Tú mantente en tu puesto, y lejos de la vista de la chica si no quieres perder algo más que un par de dedos de los pies! –le recordó Diego entre amenazas.

A Bruno Idel le cambió entonces la cara y tensó aún más los tersos músculos de su enorme espalda, recordando el castigo que el 'amigo' Atlas le había infringido en sus carnes en cierta infausta ocasión por el mero hecho de haberle discutido a Diego una orden menor. Desde aquel día, muchos en la Organización le llamaban sin tapujos Escorpio 'dieciocho dedos', incluso Diego Moliner.

-Otra cosa Escorpio. A partir de ahora intenta ser un poco más discreto con tus jueguecitos de macho alfa. Ayer, en la taberna, estuviste muy cerca de que Hélène se diera cuenta de tu presencia –le recordó en el mismo desafiante tono.

Bruno prefirió callar por precaución, pero despreocupada y vanidosamente tuvo la certeza de que ella sí que se había fijado en él, a juzgar por las miradas que le había lanzado desde la mesa y por la palidez de su rostro cuando, al pasar cerca de él, ambos se marcharan de la taberna.

-Si sales ahora mismo y no paras a hacer ninguna tontería con tu verga podrás estar en Marsella antes de que ella aterrice en Marignane... Más te vale hacerlo bien y llegar a tiempo o tendré que sugerirle a Atlas que sea más drástico con el cuchillo.

El gigante rubio tragó saliva al imaginarse sin su juguete entre las piernas y, sin llegar a contestarle, colgó, pero asintiendo enérgicamente para que Diego viera su respuesta a través del retrovisor.

Antes de arrancar para iniciar la nueva misión encomendada, se quedó mirando la pantalla de su móvil, analizando la 'V' con el que todos en la Organización identificaban a Diego Moliner.

"Uve".

El guía, el *Líder de la Organización*.

Hélène se tomó un segundo para llorar, pero sólo lo hizo cuando se supo a solas, apoyada sobre el muro este de la Sala Capitular, bajo la hermosa e inacabada 'Adoración de los Reyes Magos' y también a resguardo de la cámara de vigilancia ante la que el arzobispo se había parapetado para hurgar en todos sus movimientos.

Fueron lágrimas amargas y fáciles de sacar a la luz porque nacían de lo más profundo del pecho, arrancadas de su propio corazón, pero intuía que, de no haberlo hecho de ese modo tan brusco, pronto estaría llorando por otros motivos, arrepentida por las consecuencias de su negligencia.

La chispa adecuada había saltado en 'la Taberna del Desdichado'. El brazo tatuado del gigante rubio con el mismo símbolo que su padre encontrara cincelado en la cripta de Saint-Victor y ellos mismos en el muro del Aula Capitular, bajo las cadenas de Marsella. E idéntico dibujo tatuado en el hombro de Deco, el mismo hombro que acababa de apretar con fuerza al despedirse de él para hacerle saber, a su manera, que ella empezaba a atar cabos, aunque todavía fuera de manera anárquica y sin un sentido claro.

Y la noche anterior, mientras el chico dormía, había podido comprobar que no se equivocaba estudiando la agraciada desnudez del torso de Deco. No tuvo entonces ninguna duda. Era el mismo símbolo, el mismo tatuaje en su hombro. Deco, el enorme chico rubio, las losas cinceladas, todos parecían converger en la historia de Volusiano y Fortunato.

En su cabeza se agolpaban otras ideas inconexas. La 'Synélefsi' de la nota de su padre, el 'Consilium' del pergamino de Frey Guillaume de Meunier, la frase inacabada de los eslabones...

"Aquí yacen a salvo las treinta y..." –recordó– "Treinta y..."

Hélène trató de recomponerse al saber que había hecho lo más correcto y se dirigió a la cadena de Marsella, que seguía extendida en tierra, ajena a todas las fluctuaciones de su estado de ánimo.

El trabajo allí, en el Aula Capitular, había terminado y pensó que le vendría bien a su maltrecho estado de ánimo entretenerse poniendo algo de orden en la Sala mientras también lo hacía con sus pensamientos. Recogió en una bolsa los botes con restos de disolventes, así como las espátulas y brochas con las que habían sacado a la luz las letras del mensaje cifrado que, por efectos del óxido, habían empezado a oscurecerse en los eslabones y a quedar de nuevo cubiertos bajo la sombra de las que las habían sacado.

La piedra del muro sur, por su parte, resplandecía limpia como el primer día.

Cuando todo parecía lo suficientemente recogido y las ideas más claras sonaron las escandalosas campanillas de la entrada de la Sala.

El arzobispo volvía a hacer acto de presencia sin habérsele requerido.

-Me alegra volver a verla señorita Chevalier. Por la hora pensé que hoy ya no vendría... -comprobó su lujoso reloj, poco humilde para lo que se le presuponía a un hombre de Dios.

En esa ocasión sí que le acercó la mano pero ella, absorta en otros asuntos personales, no prestó atención al gesto que el arzobispo le dedicaba, y a éste no le hizo ninguna gracia el mantener alzada la mano para, finalmente, tener que retirarla sin el protocolario saludo que se había ganado como emisario del Señor.

-Como verá, el trabajo está casi acabado, tan solo queda pendiente subir la cadena al muro –le dijo Hélène sin prestar atención al rubor que le había subido al prelado.

El arzobispo, que se había agarrado las manos apoyándolas contra la espalda, apretó los labios y, a su pesar, tuvo que darle la razón. Le habría gustado poder echarle en cara su falta de profesionalidad al haberse ausentado durante las primeras horas de la mañana, pero tuvo que tragarse la inquina que le corroía por su falta de delicadeza. La pintada del muro, después de todo, había efectivamente desaparecido totalmente, mientras que los eslabones dañados indirectamente por el graffiti parecían que nunca hubieran sido corrompidos.

Aún así, no esperó un segundo para sacársela de encima.

-Esté tranquila por la cadena, ya nos encargaremos nosotros de colocarla en su sitio.

Alargó de nuevo la mano, esta vez en actitud de demanda, con la palma hacia arriba.

-Ahora le agradecería que me devolviese la acreditación. Su tarea y la de su compañero, en la Sala Capitular, ha finalizado...

Hélène sintió de repente cómo se le revolvía el estómago. Quiso quejarse, pero tampoco tenía ningún sentido alargar su presencia en aquella Sala que, por un motivo u otro, ya formaba parte de su esencia.

En unas pocas horas dejaba atrás a Deco y a la cadena de Marsella, siendo testigo de aquella triste mañana el inacabado retablo de los Reyes Magos, el pretexto que había empleado para poder formar parte del proyecto del doctor Julio Delicado.

La chica arrancó dolida la autorización de su pecho y se la entregó al arzobispo quien, no contento, la agarró discretamente de la cintura para acompañarla delicadamente hasta la puerta abierta de la Sala.

Cuando enfilaba cabizbaja el camino del pasillo que la llevaría hasta la Arcada Nova, el arzobispo la retuvo un poco más.

-Una última cosa antes de irse, señorita Chevalier...

Ella paró enfurruñada y se giró casi a la altura del primer policía, que parecía querer escoltarla hasta la salida.

-...esta mañana, a primera hora, el padre Espinosa me comunicó extrañado que había descubierto algunas letras marcadas en los eslabones con los que, curiosamente, habían estado trabajando ustedes ayer.

Hélène se puso de repente en alerta.

Aunque ella y Deco habían tratado de ser cuidadosos al limpiar los eslabones para evitar llamar la atención al otro lado de la cámara, cabía la posibilidad de que les hubieran observado y se hubieran percatado de la profunda atención que le prestaban a la cadena.

"Qué idiota he sido...", se dijo con pesar Hélène al pensar que, dejando los eslabones en el suelo, le había dejado vía libre al arzobispo para que curiosease en su trabajo.

Sin embargo, algo no le cuadró. No le entraba en la cabeza que el arzobispo le lanzara abiertamente ese comentario.

-Por la expresión de su cara, imagino que sabrá a qué me estoy refiriendo, señorita Chevalier. Y, entiéndame, no le estoy pidiendo que me diga lo que representan esas letras porque estoy convencido de que usted también lo desconoce...

Ella respiró entonces aliviada al intuir que, a pesar de sus descuidos, el mensaje cifrado seguía a salvo.

Aunque el corazón estaba a punto de salírsele del pecho, trató de aparentar que el prelado tenía razón.

Sin embargo, él no cejó en su empeño de amedrentar a la chica.

-...pero no lo dude, soy muy tozudo y le aseguro que acabaré dando con su significado...

El módulo 1 de la prisión de Picassent había amanecido en completo silencio.

Tan solo una celda había visto alterada su rutina, y eso había ocurrido de madrugada, cuando la mayor parte de los guardias debían de estar pegados a la radio deportiva o a la programación televisiva para adultos.

Todo había sucedido muy rápido, lo suficiente como para que un par de presos hubiera acabado en la enfermería, uno gravemente lacerado en sus partes íntimas, mientras que el otro, el que había mordido al primero, tenía seccionado irregularmente el cuello de lado a lado.

La vida de este segundo recluso pendía de un hilo y el médico de la prisión, después de examinarle, no le auguró más de una hora de vida desde el mismo preciso momento en el que trató de parar la sangría que el segundo africano de la celda le había provocado con un cuchillo casero y romo fabricado toscamente con el mango de una cuchara.

Y a las tres y media de la mañana, cumpliendo el pronóstico del doctor del penal, fue declarado oficialmente muerto el preso número 448, Felipe Belsa Sales, alias *el Colilla*.

El Espinaca, que había sido testigo directo de la agresión sufrida por su amigo por encontrarse junto a él, en postura poco honrosa, en la celda de los dos africanos, fue aislado inmediatamente, y ni siquiera el inspector Fuster, que había acudido a Picassent a entrevistarse con los tres delincuentes de la catedral, pudo sacarle una sola palabra sensata hasta que los calmantes le hicieron efecto. Y eso no sucedió hasta pasadas las 8 de la mañana, más de cuatro horas después de que se hubiera certificado la muerte del desventurado *'Colilla'*.

A esas horas, en la parte opuesta del penal, otro de los reos estaba a punto de recibir una visita inesperada. En la cola del desayuno, mientras *el Moro* se despachaba despreocupadamente una magdalena del buffet, y ajeno a la desgracia que se había cernido sobre el *Colilla*, una enorme mole de hormigonado músculo y cabeza rapada se colaba sin miramientos entre el resto de incrédulos presos para acabar poniéndose justo detrás de él.

-Hijo de puta mentirrrroso...

Fue lo único que le llegó a susurrar la mole rapada en un sucio y rudo castellano, al tiempo que le lanzaba dos potentes punzadas entre las costillas que hicieron que el descuidado *Moro* pronto se desplomase a los pies de sus compañeros de cola entre arrítmicas convulsiones que ejecutó inconscientemente en busca de un breve rastro de vida mientras se agitaba sobre un espeso charco de su propia sangre.

Inmediatamente la fila del desayuno se disolvió sin generar demasiado escándalo y con total naturalidad, como si aquel acto de violencia fuera un espectáculo de lo más habitual en el penal.

Nadie fue capaz de identificar al agresor, si bien todos los números apuntaron a uno de los recién llegados, el ucraniano Yuri *'Comehielo'* Vasylchenko, uno de los dos hermanos que habían sido prendidos en Alicante por culpa del chivatazo dado por el ya exánime Jacinto Valverde Heredia, alias *'el Moro'*.

El segundo muerto en el penal de Picassent en unas pocas horas.

-...y eso que los presos peligrosos están confinados a buen recaudo en celdas de seguridad... –murmuró sin disimulo uno de los enfermeros cuando le trajeron el segundo cadáver, y que colocó al lado del primero, tan cerca el uno del otro que, en el caso de respirar algo de vida, habrían podido tocarse hombro con hombro.

El inspector Fuster, que se había dejado caer desde bien temprano por la penitenciaría para volver a interrogar a los tres asaltantes de la catedral, no pudo más que echarse las manos a la cabeza cuando identificó el cuerpo de su principal testigo en la investigación y, junto a él, a uno de sus cómplices.

-Dos de tres. Esto no me gusta nada –comentó alarmado el inspector cuando volvió a cubrir con la sábana mortuoria el rostro de Jacinto Valverde.

Torció el gesto cuando se dio cuenta de que, además, sin el testimonio del *Moro* ante el juez, los hermanos Vasylchenko ya tenían vía libre para salir en libertad preventiva. Por tanto, masculló irritado, se daba el primer condicionante para perderles la pista para siempre. En el momento en que pusiesen un pie en la calle ya no sería fácil volver a cogerles, cosa que al arzobispado no iba a hacerle ninguna gracia.

El caso de la catedral, sea como fuere, ya estaba perdido para el inspector.

Tan solo le quedaba decidir qué hacer con el *Espinaca* que, según le había informado un funcionario del módulo 1, seguía conmocionado por las vejaciones sufridas en sus propias carnes durante la noche y, sobre todo, por el impacto de ver cómo le rajaban el cuello de lado a lado a su amigo en sus propias narices.

XVIII

MARSELLA, 2013

'*La Organización*' no siempre se había llamado así. Ése era su apelativo reciente, cuando los hábitos de arpillera y las sandalias de cuero desgastado habían dado, poco a poco, paso a los trajes elegantes, las corbatas de diseño, los tatuajes tribales y a los millonarios negocios relacionados con la especulación en el arte y en los inmuebles.

Concretamente, el cambio de título vino dado en el último cuarto del siglo XX por el anterior Líder de los Guardianes, que creyó conveniente dejar a un lado los apelativos en lenguas clásicas, poco discretos para un ente de sus herméticas y arcanas características y servicios.

Antes de aquello de '*la Organización*', el primer término que emplearan para referirse a su comunidad, el originario, había sido el de *Consejo de los Cien* o '*la Asamblea*', pronunciada durante siglos por los suyos como *ekklesía* en la misma lengua griega que hablaran sus dos fundadores.

Ekklesía. Sí. Iglesia.

La Ekklesia de los patres Volusiano y Fortunato había evolucionado hasta *la Synélefsi* por cuestiones de seguridad cuando éstos dos mártires fueron ejecutados en Massilia por Decio '*el ilirio*', y los seguidores de aquellos fueron tan gravemente perseguidos como lo habían sido los sufridos fundadores. Por tanto, esa primera distorsión de la locución que los aglutinaba tuvo carácter de supervivencia.

El forzado paso de *Ekklesia* a *Synélefsi* no varió, sin embargo, la génesis de sus antecesores: la Custodia de *las Monedas*, donde quiera que estuvieran ocultas.

Con la diseminación progresiva de los Guardianes y los devotos de las Monedas por todos los reinos cristianos del continente, y culminada esta disgregación con los oscuros capítulos llevados a cabo por el Magnánimo Alfonso en Marsella -la Sede de la Synélefsi desde los orígenes-, la Asamblea pasó a ser definitivamente conocida entre los Guardianes como *el Consilium*, término con el que se ocultaron durante otros tantos postreros siglos, siempre cubiertos bajo el oscuro hábito de arpillera tras el que gustaba esconderse a los Guardianes Volusianos.

Pero aquello, que semejaba más bien historia o leyenda convertida en quimera -puesto que ya nadie parecía haber detrás del movimiento- fue rescatada del sueño del olvido por alguno de sus Líderes, la única figura firme, constante e inextinguible de '*la Asamblea*' original.

Los Líderes, los verdaderos guardianes de las Monedas.

Desde Volusiano y Fortunato hasta ese año 2013 podían contarse cuarenta y un ininterrumpidos Líderes de la Religión que preservaban el secreto de la *Ekklesía*, de la *Synélefsi*, del *Consilium*,... de *la Organización*.

Así pues, el predecesor del actual Líder de los Guardianes, el que hacía el número cuarenta de la lista, le había dado forma definitiva a la nueva *Organización* cuya Segunda Sede era, desde hacía cerca de seis siglos, Valencia, y contaba con una estructura económica que, en el caso de haberse hecho pública, habría sido la envidia de muchas entidades bancarias nacionales e internacionales.

De este modo, y ya con Diego Moliner como cuadragésimo primer Líder de *la Organización*, ésta se estructuraba en tres ramas complementarias y bien definidas. En Valencia, era el actual Líder, Deco, quien tenía la misión de salvaguardar la inviolabilidad de las cadenas de Marsella. Mientras tanto, en las ciudades sufragáneas de Marsella y Roma, sus dos Custodios harían lo propio con otros dos edificios. En la ciudad francesa, Atlas era el protector del Martyrium, en la cripta de Saint-Victor, mientras que en la urbe italiana el vigía de todo el Templo de Volusiano era Pretorius.

Y caso de haberse cruzado entre ellos, ni los Custodios Atlas o Pretorius, ni el propio Líder, Diego Moliner, Deco, habrían de reconocerse exclusivamente por un rasgo que *la Organización* les permitía lucir hasta el último de sus días como si de galones se trataran, la marca de *la Organización* en la piel, el dibujo de tinta en forma de tatuaje.

Curiosamente, sin conocer aún la extensa y compleja historia de *la Organización*, así como tampoco el papel que desempeñaban en la catedral, ni los nombres y rangos de todos sus Custodios, Hélène había sido capaz de empezar a atar cabos...

Y, si bien todas las piezas para identificarla habían estado delante de sus narices desde la primera vez que entrara en el Aula Capitular, no fue hasta que vio cierto detalle en '*la Taberna del Desdichado*' que su cerebro se dio cuenta de que realmente había algo a su alrededor que no cuadraba.

Pensó de nuevo en el día anterior, en '*la Taberna*' y en el llamativo chico rubio que se apoyaba en la barra. Y a pesar de la intensa belleza que desprendía su imagen, apoyado chulescamente en la barra, su vista se había detenido inconscientemente en sus fornidos brazos, mucho más musculados y tatuados que los de Deco. Y fue entonces, sin saber cómo ni porqué, cuando los había acabado relacionando.

El adonis de la barra llevaba el brazo derecho totalmente tatuado con dibujos tribales. Pero, en el centro, mal disimulado entre otros tantos, un símbolo destacaba por encima de los demás simplemente porque a ella aquél le había resultado particularmente familiar. Se trataba del símbolo que ya viera en el pergamino que su padre rescatara de la cripta de Saint-Victor, el mismo que había sido cincelado en una de sus losas y también en el muro sur de la Sala Capitular...

Fue en ese mismo instante cuando su cerebro se puso en alerta, como si ella misma se estuviera lanzando una señal de aviso.

Hélène se acordó entonces, allí, en '*la Taberna del Desdichado*', del dibujo que decoraba el hombro de Deco.

"¿Cómo había podido pasarlo por alto...?", se recriminó una vez más. "Si bien él había tratado de evitar que lo viera e identificara, ¡Deco también lo tenía!".

Maldijo una vez más el haber estado tan ciega de amor.

Después de aquel doloroso descubrimiento en 'la Taberna del Desdichado', y mientras trataba de poner en orden todos sus confusos pensamientos, Hélène tomó la determinación de mantener a Deco al margen de sus investigaciones hasta asegurarse del papel que representaba en aquella farsa. Y es que, a pesar de estar exultante por el mensaje oculto en los eslabones, al mismo tiempo se sentía totalmente aturdida por tener la certeza de que Deco no era quien realmente le había dicho que era.

El último servicio del hombre del que se había empezado a enamorar, y al cual no le había podido negar la oportunidad de intentarlo, había sido conseguir darle significado a parte del mensaje cifrado en los eslabones. *"Aquí yacen a salvo las treinta y"*

Deco ya tenía lo que buscaba, sí, su transcripción de los eslabones, pero el texto estaba incompleto y ahora sólo ella sabía cómo poder acabarlo.

De nuevo, una avalancha de preguntas y dudas se precipitaron simultáneamente en su cabeza, pero había dos que retumbaban en su conciencia una y otra vez: quién era realmente Deco y cuál era su verdadera relación con la cadena de Marsella.

Y otra cuestión, ésta más personal, le hizo pasar las horas más amargas de su vida. ¿Acaso le había estado utilizando durante todas aquellas semanas o, por el contrario, estaba realmente enamorado de ella?

No se atrevió a preguntárselo, ni aquella noche, al acostarse displicentemente con él por última vez, ni al acudir a 'Glosa', ni siquiera cuando volvió al piso a recoger precipitadamente unas pocas prendas y los documentos de su padre que, por exceso de confianza, había compartido con él. El Diario. El Pergamino...

En aquel momento, y ya a más de diez mil pies de altura, camino de su Marsella natal, un nostálgico nudo en el estómago le hizo volver a ponerse a llorar en silencio, con la cabeza apoyada en la pequeña ventanilla del avión que suavemente planeaba sobre el perfil de la azulada costa levantina.

Los noventa minutos del vuelo fueron un bálsamo para el ánimo herido de Hélène y, cuando su avión aterrizó en el Hall 3 del Aeropuerto provenzal de Marsella-Marignane, sintió que su nostalgia ya no era tan dolorosa como cuando partiera de Manises.

Habitualmente viajaba hasta su ciudad en el lento letargo que proporcionaba el tren, sin prisas, disfrutando de las vistas del mediterráneo, pero en aquella ocasión, al bajar del avión, tuvo la necesidad de realizar otro gesto. Se detuvo e inspiró profundamente. Hacía meses que no respiraba el aire dulzón que desprendía la Laguna de Berre, que envolvía estratégicamente las pistas de salida del aeropuerto marsellés, por lo que se dedicó unos minutos a asimilar esa atmósfera familiar y a inhalar la humedad que brotaba en el ambiente. Sin embargo, algo en su interior le hizo no disfrutar por completo de ese pequeño placer y le obligó a abrir los ojos. La inquietud y la desconfianza porque alguien la estuviera siguiendo hizo que se lanzase en busca de un taxi con el que recorrer los más de 30 kilómetros que le esperaban hasta su primer destino, su piso en la Avenue des Chartreux, cerca del Parc Longchamp, uno de los muchos bienes que su padre le había dejado al morir.

El taxi, un rápido monovolumen de marca inglesa, enfiló pronto la autovía del Sol, la cual prácticamente moría a los pies del Vieux-Port marsellés. Aún así, y antes de llegar al fin de la autovía, el taxista tomó la salida del viaducto de Plombières en el tercer distrito, bordeando la parte norte de la estación de trenes Saint-Charles para, desde allí, repentinamente, y por orden de Hélène, reducir bruscamente la velocidad y empezar a deambular lenta y diagonalmente por entre pequeñas calles y travesías y, desde allí, entrar finalmente en el cuarto distrito, el suyo.

Durante los poco más de treinta minutos que duró el trayecto, Hélène había sacado de su bolso de mano una pequeña polvera de mano con un espejo que, colocado estratégicamente en la parte posterior del reposacabezas del conductor a modo de retrovisor, le permitió conocer en todo momento lo que pasaba en la carretera a sus espaldas sin necesidad de girarse.

De ese modo, y al bajarse del taxi, Hélène ya sabía que unos coches más atrás, y tratando de aparcar con disimulo en la acera de enfrente de su portal, había un utilitario blanco que había salido al mismo tiempo que ella del aeropuerto y que les había acompañado por el idéntico zigzagueante recorrido que ella misma había marcado al taxista.

Hélène había reconocido inmediatamente al copiloto del utilitario, el bello chico rubio de '*la Taberna del Desdichado*', que a lo lejos parecía agotado, como si hubiera conducido todo el día. No pudo identificar sin embargo al conductor, un hombre mayor y cara rechoncha de aspecto agradable y común, totalmente opuesto al grandullón pretencioso que se sentaba agotado a su lado.

La chica pagó sin perder de vista al utilitario blanco y sacó del maletero el poco equipaje que había recogido de casa de Deco. Pensó que no iba a necesitar más, y estaba deseando subir hasta su piso para pegarse una buena ducha y ver si así si era capaz de quitarse la nostalgia y la confusión que poco a poco había vuelto a tomar posesión de su interior y seguía pegada a su piel.

Ansiosa como estaba por volver a casa, subió en una carrera pero, tal y como le ocurriera en Valencia, al pasar la llave y abrir la puerta se dio cuenta de que algo iba mal. O Peor. Sin embargo, en esa ocasión no habían sido tan sutiles y, a primera vista, por el piso parecía que hubiera pasado una horda de bestias que lo habían puesto todo patas arriba, sin dejar nada en su sitio original.

Era obvio que no les importaba que su fechoría pasara desapercibida.

¿Habría sido cosa del chico rubio y de su orondo acompañante? Intuyó que sí y determinó que, después de aquello, ya no le resultaba tan agradable la cara del rollizo conductor.

Para su propia tranquilidad, pensó que los dos chorizos no habrían podido encontrar nada, ni siquiera aunque los desconocidos asaltantes hubieran levantado tabla a tabla todas las láminas del parquet. A lo sumo, allí debajo, bajo una de las lamas del suelo de su pequeña biblioteca, habrían localizado un juego de llaves que Hélène desempolvó con cuidado. Debía ponerse cuanto antes con lo que le había llevado hasta Marsella.

Rápidamente sacó de su maleta el viejo diario de su padre y la cartuchera con el pergamino y se dirigió al armario de su habitación, totalmente desordenado y con la ropa esparcida por el suelo. Decidió que dejaría la ducha relajante para otro momento y se enfundó un mono de motorista, lo suficientemente holgado como para disimular todas sus voluptuosas curvas bajo las arrugas de la talla de más de esa prenda de cuero. Por fortuna, aún guardaba ropa de uno de sus ex, aficionado a las motos.

Se recogió el pelo en una coleta alta y cogió su casco, demasiado femenino para aquel sobrio mono de crujiente cuero negro, pero no tenía otro más discreto. Tenía intención de salir por el garaje, muy cerca del utilitario blanco que le vigilaba de cerca, y cruzó los dedos esperando que no la reconocieran con esa indumentaria y saliendo sobre la moto japonesa que hacía más de un año que no cogía.

Cuando el motor de cuatro tiempos de la Yamaha arrancó a la primera, los muslos de Hélène se tensaron sobre la piel del sillín. Aceleró con suavidad por la pendiente, discretamente, sin marcar demasiado la empuñadura para evitar hacer sonar los casi cincuenta caballos sobre los que iba sentada, y sólo respiro aliviada cuando la puerta corrediza del garaje se cerró tras ella y se cercioró de que sus dos perseguidores mantenían la vista fija en su patio, justo en el punto opuesto hacia donde ella se dirigía.

Bajaba decididamente hasta la Canebière, los llamados Campos Elíseos de Marsella, casi hasta el borde del mismo mediterráneo, cuando éste se topaba con aquella en el Muelle de los Belgas, le Quai des Belges, buscando con mirada atenta la vieja entrada de la casa de soltera de su madre.

Por fuera era éste un edificio ruinoso que sólo el salitre habría sido capaz de hacerle dudar de su solidez, pero se mantenía firme en su estilo clásico, limpio y amplio como lo estaba la última vez que lo visitará, pocos meses después de haber perdido a su padre. En aquella ocasión, en el año 2000, no tendría más de diecisiete años, casi la mitad de los que tenía en ese momento, pero el mundo parecía haberse detenido en el amplio rellano de ascenso hasta el primer piso, mientras subía lentamente por la enorme escalinata de mármol blanco que mantenía intactos todos los detalles de los que Hélène era capaz de acordarse.

Las muescas de años en la barandilla, los nombres garabateados en la pared, las baldosas rotas, el grave olor a tiempo... Todo se acumuló de golpe en su memoria, pero sacó fuerzas donde no las tenía, agarró el casco de su moto y buscó la llave que durante trece años había permanecido inactiva.

Al pasar la cerradura, todo fue como recordó.

El mugriento olor a moho, el polvo del paso del tiempo habrían dañado la imagen de la vieja casa de su madre, pero los muebles se mantenían hieráticos, carcomidos por la ausencia de uso, sin embargo firmes, como el edificio que los sustentaba.

Hélène se movió despacio hasta la primera habitación, como si esperara que alguno de sus padres saliera a recibirla, pero sólo el crujir del suelo bajo sus botas le hizo recordar que allí hacía mucho tiempo que nadie ponía un pie.

"Perfecto", se dijo para sí Hélène al acordarse de su propio piso y de la dantesca estampa que se había encontrado al abrir la puerta.

Entonces su instinto reaccionó para empezar a comportarse como la investigadora que también era, dejando a un lado el sentimentalismo con el que le habría gustado jugar durante un largo rato. Así pues, decidió lanzarse en busca de la caja que había venido a buscar desde tan lejos, justo desde la Sala Capitular de la catedral de Valencia.

La recordaba gravosamente escondida en lo alto de uno de los armarios de lo que en los primeros años fuera un estudio, posiblemente oculta tras unas maletas de ropa, y no dudó en cruzar el recodo del pasillo a toda carrera para lanzarse a rebuscar en aquella habitación lo que su padre se había tomado tantas molestias en ocultar. Tenía ciertas dudas, y no estaba segura de que su recuerdo fuera todo lo fiable que necesitara, pero desde Valencia, desde que Deco limpiara los eslabones en la catedral, ella estaba convencida de que estaba en poder de una parte importante de la historia de la cadena.

Apartó a toda prisa viejas maletas y mantas de tacto rancio, pero no pareció dar con el objeto que había ido a buscar hasta que, finalmente, y después de darle varias vueltas a la habitación, se acordó de que ella misma la había ocultado inocentemente bajo la cama, como si a los dieciséis años aquel fuera el lugar más seguro de la casa.

Levantó el faldón de la colcha y, ahora sí, sus pupilas se dilataron al identificar la pesada maleta en el centro, cubierta de telarañas y en la misma posición en que la dejara trece años atrás. Se tumbó sobre el suelo y asiéndola por la empuñadura, estiró de ella hasta tenerla a la vista y, desde ahí, colocarla con algo de esfuerzo sobre la cama.

Se trataba de una desgastada maleta de cuero seco de vaca en tono marrón oscuro, bordada en hilo de color camel y con las esquinas reforzadas originariamente, pero que en ese momento se encontraban totalmente corrompidas por el uso que su padre había hecho de ella antes de encontrarle utilidad como baúl de los recuerdos.

La apertura funcionaba con clave numérica y, si bien sabía perfectamente cuál era -el día en que sus padres se casaron- no tenía ninguna duda de que cualquiera que no dispusiese de ese dato la habría podido forzar igualmente.

"Cinco de enero del setenta y dos. 5172...", repitió en un susurro mientras pasaba sus dedos por las cifras que enumeraba.

En cuanto las cuatro cifras se alinearon, la vieja maleta hizo inmediatamente 'clic' y, al abrir la tapa, se dio de bruces con lo que andaba buscando. Era el segundo objeto que su padre había encontrado bajo la losa de la cripta de Saint-Victor, en el Martyrium, junto al pergamino, y cuya existencia tampoco había trascendido.

Hélène dejó sobre la cama el pergamino, metido en la cartuchera de cartón duro para evitar problemas de humedad, y se lanzó contra aquello que debía de darle el sentido final al mensaje oculto e inacabado de la cadena del Aula Capitular, una ristra de seis oxidados eslabones de hierro, idénticos a los que Hélène había manipulado en la catedral valenciana.

La chica pasó con delicadeza, muy suavemente, la mano por la pesada cadena de seis eslabones que había entrelazada en el fondo de la maleta, igual de corroída que aquella de la catedral, pero totalmente ignota para el resto de los mortales. Posiblemente, pensó con satisfacción, no había nadie en el mundo que supiera de la existencia de esos pocos eslabones, ni siquiera Deco, el arzobispo o los dos que la vigilaban inocentemente a las puertas de su piso.

Pero su deleite no acabó ahí. Al ir a sacar la cadena notó que, tras el forro de uno de los lados estrechos de la maleta, había un bulto apenas perceptible, un objeto del que obviamente su padre no le había hablado y que estaba oculto en el bolsillo interior más grande. Con prisas y mucha más curiosidad extendió primero la cadena en el colchón junto a la carcasa con el pergamino y, con la maleta aparentemente vacía, rebuscó el orificio por donde su padre habría metido ese bulto que, al tacto, se semejaba a un libro.

"Quizás otro diario...", imaginó.

Enseguida lo tuvo ante sus ojos y supo que se había equivocado.

Al leer el título de la roída cubierta determinó que no, no era otro diario de su padre el doctor Chevalier.

"Estoria d'una fábula. Esclavones para una cadena"

de Yusuf Ortegarçi,

Hélene sintió de repente la imperiosa necesidad de conocer el motivo por el que su padre habría reservado aquella obra en la maleta, junto a la otra pieza del Martyrium, escondiendo un manuscrito del que jamás le había hablado en todas sus largas conversaciones sobre las cadenas, sobre los descubrimientos de la cripta de Saint-Victor.

Se acomodó pues en la cama y leyó la primera página.

"Al esforçado lector, que habiendo llegado a sus manos, por error o por voluntad propia, estas pocas letras manuscritas, he de decille que todo lo aquí acontecido e novelado pudiere ser cierto de no haber sido por el desafortunado açar que todo lo mueve e desordena a su inquieto antojo.

Estimado lector, créame si dígole que todo pudiere ser verdad o mentira, mas yo, inocente que no loco, creílo a pies juntillas cuando el buen morisco Cide Hamete Benengeli contome cada línea que yo transcribo para aquél que, crédulo como yo, tenga a bien esforçar su imaginación como a mí gusta de hacer cuando no ando pensando en cosas del yantar o aún más placenteras como las del pecar.

Disculpadme por último si escondo mi verdadero nombre, mas crédulo o incrédulo, también fui sobre todas las cosas cobarde por ser todas las palabras escritas aquí que nombran en demasía a la iglesia e al Consilium e estímome mucho más el pescueço que agarra mi toçuda cabeza que mi pobre nombre de hijodalgo escrito en un manuscrito.

Vale

*En Valencia, any de Nostre   Senyor de
Mil et DC et V,*

Yusuf Ortegarçi, seudónimo"

Lo desconocía todo de ese ejemplar. Ni título ni autoría. Pero el mero hecho de que nombrase directamente los eslabones, los *"esclavones de una cadena"*, hizo que le picara la curiosidad. Y, si bien se moría de ganas por ponerse a trabajar con las seis piezas de hierro oxidado, no le cupo ninguna duda de que había de zambullirse pronto en su lectura, pues entre las páginas de aquel manuscrito de 1605 encontraría más de una respuesta a todas las dudas que le asaltaban sobre la investigación que había empezado su padre y que ella estaba dispuesta a concluir.

Dejó impaciente el manuscrito de Yusuf Ortegarçi junto al pergamino y, cogiendo la pequeña sección de cadena, se dispuso a ejecutar las mismas acciones que hiciera con los eslabones de Valencia.

Como no tenía ninguna intención de que nadie pudiera acceder a esas seis piezas de hierro, decidió no arriesgarse y hacer todo el trabajo en aquella casa. A fin de cuentas, ya se había hecho tarde y no creyó conveniente ni seguro el volver a su casa cargada con todo aquel arsenal que, con toda seguridad, era lo que andaban buscando los gorilas que habían revuelto todas sus pertenencias.

Había casi anochecido, y decidió ponerse cómoda para pasar allí la noche. Casi sin luz con la que poder orientarse, resolvió lanzarse en busca de algo que iluminara mínimamente el despacho para así poder trabajar con los eslabones y, después, si el sueño no la vencía, leer el manuscrito.

Salió de la habitación y, moviéndose con total naturalidad por el lóbrego pasillo, llegó hasta la cocina, al final del piso, en donde trasteó con sigilo por entre los muebles y los cajones. Finalmente, y tras unos minutos de absoluta confusión entre las sombras de aquella oscura y polvorienta estancia, localizó un par de velas y unas cerillas en el interior de uno de los deteriorados cajones de trapos, completando su pequeño botín con un rascador y un decapante universal que, con un poco de suerte, aún no habría perdido todas sus propiedades.

Antes de salir de la cocina con una de las velas encendidas para recorrer el camino inverso, y por precaución, se tomó unos segundos para escuchar el sonido de la casa, silenciosa, pero que tenía su propia historia de crujidos y chirridos.

Cerró los ojos y escuchó.

Nada.

Sonrió entonces al imaginar que sus dos guardianes estarían revolviéndose incómodamente en su utilitario blanco. Sin embargo la tristeza volvió a embargarle cuando pensó en el tercero, en Deco, que había traicionado su confianza y le había clavado un silencioso puñal en el corazón.

Abrió los ojos violentada con su imagen, tomó aire y cruzó el largo pasillo, ya completamente negro, como un túnel iluminado únicamente por el haz que desprendía la débil llama de su vela. Y aunque los nervios le hicieron presentir que a su lado, cerca de su oído, pasaba alguien respirando sordamente, se dijo que estaba demasiado cerca el final como para dejarse llevar por una fantasía pueril.

Aún así, respiró aliviada al entrar en el despacho y cerrar la puerta tras de sí.

La estancia, con las dos velas encendidas, tomó el carácter acogedor que recordaba de niña, y cabeceó sus sentidos para centrarse en lo que le había llevado a hacer ese repentino viaje: descubrir qué tres palabras se ocultaban tras aquellos seis eslabones y que completaban la frase oculta tras el criptograma de Polibios.

"Aquí yacen a salvo las treinta y…"

Extendió la cadena en el suelo y sacó de su mochila unos bastoncillos para los oídos, idénticos a los que utilizaran en la catedral. Por suerte, el decapante universal que había localizado en la cocina parecía en buen estado, por lo que no le costó demasiado untar con aquél líquido espeso los eslabones por el mismo lugar que hicieran con los de Valencia y, aunque sabía que no era de efecto inmediato, cada pocos segundos trataba de arrancar algo de óxido con resultado nulo.

Poco más de cuarenta minutos después ya lo había conseguido, y tenía las seis letras a la vista.

EABDBD

-"EA. BD. BD." –releyó mientras buscaba su equivalencia en la tabla que les había facilitado Bea, la amiga de Deco, en 'Glosa'.

Las tres palabras no fueron lo que esperaba.

XIX

LOS ÚLTIMOS ESLABONES:

Julio Delicado se hallaba tan confuso como emocionado...

La llamada del arzobispo y la posterior reunión junto a su perro de presa, el pater Espinosa, le habían hecho volver a creer con firmeza en que el profesor Chevalier y su hija, Hélène, habían llegado a estar muy cerca de algo realmente importante.

Finalmente parecía que no había sido el Sagrado Cáliz el motivo de todo aquel montaje, pero su intuición no le había fallado y, por suerte para él, aún no estaba todo perdido.

El primer impulso al reconocer el número teléfono de la Secretaría del arzobispado fue no cogerlo, dolido como estaba por el modo en que habían prescindido de sus servicios y por todo el trabajo que el caprichoso arzobispo había echado por tierra de un plumazo, sin ni siquiera darle la oportunidad de defenderse.

Y eso que, pensó, en todo aquel asunto él había tenido suerte, no como su pobre sobrino, a quien el inspector Fuster y el propio Espinosa habían acorralado cierto día en una sala de interrogatorios con lo que, aparentemente, había sido una confusión con una vieja mochila del infortunado Rafael y que, por casualidades de la vida, había sido relacionada con el intento de robo del Sagrado Cáliz.

Rafael había salido en libertad vigilada, pero desde entonces el desgraciado tenía secuelas por aquello y se descomponía cada vez que escuchaba una sirena por el barrio, pensando que Fuster y Espinosa volvían a por él. Según le había confesado entre sollozos su pobre sobrino, no había vuelto a cagar duro por culpa de los horribles retortijones que padecía desde entonces, y en poco menos de una semana había perdido diez kilos y parte de la chulería con la que antes tan fácilmente se envalentonaba.

Por su parte, el acoso policial no había sido tan destructivo a nivel físico, pero había bastado para arruinar la buena reputación de la que gozaba en el mundillo universitario, en el que eran suficientes un par de hechos casuales encadenados para acabar hundiéndote en el fango. En su caso, el intento de robo del Sagrado Cáliz pocas horas después de haberle hecho saber al Secretario del arzobispo su deseo de sacarla de la urna para poderla estudiar, sin darle explicaciones. Y la mochila incriminando a su sobrino en el hurto poco ayudó, bien es cierto.

Sentimentalmente tampoco habían sido buenos tiempos. Paco, su adonis griego, se había esfumado tan rápido como había llegado, preocupado, quiso creer el doctor, por la continua presencia policial alrededor del viejo y vicioso Delicado.

Y otro que había desaparecido, éste por fortuna para él, era el enorme Bruno Idel, que no había vuelto a presentarse ni para pasarle los últimos informes del seguimiento a Hélène ni para reclamarle un nuevo cobro por sus pobres servicios.

"Mejor así", pensó el doctor, "no fuera que éste también me metiera en un nuevo embrollo con el inspector Fuster..."

Sea como fuere, y a pesar de los contratiempos, de las idas y venidas a comisaría y al arzobispado, el prelado por fin se había dado cuenta de su inocencia y, de nuevo, se plegaba a sus capacidades y conocimientos para acabar reclamando sus servicios. Le confiaba por ello un extraño encargo del que no estaba muy seguro de salir con una respuesta fiable, si bien el doctor Delicado era consciente de que era aquello o perder para siempre la pista del admirado doctor Ferdinand Chevalier.

Y, por supuesto, no se lo pensó dos veces.

En primer lugar, el arzobispo le pidió que encontrara sentido a la amalgama de letras que el pater Espinosa le había entregado en un papel, y que aparentemente habían sido halladas grabadas en unos eslabones de la cadena de la Sala Capitular, si bien él, en una rápida ojeada a aquel amasijo de hierro, no había sido capaz de encontrar ningún rastro de aquellas letras talladas.

Debía, por tanto, además de darle sentido a esa inconexa repetición de vocales y consonantes, realizar en los eslabones la misma maniobra que había ejecutado Hélène para volver a sacarlas a la luz. El arzobispo ponía para ello a su disposición las dos secciones de la cadena, que ya habían sido bajadas a tierra y descansaban la una junto a la otra.

En último lugar, y dejando a un lado las letras grabadas y su significado, el arzobispo –y él mismo, podía admitirlo sin tapujos- quería, no sin cierto tipo de codicia personal, llegar a entender el interés que Hélène podría tener en la cadena de Marsella. Para poder encontrar esas respuestas, le abría las puertas de la Sala Capitular para que llevase a cabo las pesquisas que el doctor creyera oportunas hasta llegar a revelarlo todo.

-Todo. Cueste lo que cueste… –añadiría posteriormente el oscuro emisario de Dios.

Sin embargo el Aula Capitular llevaba ya demasiados días cerrada al público, primero por culpa de los tres pillos que la habían agraviado y, después, porque Hélène, buscando sus propias respuestas, se había encargado de monopolizar su restringido acceso.

Por ese único y egoísta motivo, y esperando que el doctor pudiera trabajar en ello con absoluta tranquilidad, el arzobispo le permitió sacar de la Sala Capitular y de la propia catedral las dos secciones de la cadena.

Y en esas estaba esa mañana el doctor Delicado, ayudado por el grueso sacerdote que anteriormente obstaculizara la entrada de turistas en la Sala. Mientras el sacerdote embalaba cuidadosamente las dos secciones en cajas de madera separadas, el doctor documentaba las mismas para poder trasladar después todo aquel papeleo al arzobispado.

-Ahí fuera hay un transportista que dice que viene a recoger unos bultos…

El policía que le daba el recado, un joven uniformado que parecía recién salido de la academia, le acercó disciplinadamente a Julio Delicado los albaranes de una reconocida agencia de transporte junto a la que había grapada lo que parecía un expediente enviado desde el propio arzobispado solicitando aquella recogida.

El doctor la comprobó. La firma del mismo se correspondía, efectivamente, con la del prelado.

-Pascualín... –interpeló Julio al rollizo sacerdote que, sentado en la bancada del muro sur, y sudando a chorros, se afanaba por recuperar el aliento que el peso de las cadenas le había ido robando hora a hora.

El grueso sacerdote permaneció inmóvil en su posición, respirando costosamente, y no pareció darse cuenta de que Julio Delicado le llamaba. O quizás no quiso hacerlo porque, a pesar de su evidente discapacidad mental, Julio ya se había percatado de que el oído no le fallaba al chico cuando le avisaban a la hora de las comidas.

-Pascualín –insistió Julio, acercándose hasta la bancada y llamando su atención tocándole el hombro empapado en húmedo sudor-. Pascualín, coge las cajas con la transpaleta y sácalas hasta donde te indique el chófer.

-El transportista ha salido ya. Está fuera, aparcado en la plaza de allí... -le quiso informar el policía, que evidenciaba desconocer el nombre de las salidas de la catedral.

-Pues ya le has oído Pascualín. Saca las dos cajas por la Puerta de la Almoina que el transportista te estará esperando en la plaza...

El sacerdote le miró y asintió con la mirada perdida, pareciendo que entendía las instrucciones que el doctor Delicado le acababa de transmitir pues enseguida salió de la Sala Capitular arrastrando pesada y lentamente la primera de las cajas.

El mentón incipiente del rollizo sacerdote, reflejo de su evidente discapacidad, era curiosamente la parte de la cara que más le asemejaba a su tío, el arzobispo.

Podía decirse que no, ninguno de los dos había tenido suerte con los sobrinos.

Ni él con Rafael ni el prelado con Pascualín...

Julio Delicado volvió a repasar el albarán y, en la dirección de destino, anotó los datos del almacén donde tenía previsto enviar las cajas, un lugar en donde trabajar con tranquilidad, espacio y medios. Se trataba de una gran nave industrial de su propiedad en donde acumulaba toda suerte de proyectos en papel, maquetas, andamios, y demás útiles que había amontonado en todos sus años de experiencia, y que le daría la discreción suficiente como para poder ejecutar el encargo del arzobispo, lejos de su curiosa presencia.

Fuera, en la Plaza de la Almoina, poco a poco los dos bultos de madera se fueron cargando, al tiempo que el chófer esperaba pacientemente a que alguien le devolviera la documentación para así poder moverse de allí y empezar a realizar el servicio contratado.

No tardó en aparecer por allí el doctor Delicado que, al verle, le entregó los albaranes. Su cara, se dijo el doctor, era de aspecto familiar, pero aún así no empleo ni un segundo en rebuscar el nombre del chico entre sus recuerdos. Su única preocupación fue que los paquetes salieran hacia el almacén lo antes posible.

-Yo estaré en el polígono en media hora, así que hazme el favor de ser puntual y no entretenerte con otro cliente... -casi le ordenó al repartidor cuando dejó en sus manos la documentación.

El chico asintió con cierto disgusto por el tono empleado por el hombre. Aún así, su gesto cambió aliviado en cuanto subió al camión, cerró la puerta y encendió el motor para ponerse en marcha.

Por detrás, volviendo a entrar en la catedral, Julio Delicado trató de ponerse en contacto con el arzobispo para informarle de la puesta en marcha del encargo, pero viendo que le era imposible hacerse con él por teléfono, decidió posponer esa conversación para un poco más tarde.

Volvió a la Sala Capitular silbando confiadamente y caminando con parsimonia por la Nave de la Epístola. Al entrar en el Aula, echó un último vistazo y le pidió a Pascualín que acabara de recoger con una escoba las briznas de madera desprendidas de las cajas y que adecentase lo poco que pudiese quedar fuera de sitio.

Cuando al poco confirmó que todo estaba limpio y en orden, dio una palmada de aprobación a Pascualín y pegó media vuelta para dirigirse hasta la salida de la Puerta Barroca. Había llegado el momento de salir a buscar su coche para ponerse en marcha hacia el almacén.

En cuanto cruzó la verja de los Hierros consultó su reloj. Ya se había superado la media hora pactada con el transportista, y estaba ansioso por ponerse a trabajar con las cadenas, libremente y sin cámaras u obispos de por medio, por lo que aceleró su paso mientras repetía una y otra vez la melodía que había empezado a silbar compulsivamente 'Pobre Diablo', de Julio Iglesias.

Cuando se sentó en el coche, y mientras se colocaba el cinturón de seguridad, su móvil empezó a sonar.

-Buenas tardes Excelencia... -empezó diciéndole de muy buen humor Julio, actitud que cambió bruscamente cuando el arzobispo le preguntó por las cadenas y le informó de la recogida de las mismas prevista para el día siguiente.

-Pero eso no es posible, Excelencia. Ya las han recogido, yo estaba delante...Hace casi una hora de eso...

Su cara palideció aún más al escuchar la respuesta que le llegaba desde el otro lado, y a punto estuvo de tener un accidente al encarar la calle San Vicente, momento en el que, pasmado, frenó en seco su ostentoso 4X4.

- ¿Cómo que es imposible que se las hayan llevado? ¡Por Dios Excelencia, la documentación llevaba su firma! –trató de justificarse con un grito agudo y entrecortado.

El arzobispo, sin embargo, no pareció conformarse con aquella información ni por el tono desesperado del doctor a juzgar por la grave amenaza que le profirió antes de colgarle bruscamente.

Julio Delicado se quedó blanco, asiendo fuertemente el volante con las dos manos y con el pensamiento bloqueado por aquel repentino jarro de agua fría. Si el arzobispo no le había tomado el pelo, cosa que dudaba, su carrera se había acabado en ese mismo instante.

Confundido por las noticias que recibía, decidió parar entonces a un lado de la calle, lo que provocó el efecto embudo en el frondoso tráfico de la calle y que le valió ganarse más de un insulto en el que se acordaron de su madre. Sin embargo no le importó demasiado esa pequeña humillación pública ante lo que se le avecinaba.

Respiró hondamente, con aquella melodía premonitoria que le había acompañado toda la mañana lejos de sus labios. Y cuando el corazón se le tranquilizó permitiendo que se ralentizasen sus aceleradas pulsaciones, fue cuando resolvió actuar y volver a ponerse en marcha, esta vez a toda velocidad, sin respetar ni a los viandantes ni a las señales de tráfico que se le atravesaban para su irritación, hasta que finalmente pudo encarar con libertad la salida de cuatro carriles que le llevaba hasta la A3, en dirección Madrid.

Quizás, debió de pensar, no estaba todo perdido y podría alcanzar al camión si había tomado el camino que le había indicado en el albarán. No era más que una aguja en un pajar, pero tenía que intentarlo.

Sin embargo dos nuevos problemas se cruzaron en su camino.

El primero, un coche de la policía local que lo interceptó cuando estaba a punto de tomar la primera salida de la A3, la que le iba a llevar hasta su almacén y, con suerte, a confirmar que el arzobispo se había equivocado. Y había rezado por ello desde el inicio de la alocada carrera.

El segundo echaba por tierra todas sus desesperadas plegarias. El camión, con su pesada carga, iba camino de la salida sur de la ciudad, en dirección opuesta a donde se encontraba el doctor Delicado, rumbo a una de las naves de la empresa para la que trabajaba su conductor, el chico al que no supo identificar el doctor Delicado.

Diego Moliner respiró aliviado cuando se vio con el furgón lejos de la capital y pudo quitarse la gorra para secar el frío sudor que le caía por la frente.

Las cadenas de Marsella, quinientos noventa años después, y a pesar de Hélène, ya volvían a estar en manos de *la Organización*.

" X · I · I "

Seis eslabones más y una frase incompleta que seguía siendo un sinsentido.

-"*Hic iacent salvis illae XXX et XII*". "*Aquí yacen a salvo las cuarenta y dos...*"

Hélène no había dejado de pronunciar una y otra vez el resultado del criptograma desde que diera con las seis letras escondidas bajo el óxido de los eslabones que ocultara su padre, como si la repetición fuera a provocar que le cayera del cielo la respuesta. Pero, primero para sí y, después, en voz alta, en ningún momento fue capaz de hallar la revelación que, pensó con cierto pesimismo, le darían aquellos últimos eslabones.

Después de unas primeras horas de frustración y desconcierto sentada en la cama del viejo estudio de su madre, y agotada en todos los sentidos por aquel día de locura, Hélène acabó cayendo rendida sobre el colchón para, de madrugada, inconscientemente, acabar acurrucada abrazando fuertemente al almohadón, tratando de recuperar las tiernas sensaciones que recordaba del añorado cuerpo de Deco.

"Cómo podía cambiar tanto la vida en tan poco tiempo", pensó la pelirroja mientras apretaba el viejo almohadón contra su pecho. Cuarenta y ocho horas antes, dormía acurrucada en los brazos de Deco. Veinticuatro horas después, la noche de antes, y a pesar de estar tumbada a su lado, la confianza ciega en él había desaparecido, y había acabado esa madrugada cogida a la almohada, a cientos de kilómetros del chico mientras intentaba, sin éxito, quitárselo del pensamiento. Con el tiempo, se dijo sin convencimiento, ya trataría de sacárselo del corazón.

Un ruido en las escaleras la despertó bruscamente de su agrio reposo pero, aunque descolocada y dolorida por la mala postura, enseguida supo dónde se encontraba y por qué. Sin embargo, y aunque en algún momento de la noche había dejado a un lado a Deco y soñó con la cadena, seguía sin encontrarle sentido a la frase que se ocultaba en los eslabones.

Le dolía la cabeza y necesitaba un café, para pensar y para ponerse a leer el libro de la maleta. Y aún más que un café le urgía una ducha y cambiarse de ropa. Por suerte para ella, el armario de soltera de su madre tenía todo lo que necesitaba para volver a sentirse cómoda. Unas bragas de corte alto sustituyeron su sexy-tanga, y unos vaqueros ceñidos y un blusón que ahora pasarían por vintage le sirvieron para tomarse la mañana de otra manera después de una ducha de agua fría, helada, que la situó de lleno en la Marsella del 2013, en medio de una historia por acabar que había empezado Dios sabía cuándo, pero que su padre se había encargado de rescatar del olvido.

Totalmente fresca y despejada, y con la seguridad de estar en un lugar seguro, su propio piso franco, tomó la decisión de bajar hasta una cafetería, cerca del Viejo Puerto, para desayunar un melancólico café con leche y un auténtico croissant francés frente al reconfortante aroma del mar.

Había soñado más de una vez con aquel mismo desayuno, en el mismo lugar, pero acompañada de Deco en lugar de por el libro que en ese momento volvía a abrir, y cuya primera página tanto la había despistado. Aún así, se dijo, su padre lo había considerado lo suficientemente importante como para esconderlo junto al pergamino y los seis eslabones y, por tanto, merecía una lectura pausada.

Y ésta fue tan calmada e intensa, tan reveladora y clarificadora, que el desayuno se hizo almuerzo, y éste pasó a ser comida.

Seis horas de lectura ininterrumpida en las que Hélène empezó a entender realmente qué se escondía tras el secretismo de su padre, y que incluso le llegó a dar indirectamente una de las respuestas que más necesitaba: quién podía ser Deco y qué hacía en Valencia.

Y le asombraba que casi toda aquella historia narrada por el espantadizo Yusuf Ortegarçi pudiera haberse dado allí mismo, unas veces a unos cientos de metros de su posición, a su oeste, en la abadía de Saint-Victor, mientras que otros se habían desarrollado a pocos metros, justo en la entrada al Viejo Puerto. Valencia, por supuesto, cerraba la tercera parte de la *"Estoria d'una fábula"*.

Había anotado en una pequeña libreta una gran cantidad de datos y muchos nombres sobre los que fue trazando un eje y componiendo una historia resumida, una línea cronológica en la que finalmente entendió quiénes eran Satrio Volusiano y su fiel Fortunato y, sobre todo, lo que podían haber traído en una saca desde Roma hasta su Marsella natal.

"Aquí yacen a salvo las treinta...", recuperó Hélène de su memoria. "¡Las 30 monedas de plata de Judas!".

El corazón parecía que iba a salírsele disparado del pecho cada vez que intuía que, sin saberlo, había iniciado la búsqueda de las treinta monedas, los treinta shekels de plata con los que Judas había traicionado a Jesús en la última cena.

No era en absoluto creyente, como tampoco lo era el profesor Ferdinand Chevalier, pero el mero hecho de saberse ante semejante hallazgo hizo que sintiera vértigo.

Sin duda, caso de encontrarlas, uno de los mayores descubrimientos del catolicismo.

Y cayó en la cuenta de que había algo más que aquellas treinta monedas, tal y como se traslucía en el criptograma completo. Exactamente doce más, lo que hizo que se revolviera incómoda en la dura silla del restaurante donde había comido y en donde había permanecido las últimas horas de aquella reveladora lectura.

"Cuarenta y dos monedas..." se dijo satisfecha.

Necesitaba caminar y pensar en el sentido global del mensaje pero al menos, después de finalizar la lectura de la *"Estoria d'una fábula"*, tenía muchas más respuestas que incógnitas.

Por el corto camino hasta la casa de su madre, con el libro fuertemente asido a sus temblorosas manos, se puso a organizar mentalmente el rastro de términos que se habían quedado grabados en su retina.

"Volusianos. Ekklessia. ¡Synélefsi!. Consilium. Deco. Las 42 Monedas. Decio el ilirio. Los piratas de Al-Andalus. Saint-Victor. El Magnánimo. Las cadenas y la catedral de Valencia. XII. El apóstol Judas..."

Y, después de mucho reflexionar, sólo se le ocurrió un siguiente paso, un lugar al que recurrir en busca de respuestas.

El *Martyrium* de Saint-Victor...

En ese preciso momento, a esa misma hora, pero a casi 650 kilómetros lineales de la posición de Hélène, Deco se afanaba en hacer la descarga de las dos cajas de madera lo más rápido que podía.

Aunque estaba a salvo de miradas curiosas y muy lejos del cordón policial que, con seguridad, iba a montarse por indicación del arzobispado, tenía prisa por deshacerse de todas las pruebas que pudieran llevarle hasta esa pequeña nave donde almacenaban las piezas que se exponían en la galería y también en donde se preparaban para enviar a su destinatario final. Aquel era el lugar perfecto para esconder un par de cajas de madera con un sello que le proporcionaba, al menos a ojos de la mirada curiosa del encargado del almacén, la categoría de intocable, y en el que ya se podía leer: 'PIEZA VENDIDA - NO TOCAR'.

Deco las dejó cerca de la zona asignada para las salidas de paquetes y sobre cada una de las cajas puso una nota manuscrita en la que indicaba la dirección donde el encargado -que a esas horas andaría comiendo- debería enviar los dos bultos.

"Mr. Atlas, Rue Sainte - 140, Marseille (France)"

Nada fuera de lo común en aquel oficio.

Después de dejar los dos paquetes listos para el envío a Francia, se dispuso a quitar la indiscreta lona del camión lo más rápido que pudo. Era una trabajo pesado, lento y, cuando terminó, extenuado por lo incómodo de la tarea, se tomó un segundo para respirar, lo necesario para realizar el último paso, destornillar las placas de la matrícula e, inmediatamente después, colocarle las originales, todo para dejar el furgón tal y como lo había recogido del depósito de vehículos de la empresa, situado a pocos metros del almacén.

A las cuatro de la tarde, cuando el personal del almacén iniciaba el turno vespertino, Deco ya se encontraba muy lejos, en casa, preparando las maletas para volver a la ciudad de sus padres.

Por la noche, un Boeing 757 despegaba del centro de carga aérea de Manises con un par de cajas voluminosas que, de madrugada, se descargarían en Marsella.

Los paquetes habían sufrido un viaje de ida y vuelta de casi seiscientos años.

La ida por mar.

La vuelta por aire.

XX

EL CAMPO DEL ALFARERO

[o "DE CÓMO ARRIVÓ A FAZERSE LA EKKLESIA POR LA BOLSA"]

(Capítulo Segundo, "Estoria d'una fábula")

Dichas pues todas las cosas acontecidas en el capítulo primero desta estoria contada por el moro Cide Hamete Benengeli, vime en la obligación de dejarla escrita en un libro cuando el mismo buen moro hablome de los dos ilustres protagonistas del siguiente asunto, que no eran otros que el pobre hijo de Dios y el hombre que traicionole según dicta la tradición, pero que el moro trájome por otro camino.

E de deçir en este punto concreto que el buen Cide Hamete tractó de començar la sua estoria de Jesús e Judas doctamente, con las insignes palabras ditas por el apóstol Mateo, el recaptador de impuestos, en el suo Evangelio. Mas moro e impío como era Benengeli, resultole difícil trovar las palabras que buscaba e yo, impío como él, mas ilustrado en las Escrituras Sagradas por mi obligación de hijodalgo cristiano que era, permitime la licencia de redactar la parte de las mesmas

Escrituras de Mateo que el moro buscó en vano en su imaginación, e que yo memoricé, siendo mozo imberbe, de la *'Biblia Vulgata Clementina'* a devoto golpe de vara e sangre.

E, humildemente, estas eran las palabras que mendigaba en su cabeça el moro:

"MATTHAEUS 27 (1-10)

Mane autem facto, consilium inierunt omnes principes sacerdotum et seniores populi adversus Jesum, ut eum morti traderent. Et vinctum adduxerunt eum, et tradiderunt Pontio Pilato præsidi. Tunc videns Judas, qui eum tradidit, quod damnatus esset, poenitentia ductus, retulit triginta argenteos principibus sacerdotum, et senioribus, dicens: Peccavi, tradens sanguinem justum. At illi dixerunt : Quid ad nos ? tu videris. Et projectis argenteis in templo, recessit : et abiens laqueo se suspendit. Principes autem sacerdotum, acceptis argenteis, dixerunt : Non licet eos mittere in corbonam : quia pretium sanguinis est. Consilio autem inito, emerunt ex illis agrum figuli, in sepulturam peregrinorum. Propter hoc vocatus est ager ille, Haceldama, hoc est, Ager sanguinis, usque in hodiernum diem. Tunc impletum est quod dictum est per Jeremiam prophetam, dicentem : Et acceperunt triginta argenteos pretium appretiati, quem appretiaverunt a filiis Israël : et dederunt eos in agrum figuli, sicut constituit mihi Dominus."

Disculpará el celebrado leedor si no traslado las admiradísimas letras latinas a nuestro castellano universal, mas ya dijevos que memoricelas si bien no supe del todo qué significaban pues repítole que fueron aprendidas a la fuerça, sin dobles lecturas, e non por voluntad propia.

Baste decir a modo de epítome que el apóstol Mateo denunciaba en estos versículos al infortunado Iscariote por haber vendido a Jesús por las notorias treinta pieças de plata e que, arrepentido por la mala acción sua, el Iscariote devolvíalas penitente e contrito a los sacerdotes e ancianos de la Sinagoga de Jerusalem. Mas como el naçareno era ya bien preso, esas treinta

315

monedas quedaron, por ser de negoçio de sangre, para comprar unas tierras llamadas Haceldama o también *Campo del Alfarero* por ser su titular el joven Akeldamá, nome que venía a expresar aquello en la noble e antiquísima lengua de los padres griegos.

E aunque todos estos hechos serán, con certeça, bien conocidos por mi distinguido lector por ser estos de universal ensenyança en toda casa decente, yo otra cosa habré de decille para quitalle la venda los ojos.

E es que, laméntolo, non contáronle toda la verdad.

Hará bien vuecencia en pasar sus cubiertos ojos sobre estas nuevas líneas que modestamente transcribo de boca del moro pues deste modo descubrirá qué pasó en el mesmo *Campo del Alfarero* al tercer día de la compra deste con las treinta monedas de plata, el mesmo tercer día en que el Salvador despertara de su letargo en día domingo, e aquí conoçido como Domingo de Pasqua.

Habré de recordalles para sosiego mío que non soy nigromante ni agorero, e que si creíme toda la estoria de cabo a rabo no fue por superstición o hechicería de aquella que el Tribunal busca en todo aquel que diçe lo que ellos non quieren escuchar.

Este humilde e cobarde relator tomó de la mano de la fe la estoria contada e yo la extiendo a vos para que tome la mía con la mesma firmeça que yo hiçiera con el moro. E per só habrá de saber que, en adelante, non dubtará e percibirá la verdad como vila yo mesmo.

Si, por el contrario, el honrado lector non tuviera a bien prender la humilde mano que modestamente tendile, no busque otrora a mi persona para reprender mis palabras e creencias o para delatarme al Tribunal del Santo Oficio, a imagen del pobre Judas con el naçareno, pues habré de repetille que, si bien existo como hombre libre de pensamiento, mi nombre verídico non trovará en ninguna de las líneas que yo redactara en esta estoria.

Continuaré pues de su gentil mano en el punto en que dejela, en el tercer día, el mesmo de la Resurrección.

Contáronme, pues, que el joven alfarero Akeldamá andaba ocupado esa jornada recogiendo los aparelhos de labrança que, por haber vendido las tierras a los sacerdotes della Sinagoga, no seríanle necesarios en ese mesmo campo cuando, en la lontanança de su roja tierra, apareciéronsele dos homes, cansados e pálidos como la propia muerte, mas vestidos de lino en puro blanco como haríanlo los propios ángeles.

El uno era más alto e esbelto, mas afilado e macilento, al tiempo que el otro, del mismo modo mortecino como el primero e, sin embargo barbilampinyo e lacrimoso e, sobre todas las demás cosas, de rojiços cabellos como las propias terras del alfarero.

Akeldamá observoles con curiosidad e esperoles mientras los dos desconocidos llegaban a la loma donde

317

descansaba el alfarero, cosa que tardó en ocurrir por el lento discurrir de los dos blancos caminantes.

El joven alfarero preparoles una bota de agua fresca e, sin mencionar palabra alguna cuando estuvieron puestos a su lado, alargósela para façer más fácil lo que ellos parecían querer decille, e que el polvo semblava que había trabado en sus gargantas.

Bebieron como si fiçiera días que no hubieranlo hecho e, cuando las gargantas e las suas caras tomaron color de homes con un poco de pan e queso, hablole el que parecía el cabecilla, a la sazón el más alto e descarnado.

Díjole a Akeldamá con voz trémula palabras tiernas e sinceras, como salidas del coraçón, mas llenas de angustia.

Más tarde abriole los braços, llorando emocionado e finalmente abraçole hermosamente como fiçiera a hermano o a hijo.

Akeldamá, tras escuchalle encandilado, cayó a los pies de aquel hombre, llorando como un infante e entregando sumisamente la bolsa de cuero que guardaba en el cinto como senyal de su compromiso con aquel que, a la postre, resultolle ser Jesús el Salvador ya resucitado.

E a su costado, como serianlo Dimas e Gestas en la Crucifixión del Gólgota, estaba el home de cabello bermellón, llorando como el griego Akeldamá, el cual seguíale ofreciendo la saca al naçareno con mohín culpable.

Los dos caminantes habían muerto tres jornadas atrás, el uno con cruz, el otro con soga, mas los dos habían vuelto de entre los muertos para ir humildemente a hablar con él, con Akeldamá, para pedille unos grandes favores, todos que ver con el penitente taheño, e todos suponíanle al alfarero el único esfuerço de la paciencia.

Resumiolas acertadamente el propio Jesús en una sola: esperalle.

Esperar al Iscariote.

Partirían ahora juntos, más llegaría el día de su retorno a Jerusalén. E ese día de vuelta de Judas a aquel mesmo campo de tierra tan encarnada como su cabello sería el momento senyalado, su último día entre los hombres, e el primero de su eterna vida junto al Padre e él mesmo.

E ese día del retorno, Akeldamá tomaría su lugar en la tierra e las suas ensenyanças e partiría en el camino para alabar al Hombre e la sua Palabra según las escrituras que el Iscariote façería durante su sacrificado camino.

Akeldamá díjole en estado de éxtasis que sí, que en aquel mesmo emplaçamiento esperaría ansioso la vuelta del cercano hermano Judas. E si la muerte atrapárale antes de aquel hermoso día, Sadrac, el primogénito, aguardaría en su lugar. E si el párvulo Şadrac non estivese, otro de su casa esperaría con los braços abiertos a Judas.

El de Naçaret sonriole e con las manos en los suos hombros tranquiliçole.

Akeldamá estaría allí. E después, con certeça, vendrían otros de los suyos.

Şerían Şadrac, hijo de Akeldamá. Paulos, hijo de Şadrac. Tespis, hijo de Paulos. Héctor, hijo de Tespis. Eutyches, hijo de Héctor. E Volusiano, hijo de Eutyches. Şiete castas de su sangre, cinco dellas aún por venir, por definir, e que Jesús adelantole a Akeldamá como si supiese leer el futuro en los surcos arados dese campo.

Judas abraçole en ese momento e díjole que el día anhelado aún tardaría.

Después alargole afectuosamente la blanca e temblorosa mano e púsola sobre las suas, dejando en ellas lo que resultó ser un punyado de monedas de oro, el pago que hacíale a todos los hombres por su delación, el ofrecimiento a todos los cristianos traicionados aquella noche para enmendar su pecado de codicia.

Doce estateros griegos de oro, uno por cada uno de los hermanos a los que había condenado en aquella infortunada Última Cena. Once por los nuevos apóstoles e uno más por el ahora Resucitado.

Doce monedas, doce estateros de oro como ofrenda que Akeldamá metió en la saca de cuero junto a los treinta shekels de plata de Tyro con que los sacerdotes habíanle comprado ese mesmo campo de sangre sobre el que agora hablaban los tres hombres.

Cuarenta e dos monedas en saca trocadas en estigma por los pecados del hombre e en expiación por el arrepentimiento de los mesmos.

Al acabar de cerrar la bolsa de cuero, Akeldamá levantó la vista esperançado, mas ninguno de los dos resucitados estaba ya frente a él.

En el campo sólo quedaban él, los aparejos de labrança e una pesada saca con monedas de plata e oro que en adelante convirtiose en la pieça más preciada de su casa, dél mesmo e, en el futuro, de los suos.

Llegados a aqueste punto de la estoria e fin del segundo capítulo, insistirele a vos en que yo únicamente fui la pluma que transcribiera las palabras del moro Benengeli e que, por filántropo o cándido, o por romántico, enamóreme della cuando escuchella e ofrecime servilmente a pasarla a papel e tinta por tener mejor redacción que la del analfabeto moro.

E si en un tiempo descubriera que Cide Hamete inventara aquesta estoria de la nada, arrodillareme ante él por ser el hombre más imaginativo que jamás conociera, e tornaría a suplicalle que pusiese una nueva estoria en sus labios morunos para escrevirlas todas pues yo, buen escribano, poseo el don del temple en la escritura, mas non la de la esonyación para inventar bellas fábulas literarias.

E después desta nueva muestra de pavura pública, e como presiento que el lector habrá de descansar la vista e el pensamiento por la confusa pero cierta narración que ofrecile, convocarele para una nueva jornada de franca lectura donde, si siguiera atento, trovará grandes tragedias en el mar, horribles torturas e también martirios, espantosas e virulentas haçanyas de piratas de la propia lengua del sarraceno Cide Hamete Benengeli e famosísimas gestas de reyes, todas ellas acaecidas en las costas de Provença, e que tanto parécense a las de mi viejo Reyno de Aragón.

Adelantarele que, en el nuevo capítulo, Akeldamá e el suo hijo Sadrac trováronse en el Campo del Alfarero, muchos anyos después, con el anciano Judas e que éste entregarales sus magníficas andanças cristianas, escritas todas ellas en el suo propio Evangelio, el *'del Resucitado'*, e que entregoles como postrera voluntad para que esas Ensenyanças continuaran pronunciándose por el resto de los días.

Espérole lector, pues, al pasar la página.

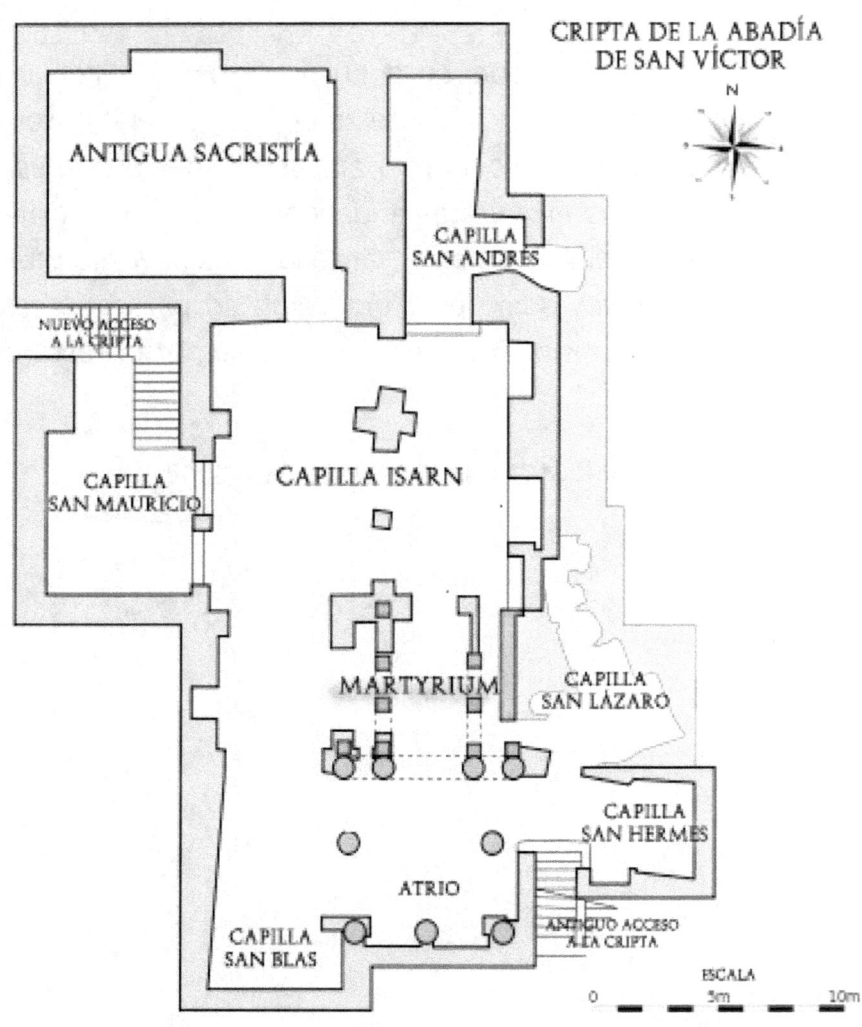

CRIPTA DE LA ABADÍA
DE SAN VÍCTOR

N

ANTIGUA SACRISTÍA

CAPILLA
SAN ANDRÉS

NUEVO ACCESO
A LA CRIPTA

CAPILLA
SAN MAURICIO

CAPILLA ISARN

MARTYRIUM

CAPILLA
SAN LÁZARO

CAPILLA
SAN HERMES

ATRIO

CAPILLA
SAN BLAS

ANTIGUO ACCESO
A LA CRIPTA

ESCALA

0   5m   10m

XXI

MARTYRIUM

Ella escuchó. Ella leyó. Ella interpretó.

Hélène había escuchado a su padre desde muy pequeña y había memorizado todas las viejas historias que hicieron que los ojos de ambos brillaran con la misma luz con que lo hacían las estrellas por la noche, cuando el resto del mundo parecía querer descansar mientras ellos dos se ponían a soñar secretamente con la historia de Volusiano y Fortunato.

Había leído su diario, los informes forenses, las cartas, las reseñas hechas por expertos a todo su trabajo incluso los artículos de periódico poco relevantes. También la *"Estoria d'una fábula"*. Todo. Lo había leído todo, cualquier cosa que hubiera tenido que ver con el trabajo del profesor en la Abadía. Todo...

Y, finalmente, Hélène lo había interpretado.

Escuchó, leyó e interpretó.

Después de años de viejas historias y arcanos sueños, después de aquel sinfín de leyendas imaginarias contadas por su padre, la fábula sospechada parecía querer llegar al final.

El rompecabezas empezaba a tomar forma.

Hélène había vuelto a Marsella, al piso de soltera de su madre y aunque estaba al mismo tiempo confundida y emocionada, sentía sobre todas las demás cosas pavor por el paso que tenía que dar a continuación.

Una pregunta se le repetía una y otra vez.

"¿Y si todo había sido un dulce pasatiempo de su padre? ¿Y si todo era casual...?"

Hizo una lista mental con todos los elementos que habían ido apareciendo en el lejano sueño de su padre: la cadena de la catedral de Valencia, los seis eslabones de la cripta, el pergamino, el manuscrito del apócrifo Ortegarçi. Incluso las monedas.

"¡Las cuarenta y dos monedas de Judas!", se dijo emocionada, y entonces los ojos volvieron a iluminársele.

Despúes añadió un último elemento a la lista: la cripta de la abadía de Saint-Victor.

Todo parecía haber empezado allí, primero siendo cementerio, luego convertida en sacristía y, más tarde, pasados los siglos, transformada en monumental cripta de abadía.

Pero el paso previo de aquella abadía de Saint-Victor, de la misma sacristía, mucho antes de ser camposanto de Marsella, se había gestado con una catástrofe en el mar, con el naufragio de Volusiano y Fortunato narrado por Yusuf Ortegarçi.

Y fue entonces cuando Hélène se empezó a plantear la imprudente posibilidad de bajar hasta aquellas negras catacumbas para pasar estudiando al milímetro ese mismo hosco lugar todo el tiempo que su valor le permitiese, justo hasta que no le quedase ni un gramo de ánimo o bien hasta que su opuesto, el desengaño, le hiciese admitir que todo había sido ese dulce sueño en el que su padre parecía haberla embutido desde bien niña.

Despúes de volver a casa de su madre y de tratar de poner en orden todas aquellas turbadas ideas que la lectura del manuscrito le habían sembrado, le asaltó la última duda, la que finalmente la espoleó.

"¿Y si el 'aquí yacen a salvo' oculto en los eslabones se refiriera precisamente a la cripta de Saint-Victor? ¿Y si las cuarenta y dos monedas estuvieran escondidas en alguna parte de la cripta?". No era descabellado. Los eslabones estaban grabados antes de que

la cadena pasase a formar parte de las defensas del Vieux-Port marsellés, mucho antes de ser arrancadas por las tropas del Magnánimo para trasladarlas hasta su ubicación final en la Sala Capitular de la catedral de Valencia.

Si tenía razón, Hélène sabía que sería como buscar una aguja en un pajar. El profesor Chevalier había rebuscado a solas en la cripta durante tres agotadores días y noches y, aún así, todo parecía querer arrastrarla de nuevo hacia aquel mismo agujero en el subsuelo de Saint-Victor repleto de pequeñas capillas en donde su padre se topó de bruces contra el talón de Aquiles de su carrera, contra la angustia y zozobra de dos generaciones que acabaría convertida prácticamente en la obsesión de toda una vida.

Así, con todas las disyuntivas frescas en la memoria, no se lo pensó dos veces y, antes de que el arrepentimiento le guiase por la senda de la razón, se preparó una mochila con todo lo necesario para pasar la noche en la misma cripta en donde su padre, el profesor Chevalier, había encontrado los huesos de los dos mártires, el pergamino y los seis eslabones que le faltaban a la cadena de la Sala Capitular de la catedral de Valencia.

No sabía muy bien qué es lo que se encontraría al bajar a la cripta, pero tenía claro que jamás se lo perdonaría de no haberlo intentado.

Arrancó la moto y muy pronto, después de atravesar a toda velocidad el Muelle Nuevo, junto a la Canebière, y muy cerca de donde había pasado la mañana leyendo, enfiló la Rue Neuve Sainte-Catherine para ascender la cuesta por donde ya asomaban las dos almenas aparentemente gemelas de las torres de la abadía, la Torre Fortificada del Campanario y la Torre de Isarn. En la pared este de esta última torre se encontraba la entrada a la abadía.

Hélène conocía perfectamente la distribución del edificio y era consciente de que, accediendo por la puerta principal de la Torre de Isarn podría atravesar fácilmente el Ala Sur y llegar así con facilidad hasta la nueva entrada a la cripta, junto a la Antigua Sacristía, elevada ésta sobre el antiguo cementerio de Marsella.

Sin embargo la entrada a la abadía por la Torre de Isarn ya estaba cerrada al público, y se hacía necesaria una entrada alternativa y menos concurrida, lejos de la vista de todos aquellas parejas que aún se dejaban ver por el aparcamiento, frente al parque Bertie Albrecht, por lo que decidió dejar la moto un poco más allá de la entrada principal y encaminarse hasta la parte sur de la abadía. En la parte posterior de la abadía, lo sabía, encontraría rl otro acceso, uno mucho más seguro.

Le dio entonces gas suavemente a la Yamaha por la Rue Sainte, majestuoso camino que había servido de calzada ya en tiempos de la colonización griega de la ciudad. Pero la dulce abstracción que le embargó al cabalgar sobre su moto por esa avenida, amenizada con la fresca brisa que aún podía llegarle desde el Vieux-Port, se quebró bruscamente al notar pocos metros por delante de ella, y aparcado, el utilitario blanco que la había seguido días atrás desde el aeropuerto hasta su piso.

Sus músculos se tensaron repentinamente y mil dudas le asaltaron tentándola a dar media vuelta, hasta que la chica fue consciente de que había algo que no le encajaba en aquella situación.

El coche blanco iba por delante de ella, así que no, ¡no la podían estar siguiendo!

Entonces, "¿cómo era posible que hubieran acabado también frente a la abadía...?"

Hélène pasó con mucha precaución junto al utilitario blanco y tocó el capó del coche. Estaba frío, por lo que hacía mucho tiempo que el motor se había apagado, lo que la confundió mucho más. Ella había tomado la decisión de bajar a la cripta hacía relativamente poco, tal vez un par de horas, y estaba convencida de que había tomado las suficientes precauciones como para no poner en peligro su estrategia.

Pronto llegó a la conclusión de que el vehículo que la había seguido desde el aeropuerto, o bien sabía de antemano lo que iba a hacer, cosa harto improbable, o...

"...o de algún modo que todavía desconocía ellos sabían lo que ella y también iban en busca de las monedas", dedujo horrorizada la chica, que no se había preparado para aquel repentino contratiempo.

El coche blanco estaba estacionado frente al número 140 de la Rue Sainte, en lo que parecía una pequeña y antigua construcción gótica del siglo XI, una ermita del mismo cariz que la Vieja Sacristía de la abadía, pero que aparentaba a punto de hundirse por lo decrépito y descuidado de la estructura de sus muros. Hélène, sin embargo, deseando como estaba de salir cuanto antes de lo que intuía como una trampa de sus perseguidores, embragó y puso la primera marcha para alejarse cuanto antes del utilitario blanco, por lo que no pudo tener en cuenta el extraño símbolo que había sobre el portón, en la piedra clave del arco de la entrada. Tres aspas y un número romano entre ellas que pasaron desapercibidas para su curiosa mirada.

La chica, al saberse lejos del utilitario blanco, miró alrededor suyo y, aunque se tranquilizó al no detectar ningún movimiento extraño cerca, se dio prisa por salir de aquella avenida que, curiosamente, ya no le parecía tan encantadora como cuando la brisa del Mediterráneo golpeara su complacido rostro hacía unos pocos minutos.

Aceleró entonces y viró hacia el sur, bordeando la Antigua Sacristía y, de nuevo girando a su izquierda, llegó a la parte opuesta a las de las dos torres de la abadía, aparcando la moto en la Rue de l'Abbaye. En ese punto meridional del edificio Hélène sabía que encontraría el otro acceso hasta el interior de Saint-Victor, en la puerta exterior de la Nueva Sacristía.

Y desde allí, ya dentro de la abadía, y muy cerca de esa entrada ignota, esperaba encontrar el acceso sellado que bajaba hasta la cripta.

Pero para ello, primero debía superar el primer obstáculo, ser capaz de abrir la puerta de la Nueva Sacristía. Pero Hélène iba preparada. Se serviría de uno de los últimos regalos que le había hecho su padre, obsequio que jamás pensó que llegaría a utilizar: una copia de la llave de la Sacristía, la misma con la que tantas otras veces el doctor accediera libremente a la cripta en 1964.

Afortunadamente para los intereses de Hélène, era inusual el cambio de cerraduras en edificios de aquel calado, vetustos e inmovilistas como pocos, por mucho que hubieran pasado casi cincuenta años desde que el profesor Chevalier guardara la llave entre sus pertenencias casi por acto reflejo y sin ninguna intención de utilizarla en el futuro. ¿O sí? Hélène ya no estaba segura de nada en aquella historia.

La chica pelirroja, que de turbada temblaba como una hoja en otoño, se apoyó contra la pequeña puerta de madera bien cuidada de la Sacristía, buscando la discreción de una sombra en la noche para ocultarse de cualquiera que, por casualidad, pudiera pasar a esas horas por allí. Respiró hondamente y sacó del bolsillo de su mochila la pesada llave. De aquel gesto dependía mucho de lo que podría hacer esa noche en la cripta y, de no funcionar, no se le ocurría cómo rastrear de día todas las capillas sin acabar llamando la atención. Afortunadamente para ella, al probar a girarla en el interior del cerrojo, éste cedió suavemente, a la primera.

Entornó muy poco la hoja de madera, lo justo y necesario para pasar sin arriesgarse al chirrío de unas bisagras mal engrasadas. Ya a resguardo, en el interior místico de la abadía marsellesa, esperó pacientemente a que se apagase el exiguo eco que había generado su maniobra. Y aunque le apetecía, no pudo permitirse el lujo de admirar los sobrios detalles de la estancia, tal y como habría hecho en otras circunstancias más propicias. Al contrario de aquellos instintos naturales, Hélène salió corriendo de la Nueva Sacristía buscando a tientas, casi a oscuras, y tan solo cubierta con el haz de luz que reflejaba una pequeña linterna casera, el pasillo Sur que había de conducirle hasta la escalera que bajaba hasta la cripta.

La *otra* entrada.

Un cartel confuso e incluso intimidatorio colgaba de la puerta y habría generado dudas en cualquiera que hubiera tenido la intención de atravesarla y desconociera el camino al que llevaba esa vía. Pero eso no sucedió con Hélène, que guardaba en su cabeza el recuerdo fresco de cada centímetro de la cripta. Su padre y ella habían jugado con la imaginación más de una vez a descender esos mismos peldaños, quizás en un intento subliminal del profesor Chevalier por que su hija lo interiorizara. Por suerte, la niña había jugado bien.

Sabía que descendería cinco metros por debajo del suelo de la abadía, en dos tramos de escalones en forma de ele que la dejarían a los pies de dos de las siete capillas de la cripta de Saint-Victor y sobre las que se asentaba el edificio.

Cerró entonces los ojos y repasó mentalmente a través de sus recuerdos lo que se encontraría y los pasos que habría de dar. Y así como la abadía discurría en la superficie de este a oeste, la cripta fluía en la profundidad de norte a sur. Desde la posición en la que se encontraba, de sur a norte.

Casi a oscuras y con la sensación de respirar aire de siglos se acordó de que a la derecha estaría la más pequeña de todas, la capilla de San Hermes. A la izquierda, el Atrio y la capilla de San Blas y, frente a la escalera, la de San Lázaro, con un acceso tan estrecho como engorroso para cualquiera que tratara de penetrar en su interior.

Un poco más allá, frente al Atrio, estaba el Martyrium, en el centro de cripta y casi absorbida por la capilla de Isarn, mientras que al oeste de ésta, junto a la escalera del nuevo acceso a las capillas, estaba la de San Mauricio.

Finalmente, al norte de la abadía, bajo las torres gemelas del exterior, la última de las capillas de la cripta, la de San Andrés, pegada a la base de la Antigua Sacristía.

Y justo bajo esa escalera en forma de ele que estaba a punto de bajar era donde su padre había localizado la losa tras la que habían estado ocultos durante siglos el pergamino de frey Guillaume Meunier y los seis eslabones.

Sabiendo que dispondría de todas las ocasiones que ella quisiera para bajar hasta la cripta, al menos mientras tuviera en su poder la llave de entrada de la Nueva Sacristía, Hélène se tomó su tiempo para descender hasta la cripta, aunque era consciente de que esa noche había de darse prisa para dar con alguna pista que la llevara hasta las cuarenta y dos monedas de Judas.

Bajó los treinta y siete peldaños de piedra enmohecida con el temor de ser descubierta y, cuando puso el pie en el último y se giró hacia el Atrio para encaminarse decidida hasta el Martyrium, algo hizo de repente que ahogase un grito en la punta de sus gruesos labios, enmudecido lo suficientemente rápido como para que nadie hubiese sido capaz de escucharlo.

Al fondo de la cripta, treinta metros al norte de su posición, justo en la entrada de lo que debía ser la base de la antigua Sacristía, un haz de luz y unas voces en occitano le alarmaron e hicieron que todos sus músculos se tensaran, tal y como le había sucedido la noche anterior, mientras caminaba casi a oscuras por el pasillo de la casa de su madre.

Hélène corrió con sigilo hasta una de las columnas de la cripta y fue avanzando con destreza felina mientras se creyó a salvo, iluminada únicamente por la pobre luz que le daba la linterna. Al pasar por el costado oeste del Martyrium, a mitad de camino del resplandor y las voces que salían de la vieja Sacristía, la chica resolvió prudentemente que era demasiado peligroso mantener el destello de la linterna a la vista y, justo cuando la apagaba, mientras se acurrucaba bajo uno de los arcos de la capilla de Isarn, muy cerca de la bancada destinada a la oración, una de las sombras salió súbitamente y caminó pausadamente hasta el centro de la capilla, como si intuyera que alguien les acechaba de cerca.

Hélène, a resguardo de la vista de aquella sombra no se sorprendió demasiado al reconocer al individuo que tanto empeño ponía en ver y buscar algo a través de la oscuridad.

El gigante rubio, cuya silueta bajo la entrada de la Sacristía era igual de imponente que la proyección de su reflejo en sombras, dijo algo, pero la voz que le contestó, tan expeditiva como autoritaria, distaba en ese tono de ser la que con cariño recordaba. Y eso la asustó aún más.

"¡Deco!", se dijo con amarga sorpresa Hélène al reconocer la voz autoritaria que hablaba desde el interior de la Antigua Sacristía.

"¿Pero qué demonios hacía Deco en la cripta?", se preguntó totalmente desubicada, mientras trataba de recomponer a toda prisa sus confusos pensamientos.

-Atlas, ayúdame con estos anclajes... Tú también Escorpio – insistió-. ¡Deja de perder el tiempo y ven a ayudarnos con esto!

Deco les hablaba a sus dos acompañantes con tono de mando y en occitano.

A Hélène se le hizo extraño no tan solo escucharle hablar. También le extrañó oírle hacerlo en francés pues, aunque sabía que era del sur del país, como ella, en Valencia siempre se expresaba en castellano.

El francés siempre se lo habían reservado para la intimidad.

El chico rubio, que definitivamente parecía ser el que Deco había llamado Escorpio, se volvió hacia el interior de la sala y pronto desapareció de la vista de Hélène, que aprovechó la oportunidad para adelantarse unos metros para así poder ver qué tramaban aquellos tres en la Antigua Sacristía. Aún así, sin verles trabajar allí dentro, no necesitaba demasiadas pistas para intuir sus intenciones, si bien aún guardaba la esperanza de que no se atrevieran a hacerlo.

En cuanto pudo arrastrarse un poco más se lanzó con sigilo hasta la última columna de la capilla Isarn, la más cercana a la vieja Sacristía, y desde donde podría observar perfectamente todos sus movimientos.

Enseguida confirmó sus peores sospechas.

"¡Van a robar el epitafio de Volusiano y Fortunato!"

En efecto, los tres hombres acababan de sacar en ese mismo instante los anclajes de la lápida que se exponía en la pared noreste de la Antigua Sacristía, y en ese momento se afanaban en hacerla descansar cuidadosamente sobre el suelo, con mimo.

Hélène no pudo reprimir una extraña sensación de añoranza al distinguir nítidamente la cara de Deco bajo el fulgor de la llama prendida en la antorcha de la entrada, cuando éste salió a tomar un poco de aliento.

En ese momento ella ya sabía qué hacía Deco en la cripta, pero seguía sin entender qué podía tramar con aquella maniobra del epitafio.

De repente, en un descuido de Hélène, Deco a punto estuvo de distinguir la figura acurrucada de la chica tras la columna, pero los reflejos de la pelirroja y la suerte volvieron a jugar a su favor.

-Arcadio, esto ya está listo... –le dijo a Deco desde el interior uno de sus acompañantes.

De pronto, el corazón le dio un vuelco a la chica.

"Arcadio. Conocía bien ese nombre...", se dijo totalmente aturdida.

Sin embargo no tuvo tiempo de pararse a pensar en ese apelativo reconocido. Los tres hombres se preparaban para salir con el pesado paquete a cuestas y fue consciente de que, si no se movía, en segundos la habrían descubierto.

Pero maldijo en aquel instante su mala suerte. No podía deshacer el camino hasta el Atrio pues de ese modo habría quedado expuesta a la vista de Deco.

Podía intentar llegar hasta la capilla de San Andrés pero, si bien estaba muy cerca y sería el lugar más seguro conforme fueran moviéndose los tres encapuchados, durante esos pocos metros de distancia, y a la luz de la antorcha, su silueta a la carrera sería fácilmente reconocida.

No vio pues otra salida que tratar de gatear hasta la zona de oración de la propia capilla Isarn y, parcialmente cubierto su paso por los bancos, poder deslizarse hasta llegar al interior del Martyrium, la única de las capillas con los suficientes muros y trabas visuales como para poder agazaparse y escapar de la vista de los tres occitanos.

No se lo pensó y, por milésimas de segundo, su sombra quedo expuesta, pero no lo suficiente como para que Deco, que seguía en la puerta de la Antigua Sacristía, fuese capaz de presentir que alguien más les acompañaba esa noche en la cripta.

Atlas y Escorpio salieron en ese momento muy lentamente de la Antigua Sacristía, mientras Hélène se arrastraba furtivamente como una serpiente por el pasillo que había entre la bancada y el muro este de la cripta, junto a los sarcófagos de santa Eusebia y santa Úrsula, a poca distancia por delante de Deco, que también se había puesto en marcha por el pasillo paralelo.

Si Hélène hubiera dudado o hubiera ralentizado su serpenteo, Deco la habría descubierto inmediatamente, pero afortunadamente para la chica, sus reflejos estuvieron a la altura y, justo cuando acababa de meterse en el Martyrium, Deco decidió girar hasta su posición, como si él también pensara en acceder a la capilla sobre la que inicialmente se levantó la Abadía de Saint-Victor.

-Atlas, Escorpio, esperad un momento. He de entrar al Martyrium...

Al escucharle decir aquello, a Hélène le entró el pánico. Estaba de pie, contra el pilar oeste, con la mirada fija puesta en la Virgen Negra que le había dado la bienvenida a la capilla.

Echó una rápida ojeada y se dio cuenta horrorizada de que ya nada parecía estar como su padre se lo había mostrado en fotos, en planos, como se lo había contado en todas aquellas viejas historias de los años '60. La capilla parecía totalmente remodelada, y pocas cosas permanecían en el lugar que ella también recordaba haber visto de niña.

"¡Malditas reformas...!", pareció querer injuriar.

El Martyrium ya no era aquel espacio dedicado a los dos mártires, Volusiano y Fortunato. Ahora más bien parecía consagrado al sarcófago que presidía la capilla en el centro, el de San Casiano, elevado éste sobre una plataforma de mármol perfectamente tallada y pulida.

Al menos, pensó con cierto alivio desde su rincón, la fosa que abriera su padre en 1964 para descubrir el cuerpo de los dos mártires cristianos aún permanecía levemente a la vista, cubierta a medio metro de altura no por tierra, sino por la plataforma de mármol de Carrara sobre la que descansaba el sarcófago del Santo que precisamente iniciara las obras de la abadía, San Jean Cassien. San Casiano.

Y allí mismo, en el hueco que había entre la plataforma del sarcófago y la fosa de los mártires, en esos cincuenta centímetros de aire, fue donde Hélène pensó que encontraría el único lugar seguro en todo el Martyrium donde podría ocultarse de Deco antes de que éste llegara hasta la capilla. Y no iba a tardar en hacerlo.

Hélène pegó un salto, quizás no todo lo silencioso que debiera, pero volvió a suceder por tercera vez esa noche, y la buena suerte se alió con la chica pelirroja. Deco -Arcadio- a punto estuvo de descubrir la presencia de Hélène en la pequeña capilla, pero no llegó a percatarse de que ella ahora estaba a sus pies, con los ojos bien abiertos y acurrucada en lo que en su día, y durante muchos siglos, fuera el nicho y cobijo de uno de los dos mártires.

La chica trató de recomponer su agitada respiración, conteniendo el aliento hasta que no se sintió del todo segura.

Mientras se apretaba el cuello intentando notar las pulsaciones de su corazón, se esforzó por otear el cubículo de tierra sobre el que procuraba acomodarse. 190 centímetros por 60. Aquellas eran las medidas aproximadas del sepulcro, suficientemente amplias para permanecer lejos de los ojos de Deco, transformado para ella en Arcadio esa noche al colocarse el hábito de arpillera oscura tras la que los Volusianos se habían pertrechado desde los orígenes.

El Arcadio Deco, por su parte, creyéndose a solas, comenzó allí mismo una íntima oración que Hélène reconoció de inmediato.

-Pater et filius et frater, Arcadios de la naturaleza...

"...y pastores del rebaño perdido, venid a mí y acompañadme esta noche en que me encuentro perdido y desorientado...", recitó Hélène de memoria para sí, continuando las palabras dichas en voz alta por Deco.

Un escalofrío volvió a recorrerle la espina dorsal mientras se agazapaba más y más contra sus rodillas en el interior del sepulcro, al fondo, como si con ese gesto fuera capaz de regresar a un lugar seguro en el que las palabras no   pudieran hacerle daño.

336

Y una lágrima nostálgica cayó entonces por su mejilla, yendo a parar contra la misma tierra que su padre habría tamizado para sacar a la luz los cuerpos de los dos mártires Volusiano y Fortunato.

—Arcadio, debemos salir ya de la cripta. Es peligroso estar mucho más tiempo aquí… —le avisó entonces una voz por detrás, interrumpiendo la sentida oración que había empezado al compás de los pensamientos de Hélène.

Por descarte debía de ser Atlas, imaginó la chica.

Atlas, el hombre rechoncho de cara amable que conducía el utilitario blanco cuando la siguieron hasta su casa. Corpulento y redondo. Aquel sobrenombre, pensó, le iba bastante bien.

La chica volvió a la realidad cuando oyó pasos caminando pesadamente a su izquierda, como si arrastrasen las suelas por aquel suelo de losas milenarias, y que presuntamente avanzaban por la capilla Isarn para pasar por detrás de ella, por el Atrio.

"Saldrán por donde he bajado yo, por la Nueva Sacristía", concluyó Hélène al imaginar el camino que estaban tomando los dos acompañantes de Deco, de Arcadio.

Ante la insistencia de sus acompañantes, Deco acabó apresuradamente la oración y Hélène pudo ver, desde el rincón de la sepultura en la que seguía acurrucada, cómo el chico se movía hacia fuera girando las suelas de sus botas de montaña. Parecía que iba a tomar el camino de salida del Martyrium, el mismo por donde ella había entrado pero, inesperadamente, Deco decidió volver sobre sus pasos para subir hasta la plataforma en donde descansaba el sarcófago de San Jean Cassien, justo sobre el cuerpo encogido y tembloroso de Hélène.

El corazón a punto estuvo de salirle disparado cuando escuchó hablar de nuevo al chico.

—Sé que estás aquí, Hélène. Sé que puedes escucharme…

La chica abrió los ojos confundida, turbada, horrorizada por saberse descubierta. Y todo el miedo que sentía, sepultada en aquella tumba, pareció aglutinarse a la vez en su garganta, que no le dejó más que intentar mover los labios sin llegar a producir sonido alguno.

Como si Deco intuyera por todo lo que estaba pasando Hélène, volvió a hablarle en voz muy baja.

-...no digas nada, podrían oírnos.

No estaba muy segura de si desoír sus consejos y gritar inútilmente pidiendo ayuda para después salir de aquel agujero y herirle con palabras duras, para acusarle con despecho por haberla engañado durante todas aquellas semanas en Valencia.

Sin embargo tal vez fuera por prudencia, quizás por cobardía, pero ninguna palabra pudo salir de su boca. Ni de desprecio ni de socorro, y se mantuvo acurrucada en la sepultura, boca arriba, bajo los pies de Deco o de Arcadio. Aún no estaba muy segura de a quién acababa de escuchar.

En aquel momento tan solo les separaba el mármol de Carrara, y habría sido muy fácil que Deco se hubiera agachado para agarrar a Hélène y sacarla a rastras de su escondrijo. Aún así, no hizo nada, y se mantuvo firme sobre la plataforma, mientras Atlas y Escorpio le insistían en que debían salir inmediatamente.

-No me has defraudado, mi amor –continuó diciéndole Deco-. Tu padre estaría muy orgulloso de ti...

Hélène no supo encajar esa frase.

-...Sabía que vendrías y, créeme si te digo que desde aquí puedo oler tu fragancia, puedo sentir tu presencia...

Deco dijo aquellas últimas palabras en voz muy tenue, evitando en todo momento que sus dos compañeros le escucharan desde fuera. Para Atlas y Escorpio, su Arcadio seguía orando.

-Si aún confías en mí, reúnete conmigo mañana a medianoche en el número 140 de la Rue Sainte. Allí podré explicártelo todo...

Hélène se revolvió incómoda en aquel agujero de tierra, ahora ya sin ninguna intención de ocultar su presencia. El número 140 era el mismo lugar en donde había visto aparcado esa misma noche el utilitario blanco, frente a las dos torres de la abadía.

Habría dado cualquier cosa por volver a confiar en él, por salir de su escondite y volver a abrazarle, por besarle como antes, pero seguía teniendo demasiadas dudas revoloteando a su alrededor como para lanzarse a sus brazos tan fácilmente y prefirió mantenerse callada mientras titubeaba y le daba vueltas a la extraña oferta de Deco.

Hubo un momento de silencio mutuo compartido. Ni siquiera los dos sicarios de Arcadio parecían estar ya en la cripta.

-Te espero mañana. Recuerda, el 140 de la Rue Sainte...

Hélène notó inmediatamente cómo el chico caminaba sobre la plataforma, saltaba el escalón y, en segundos, desaparecía cualquier vestigio de su presencia, cualquier resto de eco de sus últimas palabras.

Al poco oyó, a lo lejos, cerrarse el portón del antiguo acceso a la cripta, y fue sólo en ese momento, intuyendo que los tres hombres de hábito se habían marchado definitivamente de la abadía, cuando por fin se atrevió a revolverse en la sepultura de los dos mártires tratando de salir y buscar la poca luz que aún quedaba en la cripta.

Había sufrido los altibajos de pasar de las dudas al temor y de ahí a la confusión en poco menos de una hora, pero en el fondo, debajo de todas aquellas antagónicas sensaciones, empezaba a ser consciente de que todo había cambiado. Sobre todo porque ya no disponía de las dos bazas con las que entrara en la cripta.

La primera y más importante, el tiempo.

Hélène había contado con poder bajar a la cripta todas las noches que fueran necesarias para, de ese modo, revisar palmo a palmo cada losa, cada piedra, cada muesca, cada detalle que dejase a la vista el símbolo que su padre había descubierto bajo la escalera del antiguo acceso a la cripta y ella misma en el muro de la Sala Capitular de la catedral de Valencia. Al profesor Chevalier le habían dado tres días y tres noches de gracia para buscar, y ella

339

aspiraba a hacer lo mismo sin límite de tiempo. Tener la llave de la Nueva Sacristía era como disponer allí de tiempo ilimitado.

Sin embargo, y después de corroborar en la Antigua Sacristía que Deco, Atlas y Escorpio habían robado el epitafio de Volusiano y Fortunato, Hélène fue consciente de que, en cuanto fuera detectado el hurto, la cripta sería sellada a cal y canto por los gendarmes, tal y como había sucedido apenas unos días antes en la Sala Capitular de la catedral de Valencia.

La segunda baza después del tiempo era la oportunidad del anonimato con el que creía poder moverse libre y expeditamente por la cripta.

Tampoco le servía ya. Deco la había descubierto y, para su sorpresa, a él no le importó encontrarla en la abadía, en la cripta, en el Martyrium, en el mismísimo nicho de uno de los suyos. Más bien al contrario, había ocultado su presencia, lo que la perturbaba aún más. Él era un Volusiano. Más que eso: el Líder Arcadio. ¡Y ella estaba escondida en la fosa que antaño sepultara a uno de sus mártires y ni se había inmutado!

Intuía que aquella sería la primera y última noche que pasaría allí y, como le ocurriera a su padre, el doctor Ferdinand Chevalier, notó que las horas corrían mucho más deprisa de lo que le gustaría.

No había tiempo para ser demasiado rigurosa y la inspección de los rincones de la cripta fue más superficial y fútil de lo que a ella le habría gustado.

El Martyrium de Volusiano y Fortunato, el lugar en el que el profesor Chevalier iniciara aquella aventura heredada, no se parecía en nada a lo que él había dejado en 1964. Las tumbas gemelas permanecían allí, al aire, pero la tierra y la piedra dejaban poco margen para nuevos descubrimientos.

Después siguió los mismos pasos del profesor y se encaminó hasta el Atrium, buscando debajo de la escalera nuevas pruebas del símbolo.

La losa de los seis eslabones y el pergamino seguía allí, bajo los escalones, intacta y cubierta de polvo de cuarenta años pero, por más que rebuscó con la efímera luz que le daba la linterna, no fue capaz de encontrar nuevos restos de la marca de los Volusianos.

Finalmente, y como la madrugada se le echaba encima, resolvió escoger un último emplazamiento, la postrera y más breve oportunidad de dar con el emplazamiento de el *"aquí yacen a salvo"* que los eslabones de Valencia parecían querer señalarle.

Se decidió sin dudar por la Antigua Sacristía, el lugar escogido para acoger el epitafio de los dos mártires, y la segunda construcción que se había hecho en la cripta tras del Martyrium de Volusiano y Fortunato, el mismo emplazamiento que ese mismo día, en breve, se acordonaría por los gendarmes.

Fueron unos pocos minutos, pero las campanas de la abadía no le dejaron improvisar más por esa larga y extraña noche.

Repicaban muy cerca, al norte, las seis de la mañana, con el día empezando a romper, y Hélène intuyó que la abadía empezaría a despertar para los Maitines muy pronto.

Si todo hubiera salido como ella había planeado, con el tiempo y el anonimato a su favor, la próxima noche podría haber vuelto para continuar, pero sabía que había de despedirse de aquel agujero milenario por un largo tiempo, el suficiente como para que el abad volviese a confiar en que la cripta volvía a estar a salvo de nuevos robos.

Corrió por el pasillo por donde horas antes habían pasado Atlas, Escorpio y Arcadio y, con un resto de melancolía en el corazón, subió los peldaños del antiguo acceso.

Treinta y siete escalones que cerraban su periplo por aquella vieja y húmeda cueva por donde habían viajado las fantasías de su padre.

Nadie la oyó, nadie la vio salir.

Sólo Deco la esperó, a lo lejos, sin que ella fuera capaz de distinguirle, y sólo respiró tranquilo cuando Hélène arrancó la moto y estuvo lejos de la abadía de Saint-Victor.

XXII

RUE SAINTE

Las noticias locales se habían hecho eco del robo del epitafio de Volusiano y Fortunato a las 9 de la mañana, pero Hélène no había escuchado la información del suceso hasta pasado el mediodía, cuando por fin despertó de la larga noche en la cripta, arropada por su cama y por un piso que seguía necesitando ser ordenado.

Al abandonar la abadía tenía pensado ir directamente al piso de su madre, pero enseguida cayó en la cuenta de que alguno de los tres Volusianos, bien Escorpio, bien Atlas o bien el propio Arcadio la podrían estar esperando a la salida para seguirla y, de ese modo, dejar al descubierto el único lugar seguro de que disponía en Marsella.

Por aquel instintivo motivo Hélène había tomado la decisión de poner dirección a su piso en la Avenue des Chartreux. A fin de cuentas, pensó con lógica, Deco parecía haber perdido el interés por esperarla allí, en su propia casa, tal y como le había demostrado al quitarle el día de antes la vigilancia de sus dos sombras.

Las cartas, mejor o peor, ya estaban sobre la mesa y sólo era cuestión de jugar bien la partida, para lo cual tan solo necesitaba una cosa: conocer cuáles eran las de su oponente. Y esa misma noche tenía intención de averiguarlo acudiendo al número 140 de la Rue Sainte.

La reconfortante ducha de agua templada y jabón cayendo con fuerza sobre su cuerpo, aún tensionado por lo acontecido en la cripta, permitió que Hélène despertase del todo, recordando cada segundo vivido, cada palabra escuchada durante la noche.

Pero había una que se repetía una y otra vez, 'Arcadio'. Y, aunque sabía que acabaría volviéndose loca si daba crédito a lo que

343

su imaginación le estaba planteando, también era consciente de que no podía ser casual aquel apelativo en aquel contexto.

Lo había confirmado la oración de Deco, el nuevo Arcadio de los Volusianos, el Líder.

"la extraña plegaria con la que la arrullaban siendo niña...", pensó con desazón.

"*Pater et Filius et Frater, arcadios de la naturaleza y pastores del rebaño perdido, venid a mí y acompañadme esta noche en que me encuentro perdido y desorientado. Padre Nuestro, Hijo del Señor y Hermano Judas, devolvedme la paz que el mal me ha quitado y aceptad la ofrenda de estas arrepentidas monedas*"

El agua siguió cayendo gratificantemente por la hermosa y tersa desnudez de Hélène, del mismo modo en que caían sobre sí recuerdos, palabras, imágenes que creía olvidadas por haber sido pronunciadas por la persona más cándida que conocía.

Aún así, todo empezaba a encajarle.

Cuando salió de la ducha, y después de masajearse con un bote de crema relajante, decidió bloquear cualquier suposición hasta la noche y dedicarse a poner algo de orden en el caos que los chicos de Arcadio habían provocado por todos los rincones de su piso.

La actividad de limpieza le llevó buena parte de la tarde y, cumpliendo con las intenciones que se había propuesto, por unas horas también le sirvió para dejar de pensar en los Volusianos, en Deco, en la cita que tenía con él y, quién sabía, si para olvidarse de que estaba a punto de meterse en la boca del lobo.

Justo cuando se detuvo en la cocina, en la última parada de su ruta de limpieza, las tripas le sonaron con cierto escándalo, avisándole a su manera de que llevaba casi veinticuatro horas sin probar bocado. La nevera estaba igual de vacía que su estómago pero, rebuscando entre montones de publicidad acumulada de años, dio con un folleto de servicios de comida a domicilio. Pidió una sabrosa pizza 'cuatro quesos' para cenar y un par de cervezas, pedido que le llegó en apenas veinte minutos, al tiempo que se ponía al día de las noticias de la ciudad y en las disparatadas versiones con que la Gendarmería marsellesa trabajaba para explicar el extraño robo del epitafio de la Antigua Sacristía y del que, por supuesto, conjeturaban que ya andaría colocado en un lejanísimo destino de Europa del este.

Hélène sonrió abiertamente mientras paladeaba, hambrienta, el primer bocado de pizza regado con cerveza fría.

Le hizo gracia, mientras disfrutaba de su tentempié, pensar la facilidad con la que las autoridades francesas lanzaban ese día teorías sobre conspiraciones internacionales cuando, posiblemente, no se habían parado a buscar el epitafio delante de sus propias narices, por ejemplo en la Rue Sainte. Justo lo mismo que le estaba ocurriendo a la Policía Nacional española con el intento de robo de la Sala Capitular de Valencia.

En las noticias acusaban como instigadores del mismo a una pareja de hermanos ucranianos cuya única relación con uno de los tres ejecutores, el que llamaban 'el Moro', era haber convivido con él unas pocas semanas en el penal de Picassent, aparte del extraño regalo con el que estos ucranianos le habían obsequiado: un cerdo, un enorme verraco de más de trescientos kilos con cierto gusto por la sodomía.

Fue en ese momento cuando la presentadora del noticiero enlazó las dos crónicas con una tercera, como si todas, por su naturaleza religiosa, fueran fruto del mismo acontecimiento.

-"...Asimismo, la policía española busca a la banda que ha perpetrado el presunto robo de dos antiquísimas cadenas de la catedral de Valencia, un extraño robo que ya se ha cobrado dos víctimas indirectas por el camino: el arzobispo de la ciudad mediterránea y el acreditado arqueólogo Julio Delicado, ambos acusados por la justicia española y por el propio Vaticano por un presunto delito de negligencia contra el patrimonio..."

A Hélène se le atragantó la cerveza y la pizza al escuchar la noticia.

"¿Era posible que Deco también se hubiera atrevido con las cadenas de la Sala Capitular...?", se preguntó con cara descompuesta, mitad irritada con el chico, mitad divertida por el problema generado indirectamente a las personas acusadas.

Sin embargo, y a pesar de las dudas que le asaltaban con aquella nueva noticia, tenía la certeza de que esa misma noche iba a despejar muchas de ellas.

Se acabó el refrigerio, preparó un café cargado y optó por tumbarse unas horas en el sofá. Le iba a ir muy bien descansar un poco ante lo que se le avecinaba aquella noche.

A las once de la noche le sonó el despertador del móvil, pero no lo necesitó para levantarse impacientemente de un salto.

Apenas había pegado ojo, dando vueltas en el sofá tratando de encontrar la posición que, con el sueño profundo, le habría permitido desconectar de todo aquel farragoso asunto. No era una cuestión de comodidad, sino de necesidad de encontrar las respuestas lo que la aturdía y no la había dejado dormir de un tirón.

Sin embargo, Hélène se había rendido al insomnio con el que su cuerpo se revelaba ante las tinieblas de confusión y desconcierto que Deco había levantado ante sus ojos.

En esas adversas circunstancias de vacilaciones, mientras danzaba de un lado a otro del sofá buscando la postura que la llevara hasta el sueño, a Hélène le pareció que las horas no pasaban lo suficientemente rápidas. Pero, por fin, el reloj había sonado.

Había llegado el momento en que debía lanzarse a la carretera y volver a la abadía de Saint-Victor, por lo que se puso ropa cómoda, cogió el casco y bajó hasta el garaje para montar, con los nervios a flor de piel, su Yamaha de cuatro tiempos.

Era tarde y las calles de Marsella parecían desiertas tras el rastro que dejaba su temeraria circulación sobre la moto, como si quisieran darle a entender que esa noche la ciudad era solo para ella. Pero cuando llegó hasta la ribera del mediterráneo su imprudente actitud a los mandos de la Yamaha dio un giro de 180 grados, como si el agua salada del mar la hubiera relajado.

Le gustaba muchísimo el Vieux-Port, así que decidió tomar la salida que la conduciría junto a los muelles del mismo, por la misma ruta que realizaba desde la casa de su madre. Al llegar al final de la Canèbiere, con la quietud del mar golpeando suavemente contra las atarazanas, redujo bruscamente la velocidad hasta casi frenar y se mantuvo en alerta, buscando alguna señal que le indicase que Deco le pudiera haber tendido una trampa.

Todo parecía tranquilo en las atarazanas y, al continuar la marcha, sólo las luces azuladas de los coches de la gendarmería al pasar por el túnel de la Rue Neuve Sainte-Catherine le alertaron de lo que podría encontrarse al subir la pendiente que la llevaría hasta la abadía.

Sin embargo, más que inquietarla, la presencia tan próxima de los gendarmes la tranquilizó.

La Rue Sainte, la misma calle en donde le había citado Deco, estaba acordonada en el propio cruce con el final del ascenso de la Rue Neuve Sainte-Catherine, por lo que Hélène tuvo que aparcar la moto allí mismo para bajar caminando hasta el número 140. Fueron diez escasos minutos de recorrido a pie, lo que le dio a Hélène la oportunidad de percibir que el paseo de la abadía se encontraba igual de desguarnecido que el resto de la manzana, sin ningún coche que le pudiera advertir con antelación de qué o quiénes se encontraría al cruzar el umbral de la reja de hierro tras la que ya debía estar esperándole Deco.

Con sólo un pequeño atisbo de duda y arrepentimiento la chica se volvió hacia las lejanas luces del furgón de los gendarmes pensando seriamente si volver sobre sus pasos hasta la moto, pero al final la curiosidad le pudo para auto-convencerse de lo absurdo de sus temores y de que, con seguridad, tras la verja no habría nada de lo que preocuparse.

Inmediatamente, como si necesitara hacerlo lo más rápidamente posible para que el remordimiento por tomar aquella decisión no la bloquease de nuevo, se apoyó sobre la cancela y giró el pomo para confirmar que la estaban esperando. Parecía abierta y apenas chirrió cuando Hélène la empujó para entrar en el fantasmagórico patio que había al otro lado, descuidado, rancio, sucio y lleno de hojas secas que, aparentemente, daba la sensación de estar abandonado.

Apenas había luz y Hélène no podía ver más allá de sus temerosos y arrepentidos pasos, caminando muy lentamente y más aterrada de lo que se imaginaba. Mucho más que la noche anterior, cuando se atrevió a descender, envalentonada y sin dudas, hasta la cripta.

Podía intuir la figura del edificio donde le había citado Deco la noche anterior por la sombra, más grande de lo que había creído al verlo por primera vez, pero la oscuridad le impidió asegurar a dónde dirigirse pues no era capaz de vislumbrar una sola entrada.

Tampoco fue capaz de afirmar que estaba sola.

Notó entonces junto a ella la misma respiración pausada y fría que sintiera en el pasillo de casa de su madre, cuando volvía de la cocina, e idéntico escalofrío le recorrió de nuevo por la columna vertebral.

Tanteó con la mirada el negro punto en el que de repente se había quedado paralizada y afinó los sentidos contra la noche tratando de confirmar la presencia de su acompañante o, por el contrario, para dejar de alertarse con sonidos imaginarios que no hacían más que amedrentarla paso a paso. Sin embargo no fue capaz de filtrar ninguna silueta o sonido reconocible.

Con la misma sensación de terror que dos noches antes, puso un nuevo pie delante, con las manos sirviéndole de falsas guías, al mismo tiempo que un poco de viento se levantaba cerca alborotando sus rojos cabellos y dejándole en las palmas una extraña sensación de compañía.

La brisa le llegaba de cara y en aquel preciso instante en que la primera ráfaga le golpeó de forma vaporosa en las mejillas fue cuando dejó de sentir miedo. Le había olido de frente, tal y como él había hecho en el Martyrium, y sus tensionados músculos pudieron por fin relajarse.

-Has venido... -le dijo dulcemente una voz familiar frente a ella, un tono amable que Hélène agradeció a pesar de no distinguir ni un solo rasgo de quien le hablaba. No lo necesitaba.

Hélène movió las manos en abanico, tratando de alcanzar con el tacto a la persona que había tras la voz. Él, que parecía conocer al milímetro cada sombra de la noche, hizo un gesto seguro y sin ningún trazo de duda para asirla por la cintura y así acercarla lentamente hasta su pecho, sabiendo que ella no opondría ninguna resistencia.

-Ahora confía en mí, Hélène. Ya no debes temer nada...

Ella quiso creerle y por ello se agarró con fuerza a Deco, pero al mismo tiempo delicadamente, como si temiera que aquellas palabras dichas fueran fruto de su imaginación y el chico no estuviera frente a ella, abrazándola como en otras tantas ocasiones.

Se quedó en esa posición durante un minuto, quieta, callada, pensativa y, cuando su ritmo cardiaco se hubo relajado, entonces fue cuando pudo distinguir nítidamente al hombre que había tras las palabras, tras el cálido aliento que la reconfortaba, oculto tras el mismo oscuro hábito con el que le había podido identificar la noche de antes en la Antigua Sacristía.

-¿Por qué debería confiar en ti...? –le reprochó apesadumbrada Hélène, sin convencimiento, y en evidente contradicción con sus gestos y movimientos, que le asían cada vez más apasionadamente, recuperando de su memoria las marcas de los finos músculos del chico bajo el   hábito.

Él le correspondió cada abrazo y cada caricia con la misma intensidad. Pero parecía incomodarle el mostrarse de ese modo en aquel sombrío lugar, como si no acabara de confiar en sus sentidos y temiera quedar expuesto a la vista de alguien.

-Vayamos dentro e intentaré explicártelo todo. Seré sincero, te lo prometo...

Ella levantó la mirada e intuyó sus ojos verdes. Y, si bien no estaba del todo segura de si hacía lo correcto, la necesidad de encontrar respuestas fue mucho mayor que las dudas que Deco le había suscitado desde que descubriera los tatuajes que ocultaban una historia que aún no comprendía del todo.

Volver a recordar, a recuperar el latido de su corazón mientras le abrazaba fortaleció interesadamente ese argumento.

-La entrada está aquí detrás –le indicó Deco con un sutil movimiento de cabeza, cogiéndola de la mano y arrastrándola hasta la otra parte del viejo edificio, justo en la parte opuesta del acceso desde la verja.

En el exterior de la ermita seguía reinando la misma tranquilidad.

La brisa del mar entrando por la bocana del puerto cruzó las desiertas calles de la Marsella más recogida llenándola de mansos y crepitantes sonidos al chocar contra la tierra y los adoquines, así como al pulular entre las ramas de los verdes árboles que los defendían de la azulada luz de las sirenas de los gendarmes, los cuales seguían de vigías en la Rue Sainte, quizás pensando fútilmente que los ladrones podrían volver esa misma noche a la abadía.

Deco le apretó fuertemente de la mano para guiarla hasta una pequeña escalera de cuatro peldaños que parecía hundirse contra el muro trasero, y que aparentemente no hacía más que conducirles hasta una puerta de madera antigua, de aspecto descuidado pero al mismo tiempo compactamente hercúlea, y que el chico abrió con una gran llave de hierro oxidado, similar a la que Hélène empleara para abrir la puerta de la Nueva Sacristía la noche anterior.

A la chica le aguijoneó, en ese punto, un flashback en la memoria. A pesar de la oscuridad imperante en la parte trasera de la ermita, mucho mayor que en la cara principal, sintió una punzada en su interior, como si aquel lugar no le fuera del todo desconocido.

Los sonidos de la noche, el aire con dulces aromas de hierbabuena salvaje recién regada, de pinos ancianos y de helechos frondosos rememoraron en sus sentidos una antigua sensación, un déjà vu que aún no sabía interpretar.

Deco, al notar su expresión, se alegró de intuir el desconcierto en el rostro de Hélène.

-Yo también presentí lo mismo la primera vez...

-¿El qué? –le preguntó la chica, desconcertada con aquella aseveración. No creía que, con aquella poca luz, Deco pudiera haber notado el leve cambio de su expresión.

-La primera vez yo también presentí haber estado aquí antes, hace mucho tiempo, casi al mismo tiempo que tú...

Le hablaba de forma enigmática, casi críptica, como si se estuviera divirtiendo con aquello al darle la información sesgadamente.

La puerta de la parte trasera cedió entonces y la oscuridad del exterior se transformó en penumbra absoluta cuando los dos entraron y ésta se cerró a su espalda.

Deco caminó uso pocos pasos y tecleó con acierto gatuno y precisión quirúrgica unos números en el teclado de lo que parecía un sistema de alarma y, de pronto, la estancia se iluminó sutilmente a golpes, como lo hacía la noche tras un relámpago, poco a poco, permitiendo que los ojos de los chicos se amoldasen al nuevo escenario, una pequeña ermita, de tamaño no superior al de un panteón o al del propio Martyrium, y que parecía reproducir cada detalle del mismo antes de la remodelación, justo del modo en que su padre podría haberlo dejado al abandonar la cripta en 1964.

Hélène abrió los ojos con asombro.

-No es posible... –exteriorizó con admiración mientras lo analizaba todo a su alrededor -. ¡Yo ya he estado aquí!

Deco asintió.

-Lo sé. Estuviste aquí de pequeña, con tu madre, Dominique. También estaba yo...

Hélène lo supo enseguida. El chico tenía razón. Recordaba haber estado allí de niña, pero algo en el interior de la ermita parecía haber cambiado.

Los muros estrechos, altos, sólidos, húmedos y enmohecidos seguían combatiendo el paso de los días con el mismo aspecto rudo y florecido. Y el aroma que el recinto desprendía parecía que jamás hubiera desaparecido de su memoria por lo rápido que Hélène lo relacionó con un momento concreto de su vida, con un día muy especial.

Corría el año 1999 y Ferdinand Chevalier había muerto el día de antes.

-¡Dominique me trajo aquí el día del entierro de mi padre...!- exteriorizó lacónica, como si previamente su mente hubiese bloqueado conscientemente todo lo que hubiera tenido que ver con aquellos tristes y dolorosos días.

Deco asintió. Le alegraba que Hélène empezara a recordar aquella parte de su pasado relacionado con *la Organización*, con ellos, con los Volusianos.

-No tendrías más de diecisiete años y yo veintidós... –apuntó el chico, como queriendo precipitar en el subconsciente de Hélène algún otro tipo de evocación.

Ella se giró súbitamente para mirarle, como si de repente hubiera caído en la cuenta de algo.

Aquel día de 1999 tenía presente una cara conocida, una voz familiar como la de su madre, Dominique. Y, a su lado, casi pasando desapercibido para sus sentidos selectivos, la imagen de un chico que había borrado de cualquier tipo de recuerdo, pero que en ese momento afloraba nítido y transparente.

Él. Deco.

-¡Tú eras el chico sobre el que mi madre se apoyaba para caminar!, ¡¡¡tú eras el que ella llamó *'su nuevo Arcadio'* y yo no la entendí…!!!

Deco asintió con una mueca de angustia, como si recordar aquel día le hubiera provocado, al mismo tiempo, mucho bien y mucho mal.

El chico se alegró de que ella también empezase a recordar por sí misma, liberándole de la presión de ocultar un secreto del que ella era parte desde el mismo instante en que Dominique lo decidió, posiblemente aquel luctuoso día de 1999.

-Te equivocas en parte, mi amor… Cuando Dominique dijo lo de 'nuevo Arcadio' no solo puso las manos mis hombros. Lo hizo sobre los nuestros…

La boca se le secó de repente a Hélène.

Ella, que no acababa de comprender el significado de aquella afirmación, balanceó la cabeza casi rechazando las palabras acabadas de escuchar, momento de duda que Deco aprovechó para aclarar lo que acababa de insinuarle.

-¡Los Arcadios, los guardianes del secreto de *la Organización* hemos sido siempre dos, Hélène…! ¡Los primeros fueron Volusiano y Fortunato, y ahora, en este momento, debemos serlo nosotros, tú y yo!

Hélène se echó hacia atrás, alejándose de la tenue luz y de la desconcertante cercanía de Deco para ver si, de ese modo, cogiendo algo de distancia, era capaz de entender lo que éste acababa de descubrirle.

-¿Acaso me estás diciendo que mi madre era uno de los vuestros y yo, de repente, así, sin saberlo, también lo soy? ¿Es que te has vuelto loco, Deco?

El chico le alargó de nuevo la mano atrayéndola hasta él, mirándole a los ojos fijamente para que reconociera la verdad de cada palabra que iba a decirle.

-Para tu tranquilidad, he de decirte que no. Tú no eres una de los Volusianos. Nadie pertenece a *la Organización* contra su voluntad. Por el contrario, y por desgracia para ti, los dos Arcadios no tienen por qué ser Volusianos ni tampoco conocer que lo son. Y sólo uno de ellos será el Líder.

-¡Esto es de locos! Entonces tú... tú eres el Líder de *la Organización*, de los Volusianos...

Él asintió sin ninguna ostentación.

-Sí. Yo soy el Líder y uno de los dos Arcadios. El Arcadio que pertenece voluntariamente a los Volusianos...

Ella volvió a mirarle confundida, mucho más que antes, como si Deco estuviera hablándole en chino en lugar de en su francés natal.

-...y tú deberías ser la otra Arcadia, mi otra mitad, la que no pertenece a *la Organización*, la que lo desconocía todo de nosotros, la que ha llegado hasta aquí por sus capacidades, pero también porque así lo hemos querido nosotros.

Ella se frotó la cara y los ojos con las dos manos. La cabeza le empezaba a doler demasiado y parecía que iba a estallarle.

-Sigo sin entender nada de esto Deco, ¿qué sentido tiene entonces ese Arcadio...?

Hélène levantó la mirada al dejar de restregarse con fruición los ojos, demasiado tarde para poder avisar a Deco de lo que veía que pasaba a su espalda.

Una sombra había salido como una exhalación de entre la penumbra de la ermita, escondido tras una de las columnas que la sustentaban, y en ese momento se abalanzaba por detrás de Deco.

Con un movimiento rápido que sorprendió a los dos chicos, golpeó la cabeza de Deco con algo pesado y consistente, parecido a una piedra de granito, haciendo que éste inmediatamente cayera inconsciente sobre el frío suelo de la ermita.

Hélène, cara a cara con el agresor, se quedó paralizada mirando al gigante rubio, Escorpio, el cual tenía a Deco a sus pies, sangrando profusamente por la cabeza e inquietantemente inmóvil, como si le acabara de arrancar la vida con aquel duro golpe de piedra.

-Tu amigo ya no nos molestará en un buen rato. Eso si es que no le he dado demasiado fuerte y me lo he cargado... -le dijo irónicamente Escorpio a Hélène, al tiempo que, con un gesto muy rápido, la cogía con violencia del cuello y la levantaba del suelo como sólo podía hacerlo un hombre con una fuerza descomunal en los brazos.

Ella, volando literalmente a causa de ese violento movimiento, pataleó en el aire y trató de gritar, asiendo con sus dos manos la palma del gigante que la tenía atrapada. Sin embargo, todo fue en vano y, cuando Escorpio se cansó de tenerla en alto, hizo una mueca de desprecio y la lanzó bruscamente contra uno de los muros de la ermita, que resistió mejor el impacto que la espalda de la chica.

Y aunque Hélène trató de resistir y levantarse, quizás buscando enfrentarse alocada e inconscientemente a su imponente adversario, no tuvo ninguna oportunidad cuando el rubio le propinó un puñetazo seco en la mandíbula que hizo que la chica se desmayara casi en el acto, mucho antes de que su quebradizo cuerpo tocara el mismo suelo sobre el que Deco también yacía.

Al recuperar la consciencia, unos minutos más tarde, ni ella ni Deco parecían los mismos.

Deco agitó la cabeza intentando recuperar los sentidos. Se encontraba aún aturdido por el golpe sufrido a traición y, al intentar palparse la zona dañada, notó que estaba atado a una silla con las manos a la espalda y sangrando alarmantemente por la parte trasera de la cabeza. Tenía alojado en el interior de la boca un trapo sucio y, aunque intentó escupirlo para poder respirar mejor, pronto descubrió que también se la habían precintado con cinta americana.

Con las manos y la boca inutilizadas, trató de patalear, pero sus pies, ahora descalzos y firmemente inmovilizados contra las patas de la silla, le impidieron hacer un movimiento estable y lo suficientemente fuerte como para modificar ni un solo centímetro la postura de su cuerpo del objeto que lo tenía preso.

Le dolía terriblemente la cabeza pero aún así buscó frenéticamente la imagen de Hélène entre las sombras de la ermita. Y, aunque estaba lo suficientemente oscuro como para no ser capaz de diferenciar los detalles del recinto, sí que pudo intuirla por los ahogados gemidos que lanzaba.

En efecto, Hélène estaba a apenas unos cinco metros frente a él, en el muro norte, al lado dos fosas que él mismo, Atlas y Escorpio habían excavado, y la chica gimoteaba a ciegas en una postura que Deco fue incapaz de definir hasta que finalmente algo la iluminó. El horror se dibujo entonces en el ensangrentado rostro de Deco.

Un débil haz de luz se posó sobre la figura de Hélène, que sollozaba sin fuerzas, dejando a la enfurecida y, a la vez, atemorizada vista de Deco, el cuerpo semidesnudo de Hélène, que se debatía entre el dolor y la humillación de verse allí postrada, con el pecho desnudo apoyado contra una vieja mesa, maniatada, y dándole la espalda comprometidamente al gigante rubio, que se paseaba jocosamente por detrás de ella.

Se sabía desprotegida.

Escorpio pasaba una y otra vez la luz de la linterna sobre ella, como si admirara y deseara la voluptuosidad de su desnudez amarrada. Y cuando el gigante rubio descubrió que Deco había despertado de su desmayo, siendo capaz de atisbar todo lo que había dejado frente a sus ojos, fue cuando más pareció disfrutar con la partida que quería empezar a jugar.

Hélène, que desde la distancia notó cómo despertaba Deco, se revolvió para ver qué pasaba a su espalda pero, como él, ella estaba fuertemente maniatada. Las piernas, además, las tenía amarradas, cada una ligadas contra las patas de la mesa, dejando que su cuerpo formase un ángulo de noventa grados sobre la madera y con las piernas abiertas, demasiado sugerentemente para la imaginación de Escorpio, que pronto la manoseó pareciendo que buscaba bajo las bragas de Hélène un agujero que forzar para su diversión.

"¡Hijo de puta, voy a matarte!", pensó con rabia Deco al intuir la mortificada mirada de Hélène mientras el gigante rubio buscaba el modo de continuar con aquella afrenta del modo más humillante y doloroso.

Sin embargo ya había conseguido lo que quería sin necesidad de violar más, por el momento, la integridad de Hélène.

Deco estaba fuera de sus casillas mientras que la chica parecía rendida a la evidencia. En aquellas condiciones, Escorpio podría hacer con ella lo que a su cruel imaginación se le antojara.

-Tu amiguita está para follársela, ¿eh? –le dijo burlonamente el gigante a Deco, que no paraba de tambalearse de la silla tratando de encontrar inútilmente el modo de soltarse de sus ataduras-. Tengo ganas de hacérselo desde el primer día que me pusiste a seguirla.

Escorpio se acercó entonces hasta Deco, que parecía que iban a salírsele los ojos de las órbitas. El grandullón, que no parecía conformarse con intuir el dolor en su mirada, le arrancó la cinta americana de la boca y sacó el trapo sucio de su interior.

-¡Estás muerto Escorpio! ¡Tócale un solo pelo a Hélène y estás muerto, te lo prometo! –gritó Deco, exasperado y encolerizado como nunca lo había estado.

El gigante rubio ni se inmutó ante la amenaza proferida, y tan solo una estruendosa carcajada, irónica y trastornada, salió de su boca. Saboreaba el mal que estaba ocasionándoles.

-¡Ya he hecho más que eso, bastardo! -acabó diciéndole mientras le pasaba bruscamente un par de dedos por su nariz-. ¿Lo has olido, cabrón?, estos dedos acaban de estar dentro de la zorra de tu novia... Y si no me decís lo que quiero, no será lo único que meta esta noche en ella.

Deco volvió a revolverse y, cuando iba a gritarle algo, Escorpio le golpeó en la cara con la mano abierta y volvió a taparle la boca con el precinto.

-Shhhhts. Ya tendrás tiempo de hablar, Arcadio. Pero ahora, antes de empezar con las preguntas, quiero divertirme con otra cosa...

El gigante se puso tras Deco y empujó la silla sin esfuerzo hasta ponerla muy cerca de donde estaba Hélène. En aquel momento, ambos podían verse nítidamente, frente a frente. Y los dos podían detectar en el otro el dolor que estaban sufriendo y, lo que era más grave, el que presentían que podía venir de manos de la mole que les estaba castigando.

Hélène, que no era del todo consciente del mal estado en el que ella misma se encontraba, lloró al ver nítidamente el aspecto de Deco, rojo de ira y por la sangre que le seguía chorreando de la brecha en la parte posterior de la cabeza.

Sin embargo, lloró más por aquella ruda sensación de ignorancia, de desconocimiento sobre lo que se le avecinaba, sobre lo que buscaban en ellos. Y por más que lo intentó, no fue capaz de entender qué había provocado aquella colérica reacción en Escorpio y, sobre todo, qué esperaba que ella le dijera para que aquella pesadilla acabase.

No tardaría en dejar de hacerse esas preguntas. Otro asunto acababa de enturbiar su mente.

Escorpio, que había desaparecido de su campo de visión, volvió a colocarse entre ella y Deco. Sonreía maliciosamente al tiempo que agitaba en su mano un objeto que ni ella ni Deco supieron que era hasta que la poca luz que generaban un par de velas cercanas les hizo ver. La chica dudó sobre el sentido de aquel objeto en las manos del gigante rubio, pero Deco entendió inmediatamente por qué le había dicho que primero quería divertirse con otra cosa.

Ahora el pasatiempo de   Escorpio iba a ser él.

358

Deco volvió a agitarse en la silla tratando de zafarse de las ligaduras, pero enseguida se rindió al ver que ya no tenía ninguna opción. Echó entonces todo su cuerpo hacia atrás. Cabeza, torso y piernas se alejaron mínimamente del gigante rubio pero, por mucho que lo intentó, había algo que no había podido mover nada, y Escorpio los iba a tener a su alcance para cuando él quisiera disponer de ellos.

-No sé si el valiente de tu novio te ha contado con qué me castigó en cierta ocasión por incumplir una orden suya...

Hélène, que miraba a la cara de Deco, no parecía entender nada de lo que allí estaba pasando. Volvió a lamentarse de no haber pedido a tiempo la ayuda de los gendarmes que rodeaban esa noche Saint-Victor.

-No, no creo que lo hiciera... -continuó Escorpio sin esperar a que la chica hiciese algún gesto-. No quedaría bien en la falsa imagen de chico bueno que te ha querido vender desde el primer día. ¡Menudo hijo de puta hipócrita!

Hélène estaba tan confundida y cansada que creía que su cerebro estaba a punto de estallarle.

El chasquido en el aire de los filos de unas enormes tijeras de podar la devolvió a la realidad más desconcertante. Una realidad que no entendió del todo hasta que Escorpio se arrodilló junto a Deco y le agarró su pie derecho, mientras el chico luchaba con todas sus fuerzas por no ponérselo fácil a la mole.

Pronto Deco tuvo que relajarse. Agotado y débil por la pérdida de sangre de la herida en la cabeza, Escorpio tan solo tuvo que pronunciar una frase para que Deco dejase de defenderse contra lo que parecía inevitable.

-Mi intención, de momento, es cortarte únicamente un dedo, no dos como me pasó a mí... Pero sólo será uno si dejas de moverte. Estas herramientas no son muy precisas cuando trabajas en movimiento...

Hélène entendió en aquel momento lo que vendría a continuación y, aunque cerró inmediatamente los ojos, el crujido con el que la falange se partió fue demasiado acusado como para no saber en qué preciso instante las tijeras de podar habían ejecutado la acción sobre el hueso del dedo del pie de Deco.

Pasado unas milésimas de segundo tras el crujido, y con los ojos aún cerrados, notó cómo la silla del chico se tambaleaba hasta caer contra el suelo.

La terrible punzada de dolor que Deco recibió en su sistema nervioso fue devastadora y, aunque continuaba con la boca tapada, aún fue capaz de exteriorizar un espantoso grito, mínimo, agudo e inquietante por lo extraño, pero que por desgracia no le permitió volver a desmayarse y, de aquel modo, descansar del sufrimiento durante unos minutos.

Escorpio lanzó al aire una nueva y macabra carcajada mientras dejaba el dedo seccionado del pie derecho de Deco junto a la cara contraída de Hélène, quizás para recordarle lo que podría acabar pasándole en el caso de no colaborar con él esa noche.

A partir de aquel instante, el asunto de la posible violación de su cuerpo quedó en un segundo plano para ella.

-Bien chicos, y ahora que ya casi he equilibrado la balanza en cuanto a dedos mutilados, ¿qué tal si empezáis a hablar? Recordad que, si no colaboráis, esto no habrá hecho más que comenzar. Y os aseguro que esta noche puede convertirse en una auténtica pesadilla.

Escorpio puso su hermosa y bien definida cara junto a la de Hélène, que en ese momento estaba a punto del vómito. El gigante rubio, para evitar que la chica se ahogase en sus propios líquidos, decidió liberarla de su mordaza.

-Preciosa, empezaré contigo...

Escorpio se puso detrás de ella y, sacando su verga yerta, la pasó muy cerca de la vagina, lo necesario para que Hélène, espeluznada, sintiera que, desde ahí, podría penetrarla en cuanto él quisiera.

-¡¿Qué quieres de nosotros, hijo de puta?! –le gritó ella envalentonada, mientras intentaba tomar aire por la boca y se tragaba la bilis.

-Verás, no me andaré con rodeos, fiera. Lo que más me apetece ahora es empujar mi polla dentro de ti sin piedad hasta hacerte sangrar de dolor. Y estoy seguro que lo estás deseando. Tienes cara de ser una puta viciosa...

Escorpio miró a Deco y volvió a pasar su endurecido miembro por el sexo de la chica, que había callado repentinamente a sabiendas que lamentándose o hiriendo con palabras a Escorpio no iba a encontrar la salida a esa primera dificultad.

-Después –continuó Escorpio-, quizás te corte a ti también un dedo del pie. Dos a dos. Así sí que estaríamos en paz tu amigo el Arcadio y yo...

Se arrodilló y buscó uno de aquellos desnudos dedos del pie para justificar su amenaza. Cuando atrapó el dedo gordo de su pie izquierdo, lo apretó para que la chica sintiera una pequeña punzada, lo suficiente para notar una pequeña descarga de dolor, un porcentaje mínimo de lo que le esperaba si no colaboraba.

-Imagínate, guapa, caminar sin ese dedo... ¿Sabías que es posible que todo el cuerpo acabe desequilibrándose al andar sólo por la amputación de ese absurdo miembro del cuerpo?

Se incorporó entonces y cacheteó con lascivia las nalgas de la chica.

-Sería una pena que acabases cojeando como seguro le va a acabar pasando al otro arcadio...

Hélène pareció entonces comprender por qué ella era importante para Escorpio.

-¡...Yo no soy ningún arcadio! –le increpó-. ¡¡¡Esta noche ha sido la primera vez que escucho eso...!!!

En ese momento, y antes de que Hélène pudiera acabar de justificar su ignorancia, el gigante rubio la silenció de nuevo con la mordaza.

-Ahora cállate y relájate o esto será muy, muy doloroso. Y recuerda que después, caso de no decirme lo que quiero oír, hay una segunda parte para tu castigo...

Escorpio se lanzó entonces contra Hélène, mientras Deco se revolvía una y otra vez en el suelo en busca de algún objeto cortante, de algún resquicio de esperanza, de alguna brecha través de la cual recuperar sus manos y, desde ahí, la posibilidad de liberarse y matar a aquel monstruo que estaba humillando a Hélène.

...Matarle lo más dolorosamente que pudiera imaginar.

Deco, ya pálido como la muerte y totalmente enajenado por un terrible sentimiento de culpabilidad y, a la vez, de venganza, no pudo evitar oírles, al uno disfrutar, a la otra sollozar y, en ese punto, los remordimientos, mucho más que el dolor físico, le obligaron a persistir en busca de una salida.

Él había arrastrado a Hélène a aquel agujero y no había cumplido con su palabra. Le había prometido que esa noche no temería nada estando con él, pero en ese momento, en los ojos de la chica ya sólo fue capaz de vislumbrar trazos de consternación y duda.

También de odio. Y ella, como Deco, se prometió que el matón se las pagaría algún día.

-Estas perdiendo mucha sangre, Arcadio... -le dijo socarronamente Escorpio cuando acabó, al ver el gran charco de sangre cerca del pie mutilado, y que agarró para dedicarse a tocar el hueso y la carne que quedaba a la vista.

Deco se revolvió nuevamente al notar el aguijonazo de dolor en su cerebro.

-... Creo que ya es hora de que me digas dónde tienes la parte de las Monedas que custodias si no quieres desangrarte aquí mismo y que después le ocurra lo mismo a tu chica.

En ese momento le quitó la cinta americana de la boca, pero Deco se limitó a negar en silencio con la cabeza.

Al escuchar al gigante rubio, Hélène empezó a entender parte de la barbarie que estaba ocurriéndoles esa noche y que Deco debía presuponer. Sin embargo, conocer la razón por la que les estaba torturando no le dio más tranquilidad. Después de escuchar al deshumanizado Escorpio, un sudor frío le recorrió cada centímetro de su desnudo, maltratado y magullado cuerpo.

"¿Su parte de las Monedas?", se preguntó incómoda la chica, cada vez más aturdida y confundida. "¿Acaso Escorpio podía creer que yo tengo la otra parte?", intentó razonar lo más rápido que pudo. Sabía que la siguiente en ser interrogada sería ella, y el gigante rubio había vuelto a coger las ensangrentadas tijeras de podar.

"Pero, ¿por qué había acabado ella allí?".

Y en ese momento cayó en la cuenta. Escorpio y Deco creían que ella era la segunda Arcadia y, por tanto, que también custodiaría una parte de las monedas.

-¡¡¡No me hagas perder más tiempo Arcadio!!! -insistió con enfado Escorpio al notar que, a pesar de todo, el chico se mantenía firme y guardaba el mismo silencio que cuando tenía la boca tapada-. Puedo seguir así toda la noche, disfrutando del coñito de tu perra, aunque antes la haya tenido que dejar sin dedos en los pies...

-¡Yo no sé nada! –intentó defenderse Hélène, aún con algo de sangre reseca en la boca por el puñetazo que le había propinado Escorpio.

-¡Es cierto, hijo de puta, ella no sabe nada...!- trató de disuadirle desesperado Deco al ver que el matón volvía a dirigirse hacia la parte de atrás del cuerpo de Hélène.

Escorpio ni se inmutó por aquel cruce de gritos, insultos y desesperadas palabras de sus dos   prisioneros.

-Vosotros lo habéis querido. Esta vez lo haremos a las malas...

Hélène escuchó entonces cómo el gigante volvía a desabrocharse el cinturón e intuyó cómo le caían los pantalones al suelo.

- ...Guapa, ahora pasaré de hacértelo pasar bien... Esto te va a doler mucho más ahora.

Cuando la chica interpretó el sentido de la amenaza, apretó los puños y las nalgas.

Y, de pronto sintió como si se ahogara.

Su cuerpo se contrajo por el brutal peso de Escorpio sobre ella, pero inmediatamente se dio cuenta de que había algo no encajaba.

El gigante rubio, volcado sobre ella, ya no se movía ni la humillaba con palabras socarronas.

-¡Quítaselo de encima, rápido, va a ahogarse! –gritó Deco sin que Hélène pareciera entender lo que le estaba pasando a su espalda.

Enseguida sintió el alivio de sentirse liberada del peso del gigante y, al tratar de girarse para comprender mejor la situación, vio como Escorpio se desplomaba pesadamente en tierra, como un fardo de piedras, con una brecha en la cabeza similar a la que llevaba Deco.

Arrodillado junto a él, Atlas le maniataba manos y piernas con pericia y profesionalidad para, en pocos segundos pasar a liberar de sus ataduras a los dos Arcadios.

Hélène cayó al suelo en cuanto fue desatada, derrotada y humillada para acabar acurrucada llorando contra sus rodillas, abrazada a sí misma por la tensión sufrida. Pero se consoló. Al menos estaba entera, no como Deco, que se arrastraba para tratar de llegar hasta ella y cubrir la quebradiza desnudez de la chica con sus temblorosos brazos.

Atlas tiró del cuerpo de Escorpio para arrastrarlo lo más lejos que pudo de la pareja que, a pesar del dolor infringido, buscaba mutuamente consolar tanto sufrimiento con besos y lágrimas.

-Has de ir a cuanto antes a un hospital, Deco.

El chico asintió a la chica.

-Yo me encargo de este cabrón traidor –le tranquilizó Atlas a Arcadio.

Sin llegar a expresarlo con palabras, Deco le agradeció con la mirada lo que acababa de hacer.

-...Sácale toda la información que puedas, pero no lo mates aún. Se merece algo muy doloroso y quiero estar presente.

Atlas asintió. Su fidelidad al Arcadio le hizo no cuestionarse esa petición.

-Yo también quiero estar delante –intervino Hélène, que había endurecido su gesto al girarse a mirar a su desvanecido agresor-. Quiero ver sufrir a ese hijo de puta...

XXIII

ARCADIOS

Deco había pasado la parte de lo que quedaba de aquella noche en el quirófano, con los cirujanos tratando de recomponerle el pie con el dedo sesgado. Por desgracia, el miembro había comenzado a pudrirse antes de llegar a iniciarse la operación por lo que el injerto no fue posible, noticia que el chico pareció recibir de boca de su doctora sin demasiado pesar.

Andaba más preocupado por otros asuntos.

Por el contrario, Hélène sí que parecía realmente afectado por la pesadilla sufrida en sus propias carnes, si bien, y como le sucedía a Deco, en el fondo de sus hermosos y cansados ojos había más anhelos de venganza que de pasar página para olvidar lo sucedido. Tenía la leve esperanza de que una vez conociera toda la verdad que Deco y Dominique le habían ocultado durante años, sus oscuros pensamientos se aclararían, pero estaba convencida de que aquello tampoco calmaría su sed de venganza. Por mucho que Deco le contara, no estaba dispuesta a perdonar nada de lo sucedido en la ermita de la Rue Sainte.

En cuanto a Escorpio, el gigante rubio ya era consciente al despertar de su letargo forzado de que no había vuelta atrás en sus actos y, sumiso como nunca, estaba a la espera de su castigo.

Atlas, por su parte, había hecho un buen trabajo interrogándolo, y no necesitó mutilar ninguna parte de su cuerpo para llegar hasta el fondo de la verdad.

A Deco le quedaba pendiente salir del hospital cuanto antes.

Su doctora insistía en conocer el motivo de la amputación y del horrible estado en el que habían aparecido, tanto él como su acompañante, la chica pelirroja que se había negado a dar su nombre en el servicio de urgencias, y que había abandonado el mismo en el instante en que Deco entró en quirófano, tal y como ambos habían convenido por seguridad.

La gendarmería estaba avisada del ingreso del chico por la dirección del centro hospitalario pero, al salir del quirófano, seguían sin tener un solo dato suyo. Y la herida había sido, por fortuna, si no totalmente subsanada, al menos sí bien curada.

Ni nombres ni gangrena, dos premisas a las que Deco se agarró mentalmente para decidir sacar fuerzas de flaqueza, recoger rápidamente las pocas pertenencias que llevaba encima y salir a solas y con disimulo por la puerta trasera.

A media mañana su habitación, para sorpresa de las enfermeras que habían acudido a revisar la herida y cambiar el vendaje, ya estaba vacía.

Deco viajaba en un taxi camino de la Avenue des Chartreux, donde debía estar esperándole Hélène. Esas eran las instrucciones pactadas. Tenían muchas cosas que decirse y, después, zanjar definitivamente el asunto de Escorpio.

A las 11 en punto el chico bajaba costosamente del taxi y, en poco menos de cinco minutos, Hélène ya le abría la puerta de su casa, su coqueto piso de soltera de blancas paredes y muebles de diseño sueco. Lejos quedaba, entre otras cosas, el caos que se encontrara allí al retornar a Marsella.

La chica parecía en aquel momento descompuesta y sus atractivos rasgos se habían hinchado por culpa de los golpes propinados por el gigante rubio. Sin embargo, y eso Deco lo intuía, lo peor lo llevaba por dentro, como si un cáncer maligno la estuviera corroyendo poco a poco. Había tenido horas para pensar a solas, para recordar y, si bien Hélène no era rencorosa, sí acumulaba los suficientes argumentos en su interior como para desearle a aquel ser despreciable lo peor.

Él la siguió por el pasillo, cojeando bruscamente y apoyándose en una muleta que le ayudaba a mantenerse dignamente erguido, por lo que agradeció llegar hasta el mullido sofá del salón, una gran chaisse longe en la que la chica le acomodó con la ternura de una madre.

Hélène preparó entonces un par de cafés espressos y puso algo de música, un cd de música en castellano que le recordaba agradablemente las felices semanas anteriores en Valencia junto al mismo hombre que, sentado ahora en su sofá, por momentos, le sentía como un desconocido.

—Me gusta tu casa… —dijo con tono suave Deco, tratando de romper el hielo. Aunque lo quisiera, su relación no estaba en el mismo punto en que se quedó en Valencia.

Ella pareció molestarse por aquella primera aserción y aunque sentía cierta compasión por su evidente mal estado, no aparcó la oportunidad de atar todos los cabos desde el principio.

A fin de cuentas, pensó egoístamente, ella había sufrido tanto o más que él. Y todo por confiar en su palabra.

—¿Acaso no habías estado aquí antes? — le preguntó sin importarle la cara de pasmo que le ponía Deco-. ¿Tampoco tus chicos…?

Hélène le preguntaba directamente por el allanamiento que había sufrido días atrás.

Él se agitó incómodo en el sofá pero sabía que, ante todo, debía ser sincero. Si quería recuperar del todo su confianza no debía ocultarle nada.

-Si te refieres al estropicio que te encontraste al llegar aquí, he de decirte que eso lo preparó Escorpio por su cuenta. No sé qué pretendía, pero yo no le pedí que hiciera nada de aquello. Atlas y Escorpio sólo tenían que vigilarte, pero únicamente por tu seguridad, nada más. Te lo prometo…

El chico parecía franco, pero Hélène no pareció conformarse. Necesitaba respuestas.

-Posiblemente buscaba las Monedas que debería custodiar como Arcadia que dices que soy…

Una sonrisa asomó en sus labios por primera vez en muchas horas. A pesar del dolor, de la humillación, del odio contenido, su hermoso rostro podía permitirse ese pequeño suspiro de alegría que, aunque breve, llenó de cierta esperanza el corazón de Deco.

-Tal vez –admitió el chico-, pero he de decirte que para lo de ayer Escorpio no actuaba solo. Atlas hizo bien su trabajo en la ermita y anoche le sonsacó toda la verdad…

-¿Co…cómo…? –le interrumpió la chica nerviosamente.

Sus músculos se tensaron al descubrir ese nuevo dato, como si, aún habiendo apresado a Escorpio, ya no pudiera volver a estar tranquila sabiendo que el gigante rubio tenía otro cómplice.

Hélène se levantó.

-Necesito una copa. ¿Quieres beber algo? –le preguntó muy cerca del aparador, en donde la chica parecía guardar su pequeño arsenal de licores.

Él asintió.

-Me iría bien un coñac, gracias – Deco pensó que tal vez el alcohol les permitiera a los dos hablar sin tapujos ni miedos. En verdad, había mucho que confesar.

Hélène le acercó su bebida en una copa de balón mientras ella se servía un chupito de whisky lleno hasta los bordes.

-Entonces, dime Deco, ¿quién está detrás de Escorpio? – inquirió sin llegar a sentarse. Temía adentrarse más y más en aquella disparatada historia.

Él sorbió el primer cálido trago de coñac y, cuando sus aromas empaparon hasta el último rincón de su ánimo, entonces se decidió a hablar.

-...Escorpio ha vuelto a trabajar para tu antiguo jefe, el profesor Julio Delicado y, de paso, para el arzobispo. Pero esta vez sin mi autorización, por supuesto. Parece que la gratificación que le han ofrecido a Escorpio ha sido lo suficientemente generosa como para hacerle renegar de *la Organización*.

Hélène se quedó parada un segundo, muda, perpleja por aquel sinsentido.

-¿El doctor Delicado y el arzobispo, juntos en esto? Imposible... ¿Cómo era posible que ellos conocieran a esa mala bestia de Escorpio?

Entonces su cabeza empezó a interpretar señales para dar con la frase adecuada, una que acababa de escuchar intencionadamente en labios de Deco.

-"*Esta vez sin mi autorización...*" –repitió Hélène hipnóticamente traspuesta. Las piezas empezaron a encajar en su cerebro-. ¡Tú..., Deco, tú has tejido toda esta historia y me has estado moviendo a tu antojo desde el principio!

Hélène dio un respingo y, en ese momento, comenzó a sonar 'La Bambola' de Patty Bravo, como una premonición. Una peonza girando de un lado a otro, así se sentía cada minuto que pasaba junto a Deco.

El magullado chico, cogiéndola con delicadeza de los hombros, no pudo más que darle la razón en aquella limitada apreciación.

-Debes comprender que *la Organización* no podía permitirse flecos sueltos, y el doctor Delicado había empezado a atar cabos desde el mismo momento en que tú solicitaste participar en la restauración del retablo del Aula Capitular. Por fortuna para nosotros, parece ser que creía que ibas detrás del Sagrado Cáliz y nunca pensó en el valor que tenían las cadenas de Marsella.

Hélène, alejándose de los brazos de Deco, seguía negando cualquier explicación. Se sentía como una marioneta pero, aún así, necesitaba saber.

-Pero, ¿y Escorpio? , ¿qué diablos pintaba él con Julio?

-El doctor necesitaba tenerte controlada para, caso de estar en lo cierto con el Sagrado Cáliz, poder sacarle partido a tus movimientos. Y nosotros, para ir un paso por delante de él, teníamos que ofrecerle la información justa sobre lo que hacías, sabías o tenías en tu casa, así que utilizamos a Escorpio como puente... Uno de nuestros chicos, que lo conoció en una situación digamos 'poco convencional', fue finalmente el encargado de poner en contacto a Julio con Bruno Idel, conocido como Escorpio en *la Organización*.

Hélène, después de apurar de un trago su copa, se llenó entonces un segundo vaso de whisky.

-Y, si trabajaba para ti, ¿por qué demonios nos atacó ayer?

Deco torció el gesto. Sus entrañas, aunque curtidas, todavía no habían asimilado lo vivido la noche anterior.

-Parece ser que la ambición por conseguir las Monedas pudo más que su fidelidad a *la Organización*. Julio y el arzobispo, además, y sin saber que trabajaba para nosotros, le ofrecieron una suculenta suma...

-Pero eso no puede ser, no tendría ningún sentido... ¡Ayer mismo escuché en las noticias que los dos habían sido acusados por la policía española a causa de la desaparición de las cadenas de la catedral!

Deco sonrió ladinamente, del mismo modo en que la chica lo había hecho minutos antes, poco antes de iniciarse la confesión.

-Lo sé. Se supone que ni el doctor ni el arzobispo fueron demasiado profesionales cuando se dejaron robar las cadenas de la Sala Capitular.

-¡Querrás decir cuando tú robaste las cadenas...! Esto tiene tu firma, estoy segura. Pude verlas tiradas en el suelo de la ermita.

Él le dio la razón con el segundo sorbo de coñac.

-Sí, no puedo negártelo, fui yo, nosotros, *la Organización*. Pero has de entender que todo tiene una explicación...

Deco le contó entonces cómo había ejecutado el robo y el modo en que había enviado las dos cajas con las cadenas hasta Marsella hasta el mismo número 140 de La Rue Sainte.

-...precisamente por ese motivo Julio y el arzobispo se pusieron en contacto con Escorpio. Para salvar el cuello y no ser sospechosos necesitaban urgentemente información sobre tu paradero o el de las cadenas... Con lo de anoche, Escorpio simplemente mataba varios pájaros de un tiro: les entregaba nuestra cabeza a la policía española, devolvía las cadenas de Marsella al arzobispado y, sobre todo, se hacía con las Monedas.

-Monedas, Monedas y más Monedas... ¡Maldita sea, Deco, vas a volverme loca! ¿Quieres hacer el favor de ser claro de una vez por todas? Estoy confundida... Muy bien, habéis conseguido robar las cadenas del Aula Capitular de la catedral de Valencia, además del epitafio de Volusiano y Fortunato que estaba en la cripta de Saint-Victor....

-Tenemos algo más que eso, Hélène...

Deco se incorporó sobre sus codos y se tomó un segundo para pensar si dar el siguiente paso, pero su escrupulosa conciencia de Arcadio le empujó a confiar plenamente en la chica. Ella ya formaba parte de *aquello*.

-...Recuperamos también *sus* restos. Estaban abandonados en uno de los almacenes del ayuntamiento.

La chica apuró el whisky pues sabía a qué restos se refería Deco. Su padre los había desenterrado personalmente del Martyrium y, después de que el doctor Eric Dupond realizara para él el informe forense, nunca más volvió a saberse de ellos.

-Y finalmente están las Monedas que tanto te desconciertan. Al menos la parte de las Monedas que me entregó en mano tu madre, Dominique...-añadió Deco mirándole a los ojos.

No le pedía nada con aquellas palabras, pero era evidente que Deco necesitaba que ella le creyera.

Hélène supo con aquella mirada que aquel era el punto exacto en el que Deco le tendía la mano para que la cogiera como muestra de franqueza. Y, si la tomaba, ya no había vuelta atrás.

En ese preciso instante, Deco estaba dispuesto a abrirle las puertas de una historia que ella no había escogido sino que más bien heredaba, pero su cabeza estaba llena de dudas que lo ponían todo en entredicho, y por eso quiso probar su sinceridad una última vez.

-¿Hablas de las treinta Monedas de plata de Judas?– interrogó admirada Hélène con algo de artificio, reflexionando en voz alta sobre las últimas palabras de Deco.

-Hablo de las cuarenta y dos monedas, para ser exactos –le corrigió sagazmente el chico-. Yo, como tú, también he leído el manuscrito de Yusuf Ortegarçi. Es más creo que lo he memorizado... Son treinta shekels de plata y doce estateros de oro...

Deco acercó en ese momento sus labios a los de Hélène. Necesitaba volver a sentirlos cerca para recuperar la esencia de su relación.

-Esta bien que me pongas a prueba, así podré demostrarte que no tengo intención engañarte...

Entonces la besó y Hélène, como una niña primeriza, se sonrojó bajo las marcas de los golpes de su cara.

Pero Deco tenía razón. Había omitido las doce últimas monedas, las descritas bajo los últimos seis eslabones encontrados en casa de su madre. Y empezaba a entender por qué la maleta de su padre había acabado allí, en casa de Dominique.

-También sé lo de los seis eslabones ocultos en una maleta junto al manuscrito de Yusuf Ortegarçi. Y lo sabía desde antes de que tú me permitieras leer el diario de tu padre en Valencia, el único objeto relacionado con *la Organización* que no había podido examinar desde que soy el Arcadio...

Deco esperó alguna reacción, algún comentario de la chica pelirroja.

-Entiéndeme, quiero confiar en ti pero no sé hasta dónde....-le dijo ella.

Él, comprensivo, le pasó la mano por el hombro, suave, sin presionarla demasiado por temor a que su subconsciente herido le hiciera ponerse a la defensiva.

-He de admitir que yo tampoco sabía si podía fiarme totalmente de ti. Por eso, en Valencia me hice el ingenuo en todo momento. Esperaba que fueras tú la que me contara cosas y así saber cuáles eran tus intenciones reales respecto a las cadenas o *la Organización*...

El chico volvió a sorber un nuevo y largo trago de coñac. La herida en el pie volvía a recordarle que era de carne y hueso, y con aquella cálida bebida trató de adormecer las punzadas que le llegaban desde aquella parte amputada de su cuerpo.

-Antes de que me cuentes nada más, necesito saber algo más importante, mucho más incluso que lo de vuestras Monedas...

Hélène tenía el gesto compungido. Llevaba mucho tiempo dándole vueltas a la pregunta que estaba a punto de lanzarle, casi de reprocharle, y le aterrorizaba que él respondiese algo que no quería oír. Por eso, la voz no pareció querer salir de sus labios.

El chico se anticipó.

-No...

Después de esa rápida respuesta a una duda sin expresar, Deco le sonrió.

-No...-continuó-, no he fingido jamás, en ningún momento, lo que sentía por ti.

El chico se confesó sin esperar a que Hélène le hiciese la pregunta más difícil.

-Puedo haberte ocultado información sobre *la Organización*, pero mis sentimientos por ti eran sinceros. Son sinceros...

Hélène rompió entonces a llorar. Su cuerpo, tenso desde su partida de Valencia, amordazado desde la noche anterior bajo el sucio peso de Escorpio, pareció liberarse con la confesión de Deco.

-El mismo día en que dimos con el mensaje oculto en los eslabones -continuó el chico- , yo estaba dispuesto a compartir contigo mis más profundos secretos. Sentía que ya podía decírtelo todo, y necesitaba descubrirme a ti para que, por fin, pudieras entenderme, por fin pudieras comprender la historia en su conjunto... ¡comprender incluso a tus padres! Pero entonces fuiste tú, mi amor, la que dudó de mí y volviste a Marsella...

Hélène, que no podía dejar de llorar, trató de recomponerse enjugándose los ojos con los nudillos.

-Aún así quieres contármelo todo...

-Aún así. Es necesario, quiero permitirte participar del legado que nos confiaron nuestros Arcadios.

La chica se quedó un instante pensando en aquella última palabra, tan repetida en las últimas horas.

-'*Arcadios*...' -musitó Hélène, sin darle aún forma al término.

-Sí, Arcadios. ¡Piénsalo! Arca – Dios. El Arca de Dios, ¿entiendes?

Ella frunció el ceño expresivamente en señal de no comprender del todo lo que Deco pretendía hacerle ver.

-¡Tú y yo somos ahora el Arca de Dios! ¡¡¡Guardamos, salvaguardamos las cuarenta y dos monedas que simbolizaron la traición y, a la vez, el arrepentimiento del hombre!!!

Deco esperó a ver la reacción de Hélène, que se limitó a apurar el vaso de whisky. El calor del alcohol ardiéndole desde la garganta hasta el estómago le sirvió para templar los nervios en un asunto que, paso a paso, parecía escapársele de las manos.

-Pero debes estar equivocado, Deco... ¡yo no soy creyente!, ¡¡¡yo no creo en Dios!!! -exclamó tratando de justificar su aparente falta de compromiso con los Volusianos, con *la Organización*, con la religión.

-Lo sé...Tú no crees en Dios. Tu padre tampoco.

Deco dejó pasar un breve instante para que Hélène asimilase la intención de esa última frase. Después, cuando sabía que los Volusianos y *la Organización* ya la habían cautivado por completo, asestó el golpe definitivo.

-Hasta donde sé, él utilizó tu mismo argumento...

La frase sacudió con dureza la sien de Hélène, tal y como lo hiciera el puño de Escorpio contra su cara la noche anterior, en la ermita.

-¿Mi padre? No entiendo... ¿Quieres decir que él también él era uno de los *vuestros*? ¿Pertenecía a *la Organización*? Eso sí que no puedo creérmelo...

Hélène estaba en el límite del delirio y, con sus negativas, únicamente trataba de asentarse en el mundo real para coger distancia y tomar así una nueva perspectiva de la situación. Una que no lanzase su estabilidad emocional hacia el precipicio.

Y es que aún no había acabado de reponerse de la noticia de que su madre era la Líder de un grupo religioso cuando, de pronto, su padre, el Chevalier más terrenal, también parecía haber acabado convertido y convencido para la causa de *la Organización*.

Para Hélène, aquella historia era, simplemente, de locos.

Y él, que era plenamente consciente del caos que se estaba formando en la cabeza de su amada, trató de hacerle llegar las palabras que sus predecesores de sangre habrían recibido de sus antecesores ideológicos.

-En *la Organización* –continuó Deco- es necesario un *no creyente* que entendiese el valor de las cuarenta y dos monedas desde la propia Historia y no desde la Religión. El doctor Chevalier entendió que eso lo harías tú igual de bien que él...

-Sigo sin dar crédito a lo que me dices. Papá y Dominique...

Hélène no sabía si creer o negar la historia pero, a pesar de sus reticencias, el perfil que le mostraba Deco coincidía precisamente con lo que había experimentado desde que recordaba. En casa, al menos mientras convivieron juntos, Dominique había sido la mística y Ferdinand el pagano, pero siempre armoniosos, y ni siquiera el divorcio les había alejado. Al menos a ellos.

El dilema que la corroía en que ella pensaba que todo había sido una pose de Ferdinand Chevalier y Dominique, no una forma de vida arraigada y bien organizada de sus progenitores.

Eso mismo. Organizada. *Organización*.

La hermosa chica pelirroja, que volvía a experimentar las mismas sensaciones contradictorias de su adolescencia, hizo una mueca de reprobación. Habían sido muchos años de odio a Dominique, a su propia madre, por haberles abandonado, y aquel doloroso sentimiento era difícil de superar, aunque los dulces ojos de Deco quisieran hacerle sentir lo contrario.

-Así que Dominique nos abandonó a papá y a mí por liderar vuestra Organización y, en lugar de odiarla como yo hice, mi padre no sólo lo permitió, sino que también se unió a vosotros... ¡Deco, tu historia es de locos!

Él ni se inmutó con la carga de ironía que lanzaba en esa frase. El pie le dolía horrorosamente y tenía el gesto cansado, como los huesos que mantenía pegados al cuerpo, pero se mantuvo firme en su propósito.

-A diferencia de ti –trató de continuar el chico-, yo conozco tu historia desde ambos lados, contada por Dominique y por ti, y he de decirte que el rencor que sientes, comprensible, no tendría cabida en tu corazón de haber conocido el dolor de tu madre por haberos dejado.

-Pues entonces tendrás que ser más explícito. Pero creo que tu palabrería no bastará para hacer desaparecer todo lo que he sentido por ella durante todos estos años.

Se le veía terriblemente enfadada, pero Deco no perdió la esperanza de poder reconducir su estado de ánimo cuando supiera la verdad. Se acomodó en la chaisse longe y se preparó para contárselo todo.

XXIV

CONFESIÓN

-Has podido leer el manuscrito de Yusuf Ortegarçi, la 'Estoria d'una fábula'...

Ella asintió, con las piernas recogidas entre sus brazos, abrazándose para no perder las pocas fuerzas que aquella *Organización* le había robado.

-Deberás saber, pues, que no se trata de una fábula lo que el hermano Yusuf Ortegarçi, contó en su manuscrito. La 'Estoria d'una fábula' es, más bien, el encargo del Arcadio de la Religión en 1604, el hermano Luis de Argote, que quería dejar constancia escrita de los acontecimientos del Consilium. Por cierto, tras Yusuf Ortegarçi, el seudónimo, estaba la pluma de frey Miguel Çervant, el Arcadio de la Historia en 1604.

-Así pues –atajó Hélène-, y según se cuenta en el manuscrito, las cuarenta y dos monedas entregadas por Jesús en el campo del alfarero existieron realmente.

-Treinta shekels de plata de Tyro y doce estateros griegos de oro entregadas a Akeldamá por Jesús... y también por Judas.

Deco pasó la mano por el cabello rojizo de Hélène, admirando su brillante tono taheño.

-Akeldamá –continuó el chico- se las entregó años después a Sadrac, su primogénito y, a la postre, el segundo Arcadio, junto con el 'Evangelio del Resucitado', escrito de puño y letra por el propio Judas. Después vendrían, en la custodia de las Monedas y del Evangelio, Sadrac, Paulos, Tespis, Héctor,   Eutyches...

-...Y, finalmente, Volusiano y Fortunato, los dos hombres cuyos restos encontró mi padre en el Martyrium de Saint-Victor –se adelantó Hélène. Esa parte la recordaba a la perfección al haberla leído hacía muy poco.

-Correcto. Volusiano y Fortunato, los mártires de Marsella. El emperador Decio –continuó- les obligó a huir de Roma. Y ellos mismos, con el fin de evitar la desaparición de la bolsa de las Monedas, crearon el *Consejo de los Cien Ancianos*. Los dos mártires, antes de su sacrificio a manos del Emperador, eligieron a los dos primeros Arcadios, que separaron y ocultaron las Monedas a partes iguales, ininterrumpidamente hasta ahora. Fueron escogidos, para la Religión, el hermano Virgilio y, para la Historia, Caecilio, el más sabio entre los del *Consejo*.

- Pero, ¿y el *'Evangelio de la Resurrección'*? ¿Qué fue de él?

-Volusiano y Fortunato no podían arriesgarse a perderlo o a dañarlo en su travesía por el mar y, a su pesar, permaneció en Roma, oculto en lo que poco después se convirtió, gracias a los futuros Arcadios, en el Templo de Volusiano. Y allí, en Roma, sólo yo y mi futuro sucesor tendremos acceso a él. Ni siquiera tú estás autorizada para ello. Su contenido, sin embargo, es bien conocido por todos los que componemos la *Organización*. Quizás –dijo con mucho respeto- algún día te interese hablar de ello y saber lo qué de verdad pasó con Jesús y el buen Judas...

Ella se revolvió en su asiento. Se sentía como cuando su padre le narraba historias épicas de la antigüedad, muy lejos de los inalcanzables cuentos de príncipes y princesas que sus compañeras de colegio berreaban al llegar a clase.

-Desde el primero de los Arcadios, Virgilio –continuó Deco-, pasando por el hermano Guillaume Meunier, el autor del pergamino, o Luis de Argote, nace mi mitad de la custodia, siendo la penúltima de la dinastía de los Arcadios de la Religión Dominique, tu madre...

Hélène se incorporó en ese punto. Esa parte de la historia de su madre le era desconocida.

-...Fue ella misma, a sugerencia de su antecesor en la custodia de las Monedas, la que se involucró en la expedición de Saint-Victor para poder estar en contacto con todo lo que descubriese allí abajo. Los cuerpos de los mártires, el origen de nuestra Organización estaban allí mismo, y no podíamos mantenernos al margen.

-La Synélefsi, el origen de vuestra Organización –añadió la chica al recordar el texto dejado en el diario de su padre.

Deco le dio la razón.

-La *Synélefsi* fue antes. Y ahora es la *Organización*. Ahí está el sentido del texto que el profesor te dejó escrito en su diario poniéndote a prueba. Somos como una *Hydra* de dos cabezas... Dos Cabezas, dos mitades indivisibles. Dos Arcadios.

Deco le dejó asimilar pacientemente cada frase.

-Tu madre, Dominique, se sumó a la expedición de Saint-Victor como becaria y, por qué no admitirlo, como los ojos del Arcadio de la Religión en el Martyrium. Sin embargo, tu padre y ella pronto crearon, digamos, lazos afectivos que *la Organización* no podía pasar por alto.

Un gesto de disconformidad surgió de la expresión de Deco, como si no estuviera de acuerdo con aquella decisión, como si él mismo supiera lo que habrían sentido Dominique y Ferdinand aquellos días de 1964.

-El Arcadio no permitió aquella relación que podía poner en peligro su existencia. Era impensable para ellos que el profesor Ferdinand Chevalier, el hombre que había desenterrado los cuerpos de sus mártires, la persona que más se había acercado a ellos, estuviera relacionada estrechamente con un miembro de *la Organización*.

-No te entiendo.

-Verás, para *la Organización* era perfecto que Dominique estuviera dentro del grupo de Ferdinand para que ella les pudiera pasar toda la información de lo que se cocía allí abajo. Sin embargo, cuando la cripta se cerró y ambos empezaron a mantener una relación más estrecha, más personal, se decidió que aquello tenía que acabar...

383

-¿Cómo que 'se decidió'? ¿Quién pudo determinar eso? ¿Y por qué?

Deco se tomó un breve instante para dejar que Hélène borrara de sus ojos el odio que volvía a nacer en sus ojos, sin saber aún contra quién. Roja de ira, su mirada danzaba de una esquina a otra de la habitación esperando despejar sus indecisiones y dudas.

-Su Arcadio –le dijo Deco-. Fue su Arcadio, el de la Religión, el que le obligó a distanciarse de tu padre. Temía que Ferdinand Chevalier no fuera más que un embaucador que fuera tras las Monedas ¡Pero ella, tu madre, que confiaba ciegamente en él, se opuso a pesar de todo y de todos...!

Sus últimas palabras sonaron sinceras, emotivas, lanzadas contra el corazón de la persona que, como hiciera Dominique con el profesor Chevalier, trataba de arrastrar hasta lo más profundo de sus entrañas. Parecía indicarle, además, que el mismo argumento era válido para ellos dos.

-Tu madre renunció a *la Organización* por tu padre, sin que él llegara siquiera a imaginar que, con el descubrimiento de los restos de Volusiano y Fortunato, había removido parte de la historia de tu madre. Al menos, la historia de su credo...

Deco sorbió un profundo trago, agrio y soporífero. Le empezaba a doler el alma mucho más que el cuerpo con su dedo amputado, y sabía que sólo el calor de la mirada de Hélène podía calmar aquellas punzadas de renacido arrepentimiento.

-Pero, aún así, Dominique acabó siendo la siguiente Arcadia de la Religión.

El chico asintió a las palabras de Hélène. Sabía que entraba en terreno fangoso y debía andarse con cuidado.

-Así es. Con los años, y cuando finalmente tu padre se desentendió por completo de Saint-Victor y de los descubrimientos de su cripta, entonces se casó con Dominique. Y ella, liberada entonces de cualquier sospecha derivada de tu padre, recuperó la confianza de su Arcadio para, finalmente, con el tiempo, hacerle su sucesora. Aunque no quieras creerlo, Dominique era una mujer excepcional con una mente brillante. Eso lo sabía su Arcadio y por eso delegó el cargo en ella...

En su voz, casi rota por la melancolía, había un resto de intensidad que trataba de convencer a la hija de los grandes valores que la madre no había sido capaz de hacerle ver.

Ella, en el límite con la lágrima, le interrogó con los ojos. Sus pupilas, que danzaban de un lado a otro, iban en otra dirección, hacia la otra parte de su genética.

-No... –volvió a adelantarse el chico-. Ferdinand todavía desconocía nuestro "secreto" –le dijo Deco, que empezaba a conocer a la perfección las preguntas que Hélène le hacía únicamente con la mirada-. Lo cierto es que –admitió- desconozco cómo fue, pero imagino que la integración de tu padre en *la Organización* como Arcadio de la Historia tuvo que ser igual de natural que lo ha sido la tuya...

Dejó que Hélène se habituase a ese nuevo rol cedido por su padre.

-...Él –continuó diciéndole Deco- sacó a la luz los cuerpos de nuestros mártires, Volusiano y Fortunato, y encontró bajo las escaleras de la cripta el pergamino oculto de Guillaume de Meunier. Por decirlo de algún modo, el destino y la curiosidad le habían llevado a ser un buen candidato a Arcadio de la Historia. Eso sí, el predecesor de tu padre, de quien no te puedo hablar por no saber quién fue, tuvo buen ojo al escogerle.

-Pero sí que sabrás quién escogió a mi madre como Arcadia –le reprochó Hélène.

Deco tuvo un instante de duda y pensó si debía hacer público, aunque fuera sólo a Hélène, el nombre de uno de los últimos líderes. Una cosa, pensó, era hablar de los Arcadios de la Religión de siglos atrás, y otra muy distinta dejar al descubierto la identidad de los líderes más cercanos y reconocibles.

Sin embargo, si quería que la chica confiase en él y empezase a valorar la importancia del legado que había recibido, él también tenía que hacerlo con ella. A fin de cuentas, se justificó, ella también era una Arcadia.

-¿No piensas decirme eso tampoco? –le insistió Hélène. Esperaba, de un modo u otro, poder desarmar en cualquier duda la historia de Deco. Y lo único que necesitaba era un nombre, el del Arcadio que supuestamente había manejado a su antojo la vida de sus padres. Si mentía en eso, el resto podía ser derrumbado.

-Sí, te lo diré –cedió Deco-. El Arcadio de la Religión anterior a Dominique fue Monsieur Deferre, Guy Deferre... ¡el alcalde de Marsella, el mismo que permitió y luego cerró la excavación de la cripta de Saint-Victor! Guy Deferre, el hombre que se hizo cargo de los cuerpos de Volusiano y Fortunato, o que concedió el uso exclusivo de la ermita a *la Organización*. El Arcadio Deferre fue, sí, el que nos hizo invisibles administrativamente...

Hélène volvió al pasado y, entonces, cedió a la realidad que Deco le presentaba. Sí. Monsieur Deferre había sido el hombre que, además de todo lo que el chico le exponía, habría llevado del brazo a su madre al altar para entregarla a su padre. Monsieur Deferre. Su padrino de bodas.

Deco, que desconocía ese detalle tan personal, se alegró. Parecía que por fin Hélène empezaba a ceder.

Pero aún quedaba la parte más difícil, y la siguiente pausa le obligó a tragar más saliva de la que había necesitado en toda la noche. Debía informarle de la parte más doloroso de su propia historia.

-Y, al tiempo, entonces, sin esperarlo,...naciste tú...

Deco estudió su reacción. Sabía que había escogido palabras tenues y oscuras, pero también era consciente de que llegaba el momento de acercarla o separarla definitivamente de su madre, de él, de *la Organización*.

Ella, distante pero al acecho, no mostró debilidad. Estaba furiosa pero preparada para la puntilla.

-¡Acaba de una vez con tu maldita historia de Arcadios! –fue lo único que fue capaz de hacer salir de su boca, reseca por el alcohol y resentida por la impaciencia.

-¡¡¡Entonces naciste tú, y los miembros más ancianos de *la Organización* les obligaron a escoger!!! – le dijo Deco levantando la voz-. ¡Muchos en *la Organización* no aprobaban que los dos Arcadios tuvieran una relación tan estrecha! Desde Volusiano y Fortunato, las Monedas se habían mantenido separadas, y temían que, con un hijo en común, las cuarenta y dos Monedas acabaran reunidas. ¡¡¡Reunidas en tus manos, Hélène!!! ¡¡¡¡Tú eras un problema!!!!

Deco, sin pretenderlo, le gritó justo en el momento en el que no quería hacerlo y ella, noqueada por el sentido de esa afirmación, echó hacia atrás su cabeza.

Durante años, el abandono de Dominique, de su madre, le había creado una fría coraza en el corazón, escudo que parecía no acabar de romperse con las cálidas y mortificadas palabras del chico. Sin embargo, y sin ser consciente de ello, una insignificante pero grave grieta empezó a hacer mella en el epicentro del bloque de hielo de su interior con aquel gancho dialéctico que Deco había originado.

Aquello supuso un duro mazazo que resquebrajó el témpano que la paralizaba desde niña.

-¿Pero por qué?- lloró Hélène, implorando una respuesta convincente-. ¿Por qué Dominique escogió dejarnos? ¿Y papá? ¿Por qué no hizo nada? Podía haber renunciado a *la Organización* y todo habría vuelto a la normalidad, ¿no?

La niña de las historias épicas suplicaba en esa ocasión un cuento de príncipes y princesas. Deseaba, sobre todo, una explicación y un final feliz a una historia de la que conocía el desenlace.

Deco sólo pudo darle eso, la verdad.

-Tu padre jamás llegó a conocer el ultimátum que daba *la Organización* pues, en ese caso, estoy convencido de que habría hecho lo imposible por salvar su matrimonio. Pero sólo tu madre podía renunciar al liderazgo y sólo ella pudo elegir su destino. Dominique os amaba, te lo aseguro, y por eso os dejó viajar juntos a tu padre y a ti, mientras ella escogía naufragar en soledad...

Hélène saltó de repente sobre el dolorido pecho de Deco. Acumulaba odio y rencor en el pecho inflado, pero también amor y ternura dentro del corazón herido, y no supo si arañar su maltrecha cara o dejar caer los besos en sus dañados labios.

Finalmente se abrazó a él y se desplomó entre sus brazos en lágrimas amargas y dulces, gotas saladas que Deco arropó con la fuerza de un Arcadio y con la devoción de un hombre enamorado.

Mientras la abrigaba entre besos y caricias, el chico trató de secarle el rostro. Sabía que, por mucho que dijera, jamás llegaría a hacer desaparecer el dolor que *la Organización* había provocado en lo más hondo de su ser. Y, aunque indirectamente, en parte se sentía responsable de su sufrimiento.

-Sé que quizás no sea el momento, pero te aseguro que todas tus dudas empezarán a desvanecerse cuando comiences a aceptar que tus padres fueron lo que fueron, los Arcadios de *la Organización*. Dominique lo fue voluntariamente por su credo y Ferdinand por sus capacidades, como ahora lo somos tú y yo. Somos, seremos Historia y Religión, ni separadas ni cogidas de la mano, pero será el camino de deberemos andar...

Ella, totalmente absorta, volvió a levantarse para coger las dos botellas del aparador. Habitualmente no abusaba del alcohol, pero aquella era una ocasión excepcionalmente emocional que lo requería.

Seguía doliéndole todo el cuerpo, como a Deco, que se revolvía incómodo en el mullido sofá, pero que, con cada frase, parecía empezar a quitarse más de un peso de encima.

Sin embargo, Hélène seguía aparentando tener muchas dudas. No paraba de dar vueltas alrededor de la salita, como si todas aquellas noticias la hubieran apresado en una jaula imaginaria contra su voluntad.

-Lo siento Deco, pero creo que tú y tu *Organización* os habéis equivocado de persona... Puede que estés en lo cierto y tú seas su líder, un Arcadio para los tuyos, pero yo no sé nada de vosotros ni tengo intención de pasarme el resto de mi vida como lo hizo mi madre ¡Te aseguro que, hasta hace unos pocos días, yo no sabía nada de tu maldita *Organización* ni, por supuesto, de la posible existencia de esas Monedas de plata y oro! ¡¡¡Y mucho menos sé dónde puede estar la mitad de las que dices que yo debería salvaguardar...!!!

Él se levantó a duras penas y la volvió a abrazar, sin esperar otra cosa que no fueran los brazos sin fuerza de Hélène dejados caer en el aire sin ningún tipo de expresividad, como si el chico hubiera estrechado contra sí mismo un cuerpo sin vida.

Pero se equivocó en sus pesimistas expectativas.

Magullados y doloridos, humillados, con el cuerpo y el ánimo amputados, los dos chicos se fundieron en un intenso, en un profundo abrazo que los llevó al silencio más extremo, aquel en donde sólo la respiración y las lágrimas parecían querer hacerse notar.

-...A nosotros nos eligen desde niños y nos educan en el *'Evangelio del Resucitado'* para llegar a ser componentes activos de *la Organización*. Vosotros, los escogidos para custodiar la otra mitad de las Monedas debéis aprender a ciegas para poder llegar hasta ella. Pero no te preocupes ahora mismo por eso, mi amor...-le dijo el chico tratando de consolarla.

Deco volvió a buscar los labios de Hélène, los labios que había perdido unos pocos días antes por desconfianza mutua, por no haberse atrevido a hablar, a entregarse a la que estaba llamada a ser su otra Arcadia, la compañera en el viaje más incierto en el que se hubieran aventurado.

Estuvieron abrazados varios minutos, como si el tiempo se hubiera detenido en Valencia, un poco antes de salir a comer a *'La taberna del desdichado'*, justo cuando sus vidas parecieron separarse un poco.

Y a pesar de la necesidad que sentían de sentirse el uno al otro, hubo un momento en el que, de repente, tuvieron que dejar de pensar únicamente en ellos dos.

-Lo siento Hélène, pero he de ir a la ermita. Sé que aún te debo muchas explicaciones pero antes tengo que solucionar un último problema...

Ella sabía perfectamente a qué se refería, y no estaba dispuesta a quedarse en su piso esperando sumisamente a que Deco volviera. Arcadia o no, ella se merecía volver a la ermita.

Los ojos volvieron a inyectársele en sangre, y el odio que sentía por Escorpio acudió de nuevo a su hermoso semblante.

-Sé lo que pretendes y quiero ir contigo, Deco. ¡Te aseguro que lo necesito...!

Su tono, tan quebradizo como firme su mirada, convenció inmediatamente a Deco. Ella había sufrido tanto o más que él en la ermita de la Rue Sainte, y merecía ser testigo de la lección que pretendía darle a Escorpio.

La última lección de su vida.

En aquella ocasión no hubo necesidad de recurrir a la moto. El taxi que los llevó hasta la ermita los dejó en la parte de atrás, en una zona alejada de las sirenas de los gendarmes, que seguían acordonando la zona de la abadía como sin aquella medida fueran a ser capaces de traer el epitafio robado de vuelta a la cripta.

Deco cojeaba ostensiblemente y a Hélène se le veía animosamente dañada, pero los dos mantenían un ritmo veloz mientras cruzaron el jardín que les llevaba directamente a la puerta trasera, la misma por donde él le había hecho pasar la noche anterior.

La ermita ofrecía a la luz del día un aspecto diferente. Acogedora, romántica, bucólica e idílica, lejos quedaba la terrible sensación que le había producido el caminar en la oscuridad por entre las hojas secas de la noche y, aún más, la bárbara escena que Escorpio les había preparado.

"Escorpio", pensó Hélène con rencor cuando estaban a punto de entrar en la emita. Su solo recuerdo le provocó arcadas, temblores y unas terribles ganas de llorar, pero se tranquilizó al pensar que, al bajar las escaleras y abrir la puerta, al cruzar el umbral de la ermita, el gigante rubio sería el que se estremecería.

Y eso, curiosamente, la tranquilizó y dulcificó, aún a sabiendas del horrible castigo con el que ya habían condenado al gigante Escorpio.

Al entrar, dos figuras les esperaban en el centro de la ermita: la una, sentada y comiéndose distraídamente un bocadillo. La otra, tendida en el suelo, maniatada.

Atlas cenaba mientras Escorpio se resignaba a su destino, desnudo, acurrucado y tiritando como un pájaro desvalido.

Pronto levantó la vista y les vio caminar hacia ellos.

Hélène, por su parte, sonrió sin disimulo al contemplar la estampa.

Allí tendido, empapado en sangre seca por todo su cuerpo, el gigante rubio parecía haber perdido toda la belleza de su ciclópea estampa. Goliath, el guerrero que se creía inmortal, había caído a los pies de su David. Y Atlas, por cómo saboreaba su bocadillo, parecía haber disfrutado con el enfrentamiento.

Escorpio trató de pronunciar alguna palabra, pero una patada a tiempo de su cuidador en el estómago se lo impidió. Tampoco le quedaban ya dientes con los que poder articular sonidos con nitidez y la sangre le llenaba caudalosamente la boca, así que no le quedó otro camino que ponerse a llorar para hacerles llegar su arrepentimiento. Contrición tardía, a juzgar por el intenso brillo de los ojos de Hélène, que le habría degollado allí mismo si le hubieran dejado.

Deco, sin embargo, tenía otros planes.

-Atlas, acábate el bocadillo y, después, córtale los huevos y la polla a este hijo de puta traidor. Quiero enviárselos en una caja al cabrón que le contrató. Y nada de cortes limpios y rápidos con una navaja. Hazlo poco a poco con algo que le duela...

El fiel secuaz de los Volusianos ni se inmutó ante el mandamiento de su Arcadio, como si aquella fuera una orden más de otras tantas. Se limitó a asentir mientras masticaba con total naturalidad los últimos bocados de su cena.

Escorpio, que no parecía ya ni gigante ni bello, lloró con más intensidad al escuchar la decisión de Deco, revolcándose amargamente en el suelo y sacando fuerzas de donde ya no las tenía para tratar de desprenderse de sus ataduras, esfuerzo que no le sirvió más que para debilitarse un poco más.

Su destino ya había sido decidido, y se sorprendió al observar la sonrisa de desprecio que Hélène le dirigió mientras se peleaba, desnudo e indefenso, contra la cinta americana.

Cuando Atlas hizo una bola con los restos de papel del bocadillo y se levantó, Escorpio entendió que finalmente había llegado su hora y encogió aún más su robusto cuerpo, tratando de esconder las partes que iban a mutilar. Pero eso apenas le dio unos segundos más para recordar que su cuerpo de hombre iba a quedar incompleto.

Atlas le cubrió la boca con parsimonia, incluso con demasiada relajación para las convulsiones de su adversario. Pero de poco le valió resistirse al gigante rubio, en esa ocasión empequeñecido por las circunstancias. Hélène quería participar de la tortura y se arrodilló junto a él para agarrarle firmemente la cabeza.

-Quiero mirarle a los ojos mientras le arrancas los cojones –dijo la chica mientras Escorpio lloraba.

Hélène, al contrario de lo que le pasó con Deco, no necesitó cerrar los ojos ni girarse para saber cuándo Atlas había ejecutado su trabajo.

En apenas veinticuatro horas había sido testigo de dos amputaciones, y podía admitir que en aquella última había disfrutado al notar cómo el gigante rubio se descomponía entre largos, convulsos y agónicos gestos de dolor. Después vino el vómito.

El animal que la había violado ya no se burlaba a sus espaldas mientras la penetraba dolorosamente.

Y, como si supiera que todo aquello no había terminado del todo, volvió a sonreírle con extrema malicia, mientras un enorme charco de sangre y heces se acumulaba en el bajo vientre de Escorpio.

-¡Ayúdame! —le ordenó Deco a Atlas cuando notó que Escorpio dejaba de agitarse.

-¿Qué quieres que hagamos con él? —le preguntó Atlas, ensangrentado de pies a cabeza, y que parecía haberse divertido enormemente con la carnicería ejecutada.

-Llevémosle a una de las tumbas... -indicó el Arcadio-. Le enterraremos vivo...

En ese momento, mientras los ojos de Escorpio se cerraban en señal de aceptación de su destino, los de Hélène se abrieron de par en par, como si de repente hubiese recordado algo.

Acercó sus gruesos labios al oído de Deco y le dijo algo en voz muy baja, sugerentemente.

-Ya sé dónde están las monedas del Arcadio de la Historia...

XXV

'EL CABALLERO DEL MOLINO'

Escorpio descansaba ya para siempre en una de las tumbas que los tres Volusianos -el propio gigante rubio, Atlas y Arcadio- habían cavado previamente en la ermita.

Las dos fosas servirían para dar cobijo eterno a Escorpio y a los huesos recuperados de Volusiano y Fortunato, los esqueletos que el profesor Chevalier encontrara en las tumbas gemelas del Martyrium en donde Hélène se había ocultado de Deco la noche de su reencuentro en Marsella.

Y las dos fosas, ya cubiertas, albergaban ahora tres cuerpos, tres fieles ejecutados para expiar sus pecados.

Escorpio había jugado a dos bandas con Julio Delicado y, posiblemente, el arzobispo. Por conspirar contra *la Organización* había sido castigado con su vida. Por atacar a los dos Arcadios, además, lo había hecho sufriendo.

Después de cubrir con tierra el último centímetro del aún suplicante y agónico semblante de Escorpio, Atlas le repitió a Deco cada palabra confesada la noche de antes por el que fuera su antiguo compañero. De este modo, ambos pudieron determinar para su propia tranquilidad que el milenario secreto de *la Organización* y de las monedas seguía a salvo.

-Escorpio no les habló nunca de *la Organización*. Si lo hubiera hecho, habría cantado como un mirlo con mis 'caricias', eso puedo asegurártelo –le certificó Atlas.

Deco consideraba a Atlas como uno de los favoritos, uno de los Guardianes elegidos entre los miles de fieles de *la Organización* que se repartían secretamente por el mundo, y le agradó poder confiar en aquel momento tan duro en alguien como él, con una inquebrantable lealtad por *la Organización*.

-Bruno por lo menos hizo bien su trabajo y, siguiendo tus indicaciones, acertó al contratar a esos tres pequeños rateros. Han funcionado perfectamente como cabeza de turco en todo el asunto del robo 'fallido'... Un par de ellos incluso parece que ya han pasado a mejor vida.

Atlas no expresó con sus palabras ninguna compasión por los dos desafortunados que, sin quererlo ni saberlo, se habían sacrificado por *la Organización*.

Después de todo, y aunque el azar había participado activamente en el desarrollo de la acción, finalmente las cadenas ya estaban allí, en su nuevo hogar, en la ermita, rodeando el epitafio y las dos tumbas ya cubiertas de Volusiano, Fortunato y Escorpio, tal y como lo habrían estado en el Martyrium antes de que las tres partes fueran vilipendiadas, despedazadas y repartidas entre Marsella y Valencia.

-Resulta curioso que Escorpio, al traicionarnos, lo hiciera por lo mismo que lo hiciera Judas, por las malditas Monedas...

Deco se dejó caer sobre una silla con algo de pesar en su rostro. La historia parecía querer repetirse dos mil años después.

- ...Escorpio recuperaba las cadenas para el doctor y el arzobispo y, de paso, nos robaba las monedas. La jugada perfecta...- le admitió el chico mientras giraba el rostro hacia la fosa cubierta bajo la que ya habría dejado de respirar el traidor.

-Posiblemente. Pero el inocente de Escorpio, al contrario que Judas, no resucitará –dijo muy serio Atlas con cierto tono blasfemo pero convencido, como si no hubiera pretendido bromear con aquel asunto.

El Arcadio de la Religión, por el contrario, sí se rió intensamente con el comentario de su fiel Guardián.

Sólo hubo una sombra en aquella carcajada.

Valencia dejaba de ser su hogar y volvía definitivamente a Marsella, a liderar a los suyos desde la ermita de la Rue Sainte, desde la fiel reproducción que allí se había hecho del Martyrium de Saint-Victor.

Valencia, ahora sin las cadenas que en un principio defendieran las tumbas de Volusiano y Fortunato y luego, por azar, la entrada del puerto de Marsella, dejaba de pertenecer al presente de la ciudad levantina para quedar ya únicamente como reflejo del pasado reciente de *la Organización*, pasado iniciado con los naves de Alfonso el Magnánimo y que llevó a algunos Líderes a peregrinar junto a los eslabones en la catedral para preservar la integridad de uno de los legados de Volusiano y Fortunato.

Ningún otro Arcadio había sido tan osado como Deco por intentar juntar todas las piezas bajo un mismo techo y, sin embargo, él lo había imaginado y él lo había hecho.

Volvían, volvía a casa.

Pasarían años, posiblemente décadas, y ambos permanecerían juntos. Ninguno sabría del otro más que lo que ambos decidieran compartir pero no habría secretos, sólo uno. Y únicamente lo compartirían cuando los viejos Arcadios decidieran, cada uno por su lado, quiénes serían sus sucesores, los que se convertirían en los siguientes líderes de *la Organización*.

Para eso, sin embargo, si todo transcurría con normalidad, aún debía pasar mucho tiempo.

Y si sólo habría un secreto entre ambos, también habían dejado clara una única condición en el reinicio de su relación, una cláusula en la que debía girar su vida en común: no debía pasarles lo que a Dominique y a Ferdinand. Y si llegara el caso en el que un hijo les bendijera los días y las noches, ese heredero sería el elegido por Hélène y por Deco para custodiar las cuarenta y dos Monedas, de nuevo, dieciocho siglos después de Volusiano y Fortunato.

El llamado Arcadio de la Religión recuperó su apellido. Moliner lo era en occitano, pero el original, Meunier, era francés, marsellés. Deco 'el molinero' o también Diego Meunier, con idéntico apellido al hombre que firmara el pergamino de 1424, frey Guillaume Meunier.

Por su parte, la pelirroja Arcadia de la Historia, Hélène Chevalier, taheña como su madre y como el propio Judas, se acordó de su padre cuando volvió desde la ermita hasta casa de Dominique para hacer lo que el profesor le enseñara desde bien pequeña: desenterrar cosas. De eso se había acordado.

En la vieja casa de Dominique aún había objetos de su amadísimo exmarido Ferdinand Chevalier. Algunas de esas piezas eran valiosas, pero permanecieron durante años a la vista. Sin embargo quedaban otras tantas imperceptibles, invisibles para todos excepto para aquellos con recuerdos sensibles en la retina.

Y con uno de aquellos insignificantes objetos, recordó Hélène, el profesor Chevalier había jugado con ella siendo niña.

Se trataba de un recipiente de arcilla, una vasija parecida a un ánfora de base circular y de boca muy ancha que, con probabilidad, habría sido empleada en siglos anteriores para contener algún tipo de alimento en salazón pero que. en casa del profesor primero, y después en la de Dominique, se había transformado en curioso utensilio decorativo.

Ferdinand Chevalier la había llenado poco a poco de tierra de todas las expediciones en las que había trabajado y, aunque Hélène nunca la había visto ser regada, su padre siempre le decía que en aquella vasija parecida a una maceta germinaba la planta del dinero, planta que no necesitaba de agua ni de abono, que no crecía hacia el exterior sino por el interior de esa tierra que había transportado a través de miles de kilómetros.

Esa misma mañana en la ermita, muchos años después, por fin pudo entender a qué se refería su padre.

'La planta del dinero' quizás era un eufemismo y quería hacer referencia a la *planta de las monedas*' y no perdió un minuto en correr por el angosto pasillo del piso de Dominique para ir en su busca.

Allí continuaba, tal y como recordaba, esperando paciente sobre una de las baldas de hierro del balcón, al aire, como si la tierra convertida en arena necesitase respirar el aire del cercano Mediterráneo, del vecino Vieux-Port.

La chica cogió la vasija y, con el mismo mimo con el que trataría a un recién nacido, volvió hasta el estudio, la sala en donde parecía recogerse todo lo que su familia, los dos anteriores Arcadios, habían acumulado sobre la larga e intensa historia de Volusiano y Fortunato.

La tierra de varias expediciones estaba dura, compactada por el tiempo y por la ausencia de agua de vida, pero no le costó demasiado hurgar en ella para notar la veracidad de las palabras de su padre.

¡Sí, aquella era 'la planta de las monedas'!

Contó veintiuna, livianas pero hermosas, sucias pero honrosas, manchadas pero sagradas.

Quince shekels de plata de Tyro y seis estateros griegos de oro, la mitad del contenido de la bolsa que casi pierde Satrio Volusiano al naufragar cerca de la vieja Massilia según la narración hecha por Yusuf Ortegarçi en la *Estoria d'una fábula*'.

Veintiuna de las cuarenta y dos.

Hélène recordó entonces una de las frases de la *Estoria*'.

"Cuarenta e dos monedas en saca trocadas en estigma por los pecados del hombre e en expiación por el arrepentimiento de los mesmos."

399

Veintiuna sublimes y sacras monedas que nadie sabría encontrar, ni siquiera Deco, porque volvió a ocultarlas cuidadosamente en el mismo recipiente. No necesitaba contemplarlas de nuevo y, posiblemente, jamás volviera a intentarlo.

No, ya no lo necesitaba.

Y aquél sería el único secreto que se guardaría y nunca le revelaría a Deco, como con certeza tampoco él lo haría con el emplazamiento de las suyas.

Hélène sonrió satisfecha. Después de todo, harían una buena pareja.

Chevalier.

Meunier.

Chevalier Meunier. Caballero Molinero o quizás 'el Caballero del Molino'...

El Espinaca deambulaba como alma en pena por la celda asignada en la prisión de Picassent, intranquilo y alerta por los inquietantes acontecimientos que las dos personas más parecidas a su familia habían sufrido en aquel mismo recinto de seguridad.

Los sodomitas africanos le habían rajado el cuello al Colilla, el Moro apuñalado por unos mafiosos ucranianos... Aquello era más de lo que su pírrica estampa podía soportar.

"¿Y si en verdad existía un Dios justiciero que les castigaba a los tres por haber intentado robar en lugar sagrado?", pensó inquieto el Espinaca, que no dejaba de darle vueltas a la idea de un horrible infierno en llamas esperándole más allá en el momento más inesperado, tal y como les había sucedido a sus desafortunados amigos.

El Espinaca se arrodilló en medio de la celda y lloró por ellos dos y también por él, arrepintiéndose de su pecaminosa vida, de sus fechorías y, sobre todas las demás cosas, de haber profanado la catedral con la ridícula intención de llevarse el Sagrado Cáliz.

-Si hay alguien ahí arriba escuchando, perdóname... -suplicó en voz alta con aparente arrepentimiento.

El silencio sólo se rompió con sus gimoteos y, viendo que aquello no parecía suficiente, insistió con los mediadores.

-...*Moro, Colilla*, coño, haced algo por mí si estáis por ahí arriba, que sabéis que yo he *sio* siempre *mu güeno*...

La congoja por lo que sentía en su interior hacía que sus palabras se trabasen con lágrimas y saliva, pero era evidente que tenía más miedo a arder en el infierno que a expresar en voz alta con tono lastimero y degradante sus anhelos de salvación.

La súplica no respondida dio paso a la rabia cuando no hubo señal ni del Dios misericordioso ni de los amigos que en paz descansaban, pero quiso intentarlo una vez más, con algo que, si había otra vida, sabía que le funcionaría.

-¡*Moro*, siempre he *sabio* que eras un *cagao* de mierda! ¡Y ahora sé por qué la guarra de la Chunga te rajó la cara...! ¡Venga, dame una colleja de las tuyas o una puta señal si esto de *verdá* te ha *tocao* los cojones!

Se la había jugado.

"Si con esas no se revolvía el *Moro* desde el más allá", pensó el *Espinaca*, "sabría que no había nada por lo que temer. Ni cielo... ni infierno".

En ese momento, una sombra se acercó hasta la reja de su celda que, sin prestar ningún interés por verle allí arrodillado, le acercó unas hojas desde fuera.

No era San Pedro, pero sí lo más parecido que allí podía encontrar. Se trataba de uno de los celadores del módulo.

- Jesús Ventura Guía, *Espinaca*, deja de rezar, que parece que Dios te ha escuchado. Estás libre. Jesusito, como Barrabás, prepara tus cosas que sales en unos minutos...

El Espinaca, sin embargo, no supo si alegrarse o ponerse a temblar.

Concluyó enseguida que la vida era muy corta, todo lo contrario de lo que le esperaría en el infierno.

¿Una eternidad?

XXVI

CONSILIUM

[o "DE LA PENDENCIA QUE SE DISIMULA EN LA DESPEDIDA"]

(Capítulo Final, "Estoria d'una fábula")

Comprenderán, después de lo leído en las pocas páginas desta estoria, que guarde mi nombre para los míos, e perdonarán igualmente si continúo ocultando mi humilde procedencia, mas fui testigo de la saña con que los hombres de Dios tratan a los que hablan e piensan diferente de lo dellos. Y a fe que mi salud agradecerame el recelo.

Y si algún Yusuf Ortegarçi conociere el amable lector, habrame de disculpar su celebrado conocido, e bien haría la Clerecía en no atormentarle con falsos argumentos o dolorosas acusaciones que el desgraciado no buscó pues, como dije, inventeme el nombre de la autoría desta fabulosa estoria.

Empláçole, amadísimo lector, después desta a una nueva e luenga fábula que non hablará ni de Religión ni de Estoria, solo de un loco que en adelante será conoscido como el Caballero de los Molinos por ser aventura de un perturbado hidalgo que, creyéndose vestido de caballero, lidió contra molinos vestidos de gigantes.

Y si leyera profundamente la estoria del hombre de la Mancha de cuyo nombre nadie será acordado, allí también trovará el mío e el del buen moro que tan hermosamente acompañó aquesta narración.

Entranto, aquí yacen a salvo nuestros nombres.

· FINIS ·

NOTA DEL AUTOR:

La totalidad de los hechos aquí narrados NO son ficticios.

Los restos de Satrio Volusiano y Fortunato fueron hallados en 1964 en la cripta de Saint-Victor, justo en la capilla del *Martyrium*, y los restos de su lápida aún pueden visitarse en la Antigua Sacristía de la abadía.

En cuanto a las cadenas de Marsella, así como el modo en que llegaron a la catedral de Valencia, también son hechos reales, si bien no podría asegurar que éstas sean las verdaderas o una réplica de las entregadas por Alfonso el Magnánimo a la ciudad.

También son reales, al menos en lo literario, algunos personajes. Como muestra podréis encontrar al buen moro Cide Hamete Benengeli como el mismo que sugeriría –o no- la gran historia de Miguel de Cervantes Saavedra, el irreemplazable y eterno *"Don Quijote de la Mancha"*.

De otros detalles como las Cuarenta y Dos Monedas, los Arcadios o *la Organización*, sin embargo, no debo hablar.

Aún así, nadie me advirtió que no podía escribirla...

Vale.

JOSÉ GARCÍA ORTEGA

OCTUBRE, 2014